U0449831

有爱的青春陪伴者

图书在版编目（CIP）数据

永不停息的盛夏 / 十二里闲著. -- 贵阳 : 贵州人民出版社, 2024. 10. -- ISBN 978-7-221-18538-9

Ⅰ. I247.5

中国国家版本馆 CIP 数据核字第 2024630ZQ2 号

永不停息的盛夏
YONGBU TINGXI DE SHENGXIA

十二里闲 / 著

出 版 人	朱文迅
选题策划	大鱼文化
责任编辑	徐楚韵
特约编辑	周丽萍
装帧设计	Insect 孙欣瑞
封面绘制	水 间
出版发行	贵州人民出版社（贵阳市观山湖区会展东路SOHO办公区A座 邮编：550081）
印 刷	天津睿和印艺科技有限公司
开 本	880毫米×1230毫米 1/32
字 数	338千字
印 张	10
版 次	2024年10月第1版
印 次	2024年10月第1次印刷
书 号	ISBN 978-7-221-18538-9
定 价	45.80元

贵州人民出版社微信

版权所有 盗版必究 举报电话：策划部0851-86828640
本书如有印装问题，请与印刷厂联系调换。联系电话：022-29432903

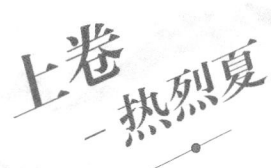

目录 / CONTENTS

07 —— 熠熠生辉 092

01 —— 江台一中 002

08 —— 释然过往 107

02 —— 好久不见 020

09 —— 恣意流年 127

03 —— 钨丝生光 035

10 —— 破碎真相 142

04 —— 猫和狐狸 046

11 —— 重拾理想 158

05 —— 落日竞赛 061

12 —— 来日方长 170

06 —— 野蛮生长 077

13 —— 经久不散 179

下卷 无尽夏

目录 / CONTENTS

01 —— 欢迎回来 188

02 —— 流年纠结 201

03 —— 悬而未决 216

04 —— 缘分未尽 233

05 —— 幸福欲望 247

06 —— 困局重破 261

07 —— 与你偕老 275

Extra 01 —— 理想和爱,永不停息 288

Extra 02 —— 岁岁如金朝 2

Afterword —— 313

01 / 江台一中

八月二十九日，江台一中的新生刚刚结束军训放假返校。

覃思宜从桐榈坡路的坡上走来，额间出了一头的虚汗，她抬手扇着风，缓了几口气，又往前走。

一中建在江台的老城区这片，十几年前这块的地势不好，路也跟着建成了一个坡，又长又斜，很难走。住在这块的人也有反映过，但迟迟没有人来解决。

正逢今天是返校日，迎来送往的车流量加大，路口堵成一片，各种汽车的鸣笛声"嘀嘀"地串着，道路两旁的树枝被风扫得沙沙作响，炙热的太阳高悬着，热气腾腾地爬升。

人潮拥挤，有个女孩跑得急，一辆自行车突然冲出来，她躲着往右偏，撞到了覃思宜。书包的拉链露出一个刺角，划过了覃思宜的左臂。

女孩连忙摆手道歉："对不起啊。"

那女孩可能是真的很急，说完就又往前冲了出去。

覃思宜低头看了眼，伤口不大不深，不注意也看不出来，但天气炎热，痛感会被放大，那一刹那她还是被刺得眉心一皱。

覃思宜压下疼痛，缓了口气，双臂贴紧身体，避着人群往学校里走。

夏风穿过旁边的梧桐树，刮起少女的衣角，凸显出她挺直的背影。

刚开学，校园里充斥着热闹喧嚣的氛围。

覃思宜今早没吃饭，这会儿胃不太舒服，在超市买了瓶常温水，她喝了几口，侧过身，和来往的人错着身，踩着楼梯向上走。

班里的氛围不比外面安静，吵闹的谈论声不止，覃思宜不是个喜欢热闹的人，才刚刚结束军训，班里的人她也没几个认识的。

她垂下眼，盖上瓶盖，往后排的座位走去。

刚坐下，教室门又被推开，几个男生勾肩搭背地进来："我刚刚进来时好像听到老赵说要换位子。"

"怎么换？"

"谁知道啊。"

窗外的蝉鸣声越来越响,烈日在往上升,教室里的人越来越多,交谈声也更加密集。

覃思宜食指和中指夹着笔,一圈一圈地转着,眼睛盯着英语卷子,两秒后,填答案的括号里落下个B,整个动作自然又随意。

"陆白川!"一个男生抬头喊了声。

覃思宜转笔的动作停下,下意识地抬眼看了过去。

门口进来的男生,戴着白色的帽子,里面是一件简单的白T恤,外面搭着校服衬衫,左胸口别着一中的校牌,一手插着兜,一手扶着右肩上的书包。

从覃思宜的角度看过去,正好看到他的侧脸,眉骨清秀挺拔,眼睛内双,眼皮很薄,看上去有些冷淡,阳光洒在他的肩头,又照得他懒洋洋的。

"干吗?"

那声音清冽干净,还带着些刚睡醒的沙哑。

"你听说要换位子了吗?"

发小方祺勾着陆白川的肩,伸头一愣:"要换位子?!"

陆白川抬眸扫了一圈,视线在后排顿了两秒,眸里闪过一丝笑意,摘下肩上的书包,走到桌前,双手轻拉椅子,转眸看着男生,点了点头:"听说了。"

方祺在陆白川旁边坐下,扯下书包抱在怀里,看着陆白川的眼神就是一副"从实招来"的样子:"你什么时候听说的,我怎么不知道?"

陆白川白了他一眼,没理他,拉开拉链整理着书。

方祺来了兴趣,又接着问:"你知道怎么换吗?"

陆白川拿书的动作停了一瞬,像是想起了什么,微微地扬起嘴角,脸上的神情意味不明,低头又继续理着书,声音淡淡的:"不知道。"

方祺抬起胳膊放在陆白川肩头,凑近问了句:"你真不知道?"

陆白川看也没看他,直接回了句:"真不知道。"

他整理完,看了眼中考的成绩单,扫了一眼下面的名字,眼里露出欣慰的笑。他将成绩单夹进了英语书里,拿出物理卷子就开始写。

换位子的话题结束,又展开了一个新的,各种谈论声不绝于耳。

覃思宜盯着那题看了一分钟,那边的声音停止,她叹了口气,两秒过后,又一个答案落下。

金色的光线穿窗射入,走廊的声音慢慢变轻,铃声响起,回荡在整个校园，有刚刚进班的学生边跑边喊着。

"快快快，老赵来了。"

老赵大名叫赵云，是高一（2）班的物理老师兼班主任，个子中等，戴着副宽厚的黑框眼镜，性格分两面，上课是一板一眼的严肃，下了课就是笑脸相迎的和善，还总喜欢和学生开玩笑，在军训结束的当晚就和二班的人混了个脸熟。

一瞬间整个教室安静下来，回到位子的同学个个低着头开始拿书。

赵云一脸严肃地走上讲台，环视一圈，看得下面的学生一个个心惊胆战的，几秒后，他大笑出声："行了，不吓唬你们了。"他推了推眼镜，接着说，"自我介绍开学的时候都讲过了，今天我们就直奔主题，首先欢迎各位成为高一（2）班的一员。"

话音刚落，方祺带头鼓掌，班里的氛围渐渐轻松起来，有人吹着口哨，喧闹声不停。

赵云抬手示意暂停，笑得眼纹加深，说："看来大家都很热情啊，希望未来三年你们也能这样。军训结束了，一会儿的开学典礼再一结束，我们就正式开始上课了，所以，在这之前要重新给你们调整一下座位。"

"老师，我们怎么换啊？"前排一个男生接着话就发问。

"很简单，就按照中考成绩排。"说着他拿出夹在书里的排位表，"表我已经排好了，现在大家可以收拾收拾东西，去外面的走廊了。"

这话一出，同学们开始行动起来，窃窃私语的声音也慢慢响起。

"完了，川儿啊，咱俩这次肯定不能坐一起了，我中考成绩跟你可差了十名啊。"方祺杵着额头，一副愁眉苦脸的样子。

陆白川看了眼窗外，望见一抹身影，他把物理卷子放进书包里，拉上拉链，抬头给了方祺一个眼神，语速飞快，极其漫不经心："嗯，分道扬镳吧。"

说完，他敷衍地拍了拍方祺的肩，起身去了走廊，留下方祺一个人呆呆地坐在原地。

覃思宜东西少，整理得快，又靠后门近，第一个来到走廊上。

她靠着墙，被阳光照得有些犯困，打了个哈欠，抬头看着走廊外的梧桐树枝被风吹动，突然被阳光晃了一下眼睛，她抬手揉了揉，眼角有一些泛红。

"吱呀"一声，教室前门被打开，覃思宜下意识地回头看去，视线在空中和门口的陆白川撞了个正着。

四目相对里，两人都很静，像是两滴水落在海面，涟漪一动就散。

仿佛没能引起任何波澜。

那人摘了帽子，蓬松的短发垂着，阳光滤过，照得他发色偏棕，看上去莫名有了一丝温柔气，衬衫被风吹出褶子，勾出少年匀称的身材，肩型宽阔，清瘦挺拔，像劲直高耸的梧桐。

覃思宜愣了一瞬，空气不知为何流动得有些尴尬，她正想着要不要打个招呼，对面的人直接一包纸递过来："要吗？"

覃思宜没接，两弯眉一皱，表情像是在疑惑。

"你眼睛红了。"

陆白川的嗓音说不上冷，但也听不出什么感情。

覃思宜反应过来，抬手抹了下眼，拂过一丝水润，想着解释一下，可他俩实在不熟，这么平白地解释又有点自来熟的感觉，于是她只接过那包纸说了句"谢谢"。

覃思宜注意到，他的眼睛很好看，如有明亮的光装点的荒野般澄澈。

陆白川点了点头，回了句："不客气。"

然后，他把书包往肩上一甩，从覃思宜身边走过，站在了她的身后。

没过几秒，门口的响声越来越大，出来的人也越来越多。

方祺提着书包，站在陆白川面前，一脸的抱怨："你今天怎么回事啊！收拾得这么快，几秒都不愿意等！"

陆白川双臂一环，往墙上一靠，身体摆正，离覃思宜的距离近了几分。覃思宜余光瞟了眼两人的距离，心一顿，却没想避开。

他浑身懒洋洋的，表情里还带着淡淡的促狭，开玩笑的话也一夸一踩的："我这不是怕被你的成绩拉低了我的交友水平，就想着赶紧换个同桌嘛。"

覃思宜听着陆白川玩笑的话语，小幅度地勾了勾唇。

他这嘴真挺厉害的。

方祺对着他的胳膊捶了一拳，也玩笑道："是，您最厉害！您简直牛出宇宙了！"

陆白川被方祺逗笑，偏头看了眼教室，拍了拍方祺的肩，让他站正，说："行了，别贫了，老赵出来了。"

赵云把教室的门开到最大，站在门侧，拿着排位表，说："好了，按排位表去坐吧。"

话音一落，跑动声又响起。

覃思宜走进教室，大家都看着排位表找自己的位子，她捏着手里的表，顺着位子看，却找到了第二排靠窗位子上坐着的陆白川。

也就是她的新同桌……

人要不要这么有缘，刚刚"社死"完，现在又让他俩做同桌。

覃思宜步子迈得很慢，一步当两步走地挪了过去，她拉开椅子，把包抱在怀里，纠结着要不要先破个冰，毕竟那人刚刚还给了她一包纸。可还没等她张口，里侧那人就先她一步落下声音。

"你好，陆白川。"话音惊动耳膜，打断了她的思考。

覃思宜憋回准备好的话，弯了弯眼睛，笑着开口："你好，覃思宜。"

"我知道。"

覃思宜因他的直率一愣，倒是没想到他看起来冷淡的外表下，全是直白的坦荡。

她有些意外，也很诧异："你，知道？"

陆白川拿出那张成绩单扬了扬："刚刚知道的。"

覃思宜看了过去，那是中考的成绩单，开头的名字一上一下，相距不过几毫米，分数也只差五分，正是他和她的名字。赵云是按成绩排的座位，他俩这第一第二自然也就成了同桌。

可让覃思宜心跳漏了一拍的却不是这个，成绩单的最后一栏是初中毕业学校，她没有想到他俩居然是一个初中的。

"多多指教啊——

"我的，最佳对手。"

他扬纸的动作停住，嘴角噙起笑，眉眼舒展开，眼尾有些上扬，虎牙尖角露出，表情虽然还是倦怠的样子，但那双眼睛却率真得紧，眸色带棕，瞳仁明亮，深邃又清透，明朗的少年气十足。

尾音拉长，话里的语气透着点玩笑的意思，听起来却是在变相地夸人。

覃思宜收回目光，眨了眨眼，也因这句玩笑话放松了神经，和陆白川对视的眼眸平静且温柔："最佳谈不上，可能只是这次考试运气好。"

"运气也是实力的一部分，谁又能说这和你的努力无关。"他闲散地往后靠在椅背上，衬衫的肩线跟着一松，仰头看覃思宜，紧跟着又说，"别否认自己啊，同桌，你的英语成绩在中考的省排名上可是第三的名次，这在一中，你该是第一了。

"所以，谈得上最佳。"

疾风猛地一吹，穿窗而过，身旁的喧闹声继续，覃思宜的耳朵忽然震鸣了几下。

少年音调平淡,却没有一丝假意,和这八月的风糅在一起,化成热气。

方祺拿着排位表朝陆白川走了过去,拉开他后一排的椅子坐下去,又勾着他的脖子"啧啧"两声:"川哥,咱俩真是有缘,不是同桌,也是前后桌。"

方祺说着又看向覃思宜,嬉皮笑脸地打招呼:"美女前桌,你好啊,我叫方祺,你的后桌。"

方祺这人就这样,三句话有两句都是不着调的,但他的这句"美女"倒还真是没叫错。

覃思宜的长相和她的性格既有反差,同时又很符合,她眉眼轮廓清晰,一双干净的狐狸眼和天生自带的微笑唇,让人第一眼看上去是极具辨识度的甜妹,但她眉宇间的英气又透着一丝冷感。

像是一整季的冬雪都藏在了她的眸中,盖住了春天的盎然。

覃思宜点点头,礼貌地回答:"你好,覃思宜。"

陆白川一手挥开方祺的胳膊,示意他正经点:"你能不能行,好好说话。"

方祺和陆白川互怼(方言,即揶揄、讽刺)惯了,这下方祺又在兴头上,丝毫没注意到陆白川话里的意思:"行,怎么不行,你看咱俩成绩差了十名都还分在前后桌,川哥,你说这辈子你是不是离不开我了啊。"

陆白川抬起一条胳膊屈肘放在椅背上,狠劲用上,直接朝方祺扔了本物理书:"是啊,毕竟我这一辈子总要有个人衬托我吧。"

方祺被他扔得猝不及防,抬手转了几下也没接住,椅子跟着晃动,书一落地,他也跟着一摔。

覃思宜是个慢热的,在陌生的环境很难放松,可经两人这一打闹,她的紧张情绪彻彻底底地消散了。看着倒在地上的方祺,她也忍不住笑了起来。

整个教室的哄闹声都掩不住方祺这狠狠一摔的动静,赵云循着声看过去:"没事吧?"

"没事,没事。"方祺连忙用手撑起身体,双腿一盘坐在地上,迎着全班人的目光,大大方方地给了个自认为帅气的笑容,"这椅子坐得不舒服,我换个地儿坐,大家快别看我了,都整理自己的吧。"说完,还真规劝性地摆了摆手。

同学们见他真没事，一个个又笑着忙自己的事去了。赵云在台上也被方祺逗得大笑："行行行，大家整理自己的，等一会儿铃响了就去礼堂参加开学典礼。"

方祺见没人再看他，起身抬眼就去瞪陆白川。那人单手搭在椅背上，笑得肩膀直颤，眉眼里的笑意尽是藏不住的调皮样。

方祺眼神逐渐幽怨，本来他还觉得没什么，但看着陆白川笑得正开心的脸，一下子就绷不住了："你还笑！笑个锤子，我这样因为谁啊！"

陆白川听了他的话，眼里非但没有歉意，玩笑劲还加深了："谁叫你说话没个把门的。"

方祺顿了一秒回想他俩开始抬杠的原因，扶起椅子，撑着后腰，边摇边往下坐，像是想到什么，他的表情变得极快，跟变脸似的："我说得不对吗？人家覃同学就一妥妥的美女，而巧的是这美女刚好是我的前桌。"

被点到名的覃思宜有些茫然，抬眼看着那两人，听着他们没什么营养的互怼，那一刻，覃思宜是真的打心眼里觉得这有来有往的打闹，是一种既持久又舒服的情感羁绊。

覃思宜九岁那年夏天，父亲覃塘肺癌去世，母亲林芳在她十岁那年因经济能力有限，无力抚养她，把她寄养在孤儿院。林芳答应过一个月之后就会来接她，那时候的她信以为真，说一个月就真的等了一个月。直到一个月后，她在孤儿院门口等了一天一夜也没能等来林芳的身影。

那一刻，覃思宜隐约明白，她可能真的成了孤儿。

那时候孤儿院的孩子说不上多但也不少，虽然院长对他们都很好，但孩子人数多，总归会有那么几个是没办法管到的。而覃思宜刚到孤儿院的那段时间，不喜欢和别人交流，也不怎么参加院里举办的活动，更没什么特别熟的朋友，经常就是一个人待着，也只有孤儿院里一个照顾他们的阿婆和覃思宜熟一些。

其实那时候想领养孩子的人也多，有五六岁长得可爱的小孩被领养的，大一点的十一二岁也会被人领养走。在同龄人都积极表现自己，想要在院长那儿留下听话乖巧的印象，以更可能获得好的被领养的机会时，覃思宜却不一样。她长着一张乖巧又好看的脸，个子小小的，让人看着就会喜欢。想领养她的人也多，但她都不同意，可能是害怕，也可能是厌恶，总之是不想再被抛弃。

后来孤儿院要拆迁搬去平江区，可覃思宜不愿意离开，就和当初照顾她的阿婆一起搬去了米花巷,那里离覃思宜曾经的家很近,离覃思宜父亲的墓地也很近。

阿婆是在覃思宜十岁之后的生命中,唯一一个给予她真正的温暖和家的人。

也是唯一一个真的和她有羁绊的人。

陆白川抬起垂着的手,在方祺的桌子上像是提醒似的敲了敲:"麻烦注意一下用词,什么叫'我的',请不要拉低我同桌的审美和眼光,谢谢。"

方祺直接就被他怼得气笑了:"欸!陆怼怼,怎么两天不见,你怼人的技术又见长了。"

陆白川想也没想直接忽略掉那个外号,拿过桌上的物理卷子,边翻边回他:"没办法,时代在进步,人也是要有长进的,不是人人都能像你一样,永远活在当下,是吧?"

说完,他还蛮无奈地耸了耸肩,衣领跟着动作一抬一落的,赖皮劲拉满。

不得不说,这人怼人的技术还是很有水准的,一个脏字不带,在拉高自己的同时怼得别人哑口无言。

尤其这疏懒的嗓音再配上这一句反问,连方祺这"百灵鸟"也躲不过,开始反思自己。

覃思宜听着他们的对话,忍了好久,笑意实在没忍住,脑袋里紧绷的弦一落,她整个人都放松了,想都没想对着陆白川直接竖起大拇指。

"你还挺会说。"

这话听着着实不像是在夸人,但覃思宜笑起时眉梢和眼角会往下弯,脸上的冷感消失,表情软到极致,一双狐狸眼里神情又十分诚恳,眸色被窗外的暖光照亮,像是冬雪融化把春意露出,干净得像一件艺术品。

陆白川抬头看了眼覃思宜,又盯着那竖起的大拇指沉默地打量两秒,才抬头问她:"你这是在夸我?"

覃思宜停了笑意,眨巴了两下眼睛,竖得笔直的拇指像是生了怯意似的慢慢地往下弯:"不……像吗?"

陆白川:"……那倒也不是。"

这还真不太好回答。

不细想还好,一旦细想就容易误会成"我说的难道不是人话?"。

陆白川回答完又瞪了覃思宜两眼,那眼神意味不明,看得覃思宜真的开始反思是不是自己说得不对。她收回大拇指,犹豫了几秒才说:"那,要不，我再夸一遍？"

覃思宜这人看似又柔又软，慢热且敏感，但她从不怯懦，尤其是紧绷的神经一松，她就变得更加直白了，想说的话也直接说了出来。

这下顿了一拍的人就成了陆白川了。

这话怎么听都让人觉得像是他在讨夸。

方祺屈肘撑着下巴，本来还在反思，听见覃思宜这话，脸上的笑容夸张至极，边拍桌子边嘲笑："川哥，你这是遇上对手了啊！"他说着还拉帮结派似的去和覃思宜握手，"覃同学，咱俩以后可以站在一边，就怼他。"

眼瞅着还有半米的距离，"啪"的一声，陆白川朝方祺砸去一个小笔帽。

"喂！陆白川，你又砸我干吗？"方祺收回手，捂住脑门，眼神既愤怒又茫然。

陆白川顺势给了他一个眼神："注意点，别动手动脚的。"

方祺是真的一高兴，做事就不过脑子，想到什么就干什么，陆白川一提醒他才反应过来，抬手挠了挠后脑勺，爽朗的语气里透着歉意："不好意思啊，覃同学，我这人就是这样，一高兴就没个分寸。"

覃思宜摆了摆手："没事。"

她倒是真没觉得有什么，方祺这人其实很简单，是个大大咧咧的男孩，虽然说话做事都是随心所欲，但他性格率真，也没有什么坏心思，真正伤人的话他不会说。

陆白川捡起落在方祺桌上的笔帽，盖在笔头上，转眸望向覃思宜："想夸就夸，这是你的自由。"说着他还悠闲地用两指转着笔，和覃思宜对视。

他的眼神极其坦荡，棕色的眼睛明亮。他轻轻往后靠了一下，压住了被窗外的风卷起的帘子，碎发摇曳在风里，温暖的阳光照在上面。

那一瞬，他真的像极了热血动漫里的少年，明朗又坦诚。

虽然覃思宜见过的人称不上多，但总归是在孤儿院长大的，到底还是懂一些察言观色的，很多时候为了避免尴尬和麻烦，大部分人要么选择玩笑着应付过去，要么直接就是一句"不用了"。

像陆白川这样在玩笑间真诚坦荡地表达自己想法的人，覃思宜还是第一次遇到。

方祺揉着脑门，听见这话脑袋里浮现出的第一个画面就是陆白川平时怼他时的那一副拽样，还没等他骂一句"你怎么能这么对人家姑娘"，抬头就看见那人的表情，他微微怔了怔。

陆白川嘴角挂着笑，弧度很浅，但眉眼清朗，看着覃思宜的眼神也没有和方祺互怼时的狠劲，声音连着表情感觉还带了些柔和，转笔的手拨着笔盖处的卡扣。

他没有在怼人，表情也很认真。

就是单纯针对覃思宜的问题做了回答。

这样的陆白川，方祺还是头一回见。

白日金光下，一个声音伴着热风抵达陆白川的耳畔：

"独立天地间，清风洒兰雪。"

覃思宜嘴角微扬，风吹起她的碎发，白色衬衫被陆白川的身影遮下阴影，挡住了刺眼的光，她仰脸看着陆白川，坦诚地和他对视着。

覃思宜看着他，在那一刻，她想不出比这句诗更适合用来形容他。

陆白川这个人给她的第一感觉就是他外表散发出来的懒和冷，再了解又发现这人的其他面：懒里带点坏，冷里又有点柔，坦荡里也夹着点幼稚。

这性子放在他身上，矛盾却不显假，反而更真实、更敞亮。

"叮叮——"

窗外的老式铃声响起，整栋教学楼一瞬间就像炸了锅似的开始沸腾，走廊上的喧嚣声接连回荡。

赵云站在讲台上，看了眼教室外，推了推眼镜："好了好了，现在可以去礼堂了。"

话音刚落，学生们就开始往外冲，门外有其他班的人经过，一群又一群的，瞬间就堵成了一堆，一个接一个地往楼梯走。

"大家都慢点走，注意安全，别挤啊！"赵云边说边拍着讲台。

方祺听见声音"欻"的一下直接就起身走向门口，拥挤之中他想回头看眼陆白川，却看见那两人还坐在位子上。

窗外人声喧嚷，和蝉鸣声融在一起，身旁撞动桌椅的噪声也交缠着。梧桐树叶繁茂，人潮身影层叠，却也挡不住炙热的光线照进来，不偏不倚地落在那两人纯白的校服衬衫上。

方祺双手抬起放在嘴边，摆成个喇叭样："那边的两位，你们还走不走啊！"

"来了。"陆白川回完方祺，转头看着覃思宜，手上用了些力，从椅子上站起来，"你这，对我评价还挺高啊。"

覃思宜也站起了身，把椅子往课桌下推："你对我评价也很高。"

"所以，你这是在回礼？"他挑了下眉，放下笔，抬头和覃思宜对视。

风吹起窗帘，一束光洒在课桌上，那支笔，笔帽上的卡扣已经被拨断。

覃思宜向外撤了一步，让他出来，同时反驳。

"不是，是真心的。"

陆白川完全没有犹豫地回她："成，我信。"

他回答得太快，快到覃思宜都还没反应过来："那……谢谢你信我。"

"这谢谢先留着吧，"他说着顺手把前桌倒着的椅子扶起，"以后，我怕是也要麻烦你的。"

覃思宜沉默了两秒，心想他是真的不会有一丝一毫的应付："……行，那我等着。"

陆白川停步回头，靠在走廊的栏杆上，梧桐树投下斑驳的阴影，星星点点的阳光洒在他的肩头，也不知道是不是晒的，耳朵竟有点泛红。

少年嘴角扬起，小虎牙露出，显得又酷又可爱："以后的事，以后再说。"

夏风又吹来，带起她的马尾扫过后脖颈，泛起阵阵痒意。

她站在原地，眼睫轻颤，在风声中捕捉到少年清冽的声音：

"现在真得走了，同桌。"

覃思宜抬起眸看向他，眼神像是在观察，最后不知是看到了什么，扬起嘴角轻声回道："来了。"

她抬脚小跑了两步，和陆白川并肩，两人一左一右地走着。

蝉鸣声躁动不绝，梧桐叶被风吹响，飘出几片缓缓地落在长廊上。

地上影子成双，步调一致。

下了楼梯，方祺正站在拐角处等他们，他的身边还站着一个女孩，那女孩是齐肩短发，校服衬衫里面搭了件玫红色的短袖，衬得女孩肤色格外白，覃思宜看着那女孩皱了皱眉。

有些眼熟。

"哟，你们两位这体能不行啊，下来得也太慢了吧。"方祺看了眼他俩欠欠地说着。

那女孩瞅了眼方祺，直接一掌拍在他的后肩："方祺你能不能闭嘴。"她说着向前一步，推开陆白川走向覃思宜，蓦然激动，"原来你是二班的啊，不知道你还记不记得我，今天早上我们班点名比较早，我跑得急，来的时候撞到你了。"

覃思宜灵光一闪，难怪她觉得眼熟："记得。"

"我再正式给你道个歉，也顺便认识一下，我叫时欲，六班的。"时欲伸出手，眉眼里都是大方。

"没关系。"覃思宜看着那只手顿了一秒，也落落大方地回握，"高一（2）班，覃思宜。"

"你俩这一副相见恨晚的样子，看得我有点肉麻。"方祺搓了搓胳膊，还假装打了个寒战。

陆白川看了眼覃思宜的手臂，视线里出现一个血痂，他拽着方祺的领子往后拽了拽："你怎么这么多话。"他边说边揽着方祺往右边的超市走，"时欲，你们先去礼堂，我去买瓶水。"

时欲和方祺一样，都是陆白川的发小，初二没搬家之前，他们三人是一个军区大院里的，后来时欲的父亲时儒城工作调动搬到了平阳区，她除了放假会回来这边，来得也就少了，好在现在是考了回来。

"知道了。"

时欲是急性子的人，看对眼的朋友心里的喜欢就藏不住，她挽着覃思宜的胳膊往音乐楼的礼堂走。

覃思宜看着那两人往右走的背影，迟疑了一下，问："真的不用等一下吗？"

"不用，他俩每回都这样，以前都是我一个人先走，以后就可以我们俩走了。"说着，时欲的胳膊勾着她的肩往前走，"思宜，走，我带你抄个近道。"

说完，时欲就牵着覃思宜往林荫小路走。

女生的友谊都很纯粹，来得也快，两个人一看对眼再聊个几句，熟悉感就上来了。

覃思宜从校服衬衫的口袋里拿出两颗水果糖，递了一颗给时欲："吃吗？"

时欲看着糖顿了一秒："吃啊！"说着接过糖，剥开就放进嘴里，"草莓味的，我喜欢！"

糖纸被光折射出七彩的颜色，反射在那两个少女挽手向前的胳膊上，梧桐大道上人声聒噪，成群的少男、少女结伴同行。

方祺拍着陆白川压着他的胳膊，想要扯开，奈何力气不够用："你楼上不是有水吗？"

"喝完了。"陆白川松了胳膊，插回兜里。

一中校内的超市说不上大，但环境好，东西种类也多，去年学校重修了一座音乐楼，根据学生的反映连带着将超市也翻新了，装了中央空调，门口左边还建了个休息区。

陆白川推开玻璃门，从柜台一侧的冰箱里拿出两瓶冰可乐递给方祺。

"等等，"方祺拦着往前走的陆白川，"拿一瓶就行了，时欲今晚要去看牙，不能喝碳酸饮料也不能吃甜的，给她拿瓶水吧。"

陆白川睨了他一眼，从箱子里拿了三瓶常温的矿泉水，似笑非笑地说："记这么清楚。"

"废话，她哪次看牙不是我陪她去的，这么多年，背都会背了。"方祺跟着陆白川往前走，"你也喝常温的？"

这人冬天都不怎么喝温的，更别说这高温的夏天，现在搞个常温水着实让他疑惑了一下。

"嗯。"陆白川不咸不淡地应了一声，朝方祺勾了勾手指，"拿过来结账。"

方祺也没想管他，从冰柜里又拿了根最贵的巧克力冰棍一起放在柜台上，搭上陆白川的肩，笑得贱兮兮的："谢谢川哥请客啊。"

陆白川从兜里拿出一卡通放在收银机上，又在右侧的柜台上拿了盒创可贴，说："一起。"

老板扫了眼东西，在收银机上"嘀嘀嘀"按了几下。

方祺见结完账，直接拿起冰棍拆开塞进嘴里，咬了一大口，朝陆白川嘟囔："买创可贴干吗？"

陆白川没回答他的问题，打开盒子从众多创可贴中拿出一个撕开递给方祺。

方祺下意识地接着，又嘬了口冰棍："给我干吗？"

"留着擦嘴。"陆白川淡淡地撂下这句话，抬脚就往前走。

方祺疑惑，退了几步，在超市外的玻璃门上照了照。巧克力外壳掉了一小块落在他人中的左上侧，看起来像极了一颗黝黑的媒婆痣。

他这人从小就是这样吃点漏点，又尤其钟爱巧克力，四五岁的时候，他和陆白川还不是很熟，因为陆白川意外地撞掉了他的一块巧克力，他直接就拉着那个院子的孩子头，学着香港影片里的群攻，想去堵人，却没想到三个臭皮匠也没能抵过一个会格斗术的诸葛亮。

也是那天，陆白川盛名远扬成了大院新的孩子王，方祺也每天屁颠屁颠地跟着陆白川跑。

方祺愣了两秒，一口直接咬碎剩下的冰棍，把木棍扔进路旁的垃圾桶，囫囵地抹了抹嘴，追着陆白川跑过去，一把勾着他的脖子往下压："你嫌弃我。"

陆白川拍了拍他的小臂，转头从他的胳膊肘里脱身，瞥了他一眼："你还挺有自知之明啊。"

"那你怎么不把那些都给我，抠抠搜搜的，一大盒就撕了这一个给我，这能擦个啥。"方祺拿着那个创可贴怼（方言，即凑近）在他眼前。

陆白川打开他的手："我这不是怕创可贴下次看见你，就直接自己长腿跑了，毕竟你刚刚那样确实挺丑的。"

方祺自知怼不过他，也没讨那个嫌："行行行，看在你今天请我客的分上，我不跟你计较。"

陆白川灌了口水，扯着笑去瞅他："那我是不是还得谢谢你，祺哥？"

"别客气呀，哥大方。"他真的一点都不带犹豫地接下话。

陆白川直接笑岔气，边盖瓶盖边抬脚去踹他："滚啊。"

音乐楼建在学校北门最右侧，离教学楼很远，两地处于一条对角线的两端。去礼堂的这一路上方祺的嘴一直叽叽个不停，陆白川也有一下没一下地跟他怼个几句。

他们本身下楼就晚，现下又耽搁了点时间，来到礼堂时里面差不多都坐满了，好在开学典礼还没正式开始，里面还是充斥着吵闹声。看着都是一个班挨着一个班坐的，但礼堂很大，老师都坐在最前排，后面的学生也有不少是不同的班级混着坐的。

时欲拉着覃思宜坐在靠后门右侧的位子，看见推门进来的那两人，站着挥手："方祺，陆白川，这儿！"

她的声音不小，但和众人沸腾的喧哗声一比，一下子就显得小了。但方祺却听见了，他抬起手回应着挥了两下，胳膊肘撞了撞陆白川，朝时欲那边扬了扬下巴："走，她们在那儿。"

礼堂很大，共分四个区，中间两个区隔得不是很开，过道说不上窄，单人通行还好，人一多就会很挤，好在现下人都差不多坐齐了，走动的地方也不挤，她俩也是抄了小路，特意选了靠过道的四个位子。

方祺刚准备进去，就被陆白川拉住按在了最外边的位子，然后陆白川越过他坐到了里侧，再顺手从塑料袋里拿出水递给时欲。

覃思宜是第三个位子，就在陆白川的旁边。礼堂的座椅是折叠椅，往下扳动时会有响声，她听着那声音刚结束，抬起眸就看见眼前划过一只线条极为紧致利落的手臂。

因着上方中央空调流动的冷风，陆白川的动作间带出淡淡的薄荷橘香，一下沁入她的嗅觉中心。

塑料袋里的可乐外壁泛着被太阳化过的水汽，矿泉水瓶与其放在一起也沾上了冰水珠，在空气中不经意地滴落一滴，直直地敲在覃思宜的手心，冰凉的水珠像音阶一样在空气中空灵地敲响一拍，声音浅浅淡淡，仿佛从万里外飘来。

下一秒，她的手心也落下了一瓶水。

她转过头望向陆白川，可那人好像是知道她要转头一样，拿着水瓶放在桌椅的手栏上，胳膊懒懒地搭在上面，杵着下巴就等着她来。

覃思宜看见他胳膊下的水瓶，瓶子外侧没有冰水的水汽，他的手指修长骨节分明，在水瓶上一下一下地敲着，虽然听不出是什么，但似乎又在节奏里。

覃思宜捏了捏手心，水汽已经被体温和冷风吹干，手里的常温水像是被太阳暴晒过一样，在她手中变得滚烫，眸里的神色却依旧平静。

她扬了扬手里的水："谢谢。"

陆白川眉眼向上挑，倦怠地往椅背一靠，一直和覃思宜对视着，搭在水瓶上的手敲了两下瓶盖，空气也跟着停了两秒，他眼里带着笑意，却又藏着些意味不明的东西。

"那，你想怎么谢？"

覃思宜错愕两秒。

这人真的是……丝毫不按常理出牌啊。

她这么想着，很浅地笑了下，手伸进口袋里摸索着。

也是，他那么坦荡的人，确实不会敷衍应付。

陆白川看着覃思宜这先是愣又是笑的模样，也没忍住笑，笑着岔开话题："行了，我开玩笑的。"

"给。"覃思宜拿出一颗糖递给陆白川。

两个声音同时发出，两人一个微微俯身，一个高昂着头，视线间的距离缩短，二人的呼吸也拉近了些。空调冷气的温度不知是不是被人调低了，猛烈地下降，被冷风一激，两人都是本能地一颤。

周围的喧闹声还在继续，淹没了塑料水瓶被用力揉捏的声音，白炽灯明亮的光线投下，落在覃思宜手心的糖纸上，一缕七彩光芒被折射进陆白川的眸中。

陆白川喉结滚动两下,眼睫一眨,自然地接过覃思宜手中的糖,拆开糖纸放进嘴里,身子又往后一靠,把距离恢复原样:"真是开玩笑的,不过我还挺喜欢吃糖的,谢谢了,同桌。"

覃思宜收回神,捏着瓶子的手放松,莞尔一笑,回道:"不用谢。"

那四目相对的一瞬间,覃思宜是真真切切地看到了陆白川眼里的情绪,他是真的没有想到她会拿糖给他,直接怔神两秒,然而下一瞬他就自然地给化解了,没有让场面尴尬,松弛有度地给予了她尊重,玩笑也开得恰到好处。

如同一阵风由荒野而来,猛烈又温柔地吹过四季,带着春夏也不曾给予过的温暖。

"对了,这个给你。"他拿出那盒创可贴递给覃思宜。

覃思宜看着那盒创可贴,立马就连连摆手拒绝:"我没有……"

她话还没说完,陆白川就抬手指着她的左臂,白皙的胳膊上有一道细窄的红痕,血迹干了,已经结痂了。

覃思宜顺着他的手看过去,才想起来这个伤口:"这个不严重,都快好了,用不上创可贴的。"

"还是用吧,现在这天儿热,小心感染。方祺以前就这样还打了一针破伤风。"他语气坦荡又诚恳,像是真的一样。

覃思宜又看了那个伤口两秒。

破伤风,这么严重吗?想到这儿,覃思宜又偏头看了眼正跟前排同学聊得热火朝天的方祺。

她眼里添上抹同情,心想:没想到他看着挺强,原来还没有我能抗啊。

她叹了口气,也不知道是不是在惋惜,接过盒子,对陆白川直言:"行,我拿一个就够了。"

陆白川紧接着说:"你都拿着吧,就当是糖的谢礼。"

"可是,"覃思宜在心里比较着价钱,"糖没那么贵……"

礼堂内的白炽灯突然一暗,四周一片黑,周遭传来阵阵叫声,覃思宜的话音也被吞没。台上放起了幻灯片,两边的音响放着一中的校歌,上方的灯光追着从舞台两侧上台的主持人,慢慢点亮全场。

方祺看着台上的人,突然朝陆白川的方向偏头,抬高声音道:"你一会儿是不是得上去?"

陆白川没先回方祺,头朝覃思宜偏了一点,轻声道:"没关系。"

这没头没尾的话,覃思宜却听懂了。

他听见了。

那么嘈杂喧闹的环境下,他却清清楚楚地听见了她以为被淹没了的声音。

——糖没有那么贵。

——没关系。

陆白川的声音说不上大,但就像是覆在她耳边,上方空调的冷气都吹不散那团燥热。

创可贴包装盒的左上角不知被谁捏得有些微微皱,包装纸的一角翻起,在覃思宜虎口处扫得她又痒又麻。

她往左边瞥了眼,又看见那只搭在水瓶上的手,不知道是不是他用了力的原因,塑料水瓶有些往里陷。

那人身子都没动一下,就着那姿势回了方祺:"我推了。"

方祺诧异:"这也能推?"

时欲听见他的问题,突然想起来在路上和覃思宜聊到的成绩,出声问道:"那思宜你呢?你不是第二吗?应该也要上的。"

"对啊,咱四个里面就出了两个要上台的人,我怎么突然感觉有点骄傲啊。"方祺的自来熟是真的来得快,这也没多久直接就已经把覃思宜拉进了自己的阵营。

覃思宜扑闪着那双大眼睛,也是简单的一句:"我也拒绝了。"

时欲看着那两个毫不在意的人,直接就是一顿猛夸:"牛啊!你俩这第一天认识就这么有默契,挺好,以后我们四人组友好相处有望了。"

方祺看了眼台上的人就知道这发言是顺位往后移了,摸着下巴来回打量着那两人:"你俩这难道就叫同频共振?还得是最高段位的那种,难得啊。"

说着,他又是一副笑嘻嘻的样子勾着陆白川的肩:"川哥,你不孤单了,有伴了。"

覃思宜捏着创可贴包装盒被翻起的包装纸,视线也跟着看了过去,眼神有些空。

难得。

一个用来形容稀少、珍贵的词,此时此刻却成了他们两个关系的连接词。

但第一个用难得来形容她的,还是她的父亲。

覃思宜的父亲覃塘,是位音乐剧演员,却因为家庭在表演事业的巅峰选择了退圈,在米花巷里开了家音乐室。那九年是覃思宜活得最娇气的日子,受了委屈有人撑腰,想要撒娇的时候也有人宠着,尽管从小心思敏感,覃塘也总会慢慢地去安抚她。

记忆里最清晰的就是覃塘老是在她耳边说的那句,我们思宜是最难得的宝贝。

陆白川往右瞟了眼,又回过头去睨了方祺一眼,拿水瓶戳了戳他:"闭嘴吧。"

大约过了十分钟,台上的主持人宣布开始下一个环节。

覃思宜的胳膊被人点了点,她正在愣神,吓了一跳,平复着心情,又回过头去看着陆白川:"怎么了?"

陆白川没回答她的问题,紧盯着她的眼睛,像是穿过屏障直直地看到她内心深处隐藏的所有情绪。

明明这种被人窥探的感觉是覃思宜最反感的,就好比你亲手建立的保护屏被别人轻而易举地打碎,所有的情绪都在他面前一览无余地展示着。

可在他眼里,覃思宜看到了另一个世界,那里山风温柔,土地辽阔,安全又舒适。

她不知道这样的感觉从何而来,但她舍不得避开。

他也没有拆穿她,只是很轻很轻地问了一句:"要吗?"

陆白川的掌心上放着一架小型纸飞机,是用刚刚那张糖纸折的,白炽灯光打在上面,又折射出了七彩的颜色,像极了她小时候看过的烟花星系。

绚丽宏伟,又稀有。

是独一无二的。

覃思宜没移开和他对视的目光,声音柔软,尾调又透着沙哑:"……要。

"谢谢。"

覃思宜小心翼翼地接过,放在手心上,折射的光线跟着她的动作变化方向,糖纸也一遍又一遍地转换着颜色,划过她的眼眸。

心中一切不好的情绪都跟着那一次次的变幻消散,她像是独立于这一空间之外,听不见任何声音,只感受到上方的冷风扫过糖纸,使其一摇一摆地在她手心上晃动,心脏连着脉搏也随着一起跳动。

这场开学典礼到底还是延续了传统,一开就开了整整三个小时。

台上的主持人讲着最后的致辞,音响将声音传遍整个礼堂,幻灯片由绿转蓝渐变着向外投射,像绿叶交织的梧桐载着广阔的蓝天组成了一条延绵的大道,上面只显示着十五个字:

"欢迎各位在这个夏天来到江台一中!"

02 / 好久不见

　　结束声伴着雷鸣般的掌声一起回荡在空气中，窃窃私语的声音停止，一中的校歌又响起。

　　覃思宜收起糖纸放进口袋，抬手鼓着掌，情绪平复，脸上也不自觉地露出笑意，只觉得最后的感染力极强。

　　点燃了全场人心中的激情，像是一场演奏圆满的谢幕。

　　她下意识地往左偏了下头，脸上的笑容没有受到丝毫禁锢，干净的眸子里盛下了一个白色的身影。

　　陆白川靠在椅背上，脸上扬着笑，虎牙又露出，视线没放在台上，朝右倾斜，蓝绿的渐变色落在他的眼眸里，给他疏离的脸上添上一层柔软。

　　音响里的校歌缓缓停止，台上的幻灯片也慢慢暗了下去，四周的喧闹声又一波接一波地返场，前排的老师指挥着各班有序离场。

　　一中的课排得满，上午五节，下午四节，还加着早晚两个自习，但今天是刚开学，课程量不大，也相对轻松，晚自习一结束整栋教学楼又恢复了刚开学时的哄闹。

　　二班是重点班，尽管是开学第一天，也没有辱没它这个"重点班"的名声，仅是下午的四节课，晚自习的卷子就堪比一天的量。外面放学的动静传进二班人的耳朵里，可他们回家后依然要奋笔疾书。

　　不知是谁突然哀号了一声："天啊！我为什么要在二班啊？"

　　情绪传递的力量是巨大的，只是这一声，就引得原本安静的教室也跟外面一样开始喧闹起来。

　　有人边收拾着书包，边对着班里人说："各位英雄，我实在是写不动了，先告辞了。"

　　"我也不行了。"

　　"等我休息一会儿，再跟它们战个几回合。"

　　耳边的吵闹声夹杂着桌椅碰撞的声音，覃思宜写完最后一张卷子也放下笔，揉了揉眼睛，瞥了眼旁边。

陆白川屈肘撑着下巴，教室里的风扇吹起他翻看的书页，黑色的背景上映着的两束弧形光在中间相撞，上方赫然写着 COSMOS。

"喂！川儿啊，你写这么快！"方祺双臂撑在桌子上起身，对着陆白川的耳朵就是一声大喊。

陆白川揉了揉耳朵，合上了手里的书，慢条斯理地说："你要不再大点声。"

"哎，不敢不敢。"方祺说着又坐回去，边收拾书包边对陆白川说，"走吧，时欲应该在楼下等我们。"

"嗯。"他应完又转头看了眼坐在位子上的覃思宜，"你不走？"

覃思宜顿了一下，以为他这话是要让她让路，连忙起身站到座位外面给他让出空间："可以了。"

陆白川看着她这一连串的动作，突然勾了下唇，也没起身，就继续看着覃思宜："我是问，你……不和我们，一起走？"

他这句话说得很慢，也很认真，甚至哪个地方断了句，覃思宜都能听出来。

"咚咚"几声，旁边有人撞倒椅子，椅子摩擦地面发出的声响，拉扯着她未能平复的心跳。

"思宜！"时欲的声音和身影一起随着晚风到达，她揽过覃思宜的肩，"走啊，一起回家。"

方祺起身把书包甩在身上，站在时欲身边，回头看着陆白川："快走啊，还坐着干吗？"

陆白川拿着书包起身，站在覃思宜身侧："所以，走吗？"

窗外走廊人声吵闹，蝉鸣一阵聒噪，风吹动窗帘打在陆白川的后背上。

覃思宜看了他好一会儿，才在一阵夏风里找到自己的声音。

轻颤又坚定。

"走。"

刚到家门口，覃思宜就看见屋里的灯全亮着。

是阿婆在等她。

阿婆曾经有一个女儿，却因为女儿得了白血病成了白发人送黑发人，后来她丈夫也因为车祸离世。她就选择去孤儿院照顾孩子们，和小孩待在一起可能会天然地激发出人心底最温暖、最柔软的部分。

覃思宜推开门，就看见阿婆坐在沙发上，扇着蒲扇，旁边的收音机还放着新闻。

她的心一下就软了下来："阿婆。"

"小宜回来了。"阿婆笑得一脸慈祥，"阿婆给你做了红豆沙圆子，还买了你喜欢的草莓，你等着啊，我去给你端。"

"不用了，阿婆，我自己去吧，您坐着。"她放下书包，朝厨房走去，出来时，手里端着碗，嘴也喝个不停。

"慢点喝，没人跟你抢。"阿婆抬手就拿起蒲扇给覃思宜扇着。

覃思宜喝完，大大呼出一口气："阿婆做的就是好喝。"说着拿了颗草莓递给阿婆。

阿婆接过咬了口："知道你嘴甜，但小宜今天看着格外开心，和阿婆讲讲，发生什么了？"

覃思宜抬手摸了摸脸："这么明显吗？"

"阿婆从你十岁开始就看你长大了，你说明不明显。"

覃思宜摸出口袋里的那架纸飞机，递向阿婆，声音柔软，橙黄的光晕落在她的眼里像极了太阳："我今天遇见了三个人，他们都很好。"她顿了一秒，缓缓开口，"阿婆，我感觉人与人之间的感情其实也是可以没有时间距离的。"

阿婆笑容加深，轻拍着覃思宜的手，柔声道："那看来我们小宜以后也会得到更多的关心了，真好，有时间把他们带回来，阿婆给你们做饭吃。"

"好。"覃思宜看了眼钟，"阿婆，很晚了，该睡了，不然您明天又头痛。"

阿婆起身边一步步地挪进房间里，边说："好，阿婆睡，你也早点睡。明天阿婆给你做早饭，以后不能不吃了，今天是不是就胃疼了？"说完，阿婆轻点着覃思宜的额头，半分力气也没用。

覃思宜顺势就扑进阿婆怀里，软着嗓子撒娇："阿婆，我知道了，我保证以后一餐都不落。"

"行，说不过你，睡觉。"

窗外的路灯打在梧桐树上，屋子里灯光明亮，糖纸在手上折射着彩光，晚间的俗世温柔一片。

那天晚上，是覃思宜久违地在夜晚和人结伴同行。

小时候的覃思宜极为怕黑，只要天稍暗一点，覃塘就会把家里的所有灯点亮。刚去孤儿院的两年里，她仍旧怕黑。

那时候孤儿院是四个女孩一个房间,她不想麻烦别人,又怕光太亮影响别人,每天到了夜晚,她就拿着覃塘送她的手电筒,整个人缩成一团蒙在被子里,惶恐不安地待在自己给自己搭建的安全屏障里。

后来手电筒坏了,她干脆就直接蜷缩在被子里,时间长了,也就慢慢习惯了,再大点也不怎么怕了。

树影在红墙上摇晃,飞虫扑棱着翅膀在灯圈下转着。

另一头的陆白川坐在书桌边的椅子上,台灯把光打进他的眼里,映射出眼眸里的照片。

他单手从书里拿出那张拍立得照片,放在灯下,屈指轻轻一弹,笑出声。

好久不见。

次日一早,一中的早读声就已经跟着晨起的太阳一同在空中扬着。

覃思宜背得嗓子有些干,抬手遮着嘴轻咳了两声,拿过桌上的水喝了一口,眼神不自觉地看向右边。

陆白川侧趴在桌子上双眼紧闭,眼下是一片乌黑。

也不知道他昨晚是怎么了,从早上一来就趴在桌子上,眼睛都不舍得睁一下。

覃思宜转头轻敲了敲后桌的方祺:"他怎么了?"

方祺朝她招了招手,示意她低些头,压着嗓子说:"他昨晚做竞赛题,估计又是凌晨三四点睡的。"

"竞赛?"

"对,物理竞赛,"他说着还来劲了,"你不知道,他中考其实就是保送的,本来是要去附中,可能他觉得离家近,就来了一中。"

一中和附中都是江台市的省重点高中,两个学校分不出好坏,也没有很绝对的文理之分,只是教育上的侧重点不同,前者重文,后者重理。

覃思宜转过身,看着陆白川桌子上放着的那本书,是昨天晚上的那本。

书的封面朝上,一个呈螺旋式旋转的星系映衬在黑色的背景空间中,那行 COSMOS 的下方赫然写着两个大字——

宇宙。

书的封面被风吹开,扉页的中间落下一个单词——

eleven。

覃思宜愣了一下,11。

他是喜欢这个数字吗?

她想着又扭头看了他一眼。

清晨的暖光正好落在陆白川的侧脸上,他头顶的发丝微微拂动,被镀上一层金色的光晕,朦胧的浮影间,她像是在他的身上看见了整个夏天的绚烂。

早读铃声一响,周围的闹声就大了。

陆白川皱着眉,抬手扒拉了几下头发,睁开眼看见的就是覃思宜低眸的侧脸。

她眼睫往下眨,又轻轻抬起,碎发在左右摇曳,没有笑容的眉眼却被橙光映上了一丝独特的冷柔气息。右肩的衬衫随着写字的动作被带动,在空气中流动的金光里一起一伏。

太阳的光和少女柔美的脸庞完美结合,他也不禁失神片刻。

覃思宜写完一题,又往右看了一眼,对上他的视线。

"醒了。"她说着又掏出一颗糖递给他,"给你,薄荷味的,提提神。"

陆白川眼睫往下一落,敛去神情,坐直身子抬手接过,又是那副慵懒的样子:"谢谢了,同桌。"

他拆开糖纸将糖扔进嘴里,口腔被辛辣刺激的薄荷味侵占,放在桌子上的手也使了些劲。

一张完好的草稿纸被他揉得皱巴巴的。

一中大课间留的时间长,有人弓着身子凑在后排打着游戏,楼下篮球场上的拍球声和喧嚷声也传了上来。

时欲坐在陆白川的位子上,杵着下巴看着写得正认真的覃思宜:"思宜,你真不下去吗?篮球场上的帅哥可多了,我们班的那个秦宋也在。听说他在和方祺比赛,可精彩了!"她说着还给出诱惑。

覃思宜看着卷子上的那道物理题,算了两遍都不对:"不去了,我这道题还没有弄懂。"

时欲看着她,又翻了翻陆白川的物理竞赛题,上面写得满满当当的,她忍不住发问:"你们学霸都这么努力的吗?我突然有点羞愧了。"

覃思宜放下笔望着她,笑了笑:"用不着羞愧,而且我也称不上学霸,我很偏科的,物理对我来说算是弱势的一科,可我又想要好的成绩,自然花的时间就会多,更何况你的成绩也不差,一中的前二十名,放在市里面怎么也是前五十名了。"

覃思宜这话说得认真又坦荡，丝毫不遮掩她对成绩的野心，也不在意透露自己的弱点。

如果是其他人说这话，时欲可能会觉得假，可覃思宜这样说，那肯定就是在说自己的亲身经历，直白又清楚。

一下课，时欲就跑了上来，待在陆白川的位子上，看着覃思宜对着那张物理卷子从头写到尾，最后还要检查错题，重算错题。要搁她，算了两遍不对就直接放弃了。

可覃思宜不是，她算错一个就会找出错处，针对错处学习改正，不拖拉，也不会含糊。

后排的一个男生躲在抽屉里刷着手机，突然一声大喊："陆白川，你出名了！"

有人应着："别喊了，他出去打球了。"

"出什么名？快说啊！"

几个声音一来一回，那第一个大喊的人被一堆人围在了中间。

没过几秒，声音又传出来："这帖子不是早上就有了吗，你这信息落后啊。"

"哇！这哥这么牛的吗？！物理竞赛全市第一！"

"我以为他只是个学霸，没想到他还是个神！"

高中和初中的不同就是"八卦"消息的影响力和传播力，仅仅是昨天晚上光荣榜上的一张照片，就已经有人把陆白川通过物理竞赛保送高中的事扒得清清楚楚，这下这人在一中算是彻彻底底地出名了。

覃思宜听到这里也疑惑了，扭头就问时欲："什么帖子？"

"你不知道？就学校论坛上，也不知道是谁拍的陆白川的照片，也就是昨天一个晚上的时间，今天论坛上挂的就全是他的帖子。"时欲感叹着摇了摇头，"我算是明白颜值和实力并存的力量有多惊人了。不过也是了，他从小就这样。"

"谁从小就这样？"方祺整个身子趴在走廊的窗沿上往教室里探头。

突兀的声音和人头，直接吓得时欲往前一扑倒在覃思宜身上，覃思宜一下子没控制住，身体往外一斜。

一双手忽然扶了过来，抵住了她即将歪倒的身体。

覃思宜条件反射地侧过身，避开那双手，握着椅子两侧扶稳，转过头时眼里的防备都没来得及卸掉。

看着来人愣了愣，她才恢复过来。

她看着陆白川，笑着轻声说："谢谢。"

陆白川没有立刻回她，只是看着她。

覃思宜知道他看见了，看见了她的防备和恐惧。

覃思宜也不知道为什么，陆白川好像总能看清被她藏起来的自己，就像此刻她的笑意下藏着的慌张就是她畏惧的源头，而他却看到了。

覃思宜刚到孤儿院的那一年，特别害怕和人相处，更害怕和人有肢体接触。一个十岁的小孩独自一个人待在人群密集又陌生的环境里，本身就会让她丧失一部分的安全感，再加之被母亲丢弃的原因，她便知道无论她怎么哭、怎么闹都不会再有人来接她回家。

她只能靠自己，一点一点地观察和规避着人群，分清真实和虚假，避免任何会对她造成伤害的事情。

而这一避就是六年。

也就是和阿婆住在一起之后，她才又慢慢地感受到了属于家的温暖，阿婆用自己的偏爱把覃思宜十岁那年封闭的自己又慢慢地拉出来一些。

那个孤僻又敏感的覃思宜被一点点地照亮，长成了现在这个温柔又勇敢的覃思宜。

时欲直起身一脸气愤地越过他俩跑了出去："方祺，你有本事吓我，没本事站着啊！"

"我是没什么本事，但我真不是故意的！"方祺抱着篮球抬腿就跑。

"闭嘴吧！"

夏风吹得燥热，蝉鸣声也荡漾在空气里，窗帘被风扫起，打在覃思宜的肩膀上。

她又弯了弯眉眼，眼里没了防备和冷淡，上勾的嘴角添了一抹柔光，白云席卷翻滚透出的光把她镶嵌在中间，融合得灿烂至极，像是造物主的偏爱，又像惩罚，好的坏的都给了她。

"听说你上了学校的论坛，恭喜啊。"

"想吃糖吗？"

陆白川手心朝覃思宜展开，指腹白皙，一根草莓味的棒棒糖躺在他的手心上。

他冷不丁地冒出来一句，没应她的谢，也没回她的话。

人和人之间可能确实是存在一定的同频共振，他看得懂她的情绪，她偏偏也看得懂他的作态。

覃思宜知道，他在化解她的情绪。

除了阿婆，已经好久好久没有人会这样小心翼翼地关注着她，又不动声色地化解她的情绪波动了。

她勾了勾唇，双手一摊："吃。"

陆白川手心一转，两指捏住糖递给覃思宜，一触即离，糖落在了她的手心。

方祺又抱着球跑了回来，靠在走廊的窗户边喘着大气，双手合十地求饶："行了行了，我不跑了，祖宗，你就行行好，别追了。"

时欲拽着他的领子，面色红润，说话都是大喘气的："行啊，叫声爸爸。"

"爸爸，爸爸，我错了。"他认怂的态度一如既往地迅速。

"行，爸爸原谅你了。"时欲松开他的领子，又歪头朝窗户里探，"思宜，你这周六有时间吗？"

覃思宜："有。"

"那行，周六出来玩啊！"说完，她又拍了拍方祺，"你们也来。"

方祺："不是，你们女生玩，干吗还非得带我们，再说了，我川哥也不会去啊。"

陆白川往里一走坐了下去，直接回一句："好。"

一瞬间，方祺尝到了被打脸的滋味。

"行，走了。"时欲朝他们挥着手，带着满意的笑容离开。

方祺抱着篮球就盯着那人看，揣摩着他这突如其来想去的原因。

陆白川没转眸去看他，就悠悠地说了句："再看给钱了。"

"我就不明白了，以前我想去的时候，怎么求你你都不看我一眼的，现在怎么突然就答应了？"他杵着个脑袋，看着陆白川，视线突然停在覃思宜的课桌上。

"那糖……不是我帮我川哥买的吧？"

预备铃的到来，打断了方祺的思考，他抱着篮球进了教室，也没再想，但那个疑问还是留在心里。

预备铃响离上课还有五分钟的时间，覃思宜写着刚刚的那道物理题，还没开始算，面前就压下一道阴影。

她下意识地抬头，一个面孔出现在她眼前。

那女生脸颊微微泛红，抱着一本物理书，越过她直直地盯着陆白川。

青春期的少女脸上总是藏不住秘密，好像白纸浸水，昭然若揭。

那女生犹豫了两秒，才紧张地开口："陆、陆同学，我、我有道物理题，你能，帮我看看吗？"

方祺抬眼看着那女孩替她惋惜地摇了摇头。

他和陆白川相处这么多年，就没见陆白川给女生讲过题，每次不是岔开话题，就是找个借口。

果然。

他抬头，看着那女生，一言一语都透着疏离的礼貌："抱歉，我这位子不太方便。"

不仅是那女生，覃思宜都没想到他会拒绝，陆白川这人看着又冷又懒，但骨子里却是温柔的，不然他也不会在第一天看到她眼睛发红就递给她一包纸。

可现在覃思宜却疑惑了，他的拒绝虽然带着尊重和礼貌，只是用座位做借口，可语气里的疏离感连覃思宜听着都冷，一下子距离就拉开了。

看着那女生愣愣地离开，方祺不禁叹了口气，揶揄出声："我川哥拒绝人的水平还是这么厉害啊。"

陆白川："怎么，你也想要被拒绝？"

"哎，怎么会呢？"

"行了，写你的吧。"他说完，侧过身，看着覃思宜桌子上的卷子。

覃思宜拿着笔的手没有再动，她看着那道物理题都不自觉地生出一种莫名的距离感。

"不会吗？"

覃思宜扭头看他，见他盯着那道物理题，她眨了眨眼，没来由地生出些退缩，一时不知道该说什么。

梧桐叶被风打乱，在胡乱地晃动，胆怯地冒出头的光影也偷偷地躲回了自己的地盘。

少年眉眼轻垂，带着浑身的慵懒劲儿，轻轻地开了口。

话音在耳畔回旋，听着比夏日的晚风还要热上几分。

"同桌教你。"

覃思宜怔了一下，抬眼看他。

他眼里冷意消散，屈起指节轻轻地敲着，看着是一副懒散的样子，可浑身却又透着一种说不出来的温柔。

怎么回事？这人的态度能转变这么快的吗？

晚风吹打在试卷上，周遭都乱哄哄的，她的心里说不上是紧张还是高兴。

覃思宜捏了捏手里的笔，又松开，像是向内心挣扎的自己妥协，在正式上课铃敲响的那一瞬间将试卷递给了陆白川。

"那，谢谢同桌了。"

天稍暗。一中的晚饭时间给的是最长的，天边的灰蓝色里夹着红橙的彩霞。

一中还是原来的老食堂，两侧都有打饭窗口，他们四个打完饭，刚找了位子坐下，旁边的议论声就止不住地传来。

"他是陆白川吧！"两个女生端着饭盘走过去，莫名地激动。

"是是是，比照片上还帅！"

周围的讨论声没有丝毫要消停的意思，夹杂在各种沸腾的喧闹里，而那被讨论的主角却不见任何报然，正悠闲地挑着盘里的菜，一副事不关己的样子。

方祺坐在陆白川身边，听着这话凑近撞了撞陆白川："川哥，恭喜啊，你又出名了。"

陆白川挑着盘里的葱，睨了他一眼："我出名，你嘚瑟个啥？"

方祺："我替你高兴啊！有福同享，有难同当嘛。"

"我还是比较喜欢自己享福，不过难嘛，"陆白川夹起一筷子的葱放进方祺的盘里，"你要是想帮我当，我也没意见。吃吧。"说完，他朝方祺扬了扬下巴。

方祺看着盘子里的葱，愣了愣，再抬头时一脸的假笑："川哥，这就没意思了啊。"

他俩都是从小就不爱吃葱，陆白川其实还好，能忍，但不喜欢，方祺是忍也不能忍。

大概是九岁那年的暑假，陆白川被母亲方韵带着一起去看了场音乐剧，回来的时候手里多了一颗也不知道是从哪儿来的糖，包装粉嫩，实在和他本人不符。方祺跑过去想也没想，拿起来就吃了，下一秒直接吐了，一股大葱味灌得满满当当。

那之后方祺对葱的厌恶就到了极致。

时欲看着那两人移来移去的，忽然就理解了男孩子的幼稚："行了，你俩，这是要比谁是葱王吗？又不能赢钱。"

时欲喝了口绿豆汤，又朝覃思宜吐槽："真是幼稚得让人看不下去啊。"

覃思宜知道时欲在开玩笑,她没急着回,知道有人会接。

方祺搁下筷子,不甘示弱地看着时欲:"这怎么就是幼稚了,那要这样算,你小时候扔给我不吃的胡萝卜算什么?"

"真照你这么算,你小时候被我打得满院跑又算什么?"

"你那叫不讲武德。"

"明明是你蠢,还怪我。"

时欲和方祺是在八岁那年认识的,时欲跟着刚刚调职来江台的时儒城进了大院。

那时候的方祺已经借着陆白川的名声成了大院里的第二个孩子王,偏偏他也不低调,还非得学着港片里演的那样对新来的时欲进行一番说教。可时欲从小就有股好动、不服输的劲,吃软不吃硬,牵着家里的大黄狗追着方祺打。

一来二去的,两家人还要经常互相道歉,陆家和他们两家在同一层楼,又都是邻居,家长们便经常让陆白川劝导他俩,于是三人在打闹中慢慢地就都熟了。

方祺拍着陆白川的肩:"来,川哥,你来给评评理。"

陆白川屈肘撑着下巴,像是思考了一下,慢悠悠地说:"都没什么错,只能说我们祺哥哥太怕'火锅'了。"

那人小虎牙露出,眼里是藏不住的顽劣。

这话一出,方祺傻眼,时欲笑翻。

覃思宜茫然一问:"'火锅'是谁啊?"

"时欲家的狗。"陆白川直直地朝她说,眼中透着一丝坏笑。

"有那么好笑吗?"方祺满脸黑线地看着笑得正乐的三个人,"人不是得怕些什么才能活得圆满吗,又不是机器。行了行了,就让我们忘掉这个话题。"他说着,抬手指挥性地往下摆,一脸掩饰性的严肃。

时欲往前凑近覃思宜耳边吐槽着:"看见了吧,这家伙就是尿,以后要是有人欺负你,你就拿这事怼他,他保准帮你。"

覃思宜看了眼方祺,回过头对着时欲压低声音:"我看着很好欺负吗?"

时欲愣了一下,她没想到覃思宜会和她开玩笑。

"也是,我们思宜看着就厉害,那就麻烦小宜姐姐保护保护我了。"时欲说完又靠上覃思宜的肩,还蹭了蹭。

覃思宜失笑，虽然都是玩笑话，但被人抱着撒娇，还是十六年来头一回。

可能覃思宜自己都没有意识到现在的她早已经融入了这三个人的小团体。

"你俩搁那儿说什么呢，怎么还……"方祺边看边想着精准的形容词，"腻腻歪歪的。"

时欲起身怼他："你要是羡慕，可以靠在陆白川肩上，前提是他不嫌弃你。"

方祺还真不甘示弱，往陆白川肩上一靠，眼睛睁得大大的："看见了吧！"

还没靠一秒，陆白川直接抬手把他头一抬："别了吧，我还是嫌弃的。"

"陆白川，你真是不厚道！你怎么就不能向思宜学习学习，温柔一点。"他说完叹了口气，还失望似的摇着头。

陆白川也没客气，手搭上他的肩，表情又懒懒的，劲全都放在了手上："你真想我温柔？"

方祺疼得眉心一皱，秒怂地往后撤："不了不了，您这样就挺好的，高大威猛又帅气，简直就是我们一中最优质的神！"

陆白川又用了几分力，懒意加深："算了，我还是喜欢当人。"

方祺连忙附和："最优质的人！"

时欲笑得停不下来，放下手里的碗，莫名感慨："思宜你明明和我们是一个初中的，怎么以前就没遇到呢？要是早点遇见你，我就不用独自忍受这两人了。"

方祺听到这话眼疾手快地夹起那一筷子葱又放回陆白川的盘里，同时附和道："是吧，怎么就没遇到呢？"放完后，他还长长地叹了口气，"太可惜了！"

覃思宜知道他们在开玩笑，但尽管是玩笑话也足够温暖。

毕竟这偌大的世界，一个擦肩都难以相望，而有人却在期盼和你相遇。

这也不失为人世间最浪漫的等候。

陆白川看着被夹回来的葱，也懒得跟方祺闹，只是不自觉地抿唇皱眉，神情嫌弃极了。

覃思宜这会儿不太饿，吃了几口就坐着等他们。她坐在陆白川对面，看着陆白川慢条斯理地把菜盘里的葱挑得一点也不剩。

这一幕落在覃思宜眼里,她意外地觉得他有些可爱。

他低头戳着葱,眼睫耷拉,额前的头发也顺着垂下,抿嘴时嘴角下垂,屈肘撑着下巴,眉头皱着的弧度都充满了懒意。

真的很像一只又懒又拽的漂亮小猫,嫌弃地扒拉着讨厌的玩具。

"丁零零——"

几声回响,晚间的预备铃振动,整个食堂也慢慢又开始轰动。

为了避免学生因忘记时间而迟到,一中在早中晚上课的前五分钟都会响一次预备铃。

食堂离教学楼很近,右转就是梧桐大道的主路,风肆虐地席卷校服衣角,带着蝉鸣声掠过,交织在空中的枝叶被太阳打下金黄的光影,直射在教学楼左侧搭建的展示栏上。

时欲看着展示栏上的红榜,突然往前一冲把水瓶塞给方祺,带着覃思宜往展示栏那块去:"思宜,快看,你的照片!"

方祺自然地接过水瓶,听见这话也凑了过去,看着那两人的照片,道:"这两人的照片贴在这儿还挺养眼,别说,这么一看你们还挺配。"

时欲点着头,像是有些欣慰:"难得咱俩意见相同啊。"

话说完还没一秒,方祺立马就反驳:"但我还是觉得我川哥更帅。"

"方祺!"

时欲转身大喊,方祺一秒也没再待,撒腿就跑。

下一秒,一场追逐大赛又开场。

展示栏一共分了三个区,左侧是成绩公示的地方,右侧是优秀毕业生,正中间的就是光荣榜。光荣榜是按今年录取进一中的学生名次粘贴的照片,一排两名,一共十排。

第一排贴的照片正是陆白川和覃思宜的。

覃思宜看着那两张照片恍了一瞬神,怔在原地。

照片上的两人都穿着恒江中学的夏季校服,蓝白相间的衣领下有班级的标志,一个是十班,一个是一班。

初中没能遇见的两人,在这个张扬又热烈的夏天终归还是相遇了。

十六岁这年夏天,一张红榜串起了两个世界的灿烂。

陆白川不知什么时候走到了覃思宜的身边,风吹起他的衣角划过她的手臂。

"覃思宜——"

他的声音被风吹过,传入她的耳里,燥热的风顿时灌满,十分滚烫。

覃思宜猛地一抬头，还没回过神来，就和低头的他视线一撞。

蝉鸣在此捕捉到了微风的私心，烈日窥探到了夏日的心跳。

回教室的人越来越多，梧桐大道上的喧嚣又返场，来展示栏前的人也在增多。

陆白川微微向前抬了抬下巴，笑着往外侧一移，继续补充道："该走了。"

她眼底的慌乱没散，平静的脸上笑容都不自然："好。"

这是她第一次这么直接地展露出自己未收拾好的情绪。

覃思宜恍惚间生出了错觉，不知道为什么每次她和陆白川对视时，她都能在他的眼里清晰明确地看清自己。

他的眼眸像是装着最广阔的山峦，能任由她奔跑，而途经的每一场风都带着细细的温柔，吹向她时也是如此。

周围的声音渐大，来往打闹的人也渐增，陆白川的肩膀不知被别人无意中撞了多少下。

晚自习正式上课铃刚响，赵云就走进了教室，后排围着的人一个接一个地发出惊讶声，连忙收着手机。

赵云一脸严肃地走了过去，站在他们面前，说："行了，别藏了，快，拿出来。"

"老师，我能下次再给你吗？"一个男生笑了两下，递手机的手握着手机不松。

"你觉得呢？"赵云说完这话，丝毫不留情地抽走手机，接着就是一个接一个交手机的画面。

方祺侧着身子对着前面的两人说："你们说这像不像大型捉赃现场，还好我手机没拿出来，不然它现在可能也要和它的爸爸'父离子散'了。"

陆白川翻着手里的物理卷子，散漫地说："你要是羡慕，也可以参加一下，说不定你儿子也想换个爸爸。"

覃思宜本来没觉得有什么，听见这两人的对话，突然就觉得这个画面有些好笑："如果真是那样，辈分不就乱了，方祺以后要叫赵老师什么？"

方祺彻底地转过身子看着那两人，那两人都抬眼看着他，像是真的要听他叫出来："思宜，我觉着你好像变了，都会开玩笑了。"说着他又去看陆白川，"说，是不是你把我们温柔可爱的覃同学变成了现在这样，怎么还和你一起来怼我啊？"

陆白川笑得不正经，眼神也懒散，他说："我的同桌当然是跟我一个阵营了。"

一个阵营。

覃思宜听着不禁恍了恍神。

方祺看着他又是那副恨得令人牙痒痒的样，立马就知道要退，但还是不甘示弱地"哼"了一声。

赵云带着一袋子的手机走到讲台上，"咯噔"的碰撞声在一些人的耳朵里都是心碎声。他推了推眼镜，说："我今天来，原本只是想通知个事，没想到就收了这么多手机。这该怎么说？运气好？"

"老师不带您这样的，也太'凡尔赛'了吧。"刚刚那个笑着的男生，一脸难过地望着讲台上的赵云。

赵云笑了两下："行了，林越，别垂头丧气的，我这不是给你们带来好消息了吗。"

"什么好消息？"林越睁大眼，神情一下子还真变了。

班上也瞬间热闹起来。

"老师，快说啊，别卖关子了！"

赵云敲了敲讲台："行行行，安静一下，我来说。大家都知道明天是周末，但过了周末就是九月了，所以恭喜你们即将迎来高中的第一次月考，大家休息期间好好准备准备啊。"

一瞬间整个教室低气压满布，一声接一声抱怨此起彼伏。

"这算什么好消息啊！"林越号了声。

"完了！我铁定考不好！"

方祺立马双手合十对着陆白川和覃思宜："川哥，宜姐，我和时欲就靠你们了，周六咱们不是要出去吗，那就晚点回，救救孩子们。"

陆白川讪笑了下："你还带一个人啊。"

覃思宜看着方祺这一脸祈求的样，这还是她第一次这样被人需要，笑着回了句："好。"

"你看，我宜姐都答应了。川哥？"

"宜姐。"陆白川低笑着念了声，又抬眸看着覃思宜，懒意升起，笑得不正经。

"行——

"那就，听你宜姐的。"

03 / 钨丝生光

周六这天刚好是九月一日,赶上了秋天的第一场雨,米花巷是江台老城区最古老的一条巷子,路的两边都还栽着没有被移走的梧桐,一下雨梧桐叶就被打得到处都是。

江台的秋季最是多雨,但大部分都是雷阵雨,持续时间不长,潮湿的空气混着夏日还未消散的闷热。门口铁栏杆上爬着的月季花瓣上还挂着水珠,正一滴接一滴地往下掉。

覃思宜拿着伞看着坐在窗边的阿婆,再三叮嘱:"阿婆,雨天路滑,您就不要去店里了,等我回来给您带梅花糕。"

初二那年她们搬来这里后就在附近开了个小超市,虽然请了人帮忙,但阿婆闲不下来,总是喜欢跑去店里自己看店。

阿婆笑得眼纹露出来,抬起蒲扇朝覃思宜挥了挥:"好。"

这会儿雨下得正大,巷子的路不平,路面有一个个小水洼,覃思宜撑着伞,低着头全神贯注地避着水坑。

巷口突然传来一个声音,直直地撞击着她的耳膜:"覃思宜——"

听到声音,覃思宜先是怔在原地,盯着水洼里倒映的自己,她的第一反应就是:幻听了吗?

直到那人又喊了一声:"覃思宜。"

声音逐渐逼近,带着花香朝她袭来,前面的水洼也映出另一个人的身影,飞溅的水花落在她的脚边。

她抬起头,隔着雨幕望着这个意外出现的少年。

覃思宜的眼神又惊又蒙:"陆白川。"

花香浓郁,雨幕清晰,心有些慌。

"你怎么在这儿?"

陆白川撑着把黑伞,白色短袖上印着湖蓝色的字 Vous aimez(法语:喜欢),一双白鞋搭着宽松的牛仔裤,清瘦的骨骼在黑伞的笼罩下,少年气更加明朗。他肩头有些被沾湿，发梢也沾着水珠，棕色的眼眸依旧盛着光亮。右手抬起放在胸前，手里还握着一小束花。

看着他衣服上的字，覃思宜怔了怔，脑子里有一个想法一闪而过，视线又移到他的手上。

骨节分明，五指细长，蓝绿的血管显得肤色格外白。嫩白色的花瓣上沾着水珠，滴落在他的虎口处，他的虎口中间有一颗极小的痣，被水珠包裹着，又为他的手平添了一丝性感。

雨水打在伞上"啪嗒啪嗒"直响，她看着陆白川眉心舒展开，朝她笑了起来。

风雨也抵不过他的笑容给人带来的震撼。

"回学校拿东西，出来就遇见你了。"

米花巷离一中很近，也就隔了两条街，步行的话十几分钟就能到。

陆白川见她还有些蒙，笑着往前一步。黑伞和白伞在雨中相撞，抖出一道水帘，弥漫的花香萦绕在她的鼻尖，潮湿的空气都被染得芬芳。

他们像逃离了这场萧瑟的雨，置身于广阔的花田。

周遭万籁俱寂，只剩空气和呼吸相绕。

巷口有车鸣着笛往这边来，覃思宜还没来得及往后躲，陆白川就已经走到她身侧替她挡住了被车溅起的水花。

覃思宜回过神，心里一急："没事吧？先去那边吧。"说着带陆白川往路边走。

覃思宜从包里拿出纸巾，看着陆白川双手皆满，出声问道："要不我帮你拿着花吧，你先擦擦。"

"不用。"

覃思宜愣住，以为他在拒绝，心里一凉。

紧接着他握着花的手就伸向了覃思宜："这花儿送你。"

不是帮，是送。

他也不是在拒绝，而是想要送花给她。

心又一热，花枝缠绕着两人的温度。

"谢谢。"

陆白川接过覃思宜递来的纸，边擦边笑："不客气啊，咱俩也抵消了。"

覃思宜懂他的意思，他送她花，她借他纸，就算抵消。

他的需求似乎总是很低。

他说着又是一副不着调的懒散样："走吧，不是要去找时欲和方祺吗？"

覃思宜转过雨伞，和他并成一排："好。"

覃思宜拨动花瓣，问了句："这是什么花啊？"

陆白川换手转过雨伞："桔梗。"

他说着又朝外侧移，步子往前走，两人的雨伞总是能碰到。

覃思宜看见他的动作："你其实可以不用替我挡的。"

刚刚是，在学校里也是。

一切都默不作声，可偏偏她都看见了。

覃思宜也不是故意要戳穿，只是怕给别人找麻烦。

至少她不想陆白川因为礼貌和尊重这么次次护着她。

陆白川右手没了东西，这会儿正悠闲地接着雨水玩。听见她的话，手里的水一扬，洒出去像是一道流星，他说："你可是我同桌，我当然得护着你啊。"雨水混着他手上的水一起落在地面，声音没来由地清脆，"再说了，咱俩现在应该算是朋友吧？"

覃思宜接着就应："当然算。"

"那就行了。"脚步踏进雨地，一踏一抬都牵起涟漪。

他说着又是一副懒样，可那双眼睛却在雨幕里显得异常明亮："其实不管我们是什么关系，我都希望我们以真实的自己去相处，人的情绪那么多，如果每次有情绪都要掩饰一下，那会很累的。"

少年散漫的声音传进空旷的街道里，把雨声都染得轻松不少："与其把精力放在情绪上，倒不如简单点轻松点，想笑就笑，想哭就哭，然后把时间留给重要的事。"

他声音一顿，眼睛看着覃思宜，继续补充。

"不过你要是实在不适应，也没事，你每次的谢谢，我都会接一句不客气，所以——"

雨声变小，花束抖动，伞面相撞。

"尽管做自己吧，覃思宜。"

他这话说得平常随意又饱含认真，和他踏起的步子一样，看似不经意，可每一步都落得实实在在。

覃思宜握着雨伞的手在空中轻颤，伞也随着眼睛往下低了低。她盯着地面上一点一点落下的雨水，神色微顿了顿，没回他，走路都有点出神。

桔梗的花香在她心头萦绕，身旁少年走路时踏起的声音也流进她的心口，她忽然就感到情绪释放后的轻松，不用再紧绷着。

谢谢，这个词大概从她进孤儿院开始就已经成了一个她下意识的用语了，很多时候它所表达的不只是礼貌，还有覃思宜藏起来的自己。

覃思宜本身的性格其实并不柔，她会开玩笑，也喜欢撒娇。她小的时候很活泼，父亲在的时候她有可以娇气的资格，有人做她天然的保护神，让她也可以有不那么强的一面。

后来父亲去世，她在自己本身的性格外搭建了一堵带着疏离感的墙，把自己放在里面，原有的性格被包裹住，只剩下礼貌和不麻烦。

靠近的人也会被她这堵太过礼貌的墙打回，总是认为她很冷漠，但她只是在没有人保护她时，给了自己可以疗伤的世界，不用害怕和人相处时会被伤害，也不用计较得失，单纯地做着自己。

因为她想做自己，所以一个人，也没事。

她最擅长自己给自己安全感。

今天，在这场雨里她清楚地知道，有人能看到她保护罩里藏起来的自己，有人懂她的小心翼翼，也懂她的坚强，却能同时温柔又舒适地化开，让她走出自己的保护罩也依旧能做自己。

那一刻，覃思宜明白，也许，这世上总有人可以不用你去斟酌，你可以直接地靠近，不用害怕被抛弃或推开。

这个少年带着满身的芳香而来，在这场潮闷的秋雨里，送给她夏天也不及的热烈。

大约过了二十分钟，他俩坐着地铁二号线赶到了时欲说的目的地。

二号线是江台所有地铁线中人流量最大的，尤其是在早八和晚六，上下班的高峰期，更是体现得淋漓尽致。

下了地铁，陆白川依旧走在覃思宜的身侧，而她也是下意识地在他的身边待着。

现下，那阵雷阵雨已经过去，天还是阴沉沉的一片，空气更加闷热。

刚走出地下通道，覃思宜就看见了建筑楼门口的时欲和方祺，那两人站在一起又是在闹。

时欲看着方祺，没好气地道："我都请你来看天文展了，你请我杯奶茶能少根筋，还是能掉根头发啊？"

"不是，祖宗，您是不是忘了您刚刚看的牙，医生怎么说来着？不要吃甜的，不要喝冰的，咱能不能遵一下医嘱啊。"方祺双手在她面前拍着，一板一眼，跟个小老头一样唠叨个不停。

时欲本来没真的生气,但被他这么一唠叨气还真就上来了:"行了,你别说了,我下次要是再请你,我就跟你姓!"

"方欲,也挺好听的。"陆白川转着手里收起来的雨伞,慢悠悠地吐出句更点火的话。

覃思宜看着他这副慵懒又顽劣的样子,真像是天天都带着惹人火上三分的气质。

方祺眼看着时欲快要暴起来的真脾气,连忙迎合着哄她:"行行行,祖宗,我买我买,但你真的不能喝甜的和冰的,要不然你的牙真的会受不了的。"

覃思宜不知道时欲牙不好,想起前几天的那颗糖,难怪她接的时候会顿一下。

时欲也不是那么较劲的人,她看着方祺这一脸担心的神情,气也没了,干净利落地道:"行。"

接着四人又是勾肩搭背地往奶茶店走。

覃思宜凑近时欲:"你牙不好,那上次我给你糖你还要。"

时欲不自觉地摸了摸脸:"就小时候糖吃多了,牙会时不时发炎,不严重的。"

虽然时欲这么说,可覃思宜还是明白时欲只是不想让她的分享落空。

就像两个小孩相遇,为了表示出想和对方做朋友,她们都会分享自己喜欢的玩具或食物,而另一个自然也不愿意朋友的心意落空。

她的朋友都在真挚又坦诚地对待她。

覃思宜柔声叹了口气,抬手挽起她的胳膊:"下次不能再给你吃了。"

时欲听到她的话心里也软成一片,靠在她的肩上:"好,不吃不吃。"

时欲看了眼她手上的花束:"你怎么还买了花?"

"不是我买的,是陆白川送的。"

时欲惊了:"陆白川?!"

覃思宜看着她这一脸吃惊的模样,问道:"怎么了?"

"他为什么会送你花啊?"

覃思宜看着那束包装细致的桔梗花束,想起了借给陆白川的那包纸,说:"可能因为我借给了他一包纸,他用花抵了。"

时欲没再应声,可就她对陆白川的了解,他可不会用这样的方式去还。

方祺扫了眼陆白川的右手,一愣:"你这伞我以前怎么没见过?"

陆白川:"早上刚买的。"

说着方祺又搭上陆白川的肩,看了眼覃思宜的背影,转眸望着陆白川,眼里带着些调侃:"对,我还想问,你今儿怎么回事儿?一大早的我去找你,方姨说你早走了,现在怎么又和思宜一起来啊?"

陆白川视线盯着前面那道挺直的背影,手捏了捏伞柄,扯着笑说:"路上遇见的。"

方祺听见这话笑得更欢,揶揄道:"那哥您能告诉我一下,就咱们院儿离米花巷的距离,您是走的哪条路才能遇见啊?"说着,他还凑近陆白川,双手摊开,一副你说我也不信的样儿。

可他是真没想到那人直接来了一句。

"我心里的路。"

方祺怔在原地看着陆白川的背影,终于佩服地摇了摇头。

他心道:我川哥到底还是我川哥,怼起人来一个顶俩,"骚"起来也能以一敌三。

奶茶店门口,时欲推开门看着站在原地的方祺,大喊了声:"方祺!快来啊!"

"来了!"还没等他动,又传来时欲的声音。

"你要请客的!快点!"说完,门在他眼前直接关上。

"我就知道,不能指望你们的。"方祺用力推开奶茶店的门。

奶茶店里,时欲拉着覃思宜就往空调底下坐:"快,坐着歇一下,热死我了。"

方祺在后面拿着手机扫码,抬眼望着他们的眼神幽怨:"我请客,你们就这么对我,门都不给留。"

陆白川坐在覃思宜旁边,抻着腿,卸下手机壳扇着风,语气又懒又闲的:"祺哥,你能快点吗?渴了。"

"行了行了,看看喝啥,他们家好像出了新品。"说着,他又看向陆白川,"我知道你还是老样子,时欲你还改不改?"

时欲昂着头对着空调吹,听到问话朝方祺摆了摆手。

"那我就给你点乌龙茶了,你不能喝太冰的,常温、无糖啊。"方祺点着手机又问覃思宜,"思宜,你喝啥?"

覃思宜:"草莓果茶。"

方祺点手机的动作一顿,连时欲都低下了头,唯独陆白川依旧扇着手机壳,眼里没一丝惊讶。

"你也喝这个！我川哥也喜欢这个，你俩这真的是，高手间的默契啊。"他说着又继续点单，"这玩意儿这么好喝吗？还是说它能提高智商，要不我也点一杯，争取月考考进前五，上个榜。"

时欲突然眼睛一亮："要不，给我也点一杯。"

"不行，你的牙还在发炎。"方祺语气决绝，时欲泄了气，又昂着头吹着空调。

覃思宜没想到陆白川也喜欢喝这个，她忽然想起前几天那根草莓味的棒棒糖，出声问陆白川："你很喜欢草莓吗？"

陆白川还没回，方祺来劲了，抢着说："是啊，没想到吧，我川哥以前可不是这样的，从九岁那年开始也不知道他是怎么了，突然喜欢吃甜的了，还只吃草莓味的，怎么样，少不少女？"

陆白川抬手装着手机壳，看都懒得看方祺一眼，回了覃思宜："是挺喜欢的。"

话音刚落，手机壳也装好，他打开手机，对覃思宜说："加个微信吧，以后也好讨论喜好。"

"啊……好。"

这话题转得……也太快了。

覃思宜有点跟不上，愣愣地打开微信扫了他的二维码。

"讨论喜好，哈哈哈，川哥，你这理由怎么这么烂啊。"方祺笑得毫不遮掩，说话也无所顾忌。

陆白川点着备注，懒洋洋地回他一句："那要不你给换一个。"

方祺连连摆手："不了不了，我已经加了。"

陆白川点手机的动作一顿，语气突然就沉了两分："你什么时候加的？"

方祺丝毫没注意到陆白川声音的变化和眼里的神情，自顾自地说："就开学当天啊，我们都是在班级群里加的。"

时欲窝在椅子上，看着陆白川只觉得不对劲，戳了戳方祺。

"干吗？"

时欲凑在方祺耳边低语："你不觉得陆白川有点不对劲吗？"

方祺正在兴头上，哪会注意到不对劲，转着眼看了看："挺对劲啊。"

时欲又盯着陆白川看了眼，那人神情已恢复懒意，正捣鼓着手机。时欲自顾自地摇了摇头："算了，你这观察能力估计也很难看出来。"

方祺一皱眉："不是，这怎么又开始怼了。"

奶茶店的广播一响:"123号。"

方祺低头看了眼手机:"快到我们了,我先去拿奶茶。"

时欲验证了心里的想法,也没想点破,起身跟在方祺后边:"等等我,我也去拿。"

方祺:"终于知道帮我分担了。"

时欲:"你想多了,我只是觉得前台的空调风大。"

"祖宗啊,我真怕有一天你被吹成面瘫。"

"要真吹成面瘫,我就赖在你家了。"

"行,给您赖。"

覃思宜看着刚刚扫的微信二维码。

蹦出来的界面,一眼就能看到那人的昵称。

简洁又明了。

——"11."。

他好像真的很喜欢11这个数字。

再往左就是他的头像。

看上去是一张四四方方的白纸上印着一些星球图案,上面写着一行英文。

字迹清逸却又不失力道,连英文都写得极具生动的秀美。

——Adherence to the truth is a matter of death.

覃思宜看着这句话怔了怔神,又转眼看了下身边的人,那人低头看着手里的手机,两腿随意地伸开,眉眼低垂,头发也柔软地跟着一起往下垂,懒懒地靠在椅背上,真的很像她小时候在覃塘音乐室里养的那只波斯猫,只对它熟悉的人展露出柔软的一面。

天文展览馆里,人流量其实不大,一进门就是一片黑暗的空间,头顶是满目浩瀚的星空旋转流动,星光在空间里一点点散开。

时欲一进来就拉着方祺往前冲。

覃思宜是第一次来这样的天文展览馆,她从小就对这些有种莫名的喜欢,逛的速度自然也慢了。

再往里,空间又极速变幻,一片一片的星系被投影在空中,从覃思宜眼里慢慢划过去。

她在右侧的一块屏幕下停了下来。

陆白川跟在她身后,拿着手机不知道在捣鼓什么,看着她停了下来,也跟着一起停了。

那是一个呈螺旋状流动的星系,最中间是明亮的核心地带,向外松散且断断续续地展开它的旋臂,像一层面纱罩在它的前面,轻轻揭开时,它的色泽从核心中发出的黄色慢慢转变成旋臂上升的蓝色和外区恒星形成区的红色。

带着神秘又浪漫的视觉美感。

"这是烟花星系。"陆白川站在她的身侧,出声说着。

覃思宜点了点头:"我知道。"不知道她想到了什么突然就笑出了声,"其实这是我唯一知道的一个星系名称,小的时候看过一次,虽然忘了是谁给我看的,但还是想要感谢他一下。"

"感谢他什么?"

覃思宜转过头望向陆白川,蓝黄的星光刚好映在陆白川的眸中,遮住了他眼里的神情。

覃思宜感叹出声,认真道:"感谢他在我很小的时候就让我看到了这么宏伟的景象。"

宇宙的星光瞬息转变,不动声色地划过她的脸颊。

落进少年的眼中,留下了印记。

宇宙的神秘是带着寂静色彩的,周遭光影流动,人群走动都莫名添上一层安静,一片黑暗里,星光最为明亮。

陆白川眨了下眼睛,敛去神色,朝屏幕看过去,声音也不着痕迹地转变成散漫的腔调:"这么郑重啊。"

覃思宜也转过头,又望向那片星系,说:"是啊,不知道是在哪儿听到的话,说是,对待宇宙要永远保持认真和热爱。"

她说完,突然又想起陆白川微信头像上的话,出声轻喊了句:"陆白川——"

"嗯?"

"你以后应该是要往这条路上走吧。"说着,她又补充,"探索宇宙。"

陆白川顿了一秒,没想到她会这么问,反应过来后还是回了她:"是,但想要观测宇宙这个理想太过浩瀚,反而有些空。"

他说着,伸出手,星河也落在他的手里:"我更喜欢一步一步地走,在我所研究的领域为国家的探寻事业尽最大力。"

覃思宜看看那条星河在他手里一点一点地流逝,慢慢没进黑暗中,她的视线又移向他的脸，金黄色的光在他的眼睛里撞开。

一片安静的空间里，她好像听见来自宇宙的心跳声。

纯粹又炽热。

震得她的心也加速跳动。

覃思宜回忆着陆白川头像上的那句话。

——Adherence to the truth is a matter of death.

坚持真理是一件至死不渝的事。

陆白川这个人，好像永远都是那副懒散的样子，给人的第一印象除了外表透着疏离就是性子里有股子懒劲，看上去好像对什么事都很随意的样子，但其实他所有的在意都放在了细节里。

他骄傲也坦荡，能玩笑有度地化解尴尬，也能时不时展露出少年气的顽劣和孩子气的调皮：喜欢怼人，却又永远尊重所有人。

就连谈及理想他也游刃有余，不会夸大尺度，只想脚踏实地。

真是如他微信头像上的话一样，认定一件事，便是一生。

覃思宜垂眸看了眼双手，一缕星光散进她手心，她心里突然也有种被点燃的亢奋。

她也没想到有一天，自己会手握星光，这感觉就像是又回到九岁那年，她在台上，掌握自己的梦想。

浩瀚宇宙中，渺小如我们，无法留下什么存在的痕迹，却也能伟大，执着于理想，把平凡的日子过得足够有意义。

在人间百态里，有多少力量就做多少事，平凡也能在某一刻成为一种不可磨灭的伟大。

陆白川回完接着又问："你怎么看出来的？"

覃思宜抬头笑着回他："你桌上的书，就叫《宇宙》，还有你的头像，结合在一起一想就明白了。你们都坚持着一个真理，坚持着一个理想，坚持着一片星空。"

陆白川眼里的笑意加深，视线落在她身上，心里莫名地添上几分不知名的愉悦感。

仿佛那刻，心脏轻颤，钨丝生光。

覃思宜顿了顿，还是问道："如果你走这条路，以后肯定会学理科的吧，方祺说你已经被保送进附中了，明明附中更重理一些，为什么还要来一中？"

陆白川听见这话,眼里的笑意淡了些,看着覃思宜,眼神看不真切:"也许——

"是为了遇见这么懂我的同桌吧。"

04 / 猫和狐狸

展览馆的空间说不上大,大概参观了四十分钟,他们就出了展览馆,去了附近的市图书馆准备月考的复习。

当天晚上,覃思宜回到家,盯着手机备忘录里的那串号码看了好一会儿。

阿婆从房里出来,看着覃思宜一脸心事重重的样子,走了过去,问:"怎么了?今天出去玩不开心吗?"

覃思宜没有遮掩情绪,转过去看阿婆的神情也还是一脸的难言。

"不是的。"她顿了一秒,缓缓问出声,"阿婆,如果我说我想重新学习钢琴,想要考音乐剧表演专业,您会觉得这是不务正业吗?"

阿婆轻笑了笑,把蒲扇放下,说:"那什么又是正业呢?踏踏实实地学习?"

她调了调灯,橙光越发明亮:"小宜,阿婆是个俗人,还是个很偏心的俗人,就只想我们小宜做她最想做的、最喜欢的事,所以,你就大大方方地走你想走的路,阿婆会永远支持你。"

星光散在夜空,屋里的灯光压下了覃思宜的犹豫,她对着那串手机号拨了过去。

洗完澡刚躺到床上,覃思宜就被方祺拉进了一个叫"一中四巨头"的微信群。

这群名,一看就是方祺起的。

真是深受港片的影响啊。

群里就他们四个人,覃思宜顺着看过去,点开了 ID 为"11."的朋友圈。

映入眼帘的就是陆白川的空间背景图,那是一张照片,看着像是只木雕的狐狸。

再往下就是他的朋友圈。

这人的朋友圈和他的昵称一样,干净又明了。

里面就只有一条动态。

是一首名为"11"的歌。

配文：遇见了。

遇见了？

遇见了什么？

覃思宜蹙着眉头，看见了这条动态下面的时间。

8月22日。

11:11。

开学当天。

还没等覃思宜想明白，"叮咚"一声，这条动态上面又刷新出一条新的动态。

两张图片，什么配文都没有。

偏偏时间还卡点在23:11。

第一张图是两杯草莓果茶放在一起。

第二张图是天文馆里展示巨大的烟花星系的屏幕，上面模糊地映出一个身影。

因为拍摄的角度和环境的昏暗，如果不仔细看的话压根就看不到那个身影。

方祺点了赞又在下面评论：川哥，心血来潮啊！突然发个朋友圈把我吓了一跳！

11.：那你家房怎么还没被你跳塌？

时欲也评论了：哈哈哈！方祺，你该减减肥了。

方祺：咱俩指不定谁比谁重！

覃思宜就这样看着陆白川那条动态下面又成了战场，她笑着给那条动态点了赞。

刚点完，陆白川就发了信息过来。

11.：还没睡？

覃思宜坐直身子回他：快了。

她想着那几个"11"实在没忍住好奇，还是问了：你很喜欢11这个数字吗？

那头的陆白川也是刚洗完澡，随手拿了件短袖就往身上套，看着覃思宜刚刚发来的这条信息，眉眼的笑意舒展，嘴角弧度加深，小虎牙露出，头发沾着水珠软软地耷着，脸被灯光一照半点冷感都没有。

他对着手机输入。

11.：好事成双，当然喜欢。

覃思宜看着他发过来的信息，颤了颤眼睫。

好事成双。

她小时候，覃塘也是这样说的。

没人知道覃思宜其实有个小名，叫"十一"。

她出生在1月11日，而那天恰好是覃塘一场话剧表演比赛的得奖日。

赶到医院后，覃塘就抱着覃思宜，给她取了这个小名，说她是福星，一出生就是好事成双的兆头。

可除了覃塘这样叫她，再也没人这样叫过她。

时间久了，她都快忘了自己还有这么一个名字了。

覃思宜抿了抿唇，神色都暗了些：说得也是，11，确实是个很有吉兆的数字。

11.：所以，同桌，后天考试之前，咱俩握个手。

覃思宜愣着笑出声：这和我有什么关系？

11.：思宜，11，这不就是在说我的同桌是个福星吗？

11.：福星，给不给握？

覃思宜看着这几条信息，真的怀疑陆白川是不是和她共用一个脑子。

为什么她刚刚才想到的事，下一秒他就说了出来，还不偏不倚地又化解了她的心情。

那头的陆白川盯着屏幕上的消息框，往床边走。

"砰"的一声，脚背直直撞在桌腿上。

他眉头刚皱起，嘴里的话还没骂出口，下一秒，一条信息就弹出落在他的视线中。

手机发出的光见证了那人急速转变的表情。

嘴角弧度急速上扬，眉心展开，他满脸都洋溢着喜悦，顺势倒在床上，露出虎牙，像只得到满足的猫，满足地哼着小曲儿。

——好。

——福星给你幸运加持。

小猫又动了动爪子。

——成。

——那我就等着上学了。

另一边的方祺刚和时欲吵完，又倒回去端详着陆白川发的这条动态，还是没懂。在他的认知里，陆白川可从来都不是一个爱发什么动态的人，可自从高一开学开始，这人就跟开启了什么开关一样，朋友圈也莫名地开始发动态了。

方祺点开和陆白川的对话框：川哥，你这动态到底啥意思？

陆白川靠在床边，滑动着屏幕上的聊天记录又一条条地看了遍，摇头晃脑地哼着歌，看着方祺发来的信息，点开回了。

11.：看不懂？

方祺：看不懂。

11.：看不懂算了，反正也不是给你看的。

方祺：！！！那你给谁看的！！！

陆白川刚想抬手回他，置顶的头像突然又弹出一个红点，他立马点开，没理会方祺的信息轰炸。

覃思宜：那你早点睡，别再熬夜了，小心伤身。

陆白川一字一字地读过，嘴角扬起的弧度加深，轻轻敲着键盘。

11.：好。

覃思宜看着屏幕上的回复，心里柔软一陷。

在月色正浓时，她敲下两个字：晚安。

陆白川双手一动，回了过去：晚安，福星。

回完，将手机往床头一放，陆白川顺着懒劲呈一个大字倒在床上，眼神明亮地望着天花板。几秒后，他两眼一闭，扬着小虎牙，在床上滚了几圈，头侧着埋进枕头里，看着桌子上的那张照片，喃喃开口。

"明天见，覃思宜。"

这声音很轻，轻到只有那晚的小猫和月亮听见。

周一一早，学校外面就跟刚下锅的麻油团子一样，到处都是"乒乒乓乓"的吵闹声，虽然是九月，但江台这地儿的热气是一点也没散。

覃思宜刚走到桐桐坡路的路口就听见身后传来时欲的声音。

时欲拿着刚买的煎饼，直冲冲地穿过人群朝她跑过来："思宜，吃早饭了吗？"

覃思宜被她一撞，连着往后退了好几步才站稳，回道："吃了。"

"那行，这给你。"时欲说着从口袋里掏出一个红符递给覃思宜。

覃思宜接过看了两眼，疑惑地问："这是？"

时欲咬了口饼子，看着身后还在买煎饼的两人，勾着覃思宜的肩就是一顿猛地输出:"我前天晚上跟方祺打了个赌,我赌你这次得是年级第一,他非押陆白川,我们说好了,谁输了谁周末请客玩一天,我就等着败光他的钱包了。"

方祺打了个喷嚏,想起昨晚被抛弃的事,转头望向陆白川:"你昨晚怎么就那么下了,你知不知道话只说一半有多抓人心。"

陆白川瞥了他一眼,说:"所以,你被我'抓'得一夜没睡?"

方祺:"那倒也不至于。

"不是,别转移话题。"

陆白川转着手里的红符,悠闲地开口:"睡了。"

方祺差点被嘴里的饼噎着:"睡了?!你不是每晚都得做题做到凌晨两三点才睡?昨晚睡这么早?"

陆白川停下步子,转过身,对着方祺一脸认真地说:"熬夜伤身,你以后也早点睡吧。"

方祺咬着嘴里的煎饼,望着陆白川的背影。

不知道为什么,方祺怎么看都觉得陆白川最近有那么点不对劲。

覃思宜捏了捏手里的红符,说:"所以,这是你求的?"

时欲:"是啊,昨天刚去南山寺求的,时效很长,保准你下个月还拿第一!"

覃思宜捏紧了红符,抬眼看着时欲,半开玩笑道:"行,那我就尽力拿个第一,超过陆白川。"

她刚说完这话,方祺和陆白川就走了过来。

覃思宜看着陆白川手里的那个红符,突然抽了抽嘴角,看了眼旁边的人,说:"这不会是你俩一起去求的吧?"

时欲躲开她的视线,又咬了口饼子,嘟囔着:"没办法,昨天我俩一直在一起。"

覃思宜看着时欲,难得眼里闪着狡黠:"怎么办呢?我突然就没那么感动了。"

"没事,我这符也给你。"陆白川完全没理会两个女生的眼神,直接把符放进覃思宜手里。

"现在是双倍幸运了,福星。"

时欲一看连忙咽下饼子,双手对着陆白川点个赞:"大气啊,川哥!"

连称呼都变了,时欲笑得真是又假又灿烂:"感谢川哥的符,也提前感谢一下我们祺哥的钱包。"

方祺愤恨地咬了口饼,无奈地摇着头:"川哥啊,这要是搁在古代您绝对是一昏君。"

陆白川不以为意地笑了笑,散漫地回答:"昏,也看对谁。"说着,屈起胳膊打量似的看着方祺,"像对你,就不值得。"

方祺傻傻地睁着眼睛,话都没来得及怼上一句。

这人,真是越了解越能发现他性子里那股可爱又幼稚的顽劣劲。

像极了一只坏坏的小猫,会时不时地捣捣乱,但一看见它那双干净又明亮的眼睛,心里又会软得一塌糊涂。

覃思宜伸出手递向陆白川,笑得明媚又温柔:"那握个手吧,送你点福气,咱俩公平竞争,不然我赢得不光彩。"

"行,听福星的。公平竞争。"

陆白川笑着应她,懒懒的尾音拉长,反而透着股迁就的意思。

他俩满脸欢笑地双手交握,看得旁边吃饼的两人眉头皱了又皱,再四眼一对,都默契地把眉头皱得更深了。

从第二节课开始考试,第一次的月考高一全年级都是直接打散,直到开考前三十分钟才公布考场。

覃思宜在四班的教室考试,她拿着笔袋刚准备往楼梯走,身后的人就出声喊住了她。

陆白川不知道什么时候又戴上了帽子,帽檐在他脸上落下一片阴影,光线落在了他笑起露出的虎牙上。

他拿着水递给覃思宜:"同桌,加油。

"我等你拿第一。"

覃思宜自然地接过,笑着说:"我拿第一,你怎么办?"

走廊上来往的人变多,陆白川又向前走了一步,站在她的外侧,反手就把帽子扣在她的头上,清冽的薄荷香混着少年独有的气息,瞬间侵占她的嗅觉神经,头顶上被手覆盖的温度,像风扫过似的搅得她呼吸混乱。

"你拿第一,我就拿第二。

"争取不给我同桌拖后腿。"

月考一连考了两天半,下午最后一科结束,整栋教学楼都在沸腾。

九月的风带着未散的热气卷土重来,奔跑的身影全都抱着篮球往操场上冲,校服都止不住地往后晃动,像是压抑好久的灵魂终于得到释放。

林越跟着人群往球场跑，经过方祺他们身边时连声大喊："方祺，快点啊，秦宋又约战了，这次非得打赢他们！"

方祺一手抱着篮球，一手挥着应他："知道了，你先去，我马上就来！"

时欲："你们还在打？这都打了多久了还没打赢，方祺，你不会不行了吧？"

方祺一听这话立马就来劲了："说谁不行都行，就是不能说你祺哥不行。"说完连忙转过头一脸期望地看着陆白川，"就算你祺哥不行，这不是还有我川哥吗？川哥，你说是吧？"

覃思宜一下子就听出方祺这话里边的意思了。

这怎么和陆白川待久了，说话都要下点套。

陆白川睨了眼方祺："你这话我是该接还是不该接？接了我就得上，不接我就是承认自己不行。"他眼里藏着坏劲，勾着方祺的肩，"祺哥，不道德啊，怎么还给兄弟下套啊。"

"哎，川哥，这话不能这么说，咱俩都是二班的，那六班的人一直在挑衅咱们，我们能咽下这口气吗？"方祺拧着眉，自问自答着，"当然不能啊，这敌人都在眼前了，哪有不打的道理，川哥，这是集体荣誉。"

他说着，想起了两天前陆白川和覃思宜握手的场面，突然就生出了个想法："不然让我宜姐来说。"

这人，是会找帮手的。

覃思宜被他俩幼稚的对话逗笑，接着就回："是，集体荣誉。"

覃思宜笑得是真开心，眉眼舒展开来，那双狐狸眼笑成月牙，怎么看怎么甜。

陆白川眼里的坏劲霍地一散，目光柔软地看向覃思宜，说："也是啊，集体荣誉。"

时欲没忍住，抬眼问："那照你这么说，我是六班的，咱俩也是敌人了。"

"你不算，你是我方间谍。"方祺下意识地说，想也没想就把时欲拉进了自己的阵营。

时欲一愣，难得他没呛她，于是道："行啊，间谍给你们买水。思宜，走。"她回头拉着覃思宜往超市走。

覃思宜停在陆白川身侧回了头："陆白川，加油。"

陆白川看着覃思宜笑了出来，虎牙透着懒意。

"放心吧，输不了。"

下午的太阳没有那么烈，蝉鸣声比起夏天小了很多，学校里的吵闹声也更加清晰。梧桐茂密地遮挡出一条林荫大道，金色的光影斑驳地落在那两个少女的衬衫和裙摆上。

方祺往前走了一步，搭上陆白川的肩，跟着他的视线看着那两道渐远的背影，出声调侃："川哥，看什么呢？给我指指，让我也瞅瞅。"

陆白川没回头看他，视线不移地看着那道背影："看天气。"

方祺还真的相信了，抬头望了眼蓝天，除了炙热的太阳就是一望无际的白云，他又不明所以地问了句："天有什么好看的？"

陆白川站在原地看着那道身影消失，才满足地回了头，看向方祺："怎么不好看？明明那么耀眼。"

看着一脸蒙的方祺，他抬手拿过方祺手里的球，勾着方祺的肩噙着笑容，阳光打在他的身上，衬得他浑身又懒又拽的。

"行了，别琢磨了。

"走吧，川哥带你炸场子去。"

一中的课业虽重，但留给学生自学和放松的时间也多，每次考试结束后的下午是留给他们的活动时间。

这会儿高一年级刚考完没多久，超市里吵吵嚷嚷的。

覃思宜打开冰柜，冷气扑面而来，她拿了两瓶草莓味的气泡水。

旁边有三四个女生满脸雀跃地聊着天："我刚刚听说陆白川要和秦宋打比赛。"

"那这还不得去看，两个学霸比赛，传说中的双霸之争啊！"

"你们说施遥会不会给陆白川送水？"

一个女生疑惑道："施遥？她和陆白川？"

"你不知道啊，就月考那天的事儿。"

"应该不会吧，她可是校花，拉得下脸来？"

"那可不一定，毕竟陆白川真的很帅，尤其是他那两颗虎牙，看着真的又酷又可爱。"

…………

月考。

也是，月考那两天学校不上课，除了吃饭，他们就只有晚自习在一个教室里，其他时间待得最多的还是自己的考场。

覃思宜垂头看着手里的水,一大片白色包装上印着几颗挂着水珠的草莓。塑料瓶里的气泡水上方泛着几个凸起的气泡,又慢慢地消散下去,像极了她此刻的心,灌着说不出来的胀气。

她刚关上柜门,时欲就抱着一堆东西回来:"思宜,快,快帮我接一下。"

覃思宜连忙帮她接着,看着收银台上的一堆零食,问:"怎么买这么多?"

覃思宜都快怀疑她不是要去看篮球比赛,而是要去参加零食大赛。

时欲买完单提着袋子,挽着覃思宜的胳膊朝外走:"反正我们现在去也不一定还有好位子,既然看不成,那肯定要吃得开心吧。"

覃思宜笑得不明显,捏了捏瓶盖,不动声色地问道:"你知道施遥是谁吗?"

时欲刚塞进一大口薯片,吃得正起劲,也没注意到覃思宜的神色,回道:"知道啊,三班的,看,光荣榜上那第三名就是她。"

覃思宜往左看了过去,展示栏上还贴着上次的红榜,那次她只看了第一、二名,却没注意到原来第一名和第三名也可以成列。

上方的梧桐叶晃得哗哗响,光线一摇一摆刺进她的眼里,她的眼睛干涩得有些泛酸。

球场上果真如时欲说的那样,到处都挤满了人。

时欲溜达着步子,靠在梧桐树上,望着看台上一张张被晒得出汗的脸,不禁感叹一声:"果然啊,自古美人难过英雄关,这么大的太阳,大家都跟不怕晒似的。"

梧桐树栽在看台的外侧,就是为了给学生们遮阳用的,离球场中心的距离虽然说不上远,但现在人多,视线被挡得看不全。

覃思宜往左走了一段,和前面的人群错开,借着空隙看到了篮球场右侧第一排坐着的人,不知道那人是不是感受到了视线,也突然回了头,穿过人群叠影和她对视上。

前面的人影又一动,空隙被填满。

人海挡住了那道炙热又明亮的目光。

可覃思宜知道,陆白川看见她了。

隔着重叠成影的人群,他只把她放进了眼里。

闷热的风忽地一刮,梧桐叶被打乱,落在覃思宜头顶。

不轻不重的一下,却令她心一震颤,呼吸又慌又乱,瓶身被她捏得往里凹。

一瞬间，那股酸胀的闷涩感突然就消失殆尽。

这会儿比赛还没开始，六班的人不知道从哪儿弄来了一面红旗，举在两侧跟着领头的人往球场中心走。

覃思宜缓了一会儿呼吸才平静下来，刚拿下头顶的树叶，身后就传来声音。

"不好意思，能让一下吗？"

这声音乍一听挺礼貌的，但话里话外都带着痞气。

覃思宜没回头，侧过身和后面的人错开一步，才回了话："抱歉。"

那人看着覃思宜的侧脸忽然视线顿了一秒，抬脚就朝覃思宜走近。

一道阴影在覃思宜身边压下，她下意识地往后又躲了一步，这才抬眼看他，平静的神色中带着警戒："你，还有事吗？"

那人没穿校服，一身黑色，手臂夹着篮球，短发利落，眉骨高挺锋利，嘴唇很薄，透着股冷气。他垂头看着覃思宜，眉眼里痞气散去，带着点莫名的敌意。

"你就是覃思宜？"

覃思宜没懂他这敌意的来源，但还是秉持着礼貌问了一句："你是？"

少年勾了勾嘴角，眼里噙着坏气，又朝她走近一步，在她耳边低语："我姓秦，秦宋，记住了。"

时欲本来还在一旁吃得起劲，听见秦宋那语气，立马就觉得不对劲了，她连忙扔下零食袋，走过去想要隔开两人。

覃思宜很厌恶这种靠近，眉头皱了两下，往右侧避开。

她的注意力全在躲开秦宋上，丝毫没注意到右侧那块石头，左脚踩了上去，右脚还没来得及落，身子就一歪。

秦宋是离她最近的，但他丝毫没有要扶住她的意思，反而是一种就是想看她出糗的眼神。

"思宜！"时欲喊了声。

她话音还没落，覃思宜的鼻尖就闯进那股熟悉的薄荷橘香。

陆白川抬手握成拳，仅用胳膊搂住覃思宜的腰，等她站稳，立马就松了双臂。

他往前走了一步，把覃思宜挡在身后。

覃思宜的视线被少年的后背完全遮挡，白色校服上洒下树影，挺直的肩背好像能遮住风雨，也能撑起太阳。

温暖又安心。

被人护在身后,自从九岁之后,她已经好久好久没有再体会过了。

覃思宜突然心慌得厉害,看着陆白川肩上的光影,呼吸紊乱。

手里的梧桐叶被扫动,晃得她手心酥麻。

一种难言的情绪猝然而生。

陆白川抬眸淡淡地扫了眼秦宋:"有事?"

秦宋眼里闪过一丝意外,话里带着玩笑的意味:"我还是第一次见你这么护人,你俩,什么关系?"

秦宋和陆白川初中就认识了,初二那年平阳和恒江两校进行篮球比赛,陆白川拼尽全力压了秦宋两分,赢下比赛。

那之后,这两人也时不时地约着比赛,既是对手,也是足够了解彼此的人。

陆白川往前走了一步,眼里没了懒意,声音带着不同于往常的冷冽:"什么关系都和你没关系,你的对手是我,别吓唬别人。"

秦宋站直了身,声音里没了玩笑,眼里带着锐利:"你怎么就知道和我没关系。"

他又继续补充:"赛场上见吧,这次,一定赢你。"

陆白川悠哉的一句,气势压上:"你可以试试。"

他俩视线相交的范围里,都透着不好惹的氛围。

像刀剑相撞,没谁让谁一分,全都在彼此试探,彼此对抗。

秦宋后退了一步往球场走,又转过身来,歪着头朝陆白川身后的覃思宜笑了一下:"喂!覃思宜,还是那句话,记住了,我叫秦宋。"

他这会儿的笑又突然没了敌意,虽然不真,但也不假,眼里沉着覃思宜看不透的神色。

覃思宜没回他的话,也没再躲在陆白川身后,往前走了一步站在陆白川身边。

两肩相距不过几毫米,风吹过两人的校服,衣袖相碰,带着熟悉的味道探进心间,她攥了攥手,迎上秦宋看过来的视线。

视线一撞,一利一柔。

却谁也不比谁弱上一分。

开赛前,陆白川带着她俩去了前排。

覃思宜坐在位子上,看着手里的水瓶发呆,神色怔怔的也不知道在想些什么。

陆白川看了眼，刚想过去，就被抱着篮球跑过来的方祺一把勾住肩："川哥，走啊，去换球服。"

陆白川拉开方祺的手，头也没回地往覃思宜那边走。

方祺看着空空的胳膊，愣了一下，又转头看向旁边的时欲，一脸疑惑："他们这是咋了？"

时欲抬眼瞧他，拿着腔问："想听吗？"

"想。"

"行啊，五十块消息费。"时欲笑得明晃晃的，五指伸出在他眼前摆了摆。

"你这真是抢钱啊。"

方祺想也没想直接对着时欲的手心打了上去，劲很轻，甚至可以用抓来形容。

双只手手心相撞，燥风一缠。

两人皆是一怔。

时欲先他一步挣开，垂下眼睛，从零食袋里拿出瓶冰可乐递给他，回过神对他说："我还免费赠一瓶可乐，不贵了吧。"

方祺接过可乐，冰凉的水汽震得他浑身一凉，手心的热度却丝毫未减。他没再和时欲斗嘴："算了，抢就抢吧，毕竟拿人手短。"

时欲笑着轻睨了他一眼，满脸得意："走走走，欲姐给你讲故事。"

可乐瓶外壁上的水珠一路向下滴落，却没能消减半分热气。

覃思宜抬眼看向对面六班的旗子，又想起秦宋眼里那突如其来的敌意。

这还是她从小到大第一次这么直接地面对一个人对她的敌意。

覃思宜倒不是怕，只是她无论怎么想都没有在以往的记忆里找到和秦宋这个人有关的任何事情，如果秦宋对她的敌意不是来自她自己，又能从哪里来？

光影沉下，她的视线被遮挡。

还没等她抬头，视线里又出现了一颗糖。

玫红色的纸袋被五指包裹，像极了有着独特属性的玫瑰。

"给，草莓糖。"声音随着少年蹲下的动作向下传递。

陆白川没等覃思宜抬眼看，就已经先她一步蹲下闯进她的视线里。

他来得太过突然，覃思宜下意识地又开始转变神色，弯起眉眼，说：

"你怎么来了，不是要去换球服吗？"

陆白川看着她那瞬间转变的神情，轻叹了口气，拿着糖的手没动，回答她的问题："不急。"

他这声"不急"说得重了，像是回答外又盖着层意思。

下一句又轻了。

"一会儿再去。

"糖，不要吗？"

"要。"

覃思宜接过那颗糖，转动了两下，眼睛垂下，笑也没了，也不知道是不是在喃喃自语，声音轻到差点听不清。

"我怎么感觉我好像总是在拿你的东西。"

陆白川离她很近，看台第一排的座椅垂直于地面，他蹲在覃思宜的面前，没错过她的任何情绪和话语。

他低眸笑了笑："那你还点不就行了。"

"怎么还？"

"一会儿给我加个油。"

"这也算？根本就成不了正比啊。"

陆白川装作深思样，两秒后悠悠地开口："你就当我乐于助人。"

覃思宜被他逗笑，眉心展开，把手里的气泡水递给陆白川："行，那乐于助人的陆同学，帮我开个水吧。"

"覃同学，你还真不客气啊。"他这么说着，手里的动作却丝毫没停。

瓶盖被转动几下，清爽的气泡水"砰"的一声在太阳下炸开。

球场周围人声喧嚣，燥热灼灼，唯独他们两人之间弥漫着甜腻的草莓香。

陆白川没把水递给覃思宜，反而把水瓶放在两人视线中间的位子，瓶盖被打开，冰爽的冷气和炙热的暑气在呼吸中交织。

覃思宜对着水瓶朝陆白川扬了扬下巴，眼里明亮，笑得温柔又带着点狡黠。

"给你买的。"

陆白川是真没想到，眼神稍顿，看着手里的气泡水，不知想到什么笑着说："覃思宜，有没有人说过你真正开起玩笑来，真的很像一只狐狸。"

一只懵懂又干净的狐狸，什么都不做就能蛊惑人心。

覃思宜还真没被人这么说过："没有。"她想起陆白川微信的背景图，也是一个狐狸的木雕,"我怎么觉得是你喜欢狐狸啊。"

"嗯,喜欢啊,"他看着覃思宜笑得坦荡,"我只喜欢狐狸。"

他说着,又现出一脸得意:"那这么说来这是你的第一次了。"

"这算什么第一次?"

"独特称号的第一次。"

覃思宜看着他那两颗闪亮的小虎牙,在烈日下裹上一层少年独有的稚气。

可爱又明亮。

"既然是独特称号,你也得有一个吧。"

那人喝着手里的气泡水,笑得不正经:"取吧。"

覃思宜盯着他几秒,开口直言:"坏气小猫。"

这话刚说出口,喝得正得劲的人突然被呛住,连咳了几声才缓过来。

"你是怎么把我和猫联想在一起的?"

覃思宜看着他一脸不可思议的错愕,眉眼都笑开了:"这不是都一样可爱吗?"

陆白川又喝了口,表情变得极快:"帅哥是不能用可爱这个词来形容的,"语气一顿,神色换成了悠然,"但——陆白川可以。"

草莓香气的甜腻溢进空气里,少年笑得晃了她的眼。

"所以,我接下了,狐狸同桌。"

覃思宜就这么看着陆白川,才发现原来他的鼻尖上有一颗很小很淡的痣,在阳光的照耀下,快速占领她的视线。

她耳尖微红,双手摩挲着糖纸翘起的包装。

"沙沙"声缓缓响起,像是要搅乱一整个九月的风。

球场中心换完球服的人越来越多,跑步声混着拍球声传进风里。

六班的红旗又飘进覃思宜的视线里,她想起秦宋那股莫名的敌意,忽然开口:"陆白川,我能提个要求吗?"

少年抬眸看她,言语散漫,神情认真:"提吧。"

覃思宜看着他那一脸无所谓的样子,像是她提什么他都不会拒绝。

"这场比赛,我想看你赢。"

她收了笑,眼睛剔透又透着一丝狡黠。

狐狸大起胆子,和猫预谋一件坏事。

陆白川看懂覃思宜,扬起张扬的笑。

"等着。"

远处梧桐阵响摇曳树影,金光穿透云层,球场周围人声嘈杂,他俩视线相交,属于这个夏天的密语在此落下。

看台上有人偷偷拿出手机,镜头对焦拍下了这一幕。

画面里,少年扬着眉眼蹲在女孩身侧,少女屈肘撑着下巴望着眼前的男孩,被风吹起的他们的发丝在橙光里偷偷缠绕。

"咔嚓"一声。

夏天定格。

猫选择了狐狸。

草莓味的气泡水也见证了一个秘密的诞生。

05 / 落日竞赛

球场上两个班分队而站,二班人穿着一身白色球服,领头的人身上是正红色的11号。

陆白川不知道什么时候戴上的发带,柔软的额发从中分开,露出发带正中间的颜色,同色系的红白发带紧贴在少年的额头,衬得他浑身都是明朗的朝气。

球场被烈日照得一览无余,随着一声哨响,两队迅速散开。

看台上的呐喊声开始回荡,喧嚣一片。

时欲从后面跑过来坐在覃思宜身边,递给她一顶白色球帽:"戴上吧,陆白川给的。"

覃思宜看了眼正在往前冲的11号,又转过头:"你不晒?"

时欲又摇着手:"放心,我有。"

"方祺的吧?"覃思宜一脸洞悉的表情。

"是啊。"

刚说完,后面的一群人直接跳起来激动地喊:"哇!陆白川这是要先抢三分啊!"

"天哪!这哥真牛!"

覃思宜转头过去,视线一秒追上三分线外的陆白川,他蹦起来接过方祺从左侧传来的球,又跑着一个后倾,毫不迟疑地投篮。

一道漂亮的弧线,球从筐里落下。

开局三分直接拿下。

场上一片喝彩声,二班人的声音尤其大。

"川哥帅啊!"

覃思宜右边的男生不知道从哪儿拿的喇叭,直接对着场上喊。

时欲晃着覃思宜,激动地说:"帅帅帅!好久没见过陆白川这么打球了!"

覃思宜望着球场上还在抢球的陆白川，开口问道："那他以前怎么打？"

"他这人对篮球不上瘾，打也没什么胜负欲，除了初二那年打得狠，其他时候都懒懒散散的，而且就连那次也是因为有人骂了方祺一句，他才打得猛，开局就死压，和现在一样。"时欲激动得坐不住，直接拉着覃思宜一起站了起来。

覃思宜目光不受控制地一直追逐着11号的身影，跟着人群一起呐喊："陆白川！加油！"

场上的陆白川没了平日里的懒气，举手投足间全是锐利，就像时欲说的那样。

他在死压，没留给对手一丝喘气的余地。

覃思宜的喝彩声停下，球场上奔跑的少年猛然回头，目光穿过烈风对上她的视线。

他歪头一笑，虎牙闪亮，红白发带衬得他越发明亮，越发蓬勃。

疾风、灼日、喝彩声，属于他们的青春才刚刚开始。

这场球赛分为上下两场，每场各二十分钟，算上中场休息的十分钟，时长也足够长，上半场还剩一分钟，二班直接远超了对手十分。

最后一个球被方祺抢到，他带着球一路躲跑，在球筐前起跳准备投球。

对面六班的一个人追着他，在他跳起的瞬间一撞，球进筐里落下，人摔倒在地，膝盖一滑，擦出血丝。

这人撞得很是微妙，正常角度去看只是普通摩擦，只有从右侧的视角去看才能清清楚楚地看到碰撞。

林越刚好就站在方祺右侧，看着六班那人直接就吼："有你这么打球的吗？往人身上撞！"

六班那人没丝毫歉意地说："你眼瞎啊！是他自己没站稳。"

事一出，不光是球场上，就连场外的看台上也是针锋相对。

"你们六班人这么装的吗？这是想打球还是打架啊？"

"你嘴巴放干净点！"

时欲摘了帽子跑过去，站在方祺身前推了六班那人一下，满脸气愤地说："你会不会打球啊！手这么脏！"

"你一六班的，帮他们！"

"跟你一个班，我还真挺羞愧的。"

方祺直愣愣地看着挡在他前面的时欲，膝盖的疼痛忽然就消减不少，莫名有点爽劲。

陆白川扶着方祺起身，看着对面那群人，声音很轻，眼神却带着冷冽："球打得不怎么样，手倒是够脏的。"

震慑的气势覆上，他道："道歉。"

还没等那人开口，秦宋就迎了上来："你看到他撞人了吗？没有证据这么诬陷人不好吧。"

他话音刚落，一个声音就从他们身后传来："我有证据。"覃思宜站在球场的三分线上往二班人群那儿走。

她伸手拿出一部手机，点开了一段视频，拍摄的是刚刚的球赛，她拉快进度条，画面转换到方祺最后投球的地方，这个视频拍摄的角度正好就是在右侧，可以清清楚楚地看到是六班的人在方祺投球的瞬间，屈肘对着他的腰撞了一下。

"这是我们班一个女孩刚刚拍的，"覃思宜抬起眼皮，平静又有震慑力地看着秦宋，"你要是还怀疑我作假，也可以再去右侧的看台上随便借一部手机看看她们拍的，我相信结果应该是一样的。"

她收回手机，神情没流露出一丝柔弱："现在有了证据，也该道歉了。"

六班的人明显愣住了，不只是他们，二班那群人也愣住了，谁也没有想到覃思宜会直接拿个视频上来。

平时在班里，覃思宜也就和陆白川、方祺比较熟，和其他同学很少说话，除了收作业时有一些礼貌的对话，基本就是零交流。再看这姑娘一身有点疏离的气质，就算是漂亮也没多少人敢去靠近，毕竟谁也不想碰一鼻子灰。

但任谁也想不到这姑娘竟然在这时候站了出来，拿着证据怼得六班的人哑口无言。

甚至是陆白川都没有想到覃思宜会出来发声，这个女孩儿真是一直在不断展露自己，不断给人惊喜。

林越先行回过神，有了证据底气就更足了，他说："听见没，道歉。"

那人像是还不服气，缩在后面一声不吭。

秦宋抬手往后一勾，直接把那人提了出来："道歉。"

"宋哥。"他不甘地叫了声。

"快点，做错事就该认。"秦宋没看他，反而盯着覃思宜看，眼里的敌意消失。

那人憋了半天才出声:"对不起。"
说完,他直接跑出场外。

二班人赢得胜利,笑得满脸得意,直接欢呼。
方祺忍着疼对覃思宜点赞:"宜姐太帅了!"
他是带头人,林越也跟着:"是啊,宜姐帅死了!"
这两人一点火,二班那群人情绪直接被煽起来,一个个的都在起哄。
覃思宜还没感受过这种氛围,一时有点招架不住,转头去看陆白川,笑着问了句:"真的帅吗?"
陆白川盯着她,懒洋洋地拖长尾音:"简直帅炸了啊,宜姐!"
覃思宜看着他笑得不行。
好在还有个清醒的人出声:"行了,各位,再聊下去,方祺的腿就真得废了。"
方祺摆着手:"不至于,不至于。"
时欲一把打上他的手:"不至于个什么不至于,都肿了。"
陆白川身子往下一弯:"上来吧,祺哥,送你去医务室。"
方祺刚准备趴上去,秦宋忽然出声一拦,走到方祺身前,弯下身。
"我背你去吧,也是为我队友的行为再道个歉。"
方祺愣了,一脸蒙地看着弯下腰的秦宋。
陆白川起身,笑着拍了拍方祺,示意让他上去。
陆白川和秦宋认识这么多年,是了解他为人的。他这人乍一看是痞坏痞坏的,其实就是一小孩性子,坏不过几分钟,也不会真坏起来,就是攒着那股失败后不服输的劲,一直往上蹿。
方祺接收到陆白川的眼神,趴了上去:"行,那就辛苦你了啊。"
秦宋刚想回一句"辛苦什么",下一秒就明白了。
……这人,看着也不胖,怎么这么重!
方祺看着秦宋涨红的耳朵,调侃道:"宋哥,没事吧,你不会背不动我吧?"
秦宋用力支撑着,假装笑得轻松:"能有……什么事。"
他又看着陆白川说了句:"等着,下次再比。"
陆白川:"行,我等着。"
这场比赛本来就是双方几个人一起约的,现在两边都有缺席的,下半场自然也不比了,但仅算上半场两队的比分,自然是二班赢了。

还是以十二分优势碾压六班。

秦宋背着方祺往前走，经过覃思宜时停了一下。

覃思宜看着他眼里没了敌意，眼神也有些缓和，带着说不清的意味。

秦宋："是我对你有偏见了，你和我想象中的不一样。"

覃思宜笑了笑："那你想象中的我是什么样？"

"大概是像林芳那样，我讨厌她，就认为你和她一样，但现在我发现你们不一样。"秦宋认真地看着覃思宜，一句不够还加了句，"很不一样。"

秦宋脱口而出的人名让覃思宜直接愣在了原地。

覃思宜眼里失了笑意，抬头看着秦宋："你和她什么关系？"

"你不知道？"秦宋看着覃思宜茫然的表情，又想起几年前那些大人说的，放轻声音只回了句两人能懂的话，"她现在住在我家。"

难怪，一开始他的敌意那么深。

任覃思宜怎么想也不会想到，再一次听到这个名字是从一个刚刚认识的人口中。

那个在她十岁那年把她送进孤儿院的人，现在又以这样的方式出现在她的世界里。

覃思宜曾经想过，如果有一天再听到林芳的消息，一定会找过去问问林芳有没有后悔过当初丢下她，直到时间磨灭了这个想法，盼望再见的日子久了，等待的时间也长了，再想起时，当初的一些想法反而都消失了。

现在这么突然记起，心里反倒只有平静，平静到眼神放空，像只是听到一个熟悉的陌生名字一样，心里的宣泄咆哮被挡住，只留下寂然的气息被翻涌的浪潮拍掉，海面散去激喘，只有涟漪回荡不停。

秦宋顿了顿，又对覃思宜说："抱歉，为我刚刚的行为和言语。"

覃思宜回过神说："秦宋，道歉，我接受了。"

她又呼出一口气，想把涟漪消散，却没能成功，她语气柔软地说："她……过得怎么样？"

秦宋："你要我说？"

覃思宜压低帽檐，遮住眼睛："算了。"

秦宋后背上的方祺不懂他俩的话题，拍了拍秦宋的肩："你俩打什么哑谜呢？给我也讲讲吧，不然把我一个伤残人士干晾在这儿也不好吧。"

秦宋收回目光，说："行了，带你走，伤残人士。"

"你以后还是少吃点吧。"他说完又把方祺往上颠了颠。

等人走远，覃思宜才摘了帽子，放空地望着前面。

"覃思宜。"陆白川在她身后喊了声。

覃思宜缓了缓情绪，转过头去，问："怎么了？"

那一刻，阳光直直地从陆白川的背后照来，少年穿着白色球衣，柔软的发丝滤进光里，红白发带下的眉眼温柔，化成一片清泉流进了奔腾的浪潮，缓缓地把激烈翻涌成顺然。

清冽的声音飘荡进夏日疾风，陆白川在那片金辉里张扬地笑着。

"我们赢了。"

球场周遭人潮声渐渐消减，热烈的风拂过脸颊，吹散了一切的郁结和难过。

两天后月考成绩出炉，晚自习上课前夕又是各种声音混杂着。

"哇哇哇！"二班门口一连几个人都大叫着往教室里跑。

林越冲在最前面，声音也是最先传到的："各位，月考成绩出了！"

这声音犹如喇叭，引动人群往那块靠。

一个女孩问他："下面成绩栏贴了吗？"

"贴了贴了，我刚看了上来的。"跟在林越身后的人探出头回道。

"看了我的吗？"

"看了，你这回考得不错啊。"

"你不知道我们班这回出了两神！"

…………

林越穿过人群，朝陆白川跑过去，激动的神情不带丝毫遮掩："神了啊，各位！"

方祺抬起那只没受伤的腿，踹了踹林越："神什么神，好好说。"

时欲拉着方祺的后衣领，睨了他一眼："你这腿都打了石膏，还不能让你消停一会儿啊。"

那天之后，方祺的腿就打上石膏，他便成了高一年级光荣负伤的第一人，林越也因为那场球赛正式加入这个"四巨头"组织，把他们的微信群名改成了"一中五人帮"。

林越拉了把椅子往覃思宜和方祺两排之间一坐，老神在在地看着那四个人："猜猜这回谁年级第一？"

时欲第一个出声："那当然是我们思宜啊。"

方祺又是不服气："怎么就不能是我川哥了？"

时欲拿着那两个红符得意地在方祺面前晃:"Double kill（双杀）!"方祺泄气地"哼"了一声。

"行了，你们别争了。"林越拿着水瓶递向前排两人，"来，两位当事人猜猜。"

覃思宜颇为仔细地回想了一下自己估的分数，直言道:"我考完估了一下分，我物理最后一道大题没写，再加上其他零零散散扣的，最低也能有650分。"顿了一下，她转头问陆白川，"你估了多少?"

陆白川翻着手里的书，听见声音抬头回她:"应该跟你差不多。"

覃思宜不解，他的物理就能超她10分，怎么还会差不多?

还没想明白，那人像是看出她的疑惑似的又说:"我英语阅读错得多。"

"错了多少?"

他翻书的手一顿，思索着道:"大概，三四个吧。"

这两个当事人聊的话题在那三人听来简直就像是凌迟。

关键是那两人交谈的神情都是认真无比。

"两位大神够了够了，"林越实在听不下去了，"这种讨论就不用聊了，我还是直接说了吧。"

时欲:"快说，快说，输了方祺周末要请客的。"

"你们还打赌了!"

方祺抢先说:"我押川哥，她赌宜姐，输了周末要请客玩一天的，所以谁赢了?"

林越站了起来，拿着两瓶水重重一敲，幸灾乐祸地说:"恭喜两位，都没押对!你俩就等着周末AA吧。"话锋一转，他对着覃思宜和陆白川说，"也恭喜两位，并列第一啊!"说完，他又开始了"自嗨"模式，敲着水瓶跟打鼓似的。

别说方祺和时欲了，覃思宜和陆白川也愣了。

这结果，两人倒真是没想过。

毕竟，并列第一这事也是真的有难度，多0.5分都会有上下的，这回竟然是一样的分数。

跟着林越进来的几个人也把这消息一传，没一会儿整个二班的同学都震惊了。

林越大概是嗨够了，又认真地说:"你们俩真的是太厉害了!

"一个物理全年级第一，一个英语全年级第一，到最后总分竟然也是全年级第一，真是神了啊！"

方祺回过神来，听着林越这话也激动了："喂！真的假的？"

"这还能有假？成绩栏上贴着啊。"

"不行，我得亲自去看看，一定要见证一下这历史性的一刻！"说着，方祺直接起身。

时欲连忙抬手扶着他："你这腿走路都难，算了吧。"

方祺瞅了两眼腿，对着林越喊了句："林越，快背我下去。"

"行行行，走。"

时欲跟着起身："我也去。"

班里吵闹声不停，窗外走廊上也是闹哄哄的一片。

陆白川先回过神出声："同桌，恭喜啊。"

覃思宜回头："这还恭喜，难道不是同喜？"

红日拉拽云层，被扯出来的积云呈交叠状染出火烧般的颜色，梧桐枝繁叶茂，树影斑驳，微风一过，阳光经走廊外沿的栏杆反射，形成一长条闪耀的橙光落在覃思宜身上。

她今天没扎马尾，头发低盘在耳后，散出来的发丝被镀上粉嫩的橙光。余晖落在覃思宜的眼里，那双剔透干净的狐狸眼里映着说不出的清澈感。

和她越熟，她的情绪就放得越开，没有了包裹的开心和难过，都因着那双狐狸眼时不时地自带纯净的情态。

陆白川在心里咒骂了句。

一句不够，他还抬手拍打了两下心口。

能不能安静点！

覃思宜不懂他这突然的动作，笑得眉眼都弯弯的："好端端的，打什么？"

压了两秒实在是压不下去，陆白川直接放弃抵抗，缴械投降，无奈地勾出抹笑，说："没办法，心跳得太快了。"

这懒洋洋的调子，再配上小猫一样的表情，妥妥的一个慵懒少年。

斜阳晚照，火拖拽着翻滚的云层，生起的余晖烈影熔了梧桐的树色，印刻在她的眼里，风撩起窗帘细纱，形成了朦胧的橙色光条，笼在少年的衣衫上。

直白的话语，坦荡的表情，热烈的眼神，温柔的晚风，浪漫的云霞。

一切都映进了覃思宜的眼中，让她混乱地生出一种错觉，刺激着心脏也开始喧嚣。

直到门外的一个喊声传来,直直地打破了这一氛围。

"覃思宜,陆白川,赵老师叫你们去办公室!"

"知道了。"陆白川转头应了声。

办公室门口,陆白川敲了敲门:"老师。"

赵云正在和另一个老师一起研究考题,听见陆白川的声音回头看他,说:"来了,进来吧。"

身后的几个老师都面露微笑,调侃道:"老赵,你们班这回可是出了两个第一啊,这不得请请客。"

"请请请。"赵云说着推了推眼镜,对着陆白川和覃思宜伸手往下摆了摆,"坐。"

"你们这次考得不错,给我们班争了很大的光啊。最近市里的竞赛项目也下来了。"说着赵云从抽屉里拿出两张表递给陆白川,"我知道你和方祺还是物理竞赛,他腿伤了我没让他来,你跟他讲讲,明天一起把表交给我。"

陆白川:"成。"

"对了,这个是历年来的竞赛题,你们拿回去练练,十二月的时候就是初赛了,好好准备。"赵云把试题一起交给他,"行,你先回去吧。"

陆白川接过却没起身,懒洋洋地回道:"我等我同桌一起。"

赵云有些意外,瞅着他:"看来你们关系不错啊。"

陆白川又一脸的不着调:"那也多亏了赵老师给我们分的座啊。"

赵云:"行了吧你,要不是你那一嘴我压根就没想换座位。不过你这方法也确实不错,省力。"赵云说完也没再管他,望向覃思宜,"你前几天给我打电话说是想参加市里的钢琴比赛?"

覃思宜没犹豫地点点头回答:"是。"

"那你高二是准备转艺术生?"

"我有这个打算。"

赵云顿了顿,又说:"老师不会劝你放弃自己的喜好,只是想跟你提一个现实问题。你说你想考音乐剧专业,在文化课方面我觉得你不会有任何问题,但如果要以艺术生的身份去考,你的艺术课还是有压力的。

"而且,你的英语很好,这个水平就算放到市里去比,也是个能排在前面的成绩。如果你走竞赛这条路,你能选择的学校和未来的机会反而更多,所以老师还是希望你能再好好考虑考虑,毕竟这是关系到你一生的事。"

"老赵啊,这您可说错了,"陆白川靠在椅背上,大大咧咧地伸着腿,"不管是学校还是专业都不会真正地影响人的一生,如果我们每个人都只奔着那个最好的学校、最好的专业去学,那世界岂不是得乱套啊。"

他活动活动手腕,继续补充:"再说了,人的喜好本身就不同,所选的路自然也不同,他们明明都有自己的思想,却还没来得及去做,就被你们以长辈或者过来人的身份否定,从源头上施加压力,让他们选择那条看似顺畅毫无阻碍的康庄大道,可你们又怎么知道那条康庄大道通向的未来就是好的? 如果每个人都是一帆风顺,那又是否真实?"

他明明说话声不大,还带着不正经的腔调,却把赵云说得哑口无言。

是啊,人生怎么可能真的一帆风顺,我们明明还这么年轻,有着勇气和无数可以去试错的机会,如果可以追求自己的理想,那么面对再难的荆棘山谷也会有攀登顶峰的时刻。

少年人自带与强风为伍的力量,最不缺的就是一往无前的韧劲和为理想冲锋陷阵的勇气。

他们不会逃避,不会放弃,会一直用努力和坚持迎接生命的光彩和灿烂。

覃思宜出声打破了这安静的空气:"老师,很感谢您的劝导,但我还是想选择我想走的路。"

她的声音融进门口透来的橙色光线中,带着不容摧毁的坚韧。

"我不怕失败,也不会失败,我对自己有信心。"

晚自习上课铃打响,教室外只剩下零星的几个声音,红霞消散,和灰蓝的天色融为一体,梧桐大道两侧的路灯亮起,斜光照在地上,映出两人的影子。

"你初赛是什么时候?"陆白川抱着一堆竞赛卷子,借着路灯的光望着覃思宜的侧脸。

"比你的时间晚,1月11日。"

陆白川沉默了一秒,声音很轻:"什么时候决定的,都没听你提过。"

不知道是不是天色太过深沉的原因,覃思宜听那人的声音完全失去了刚刚的怼劲,懒调子里带着浅浅的暧昧。

覃思宜觉得陆白川真的越来越像那只波斯猫,这会儿正没劲儿地拖着爪子，一声接一声地叫着。

尤其是当他眉眼一低，眼皮耷拉地看着覃思宜时，就像是真的受了委屈一样。

可覃思宜还是不厚道地笑了："陆白川，你真的越来越像猫了。"

他也不知道是无奈还是怎么，松松垮垮地往路灯杆上一靠，双臂一环把竞赛题往上杵着下巴、两眼圆溜溜地看着覃思宜。

"喵"的一声。

音调婉转，懒气覆上。

头发软软地耷拉，眼睛被光映得明亮又干净，配上这声音，真的就是一只又漂亮又听话的小猫。

他这样真的，太犯规了！

凭着那双漂亮又无辜的眼睛，任谁看了都会心软。

又怎么会舍得让他受委屈。

"也是上周六才决定的，因为这几天考试所以就没有提。"她往前走了一步，低眉垂眼，声音柔到不行，"说起来，我还要感谢你，是因为你那天在天文馆里说的话，我才确定要参加钢琴比赛的。"

小猫眼神动容，嘴角弧度上扬。

她说，是因为他。

"因为一些原因，我已经很久很久没有接触钢琴和表演了，这时间长到我再想起这两样东西的时候，会不自觉地产生一种畏惧。但那天在天文馆里，你说尽自己的力量那刻，星光正好就落在我的手心里，"覃思宜伸手从黑暗渡向光里，"我就像是又回到了九岁那年，重新拥有了握住梦想的力量，尽管心里依然会怕，但是不想再退缩半步。"

头顶黑夜沦陷，狐狸手握灯光，浑身明亮。

"所以，陆白川，我真的很感谢你。"

感谢你在我即将偏航的途中，为我点亮一座灯塔。

陆白川放松肩膀，直起身，脊背挺拔，肩上载光："虽然我很想说一句不客气，但你真正要谢的不是我。"

梧桐晃动，沙沙作响。

少年眼神赤诚，黑夜也遮不住他的光芒。

"而是那个从来没有想过要放弃理想的覃思宜。"

所以，覃思宜，你不用怕会偏航，因为你就是你自己的灯塔。

而我，会成为你的同途人。

那天之后江台一连下了三四天的雨，热气稍稍减退，秋天的微凉降下，老城区的路上落了满地的梧桐叶。

"这天总算是晴了。"方祺抱着西瓜窝在沙发上瞅了眼窗外的天，一勺一勺地将西瓜往嘴里送，"川哥，你说会不会是我昨晚的祈求感动了上天，所以今天放晴让我们玩得畅快。"

陆白川转了转笔，写完一道题，嗤笑道："你怎么就不觉得这天是被你唠叨烦了？"

"我这么帅，它还能烦？"

陆白川随意地翻了翻书："是啊，你最帅了，如花都比不过你。"

方祺想了两秒，这比喻还不如不比。他塞了口西瓜也没再跟陆白川呛，拿出手机在"一中五人帮"的群里发了条语音："林越你怎么还没来？小心爸爸一生气不请你了。"

林越："滚，我在你们院门口，进不去，你和川哥出来吧。"

"行，知道了。"方祺回完消息，顺手点开朋友圈，就看到时欲刚刚发的朋友圈。

陆白川拿着手机起身，踢了踢沙发："走啊，还窝着。"

方祺转过手机对着他："你看这两人还先去了，我说一大早的怎么没见到时欲。"

陆白川看着手机里的照片，视线全被那个穿着蓝色衬衫、过膝长裙的女孩吸引。

他勾了勾唇，眼里划过一丝笑意，抬手就把方祺扶起来往外走。

方祺被扶得突然，左腿又有点使不上劲，两臂抱着陆白川喊着："不是，川哥，咱能别这么突然吗？慢点，慢点……"

没走四五步方祺又被扔在了客厅的沙发上，他两只手撑着起身，看着往回走的陆白川，不明所以地问道："你又回去干吗啊？不走吗？川哥？"

最后回应他的是一声急促的关门声。

方韵听见声音从厨房里端着果盘出来："小祺，你们晚上还回来吃饭吗？"

方祺见长辈出来了，动了动身子，稍微坐正："应该不回来了，方姨，您今天不用去剧院？"

"去啊，这不是就想问问你们，要是晚上不回来吃饭，我也晚点回来。"她说着把果盘放在方祺面前的桌子上，看了眼陆白川的房门，"他又进去干吗了?"

方祺吃了块苹果,瞅了眼:"我也不知道,说好的下楼,结果他就把我扔这儿了。"

话刚说完,林越一个电话就打了过来:"你还能下来吗?不会是又摔了吧?"

方祺将叉子一扔:"林越,这明明是两个人的事,我还是一伤残人士,你就怼我骂,合适吗?"

林越丝毫不带歉意地回嘴:"不行,川哥是我哥,不能骂。"

方祺无语极了:"你真是……"

话还没说完,陆白川打开房门从里面走了出来。

方祺转头看过去,总算是明白他刚刚为什么要进去了。

林越:"真是啥?"

方祺:"真是够狗的。"

说完,他挂了电话,这一句话,意指两人。

方韵起身看着陆白川身上的蓝色衬衫:"你怎么突然换衣服了?"

陆白川颇为随意地扯了扯衣角,懒懒地说:"刚刚那件脏了。"

方祺忍不住笑出声。

衣服脏没脏不知道,反正陆白川是不对劲了。

方韵信以为真,喃喃自语:"脏这么快。"

陆白川神色没有丝毫异常,将方祺拉起来就往门口走,说:"妈,我先走了。"

方韵应了声:"行,慢点。"

楼下的院子里住着已经退休的老人,每天都聚在中间那棵老梧桐树下下棋、聊天,时不时还非得斗斗嘴,比比武。

方祺是爱闹腾的性子,和院里的老人非常熟。

"魏爷爷,快看我川哥今天这身是不是帅翻天!"方祺喊道。

魏爷爷扇着扇子,说话时有点口音:"帅帅帅,这是要去干吗啊?"

方祺:"去追……"

话还没说完,陆白川扶着方祺的胳膊一松,方祺吓得立马往他身上抱,满脸假笑:"哥,错了错了,我不说了。"

陆白川懒得理他,笑着回道:"去追狐狸。"

魏爷爷不懂他的话,只是望着那个蓝色的背影,橙光落在少年的耳垂上，红成一片。

九月的天没了暴热的暑气，路上的人也有了长短袖的差异，他们约的是下午，要一起去小北门码头看日落。

小北门在老城区这片儿，离他们都近，覃思宜上钢琴课的地方也刚好在这附近，下课那会儿时欲来找她，两人也就直接留在了附近。

时欲站在十字街的公交站台上，吃了口冰粉，说："他们怎么这么慢？"

覃思宜把她往里拉了拉，站到树荫下，说："再等等吧，应该快了。"

正如覃思宜所说，是快了，但这个快要看和什么比。

毕竟二十分钟后，那三个人才从公交车上下来。

时欲是骑"小电驴"来的北街，等得累了就往车上一坐，杵着下巴看着那三个勾肩搭背走过来的人——方祺走在中间被搀扶着。

"伤残人士还不能下地啊。"

方祺没好气地回了一嘴："伤筋动骨得一百天，我这一个星期都还不到，你还指望我下地？"

时欲把车往前开了点，停在他面前："行了，坐上来吧。"

方祺愣了，身后的汽车忽然鸣笛，震得他心跳漏了一拍。

时欲挥了挥手，虽然带着威胁的语气，话里却没半分威胁的意味："快点，不然我不载你了。"

方祺抬手揉了揉后脑勺，被两人扶着坐了上去。

微风轻轻吹来，夏天的燥热也跟着扑面而来，覃思宜朝陆白川看了眼，他今天的穿着干净又慵懒。

一件蓝色短袖衬衫，下搭一条有垂感的白色长裤，一身穿着都是宽松下垂的，却丝毫没有遮住他直挺的肩背。站台这儿的梧桐树很高，枝叶在空中一合，成了一个天然的遮阳所，晃动的树叶间淌落光影，半明半暗地落在他的身上。

覃思宜不知道是捕捉到什么，垂眼一笑。

她余光又往他左心口那处看去。

那里有一个小小的、橘红色的狐狸胸针。

别在蓝色衬衫上，就好像那只狐狸拥有了一整片属于它的天空。

她有点好奇，为什么他的衣服上总是有这么多奇奇怪怪的小装饰。

站台上等车的人很多，站在他们右侧的几个女生，看着这一个个高中生，都在暗暗讨论。

风似有若无地往这块儿刮，不知不觉间空气被身后窥探的目光染上了点异样。

那几个人，不。

准确地说是那四个人的眼神都有些飘忽。

唯独林越一个人独立在这种氛围外。

那一刻，林越真的觉得自己好独特。

林越转了转眼球，眼神忽然定住，他看见了迎面走来的秦宋，终于出声打破这不清不楚的隐晦气氛："秦宋！秦宋！"

秦宋低着头，听见声音才慢慢抬起眼："你们怎么在这儿？"

方祺接过话："怎么？还不让人来玩儿？"

秦宋被怼也懒得出声了，林越看着他们，笑着打了个马虎眼："遇见都是缘，走吧，一起去。"

说完，他直接就搭着秦宋的肩，把人带着走。秦宋糊里糊涂地跟着他们走了一段，才想起来问："你们要去哪儿？"

林越："去小北门看日落。"

"看日落，这么文艺。"

"你懂什么，这叫浪漫。"

"是是是，你懂，也没看你有个女朋友啊。"

"我那是比较爱学习。"说完林越也回呛，"你不是也没有。"

"我是不想耽误别人，"这人也不知道是怎么突然就傲起来了，"要真想有，下一秒就能交。"

林越瞅着他那一脸莫名的傲气，不厚道地笑着说："秦宋，我现在是真发现你这人平时看着又痞又坏，其实熟起来就是一小孩性子，"说着还逗他，揉了揉他的脑袋，"还挺可爱。"

秦宋僵了一秒，除了他妈妈，还没人揉过他的脑袋，他屈起胳膊挣开，偏头就骂："可什么爱，滚蛋。"

他声音大了些，方祺回头问："你们怎么还怼起来了？"

林越勾着秦宋的肩往他身上靠："关系好啊！"

时欲看了看天，说："行了，快走吧，一会儿就出来了。"

方祺真的是太能吆喝了，坐在后座上挥动双臂："冲冲冲！"

秦宋好久都没有感受过这种欢快的气氛了，自从母亲去世后，父亲再婚，他便不常回家，平常不是和那些所谓的朋友敷衍着聊聊天、打个球、玩个游戏，就是一个人待在外公家。

被这么直接地拉进一个群体，他是真的浑身都不适应。

甚至有些想逃。

"我不……"

他话还没说完，就被林越抓着手往前走："走走走，一起见过日落，我们就是一辈子的朋友了。"

秦宋拧不过林越，泄了力，跟着他往北街走。

小北门码头在北街的最外围，出了古城墙的石门，就是辽阔的临江大道，这会儿正是日落的时候，栅栏前、江边、大道上来往的人群，都在落日余晖下被太阳定格。

嘈杂的人声混着鸣笛声，各种烧烤小吃的油炸孜然味飘进空气里，小孩在下面的江边玩闹，老人三五成群聊着天，一切时间都交给了黄昏。

林越突然提议："我们来比赛吧。"

几个人回头，难得异口同声："比什么？"

"骑车啊！沿临江大道骑，骑到最后一个人骑不动为止。咱们只要起点，不要终点！"

临江大道是环汉江而建，前后围成一个圈，路又绕又长。

秦宋难得附议："可以啊！"

时欲关上手机，看了看后座那不能自理的伤残人士："不是，各位体谅体谅我俩吧，他腿瘸，我电驴，怎么跟你们比骑车。"

林越："你们就当裁判吧。"

方祺一听，兴奋地说："行行行，走起啊朋友们！"

几个人各自扫了辆共享自行车，时欲喇叭一响，四辆车直线骑了出去。

一路的梧桐环道，一起一伏的光影追逐，他们六个在落日重影里开始了一场没有尽头的比赛。

"往前冲啊！朋友们！"

06 / 野蛮生长

当晚秦宋赢了比赛，几个人商量着坑了秦宋一把。

赢家请客吃饭，秦宋就带着他们去了北街的小吃街，找了一家烧烤店。

周末的北街无论什么时候都是熙来攘往，道路两边是各种商贩，如星星一样的灯光将这一片照得亮如白昼。

他们六个吃完饭，也跟着人潮漫步其中。街上的人太多，别说车了，人都不好走，时欲把"小电驴"往停车场一停，几个人轮换着扶着方祺往里边走。

街巷里人来人往，人声喧嚷，有人立着话筒，弹着吉他唱着歌，那是一首英文民谣。

那歌手站在一个十字路口的古式建筑前，一头不修边幅的鬓发，看着年纪不大，背着一把吉他，立在昏黄的路灯下，晚风吹乱了他的衣角，他浑身透着沧桑。

唯独这歌声干净清冽，温柔又不失故事感。那人手轻抚琴弦，双眼望着为他停下的人群。

橙黄的灯光洒下，加之头顶的黑夜星空和周遭的嘈杂人声，形成了一个天然的演唱会现场，连着伴乐也是独树一帜的风尘人间。

Not a shirt on my back （如今我衣衫褴褛）

Not a penny to my name （依旧是一文不名）

Lord I can't go back home this a-way （上帝啊 我怎能就这样回到家去）

This a-way, this a-way... （这般潦倒 这般困顿）

歌声里的温柔和忧愁配上这徐徐吹来的晚风，把这一隅天地染得极尽脱俗。

覃思宜很久之前就听过这首歌，它也算是一首很经典的民谣，被翻唱的版本自然也不少，但她从未听过像这人一样的。

明明处于昏暗街道，糅着风霜岁月，声音里却又有着纯质的澄净，和外表千差万别，他看着人群的眼睛更是赤诚，丝毫不亚于十六七岁的少年。

他把这首带着伤感曲调的歌，没改曲、没改调的，却唱出了另一种带着希望的磅礴感，仿佛是初春新发的、从泥土里一点点冒出头的新鲜嫩芽，带来了万物朝气蓬勃的生命力。

时欲也低声感慨："这么好的声音为什么只在这里唱歌？"

方祺被林越扶着，应和道："是啊，为什么呢？"

秦宋住在外公的檀溪公馆，就在这一片，自然听过一些事，他说："我听我外公说过，这个歌手曾经是江大音乐系的，因为在一场比赛里抄袭了别人的歌曲，被学校开除了。但也不一定是真的，毕竟还有人说是因为他初恋在前面那条街出了车祸，所以他才每天晚上来这里唱歌。反正各种说法都有，真的假的谁也分不清。"

林越叹了口气："要这样说的话，我倒是更愿相信后面的那个说法。但不管是因为哪个，他一副好嗓子却只能在这里唱歌，真是可惜了。"

覃思宜听着他们的讨论，看着那人的眼睛，不知为什么她丝毫不觉得这是可惜，反倒更像是自由。

她刚想出声反驳，身边的少年就开了口。

"可惜什么呢？可惜他没有成为一个歌手，还是可惜埋没了他的天赋？"

陆白川站在那人视线的正中间，柔和的光一洒，映得他连影子都格外温柔："但天赋这事儿从来都是靠自己掌握的，谁又能真正被埋没？世间百态，未知全貌，不予评价。谁又能说自己不是井底之蛙，不是'楚门的世界'的缩影？想怎么生活都是自己的选择，我们既然不能知道事情的真相，那就做个安静的听众。"

陆白川的话和这娓娓道来的歌声完美地糅合在一起，就好像是那头唱歌的人在用他的声音回应陆白川的话。

覃思宜转眼看他，他还是那个样子，双臂一环，没个正形地靠在路灯杆上，但这话说得比谁都认真。

其实有很多时候覃思宜真的很想去了解了解陆白川从小到大的生活环境，她不知道什么样的家庭可以教出这样的人。

他真的时时刻刻都以极度的坦诚和客观去看待世界，不会混淆道理，也不会逃避退缩，以至于他的理想都是先以国家为出发点。

当真是，心里装着家国大义，眼里有着人文情怀。

明明如太阳般耀眼，却又比太阳还要温暖，不会灼伤靠近他的人。

就这么静静地看着他，覃思宜都觉得心里风声灌响，跳得热烈。

她低低地笑着，抬眼去看那束光里的人，开口把刚刚的话继续说完："我就这么听着都觉得他的歌声里有自由和幸福。生活或许会平庸，或许有苦难，但心里有理想，眼里有目标，这日子也能过得有声有色。"

时欲点着头附议："也是啊，我们还是别讨论是非了，就安安静静地做个听众吧。"

平庸不是生活的枷锁，理想也不会被现实击碎，再黑暗狭窄的巷子里，也可以恣意地追求灿烂；再人迹罕至的街道，也照样能有人熠熠生辉；再坎坷的路，哪怕是跌跌撞撞地往前走，一步一步的，也能触到希望。

那人依旧立在光下，一首结束后又换了一首，从民谣到摇滚，曲风变化不断，唯一不变的是他眼里蕴藏着的对音乐的热爱和那份坦坦荡荡的自由。

尾音一结束，手指从弦上滑落，又一首歌停止。

晚风流动，人群翻涌，生活各自向前，屯街塞巷的脚步声从未停止。

天色渐晚，几个人分道而行，时欲先骑着"小电驴"和方祺回了家，只剩下陆白川陪着覃思宜站在公交站台上。

覃思宜："其实我可以一个人回去的，你这样送我，一会儿又要绕路。"

陆白川垂眼看她，轻声回应："没事儿……

"我都习惯了。"

他刚开口，公交车的鸣笛声就传来，覃思宜只听清了他的前一句话。

她回头问他："你后面说的什么？"

陆白川站在她的外侧，无奈地一笑："我说，要上车了，覃思宜。"

秋夜的晚风，吹散了燥热，带着梧桐木的清香吹进车里。

陆白川掏出耳机递给覃思宜："听歌吗？"

覃思宜："听。"

温柔舒缓的歌声传进耳朵，车开过路上的减速带，车身晃动。

覃思宜被晃得往陆白川那边靠，两人穿的都是短袖，光滑的肌肤相撞，相同颜色的两肩一融，两人都是一震，朦胧的光线配上温软的歌声，一呼一吸都被晕得不清不楚。

没了夏日蝉鸣，没了燥热晚风，一耸一动的心跳，突然升起的温度，都像是没了可以遮掩的借口，被秋夜看得清清楚楚。

覃思宜颤着眼睫望向窗外，呼出热气，连接两人的耳机线冰凉地打在她的胳膊上，耳尖的红晕丝毫未散。

她看着窗外，陆白川却转头看着她。

覃思宜今天扎了个松散的丸子头，一天下来脖颈上已有不少的碎发，在窗外点点星光的照映下，依稀看着有些微微泛红。歌声萦绕着两人，像是在替他们诉说着些什么。

少年又轻轻拿起手机，对着少女的背影拍下秋夜晚景。

车摇摇晃晃了一路，耳机线也拴着两人一路的心绪浮躁。

车到桐桐坡站停了下来，两人下了车往米花巷的方向走。

覃思宜把耳机递给他："你回去吧，剩下的路我自己走。"

陆白川接过，却没回她，而是垂眼静静地看她。

不知道为什么，覃思宜感觉他那眼神和表情就像是在说，你要赶我走？

一副小猫受伤的神情。

覃思宜一直在想，陆白川是不是知道他这个样子真的很容易让人心软，所以总是这样看她，看似懵懂无知，却始终扰动晚风。

于是屡试不爽。

偏偏覃思宜也吃这套，她说："你要是再送我，一会儿就没有你回家的车了，而且这条路，我初中就开始走了，很安全的。"

陆白川不知道是被哪个字词取悦了，笑得有些得意："没事儿啊，没车了，我就走回去。"

覃思宜被他逗笑，没再拒绝："行，那你一会儿走回去吧。"

十五分钟后，两人走到米花巷，陆白川走在覃思宜外侧，却在覃思宜开口前，先她一步停了下来。

要不是覃思宜没说过她家在几号，看着陆白川这停止的脚步，她还真以为他知道她家在哪儿。

覃思宜抬头，指了指前面的房子："我家到了。"

陆白川轻声"嗯"了下，还没开口说话，有人从屋里走了出来。

阿婆推开门，走了出来："小宜，回来了。"

覃思宜听见声音走了过去，扶着阿婆，再跟着她往前走："阿婆您怎么出来了？"

"刚刚在窗边看见了你的朋友，阿婆就想出来看看。"阿婆说着又转头看着陆白川，神色顿了顿，像是在思索着什么，"这孩子我看着有点眼熟。"

陆白川收了懒气，爽朗地笑着："是吗？那可能我的脸比较大众。"

覃思宜忍不住玩笑着回道："你的脸要是大众，那我的脸就只能不要了。"

"那怎么行啊，我不要脸，我的同桌也得要。"

阿婆定定地看着他们俩，再看着少年眼里的赤诚，和覃思宜那被打开的心扉，心头顿时一暖。

她的思宜，身边终于有了朋友。

秋风萧瑟，几个星期一过，十月不知不觉到来，夏装彻底地换成了秋装，时间也见证了那个微信群的壮大，"五人帮"人数一添，秦宋便成了"六人帮"的一员。

下午的最后一节课刚下课，陆白川和方祺被叫去了物理竞赛组，其他四个人结伴往食堂走。

"阿姨，手，别抖，别抖啊。"林越就这么看着那菜被打饭的阿姨左右一抖，最后放在餐盘里的菜所剩无几。

他无奈地转了身，拍着秦宋的肩："这阿姨也太不心疼我了。"

秦宋受不了他的肉麻："行了，我再给你打一份。"

林越两眼瞬间一亮："好兄弟！"然后转身对着左窗口的两个姑娘挥手，"时欲，宜姐，我先去找座。"

"知道了。"

林越找的位子离打饭口不远，几个人打完饭后直接坐了过去。

刚坐下没多久，身后那桌的几个女生就开始谈论。

"我刚刚过来的时候看见施遥也去了物理竞赛教室。"

一个女生愣了，问："她不是作文好吗？我还以为她要去参加写作比赛，怎么去了物理？"

"这还不好理解？陆白川在物理小组啊。"

"对对对，我刚刚来的时候经过那个教室，还看到他们俩坐在一起。"

一个女孩不解："但为了喜欢的人去学自己不擅长的一科，也很难啊。"

"但真别说，施遥还是挺勇敢的。"

…………

说者无意，听者有心。

这个时节温度不高，连风吹过来都是温和的，在食堂里嘈杂的餐盘响动声中,林越他们清清楚楚地听见了她们讨论的内容。

其实这声音说不上大,食堂里又人声杂乱的,但刚好他们坐得离那桌近,听得自然也是最清楚的。

秦宋放下手里的鸡腿,望向另外几人:"他们说的,你们知道吧?"

几人都各自吃着饭,只有林越搭着话应了声:"知道知道。"

"那川哥?"

"放心吧,没有的事,"林越摆摆手,"川哥就上课的时候给她讲了道题,帮了一个忙而已,他们绝对没有别的关系,放心吧。"

秦宋笑着搭上林越的肩:"我猜也是。"

时欲放下筷子看他俩一眼,无奈道:"你俩真的够了,快点吃吧。"

覃思宜笑笑:"就是啊,我们来得晚,小心一会儿时间不够了。"

秦宋和林越对视一眼,连忙低头开始扒饭。

后座对陆白川的八卦还在不断更新,林越低头喝了口汤,暗自操心。

嗯,下了晚自习还是要和陆白川说一声,他又惹祸了。

可惜了,还没等到下晚自习,覃思宜回教室后就撞见了一幕大戏。

她没有了胃口,就一个人先回了教室,这会儿人都在食堂里吃饭,整栋教学楼留下来的人不多,教室里有一点声音都格外明显。

陆白川坐在自己的位子上写着物理卷子,施遥不知为何没有坐,就站在覃思宜的位子上,整个二班只剩下施遥和陆白川两个人。

覃思宜还没进去就听见女孩娇软的声音:"陆白川,你能不能理理我啊?"

听到这声,覃思宜下意识地贴在教室门口的侧墙上想要朝里看,但从她这个角度看过去,能看到的只有施遥,看不到陆白川的任何表情。

空气静了几十秒,没人回应。

施遥脸也没僵,依旧笑着,又换了一个话题:"那你能不能给我讲讲这道题?"

覃思宜能感觉到,这女孩应该是很喜欢陆白川,才会在被这么打击一次后,继续笑着去展开另一个话题,像食堂里的那些女孩说的,她很勇敢,也不怕失败。

但要是覃思宜,她可能真的不会为了喜欢的人放弃自己想做的事。

她叹了口气,心里的一口气没有顺出来,反而更加闷了。

覃思宜看着施遥俯下身子,她看不到两人的距离,也看不到陆白川的神情,但能看清那个女孩依旧在往右侧移动。

耸立的梧桐叶稍稍褪色,枯黄的叶子交织着青绿被微风不停扫动,经不住力道的几片就此从顶端飘落。黄昏的光稀薄地洒落在覃思宜攥紧衣角的双手上,从映在白墙上的影子都能清清楚楚地看到那微颤的眼睫。

风晃动树影,遮住少女不自觉的紧张。

但传进风里的声音,又一次让狐狸暴露出被猫选择的喜悦。

覃思宜看不见陆白川的表情,但光听声音都明白这距离。

陆白川的声音其实不严厉,也稍微减了一些冷,偏偏就是礼貌得太过疏离。

"同学,如果你连这基础的竞赛题都弄不懂,那我真诚地建议你不要参加物理比赛,毕竟真正的比赛现场比现在还要残酷。还有,上课时间快到了,我同桌要进来。"

说完他声音变大,和刚刚的礼貌完全不同,是一种施遥从没听过的温柔。

"覃思宜,我有道英语题不会,你还不进来教我一下啊。"

覃思宜先是愣了,真是不知道他是怎么发现她的,而后也没再躲着,直起身子,大大方方地走了进去。

施遥神色怔怔地捏着手里的卷子,看着朝她走近的女孩,这女孩的长相看着又柔又软,但那双眼睛从进来的那刻起就开始看着她,嘴角轻轻弯起,温柔又明媚。

覃思宜走到施遥的身边,对着她笑着点了点头:"你好,这是我的位子。"

她没有说让一下,语意也点到为止,和陆白川一样,礼貌又不让她尴尬。

那一瞬间,施遥就明白了陆白川语气里的转变。

她眼眶红了红,一丝雾气浮起,捏着手里的卷子,对着他们说了句:"抱歉。"

施遥挺直身子往教室外走,没落下一丝狼狈。

陆白川突然出声:"如果你真的喜欢物理,那你可以选择继续,但如果不是,希望你能选自己最擅长的或者最喜欢的。"

施遥身子一僵,站在原地停了停,压住哽咽的声音回道:"谢谢。"

到最后,他都给了她应有的尊重。

风起风落，梧桐枯叶掉落在地，又是一段心事的结束。

陆白川两指拨动转着手里的笔，靠在窗户上："你刚刚怎么不进来？"

覃思宜声音还是有些闷，低头找着椅子："因为进来不好啊。"

不好，怎么就不好了？

陆白川看着满地找椅子的覃思宜，心里也浮起一丝闷气。

"别找了，在我这儿。"陆白川从里侧搬出覃思宜的椅子放在她的位子上。

"你怎么还藏我椅子？"

他把椅子放正，两手分别撑在桌子和椅背上，微微起身，拉近和覃思宜的距离，把声音裹在覃思宜低头看他的狭小空间中："我同桌的东西怎么能让其他人碰啊。"

陆白川声音不知是刻意变腔，还是故意含笑，话里话外都弥漫着一丝调笑感。

这声音充斥在寂静的空间里，被窗外昏黄的光线一滤，两人相交的视线都混着分不清的热气。

覃思宜见他移开了身子，连忙坐了下去，拿出英语卷子，又想起陆白川喊她进来的理由，于是缓缓地开口："那个，陆白川，你刚刚不是说有题不会吗？"

陆白川一怔，覃思宜要是不提，他都快忘了刚刚把她喊进来的理由了。

陆白川虽然是这样想，但还是拿了张英语卷子递给她，快速地扫了几眼，找出了他认为最难的一道指给覃思宜："这个。"

覃思宜也没用心看题，扫了一眼，心里还是有疑问，转了转笔，侧头问他："你是怎么知道我在外面的？"

陆白川还是怕这道题不够难，又扫了扫下面的，注意力全放了上去，听见覃思宜的问题，脱口而出："我看见你的影子了。"

一个影子就能认出她吗？

覃思宜："一个影子你就认出来了？"

他没有丝毫犹豫："对啊，看了很长时间了。"

覃思宜还以为自己听错了："很长时间？"

陆白川找不到更难的，收回注意力。他也没否认，坦坦荡荡地回："对，很长。"

楼下有声音响起，风飒飒扫动，一晃一停，反复翻腾。

日光太热烈，少年太坦诚。

他们一人一只胳膊撑在课桌上,相望的视线不过一米,吹起的试卷两角在空中疯狂颤动。

覃思宜想起他刚刚的态度,突然笑了声:"陆白川,你一直都这样吗?"

"哪样?"陆白川疑惑。

覃思宜:"永远坦坦荡荡,目标明确,看起来有点吊儿郎当,却懂得尊重所有人。"

陆白川微微一怔,往后一靠,慵懒一笑:"对我评价这么高啊,同桌?"

"实话实说而已。"

两侧穿堂风疾劲一刮,闷气畅然一散。

小猫勾了勾嘴角,又懒又可爱。

"那评价也还是很高,谢谢啊,同桌。"

晚自习的上课铃声一响,走廊上的人都开始分散地往各自班里跑。

方祺的石膏一拆,整个人彻底地安静不下来了,抱着个篮球就和林越一起往教室里跑。

月考后换了位子,班里整体没大变,也就林越和方祺成了同桌,两个最能闹的人坐在一起,班里每天都很热闹。

这不,方祺一进门就跟个大喇叭一样开始广播:"同学们!祺哥给你们带来好消息了!"

一个男生朝他扔了个纸团,笑骂道:"方祺,别吊人胃口,快说。"

方祺侧身一躲:"行行行,这个星期我们要开运动会了!"

这话一出,班里瞬间热闹了起来,同学们一个接一个地问:"真的假的,没听有人说啊?"

林越也插了一嘴:"真的真的,我们刚刚路过赵老师的办公室门口听到的。"

这两人一唱一和的,二班闹得跟没上课一样。

好在还有个理智的人:"那一会儿赵老师不就要来通知,你们还不回座位。"

"对,激动得都忘了。"两人慌里慌张地就往位子上跑。

没一会儿,赵云真的进来了。

他站在讲台上,一看班里这异于平常的安静氛围,和一些人憋不住使劲低头的笑脸,就明白他们是听到消息了,于是他也没再拖,开口直言:"行了,都别憋着了,别一会儿气顺不过了。"他抬手推了推眼镜,继续说,"看你们这样子应该是知道我要通知的事了吧。"

方祺第一个接话:"知道知道。"

赵云瞅了他一眼,调侃道:"方祺,石膏拆了,人都精神了不少啊。那既然你知道了,就负责统计统计大家的参赛项目吧。"

林越在一旁幸灾乐祸,猝不及防地被点名:"林越,你也别笑,你俩刚好同桌,一起统计啊。"

后排几个男生笑得起劲,鼓着掌喊着:"赵老师威武!"

赵云被他们逗笑,敲了敲讲台示意安静:"行了,那我再通知一下时间,这个星期周四周五两天举办运动会,周五下午四点结束——"他又顿了顿,吊着人胃口。

林越:"老赵,快说啊!结束了之后干吗?"

班里又是一片附议声:"是啊,是啊。"

赵云环视一圈,最后开口:"结束之后,放假!"

这话一出,二班真的安静不下来了。

闹了几分钟后,被赵云制止住,结果等他一走,又是窃窃私语的声音。

方祺瞧着前桌的两个人,一脸不怀好意:"川哥,大显身手的机会,多报点吧。"说着还不断眨眼睛。

就像是在说,这么好的机会,你还不在你同桌面前表现表现。

陆白川懒得管他暗示的意思,悠哉地一回:"你看着填吧,我都行。"

方祺得到首肯,对着报名表就是一顿操作:"首先,来个3000米,再来个跳远……"

林越看着方祺手里的报名表,都快傻眼了:"不是,你填得是不是有点太多了?"

方祺头也没抬地回他:"小瞧谁也不能小瞧你川哥啊。"

覃思宜也能看到个大概,有些诧异:"陆白川,你能报这么多?"

陆白川看都不看就知道方祺会给他写多少,他抬手朝覃思宜勾了勾,示意让她靠近,坏笑着说:"放心,运动会只认名字,不认人,要是后面不想动,就让那家伙上。"

确实,一中的运动会只看名字和领到的号码牌,根本不会看你是不是这个人。

覃思宜朝方祺看了眼，为他心疼一秒钟。

随后她对方祺说："我想报1000米。"

方祺和林越听了她的话笑着说："行，给我宜姐报上，等你拿第一！"

陆白川也打趣道："等你啊，宜姐。"

覃思宜被那三个人逗乐，笑得憋不住。

青春就这样被轻轻连起，在谁都不知道的时候。

米花巷里，覃思宜刚回到家就看见阿婆叫了隔壁的李叔来修家门前的那盏路灯。

"阿婆，这灯又坏了？"

"是啊。"

李叔回头看覃思宜："思宜回来了。"

"对，李叔好。"

"好，这也差不多快修好了，晚上湿气重，快带你阿婆回屋去吧。"

覃思宜扶着阿婆，说："那谢谢李叔了。"

阿婆回到屋里，拉住要进房的覃思宜，覃思宜跟着阿婆往沙发上坐，问："怎么了？"

"今天修路灯时我才想起来，前些天那个男孩子，我在你上初中的时候也见过。"

"男孩子……"覃思宜喃喃自语，又问，"陆白川吗？"

"那个男孩子叫陆白川？"

"对。"

覃思宜顿了几秒，又说："可是阿婆，他家不在这儿，我初中也不认识他，您是不是记错了？"

阿婆一副记忆犹新的样子："不会的，今天我和小李聊天才想起来，以前这路灯不是经常坏吗，我就在门外等你，经常能看见对面那盏路灯下站着个人，就是那个男孩子。"

"经常？"

"对，只要我在门口等你，就能看到那男孩子。一开始我还以为他也住在附近，结果白天都没见到过，都是在晚上看见的。"

米花巷是一条老巷子，路灯的电压常年不稳，时亮时不亮的。恒江中学初中就有了晚自习，等晚自习下课，天早就黑了，再加上路灯电压不稳，阿婆总是担心她害怕，虽然覃思宜也说过几次让阿婆别出来等，但老人关心心切，都是不听的。

覃思宜想了想，也没找到陆白川会来这里的理由，最后还是对着阿婆问道："阿婆，会不会是您看错了？他家离这里很远，而且晚上那么黑，您怎么就确定那人是他？"

阿婆被问得一顿，也没有什么证据，仔细想想时间也确实是很久了，不排除有自己记错的可能，于是这个话题也就此结束。

运动会开幕当天，一大早广播里就开始放着各种激励人心的歌，还首首都是高音飞扬的。

不知道是谁在走廊上大喊了一句："徐主任，你的歌单泄露了！"

林越从窗户往外喊："你别在这儿喊啊，去下面台上喊，看看老徐罚不罚你。"

"我就过过嘴瘾。"说着那人就回了教室。

方祺拍着林越的肩："川哥人去哪儿了？"

"和宜姐一起去找老赵领班牌了。"

外面一个女生跑上来直接就喊："赵老师让我们下去排队，快走啊！"

"来了！"

"走走走，这次运动会一定要拿下第一！"

"你行不行啊，还拿第一，就吹吧你！"

"我是不行，可我们有两位大神啊！"

"对对对，这可以期待一下。"

…………

操场的台子上大广播开着，吴校长拿着话筒对着稿子神采飞扬地念着："亲爱的老师们、同学们，大家上午好！今天我们怀着激动的心情相聚在这里，一起迎来江台一中第二十一届秋季运动会……"

"你说，他这稿子是不是复制粘贴的。"方祺听得心烦，抬手撑在林越肩上。

林越也不是个有耐心的："我怎么知道，说不定这还是上一届的。"

"你们如果这么想知道可以来问我，别自己琢磨啊。"赵云的声音突然在他俩身后响起，把两人吓了一跳。

方祺站直身子："老赵，你这走路都不带点声音，人吓人真的吓死人。"

赵云拍着他的肩："行了，别贫了，整整队，一会儿要走方队了。"

说完刚想走，突然又想起了什么，回头继续问，"我们班的举牌手是谁定的，怎么有两个人？"

林越抢着回答："二班全体成员投票决定的。"

赵云疑惑地问："两人平票？"

方祺又搭腔："是啊，怎么样？够团结吧。而且您看，这两人往那儿一站是不是就够亮眼？"方祺示意让赵云转移视线。

每个班举牌的人的穿着都是人群中最独树一帜的，为的就是突出班级的代表。二班也是神了，前几天投票时同学们都在陆白川和覃思宜两人之间来回斟酌，可最后的结果是意料之外的平了，真的就像是串通好的一样。

那两人穿着色系统一、款式统一的服装，大大方方地站在二班最前面，望过去就是一道极其扎眼的风景。

偏偏两人之间流动的空气又像是有了隔离屏障一样，丝毫不管其他人的视线。

十月虽然不热，但太阳依旧大，操场上没有遮阳棚，所有人都暴露在太阳下。

致辞一结束，几个班的方阵队再一过，运动会正式开始。

运动会分两天，男子3000米和女子1000米不在同一天。

这会儿广播里正播报着："男子3000米已经开始检录了，请参赛选手尽快前往检录点……"

"3000米开始检录了，二班没有项目的同学们站起来，我们一起去迎接川哥的胜利！"方祺拿个喇叭跟个指挥员一样喊叫着。

他这喇叭声贼大，林越都快受不住了："方祺，你真的是太能吆喝了，你该不会是喇叭精转世的吧？"

方祺瞅了他一眼："为了我川哥还有宜姐的胜利，这两天不管你们说什么，我都当没听见。"

话音刚落，时欲直接过来抢过他的喇叭，眼明手快地给关了："你这喇叭喊得我头疼。"

方祺想夺，一看是时欲，突然就泄了气。

林越朝秦宋扬了扬下巴："你们怎么过来了？"

秦宋："过来还能干吗，比赛呗。"

覃思宜看着秦宋身上的牌子，突然开口："今天又是一场大战啊。"

方祺看见六班的一群人又带着他们那面红旗走了过来，颇有些嫌弃地说:"你们这旗子就不能换一换,字都快模糊了。"

时欲:"能用不就行了,今天不给你们当间谍了。"

方祺:"行。"

陆白川领完号码牌从后面走了过来,调侃一句:"你们都聚在这儿是要准备打架啊?"

秦宋看向陆白川,笑得又痞又傻的:"陆白川,今天场上好好比。"

陆白川不甘示弱地回道:"放心,给你留个第二。"

六班的人走近,上次撞方祺的人突然出声,不仅对着方祺,还对着整个二班,深深地鞠了一躬,真诚地大声道:"对不起!"

这场面怎么突然这么奇怪啊。

二班的人一愣,没人说话,那人也没起身。

方祺尬笑两声,把人扶了起来,说:"行,我接受了啊。"话还是一样地欠,"反正我们班也赢了不是吗?哈哈。"

笑得真是要多尴尬就有多尴尬。

林越就是主意多,这会儿又提议说:"要不然咱们再比一次?"

方祺附议:"行啊,这次运动会我们比比谁第一。"

时欲跟在他后面就接了句:"友谊第一,比赛第二。"

"行!友谊第一,比赛第二!"两个班的人一起喊,声音真是遮都遮不住。

几个老师看了过来,徐主任笑呵呵地说:"热情都很高啊。"

"年轻就是这样,用不完的热情。"

3000米比的就是耐力和持久性,有几个人一开始往前冲,到后面慢慢地都快跑不动了,赛道周围是一声接一声的呐喊,像热气翻腾的浪潮滚滚袭来。

最后两圈陆白川和秦宋两个人就像是约好的一样,一起开始冲刺。

他俩一开始冲,二班和六班也开始拼嗓子。

方祺一带头:"川哥,冲啊!"

六班的学生也开始:"宋哥,跑啊!"

二班一"神人"突然拿着喇叭大喊了一句:"川哥,快跑!我们在终点等你啊!"

六班也不甘示弱:"宋哥,快冲啊!我们班的小姑娘都在等着给你送水啊!"

"川哥，别怕，我们班有的是水给你喝，加油啊！！！"

后边的覃思宜一脸无奈。

但总归也抵不过这激动的氛围，她往前一探，双手摆成喇叭样，大喊着："陆白川！快跑啊！"

红色赛道上的 11 号又再提速，最后一圈直接超了秦宋 50 米。

"哇哇哇！川哥！"

"宋哥！"

覃思宜没了声音，从后面走了出来站在赛道边上，听着身旁一起一伏的声音，心里也敲着鼓，怦怦直跳，双手不自觉地攥紧。

赛道上的陆白川真的像是注入了兴奋剂一样，他还在冲，100 米、50 米、20 米……

枪声一响，欢呼声也跟着响："赢了！"

"川哥！川神！"

一群人往前跑，围了过去。

所有人都在为他欢呼喝彩，就连跑完的秦宋也过去了。

可陆白川却回头看着人群外的覃思宜，轻轻一笑，虎牙可爱，好不张扬。

覃思宜知道他在对她说：

——看，我赢了。

小猫在邀功，狐狸也在哄：

——知道了，你最厉害。

那一年的夏天微风燥热，蝉鸣聒噪，红色跑道上拥满了一群又一群正值青春岁月的少年，他们勇敢不知畏惧，倔强不知放弃，重情更重义，仅仅是一场 3000 米的比赛就能让他们摇旗呐喊，奔跑的身影如同野蛮生长的荒原。

天地辽阔，岁月赛不过人间。

07 / 熠熠生辉

覃思宜领了号码牌后站在 1000 米的检录队里，心里还是有些慌，炽热的阳光打在红色塑胶跑道上，紧张也开始往心里灌。

突然，一阵冰凉的触感贴在她脸上。

"覃思宜，别紧张，放开了跑就行。"

覃思宜侧脸接过陆白川贴在她脸上的水："你昨天跑的时候想的是什么？"

陆白川低头笑了笑，抬眼看她："真想听？"

"想啊。"

"行。"他点了点头再走近，凑在她的耳边轻声道，"我就想你在看我，这不拿第一可下不了场。"

覃思宜微愣，看着他的表情又反应过来，他是在开玩笑，顿时就说："我说真的。"

陆白川微正了正身，收起玩笑，认真地看她："这就是真的，我没跟你开玩笑。"

风过林间，凉爽袭来，跑道的阳光忽然被云层遮盖，她心里的慌张也缓解不少。

覃思宜抬眼，正前方刚好是台上的广播点，她勾了勾唇，开口说："陆白川，我想要个加油稿。"

陆白川往后看了眼："真想要？"

"嗯，想要。"

她双眼含笑，饱含期待地看着他，像只想要玩具的小狐狸，狐狸懵懂无知地伸出爪子扒拉了他一下，他心下一软，又一次服了输。

"我同桌想要，我还能不给吗？"

"行，那我等着。"

前面的检录员喊着覃思宜的名字，她带着号码牌往检录点走。

陆白川站在原地，望着覃思宜的背影，说了句："覃思宜，你就放心往前跑，不管多久，我都在终点等你。"

覃思宜回头，那时云刚好散开，橙光又落在他的身上，风裹着光带着少年的声音锁进她心里，像是要把一切位置都留给他。

广播声太大，覃思宜又走得远了点。

但陆白川还是听清了她说的话。

她说："不会让你等很久的。"

一中的运动会采用的是积分制，个人得分加在班级总分里。昨天一天下来，二班和六班都跟拼了命一样，有项目的不管男女个个都在往前冲，可惜他们两个班是临时起意约定的比赛，报的项目不多，个人项目分再高也没有一开始就准备拿第一的三班总分高。

方祺站在积分展览榜前面愤愤不平："早知道这样就应该多报点。"

林越插嘴："你不是给川哥报了一堆吗？还不够啊？"

"是，但最后交的时候我又画掉了几个，他3000米一跑，再跳个高，体力再好也折腾不起啊。不然万一出了事，我宜姐怎么办？"

"你考虑得还挺多。"

"女子1000米已经开始检录了……"广播声一响，这下两人也没心思再聊，拿起旁边的喇叭就往赛道上跑。

等他俩一到，1000米的参赛者已经跑完一圈了，覃思宜跑在中间的位置。女生的比赛到底还是要比男生温柔一些，没有人一开始就狠冲，都是差不多的速度和不远不近的距离。

报1000米的人不多，一眼望过去，赛道上就6个人。

六班没人报1000米，也不分你我地跑过来和二班一起给覃思宜加油。

时欲拿过方祺的喇叭，刚想喊加油，广播里的声音一出，一下子就压住了她的心思。

主席台上，陆白川跟广播员换了个位子，把写完的加油稿放在桌子上，眼睛看着赛道上的覃思宜，铿锵有力而又轻松活泼地念着。

"高一（2）班的覃思宜同学，你说不会让我等很久的，那我是不是可以稍微自私地想，你会是第一个冲过终点线的人？毕竟如果是第二，我就只能一个人孤零零地在终点等上那么几秒，虽然我不介意做第二，但我介意第一不是你。"

这声音……好耳熟。

方祺越听越觉得不对,再一细听:"哇哦!这不是我川哥的声音吗?"他这话一说,觉得耳熟的人都听出来了,还有谁按捺得住。

"川哥杀疯了啊!这是他自己写的吧!"

"我为什么觉得川哥这话有点心机?"

"兄弟,不要怀疑自己,他就是。"

陆白川特意把广播声音调大:"所以,覃思宜同学,希望我在终点等到的那个第一是你。这样我们就可以一起创造一个男女长跑第一组合,最后,我想再次为你加油——

"覃思宜加油!我等你拿冠军!"

二班一群人彻底没了禁锢。

"你听见没,男女长跑第一组合!我川哥可真能起名!"

"太厉害了!"

覃思宜也听到了广播,她攥紧了双手,在一声一声的呐喊声里开始冲刺。

他刚刚说要等她拿冠军。

行,那就拿个冠军。

三班也有人报名1000米,好巧不巧正是覃思宜前几天刚见过的施遥。

这比赛比到最后女生都快没劲了,双腿跟灌了铅一样,只是轻轻一抬都费力。但尽管这样也依旧没人放弃,那些跑不动的,哪怕是走也要走完全程,绝不半途而废。而能匀速坚持着跑都是心中有一股气儿撑着的,以至于到最后就剩下覃思宜和施遥两个人在比。

她俩长相都出众,只是施遥性子热情,熟人也多,而覃思宜除了自己班的人和六班有几个比较熟的人,知道她的人不多,刚刚陆白川的加油稿,也是间接地让她出了名。

场上的局势如此,场下自然也不例外。

两边的各种呐喊声交织在一起倒是真的谁也听不清谁在给谁喊,最后能听到就只有一声压过一声的"加油"。

广播里突然又传来了陆白川清冽的声音:"覃思宜,最后100米了,我在终点等你!"

他说完最后一句话才起身离开,跑向跑道。

覃思宜都怀疑他一直在主席台上看着,就等着在最后关头,再给她加把劲。

不得不说,陆白川这招真的有用。

最后这一声广播回荡在校园里的角角落落，实实在在地给覃思宜心里又添了一把火。

覃思宜咬了咬牙，双手一攥，狠狠地、不管不顾地、奋力地再冲了一把。

随着一声枪声，覃思宜带着象征胜利的彩带冲向了前面。

陆白川从赛道外翻了进来，站在覃思宜的视线里。

覃思宜看着终点的陆白川，满脸激动："陆白川，我赢了！我赢了！我是第一！我是第一啊！！！"

陆白川看着眼前的姑娘，柔软地一笑："嗯，你赢了，你是冠军。

"唯一的冠军。"

覃思宜急喘着气，想要往下坐。

陆白川把她拉起来，带着她慢慢地往前走，说："现在还不能坐，走走再坐，先喝几口水。"

说着他一手环着覃思宜，一手去开瓶盖。

覃思宜的胳膊被攥得有点酸了，接过陆白川手里的水，颤颤巍巍地喝了几口。

她小口小口地吞咽着，白皙的脖颈微仰，耀眼的阳光下她的汗从额头缓缓流下，一点点滑过耳侧垂落在肩颈处，又顺着脖颈继续往下流。

陆白川越看越觉得自己浑身的血液都在翻腾，燥热的微风涌起，他拿下肩上披着的外套系在腰间。

覃思宜抬手擦着额角的汗，不明所以地问："突然系在这儿干吗？"

陆白川脸不红心不跳地说着："系在这里帅一点。"

"你还不够帅啊。"

"够倒是够了，这不是希望你多多夸我帅吗？毕竟我还是想男人一点。"

覃思宜抬手捶了捶他的右肩："你还不够男人？敢写那种加油稿的除了你还有其他人吗？"

陆白川笑得一脸得意，虎牙都带着稚气："怎么样，够独特吧？"

"很独特。"

覃思宜停了停，认真地看他："所以，陆白川，我也信守承诺了。

"冠军，我拿回来了。"

两天运动会一结束，二班和六班约定的比赛也正式结束。

最后的颁奖环节，吴校长拿着最后的比赛结果站在主席台上，依旧激情洋溢："江台一中第二十一届秋季运动会至此结束，让我们恭喜高一（3）班荣获第一，高一（2）班和高一（6）班并列第二，高一（4）班和高一（10）班并列第三！"

"耶！赢了，三班赢了！"一拨一拨的鼓掌声袭来。

方祺和林越也不甘示弱，带着二班的人喊了起来："下次运动会，第一就该归我们了！"

最后的闭幕式没有再按班级站队，成群结队的少男少女混乱地站在队伍里，反而把这场秋天的运动会，闹出了一种比夏天还要热烈的感觉。

主席台上的老师一个赛一个笑得乐呵呵："青春真好啊！"

"青春是好，那咱们现在也不差啊！"

闭幕式一结束，每个班都回到自己的休息区域打扫，说是打扫，其实和玩闹也没差别。

几个爱闹的男孩子拿着扫把疯得正起劲。

覃思宜提着垃圾桶想给二班送过去，刚走几步，垃圾桶垂着的一侧突然被人提起，覃思宜回头看着用胳膊夹着扫把的陆白川："你怎么跑过来了？"

陆白川把扫把扔进垃圾桶里："怕你一个人拿不动啊。"

"这才多重啊。"

"那你就当我想偷个懒吧。"

垃圾桶被两个人抬着晃晃悠悠地荡在风中，梧桐大道里途经的每一缕光都像在为他们开路。

陆白川回头问覃思宜："你刚刚在笑什么？"

覃思宜难得起了坏心思："你不是很聪明吗？猜猜看？"

陆白川不自觉地叹了口气，声音颇为无奈又有着很明显的委屈："覃思宜，你变了。"

覃思宜看着他这一副受气小猫的样子，依旧不厚道地回："那你展开讲讲，我哪儿变了？"

陆白川晃垃圾桶的幅度突然变大，覃思宜被他一带，右臂上扬，在还没放下来时，手里的垃圾桶被他拿过放在一边。

他笑了笑，轻声说着："变得没有防备性了，胆子也大了。"

覃思宜垂眼看着两脚之间一拳的距离："其实我没有怎么变，只是因为和你们熟了，才不再包着自己。"

她的话音一平一重的，说得也慢，就像是要让他听明白，听清楚。

"陆白川，我本来不是一个喜欢热闹的人，在别人看起来，我可能很难接近，相处的时候也比较冷淡，所以没有多少人真正地从一而终地选择我，也没有几个人跟我说过'以后'这个词。除了阿婆，这世上再没有几个人被我放进心里了。"

覃思宜顿了顿，呼出口气，继续说。

"我其实是个很习惯独处的人，但因为有你们的存在，我开始有些讨厌一个人的日子了。我想听到周围充满鲜活热烈的人声，那样哪怕我只是身处其中，也觉得自己是无比自由，不会再一个人被困在满是黑暗的墙里。"

她又往前一步，一拳的距离也被碾碎，两人脚尖对着脚尖，眼睛对着眼睛，呼吸对着呼吸。

"所以，如果可以，我希望能和大家永远在一起。"

这一刻，两人呼吸热烈缠绕，风也没有规律地流动，梧桐遮出的阴凉天地，成了青春最重的一章。

十六岁的年纪，纵使再成熟，想要的也只是永远。

这个永远不关乎爱情，是友情，是陪伴，是彼此，也是非你们不可。

长风街"SUMMER"KTV21号包厢里，歌声哄闹。

下午四点一放假，除了要回家的人，其他的都成群结队地跟着来了KTV。

陆白川窝在沙发里，双手轻垂，比完赛后都换回了自己的衣服，他还是那样的穿着，看着随意又干净。

一件白色衬衫外套，内搭一件简单的白T恤。不知道他的衣服都是哪里买的，总是在细节上暗藏玄机，右侧上方的口袋处，绣上了一只趴在口袋边沿的小狐狸。深色宽松牛仔裤，加上一双白色休闲鞋，整个人慵懒地靠在那里。

包厢里的灯光不亮，再配上昏暗的蓝光落在他的眉眼上，此刻的懒倦突然就多了一丝清贵气。

覃思宜坐在陆白川身边正侧着头看他，陆白川偏偏撑着皮质软沙发轻轻挪动，笑得说不上不正经，更多的是一种偏柔的调笑："你想听吗？"

这尾音要散不散、要软不软的，像是故意拉长的钩子，牵着覃思宜的耳骨一起变软。

覃思宜偏不上钩："我不想听。"

放钩钓狐狸的猫没能得逞,又靠了回去,耷拉着眼睛,在这朦胧的光线里真的是太过犯规。

覃思宜终于确定陆白川就是认准了卖乖这个手段。

她忍不住一笑,清醒交易:"陆白川,这样吧,你唱一首,我唱一首。"

陆白川抬着眼,懒洋洋地一笑:"行,听你的。"

陆白川起身走上左侧的立麦话筒台,在旁边的点歌台点了点,几秒后,一串柔缓的前奏音传出。

后面的人一听有歌,都望了过去。

控制开关的人把灯一调,昏暗的光线一变,环旋的蓝光消失,左右两侧的立麦话筒被投下光亮,轻柔的白光降落在陆白川的身上,他坐在长椅上,两腿随意地踩着,一手搭在话筒上,一手垂着,轻轻开口:

And there's a bird in the sky looking right at us.(天空中有一只鸟在看我们)

Seeing the footsteps we each take.(看着我们这一步步)

As we're closer to meet at once...(我们马上就能见面了)

这首歌是上次他们一起坐公交车时听的那首。

当时覃思宜没用心听,除了知道歌手的声音很温柔,什么都没记住。

这首歌前奏很低,很柔。

陆白川的声音也是,对着话筒缓缓唱出,慵懒音调里充斥着少年极致的温柔,像山风,恣意又自由;像月光,干净又明亮;像太阳,热烈又坦诚。

但更像他自己,独特又坚定。

With you I know, you are my one.(我知道你是我的唯一)

I'll hold you in my heart.(我会永远把你放在心里)

他提高音调。

So I say come out your way.(所以我对你说走吧)

Come out your way with me...(和我一起走吧)

歌声被包裹在包厢里,挥散不去,覃思宜真切地看清陆白川。

陆白川唱完后,覃思宜也应约径直走上了右侧的立麦话筒台。

此时包厢里萦绕着一种逼近无限安静的气氛,所有人都看着台上的覃思宜。

陆白川的那个位子,是覃思宜视线里最清楚的存在。

覃思宜望着视线中的少年。

他们两人各处一方灯光下，四目相望，有种各自守着理想往对方的世界走的感觉。

灯光下扬起歌声，温柔又坦荡。

这首歌曲调很柔，被覃思宜眼神一染，反倒多了一丝激烈。

陆白川立在台上，头顶柔光，台下是一帮爱玩爱闹、懂得道歉也重情义的十六岁少年。他们这帮人在这个夏天相遇，在这个夏天相识，在这个夏天高谈梦想和友情，看过烈日，吹过疾风，把十六岁的人生过得闪闪发光。

覃思宜不得不承认——她在十六岁这年的夏天，遇到了一帮比太阳还要耀眼的人。

歌声停止后，欢闹声又响起，林越拉着方祺点了首《兄弟》，两人勾肩搭背地抱在一起声嘶力竭地唱着。

覃思宜又待了一会儿，看时间有点晚了，怕阿婆等不到她又会一个人睡在沙发上。她朝大家说了几句话，起身走了出去。陆白川怕她一个人回家不安全就跟着她一起离开了。

KTV昏暗的光影在一点点远离，晚风温凉地划过飞扬的衣角，街边车水马龙、人声喧嚣。长风街离滨江一桥很近，这会儿天色不太晚，站在桥上正好能看到最美的晚霞。

江水映着深蓝泛粉的落日，一点一点地在水面扩散成朦胧光点。桥上的灯光亮起，于桥上方伴着刚出的月亮，轻柔地落在右侧的人行道上。

陆白川随意瞟了一眼远处的夕阳，突然停了下来回头看她："要不要看会儿日落？"

覃思宜扭头望了眼远处的云："好啊。"

晚风激荡，划过江水，带着丝丝未散热气的涟漪，天边夕阳的残影倒落于水面，缓缓荡开的波纹染透了半边江河。

"你将来要去T大吧。"覃思宜在那一片绚丽的余晖里突然开了口。

陆白川没想到她会突然问这个，怔了两秒，反应过来后问她："为什么会这么猜？"

覃思宜转过身，双臂撑在桥上的扶手栏杆上，吹着温暾的晚风，笑笑开口："我想过的，你选择的理想，肯定是一条宽阔的、不会局限于任何事物的道路。你既然选择星空，那以后去的学校肯定是物理专业最好的，而我能想到的你最想选择的就是 T 大了。"

陆白川无奈地垂下眼，笑着偏头看向她："猜得很准啊，同桌。"

覃思宜笑笑问他："真的？"

"真的，"陆白川说，"一点偏差都没有。"

他刚说完，又把问题递给覃思宜："那你呢？选择了表演这个方向，是准备去北电？"

覃思宜却摇了摇头，坚定道："不，我想去江大。"

"为什么会想去江大？"

覃思宜轻声一笑，转身望向昏沉的天际，回想着小时候的梦想："因为我爸爸是江大毕业的，他的梦想是当一名音乐剧演员，可最后为了家庭为了我，放弃了自己的梦想。长时间以来，我一直都把这事抛在脑后，逼着自己不去想他，就按照现在的步伐一直往前走。"

"直到遇见了你，你有很清晰的目标，也知道自己要做什么。我其实很羡慕你的果断，而你确确实实感染了我，我才发现其实以前我过得并没有很开心。"她越说声音越小，最后还自嘲地笑了笑，"我为了让自己轻松，让过去的回忆消失，把自己真正的理想抛弃了……"

陆白川垂下眸，微风打乱他的衣角，他低声笑了笑，朝覃思宜说道："覃思宜，你把我想得太好了，我其实也有很多自暴自弃的时刻，我也因为一些事放弃了我最初的理想，我也不怎么果断。"

覃思宜愣了愣，但仔细想想也是，他们不过才十六七岁，怎么可能事事都能做到最好，怎么可能件件都是完美，又怎么可能会不遇到困难和挫折呢？

这样想着，覃思宜也慢慢笑了出来。天色昏沉，天际的夕阳被拉扯开来，层层叠绕的色彩覆盖，绚丽无比。

伴着带有暑气的晚风，覃思宜柔声开了口："陆白川，我想了想，不果断、爱犹豫、会放弃，好像没有什么不好的。我们都才十六岁，刚刚有了对未来的设想，只需要再一步步建立雏形，所以我们慢一点、晚一点都没有什么不好的。"

"只要，最后我们可以排除万难找到它就好了。"

"说得很对。"陆白川笑笑，侧眼看她，"人生迷茫时，我们就先停一停；走错了，我们就及时往回撤；放弃了，我们就在下一次路过时，再把它拿起来。只要我们明白，自己真正想要的是什么就好了。"

覃思宜听他说完，扭头笑着看他："那不得恭喜一下你。"

"恭喜我什么?"陆白川茫然了。

风从后面穿过,带着覃思宜的声音扑面而来:"恭喜你找到了自己的理想啊。"

陆白川愣怔半秒,随即笑开,摆摆手:"错了,应该是同喜,你不也找到了。"

覃思宜接下,点点头:"也是。"

灰暗的紫粉天色在云层里拉扯不停,江面的点点灯光被流成光条,微风轻摇发丝,温柔成了第一利器。桥上散步的人慢慢变多,晚霞消散,月亮越来越明亮,桥下的各色灯光亮起,灯火通明得像一场独特的烟花大秀。

陆白川转身望向江水,夕阳、人群、各种颜色声音都一起撞进晚风里,晚风带着挥散不去的燥热。他们失望过、迷茫过、放弃过,却最终抵抗住所有,带着最闪亮的梦想回到了那条熠熠生辉的路上。

陆白川突然大声一喊:"我们永远都不能为任何人放弃自己的理想,所以我会带着我的理想好好地往未来走!"

他突然一声大喊,把覃思宜吓了一跳:"突然喊什么啊?"

陆白川偏头笑着望向她:"你不觉得这样很刺激吗?把心里的事喊出来,发泄发泄,很爽啊!"

覃思宜看着身侧扬声大喊的虎牙少年,即将消散的最后一缕橙光轻盈地洒落下来,在江河里摇曳成细碎的长河。陆白川望向覃思宜的眼里坦露着赤诚,肆意的热烈,更是谁也比不了。

覃思宜撑着桥上的扶手栏杆往外探头,和少年并肩,也跟着喊:"我们都要好好地往未来走!"

车马疾驰,人声喧嚷,晚风炙热。

这场热烈又清醒的奔赴终于被听到。

十六岁的年纪从来都不是无能为力的,是可以张扬无畏,高谈理想;是可以在自己的路上往共同的未来走;是热切、纯粹、成就彼此的真心和坦荡。

窗外的梧桐萧瑟一片,枯黄的树叶挂在枝头,十二月的寒风一吹,窸窸窣窣再一晃,一片接一片地往下掉。

冬天一到教室,暖气一开,扛不住困意的人早就两手一缩,晕晕乎乎地往桌子上靠。

赵云站在讲台上,看着下面一个一个倒在桌子上的人,无奈地叹了口气,推了推眼镜。刚想喊一声,下课铃先他一步在校园里回荡,一个个学生迷迷糊糊地从桌上抬起头来。

外面的走廊上不知道是谁大喊了一句:"下雪了!"

那人一出声,安静无言的教室里便开始窃窃私语,同学们兴奋起来,连带着外面的走廊上也开始热闹起来。

方祺被林越推醒,皱着眉头睁开眼,就看见窗外落下了细细密密的白雪,他一激动,直接醒神:"我的天哪!下雪了!"

他回过头想喊,却一转头就对上了赵云的双眼,一愣,尴笑几秒又把头转回去。

走廊上的动静越来越大,其他班同学开始一群接一群地往楼下跑。

"好久没下这么大的雪了!"

"走走走,下去玩啊!"

赵云往外看了眼,又回头看着班里的人,拿起桌上的书,环视一圈后开口:"行了,不给你们拖堂,下去醒醒神,下节课好好上,期中考试都好好考。"说完,他摆了摆手,示意下课。

方祺又是第一个带头:"赵老师万岁!"

赵云笑着往外走,学生们把羽绒服一套,成群结队地往楼下跑。

雪下得很大,对于江台来说,已经很久很久没有下过这么大的雪了,梧桐大道上枯枝突兀,雪落满枝头树梢。

覃思宜和陆白川一起站在操场上的足球场球门边,她伸手接了几片雪花,冰凉的晶体落在手心,融成了水,她愣愣地看着眼前的一幕。

灰沉沉的天空下,白色掩埋了一切,唯独剩下往前冲的脚印。方祺带着时欲他们,三五成群地围在一起,开始了一场雪仗。

周遭是沸腾喧哗的人声,空中飞扬的雪花是热闹不褪色的青春,这一切似乎都是这世界不会再有的鲜活、生动、盛大。

而她的生活早从踏进这所学校开始,就注定了热烈。

陆白川靠在足球场球门的门柱上,双手缩在口袋里。他似乎很怕冷,齐膝的黑色长款羽绒服拉链拉到了顶端,帽子一戴,下巴也往下缩,整个人懒懒地窝着,只露出一双眼睛看着方祺他们。

覃思宜看着旁边的人,抬眼问他:"你不喜欢玩雪吗?"

陆白川:"也不是,就是怕冷。"

"我川哥是不可能玩雪的,宜姐,你不知道,我川哥从小就怕冷,小时候一到冬天都不怎么出门,现在肯跟着我们出来,都还是因为你在。"方祺被人围攻着边跑边插嘴。

陆白川睨了方祺一眼,手伸进两边口袋里把暖宝宝拿了出来:"别听他乱说,我可没那么娇气,给你。"

覃思宜只接过一个:"一人一个吧。"

身后的方祺拿着雪球朝林越扔了过去,一个没扔准砸在了覃思宜的帽子上。

覃思宜被砸得一愣,两眼茫然地抬起头看着陆白川。

一眨一眨的,仿佛在说:

陆白川,我被砸了。

陆白川笑着替她拍掉帽子上的雪:"等着啊,同桌给你报仇。"

说完,他捏起一把雪,揉成球,朝方祺狠狠地砸了回去。

还是对着脸抡的!

林越看着又是想笑又是震惊:"喂!这么准!方祺,你不是说川哥不玩雪的吗?现在是……"

方祺抹了把脸,眼神愤恨又无奈:"陆白川的嘴,骗人的鬼!"

时欲站在方祺身后,突然也给了他一击:"方祺,你砸谁不好,非要砸我姐妹。"又冲远方的覃思宜喊,"思宜,等着啊,姐妹给你报仇!"

她说完又回头喊:"秦宋,咱俩一个班的,你可要帮亲啊。"

秦宋站在后方,懒洋洋地回应:"知道了。"

方祺捧起一把雪,回头喊着林越:"越哥,这你得帮我吧。"

"哥"都喊了,林越自然应了:"你都叫我哥了,还能不帮?"

方祺对着时欲大喊:"时欲,等着!"

时欲:"陆白川,我帮你同桌,你们还不得帮我啊!"

陆白川看着他们一团闹腾,优哉游哉地回道:"那也得看我同桌答不答应啊。"

覃思宜把暖宝宝往兜里一放,从地上捏起一团雪:"我应了,陆白川。"

"那走吧,川哥带你开战!"

被围攻的方祺往哪儿跑都有人在堵他,整个操场就数他的声音最大了:"饶命饶命啊,各位!"

"晚了。"

"行吧。"方祺见投降没用,继续捧着雪球以二敌四,"来啊!"

六个人抄着雪球往前冲，疯跑的身影落在雪地上，一起一踏都是独属于他们的青春。

寒风吹过，冷得人一哆嗦，雪化了一片又一片，操场上飞奔的人群从夏天到冬天，依旧还是他们。

周六这天，几个人约好了一起去陆白川家里复习。

覃思宜因为要上钢琴课来得晚，停在院门口给陆白川发着信息。

刚发完，就听见身后有人叫她。

她一开始以为听错了，直到那个声音逐渐从模糊变得清晰。

她转了头，身后的人和记忆里的人影渐渐重叠后，她才开了口："方、方阿姨？"

方韵点了点头，朝覃思宜走近，想去牵她的手，却被覃思宜下意识地躲了过去。

她还是有防备心的，只是对朋友们没有而已。

覃思宜抬起头，神色稍有歉意："抱歉，我……"

方韵摇了摇头打断她："没事，是阿姨太心急了。"她看了看后面的门一问，"你是要进去吗？"

"是。"

"那阿姨带你进去。"

"不……"

覃思宜话还没说完，陆白川就在身后一喊："妈，你今天怎么回来这么早？"

妈！

覃思宜猛然一回头："方阿姨是你妈妈？！"

方韵也震住了："你们认识？！"

雪花一划，一场又一场的相遇和重逢开启。

方韵和覃塘都是江台大学音乐剧专业的，曾经是学校里出了名的对手，也是出了名的情侣，但后来因为出国留学的问题而分手，再相遇已是十年后，两人进了同一个剧院，却都已为人父母了。再后来，覃塘因为家庭离开舞台，两人便很少再见，没想到几年后再见，就是在覃塘的葬礼上。

回到家，方韵给覃思宜倒了一杯水，小心翼翼地问："自从你父亲去世后，阿姨很少看见你，前几年听说你母亲改嫁了。没想到你和小川这么有缘成了同学。要是不介意，以后你可以多来家里坐坐，或者来剧院也可以。我记得你小时候还说以后也要学表演,考和你父亲一样的专业。"

"方阿姨,不用了。"

"怎么了,是你妈妈不答应吗?"

"不是。"覃思宜捏着水杯,垂着眼睛,只回了方韵一句,"阿姨,我,没有和,"她顿了顿,那个词就像是被自动消音一样,她叫不出,"我没有和她一起生活。"

方韵愣了愣:"什么?"

覃思宜眨了眨眼睛,视线一片模糊。她其实是有些逃避的,不愿意再遇见以前认识的人,因为每一次遇见就像是有人在提醒她,你是一个被亲生母亲抛弃的人,你以后就只能是一个人。

她又攥了攥手,长呼了一口气,把水杯放在桌子上,抬头看着方韵:"十岁的时候,我和她就分开了,现在我们都有了自己的生活。至于刚刚拒绝您,不是因为不愿意,而是我现在正在准备市里的钢琴比赛,可能会比较忙。等一月份比赛结束了,我会去剧院的。"

但那是曾经,那个怕黑的、孤独的覃思宜,现在的覃思宜,已经不会再退缩,她有直面的勇气。

房间里很亮,光线很强,她不卑不亢地说:"毕竟,表演还是我的梦想,江大也还是我最想去的地方。"

她没有讲分开的过程,但无论是谁都能猜到,那个十岁的小孩在没有亲人守护的情况下被送进那里,会经历怎样的生活。

方韵红了眼眶,起身抱了抱覃思宜。

和她抱的小时候覃思宜一样,小小的一个,笑脸看得她心软;又和小时候不一样,骨骼长开,变得有力量,笑容温柔又带着不属于覃思宜这个年纪的成熟。

除了阿婆,覃思宜再也没有和任何人讲过被抛弃的事,现在她不仅对方韵说了,也对这群朋友讲了,高砌了六年的墙终于在这一刻坍塌,她既是意料之中的平静,又是意料之外的轻松。

秦宋算得上是比较了解事情经过的,可他当时还小,也不懂这么多,只知道那个人抢了他妈妈的位置,他很讨厌她。后来他在林芳的房间看见了覃思宜的照片,就连带着一起讨厌覃思宜,以至于他一开始对她的偏见很深。

秦宋叹了口气,拿了包草莓干递给覃思宜:"给。"

覃思宜知道他是什么意思，无非就是知道这些事后又有些愧疚一开始对她的行为。秦宋这性子真的就是一个小孩子，她接了，又对秦宋说："秦宋，这和你没关系。"

他露出被人看懂后的别扭，偏过头闷声回道："我知道。"

他们两个人的动作不大，又面对面坐着，话音被那三个人的讨论声一盖，更像是什么都没发生一样。

陆白川了解覃思宜，越是这种时候她越是希望大家和平常一样，无论怎样，现在的覃思宜已经不需要任何形式的保护。

他很难想象，覃思宜在那些没有人陪伴的日子，是怎么度过的。那只被人丢弃的小狐狸，一个人跌跌撞撞了几年才遇到第一份爱。

难怪，她小时候明明很怕黑，初中时却可以一个人走夜路。

难怪，她一开始眼里的戒备那么明显。

难怪，她明明那么喜欢表演却没有从一开始就选择。

覃思宜看着情绪低落的大家，笑着开了口："你们也别沉着了，我们每个人都有自己要走的路不是吗？再难再苦再孤独，也要往前走，以前无论再不好我都走过来了，也正是因为我走了那些路，才遇到阿婆，遇到一个那么爱我的人，所以我是很幸运的。

"而且现在我又遇到你们，就更幸运了，以后我们都可以一起走。"

窗外的雪景一点点清晰，炙热的胸膛在冬日升温，心口处共鸣的跳动，成了点燃一切的引线。

08 / 释然过往

冬天一到,天色暗得快,院子里家家灯火通明。

六个人学了五六个小时,才被方韵喊吃饭的声音打断。

方祺伸着懒腰,有些得意:"真没想到,有一天我会这么爱学习。"

林越看着手里的习题集,也是满满的成就感:"是啊,这是我第一次感受到学习的快乐。"

时欲吃了口薯片,抬头看着他们,打趣道:"那得感谢谁啊?"

那两人对视一眼,站起来,双手抱拳对着覃思宜和陆白川就是一个九十度的标准鞠躬:"感谢两位大神的鼎力相助!"

覃思宜被他俩这架势逗笑了:"没事,没事。"

陆白川转着手里的笔,漫不经心地看着他们,真就一副接受膜拜的模样:"真想感谢?那就包一下我们几个人下个月的早饭吧。"

呃……这家伙还真接啊!

方祺踌躇两秒,一脸假笑:"川哥,这个时间是不是稍微有点……"

他还想语义点到为止,但陆白川完全不配合,懒洋洋地说:"哦,我们祺哥是觉得一个月太短了,行啊,那就三个月吧。"

对于坑方祺,时欲绝对是第一人,立马就跟着起哄:"太棒了!祺哥真大方啊!"

覃思宜和秦宋话虽然不多,但也丝毫没有要帮忙的样子,个个都幸灾乐祸,笑得起劲,就连林越也在旁边憋着笑。

方韵在外面又喊了一声。

陆白川放下笔,站起身,也没再跟方祺闹:"行了,祺哥,别气了,"说着勾着他的肩,一起往外走,"真要谢还得谢你自己,毕竟你要是不想做,我就是想帮也帮不了。"

说完,陆白川还拍了拍方祺的肩,又是不正经的样:"我们祺哥什么不是靠自己努力赢来的,所以啊,别总想着谢我,我就是辅助位,你才是中心位。走，吃饭。"

他说得随意又不着调，但方祺了解他，他这人一直都这样，他们都不喜欢煽情那套，所以一句玩笑话总是藏着点意思，甚至有些时候说的是玩笑话，其实表达的全是明晃晃的夸赞。

陆白川对于方祺来说，从来都不只是一个朋友那么简单。

用一句夸张的话讲，陆白川是方祺理想的起源者。

八岁那年暑假，方祺去找陆白川玩，刚好遇见陆白川和爷爷去实验室，他也跟着一起去了，自那天回来后他就变了。

也许在外人看来他还是和以前别无二致，还是爱闹、爱疯，但熟悉他的人都能看出他的变化——他玩的时间变短了，每天跟着陆白川一起学。一开始就连他父母都怀疑他能坚持多久，陆白川又是一副小大人的样子跟他说："别管别人，你想学就好好学。"

那年暑假结束后，再开学，方祺从倒数几名蹦到前五十名，所有人都在惊讶，也有人依旧怀疑，但方祺还是在各种质疑声里一点点往前进。再后来他开始和陆白川一起参加物理竞赛，从基础的比赛开始一步步往难的比赛走。

他从来都不是一个天赋异禀的人，没人知道那年暑假他花了多少时间才努力爬到那个位置。

后来某一天晚上，时欲实在忍不住问了一句："你为什么突然这么拼了？"

那个小孩透过窗户看向黑夜里最亮的几颗星星，笑得又傻又纯真，他说："因为我有了梦想。"

当时的时欲只当这是句玩笑话，也没多问。

直到时欲看到方祺和陆白川一起参加物理竞赛，站上领奖台的时候，她才明白那个大院里最爱疯闹的男孩是真的找到了自己的热爱和理想。

那年他在实验室做了一个小型的"大象牙膏"实验，反应发生那刻，无数的蓝色泡沫从瓶口蹦出，飞溅的泡沫像无数散落的星星，在他眼前炸开，一个八岁的小孩彻底被实验成功后带来的成就感震撼到，那之后他就开始真的爱上理科。

他也在一步步地往自己想去的学校、想做的方向走，他的努力不比任何人少一分一毫。

方祺也抬手搭上陆白川的肩，同样是不正经："行，吃饭。"

饭后,一行人又约着一起去了方祺家看电影。

方祺父母在他十岁那年就离了婚,父亲因为工作经常不在家。时欲还住在这块时,他经常去陆白川家和时欲家各种串门。后来时欲家搬走了,方祺也就成了陆家的常客,就差直接搬进陆家了。

他爸妈在他去年生日那天买了大投影仪给他看纪录片,但他这人是不可能一个人待着的,就算看片,也是拉着陆白川一起看。他们其实也算是兴趣相投,喜欢看的电影和纪录片也都一样。

林越抱着一袋薯片往沙发一窝:"看什么?"

方祺调着屏幕:"《死亡诗社》。"

林越一听死亡两个字:"这是什么电影?鬼片?我不行啊,我怕鬼!"

方祺调好后把灯一关,回答道:"放心吧,好电影,保证你看得热血沸腾。"

片头一开,先是一幅壁画。

时欲轻声说:"安静,安静,先看。"

这部电影总共时长两个多小时,一开始的整体色调就带着一丝矛盾感,有明亮和昏暗的强烈对比,就像是影片里理想和现实的对比。

这部电影无疑是热烈的、飞驰的,但也是悲壮的。

片尾曲一响,安静的空气终于有了动静。

林越手里的薯片从电影开始到结束一口也没被动过,他不禁抽了抽鼻子:"这电影怎么看得我又激昂又难过啊?"

方祺抹了抹眼角,拿过林越的薯片,说:"我说了会让你沸腾的吧。"

"沸倒是沸了,但我心里还是有点难受。"他说着也抹了抹鼻子。

秦宋抽了一张纸递给林越,望向屏幕,说:"因为这部电影是有现实投射的。"说着也自嘲,"我家,不,已经不是我家了,我活到现在除了我妈和我外公,没有人在乎我想做什么,没遇见你们之前,我也是得过且过。"

时欲叹了口气,这不是她第一次看了,以前她自己也看过,只不过那个时候她的思想还不成熟,懂的也不多:"这其实跟我们也挺像的,"她抽了一张纸,在手里搅着,"我爸以前不喜欢我当记者,可我偏要,对立的时间久了,很多时候就喜欢和他反着来,自暴自弃的时候也有过。"

方祺听到这儿反驳道:"你要真是当普通的记者也没什么,你想当战地记者,时叔叔肯定不会同意,毕竟……"他说着突然就住了嘴,看了时欲一眼,见她耷拉着眼皮,就知道她又想到那年的事了,"算了。"

他说完又往时欲的方向靠,抬手在她肩上一拍,笑得明朗:"你做什么,祺哥都支持你!"

除了陆白川和方祺,林越他们都没想到,时欲平时看着嘻嘻哈哈的,居然会有一个这么充满职责与担当的理想。

其实时欲的理想来自她的母亲,她母亲曾经是一个战地记者。她的母亲和她的父亲是在一次救援任务中认识的,生了她后,她母亲就慢慢地放弃了工作。她母亲总说不遗憾,但时欲知道那就是哄她的话。

她初一那年,她母亲因难产去世,当时整个家里都没有一丝生气,她也有些抑郁。也是在那段时间,她决定以后要成为一个战地记者,就像她母亲一样,做一个揭露事实真相的记者。但她父亲极力反对,从那之后家里就经常发生争吵。

久而久之,她慢慢地自暴自弃,是真的想把自己往废里玩,以此来表达她的反抗。

那时,方祺是真的忍不住了,和陆白川一起带时欲去看了一部真实的战争纪录片。

本来他是想让她害怕,然后知难而退,但没想到这家伙越挫越勇。

其实方祺是理解时儒城的,真实的战争远比纪录片要残酷得多,时儒城是一个警察,自然不想自己的女儿也处于那样的危险之中,但陆白川的一句话一下子就打断了他的思考。

那年他们坐在这个房间里,看着电脑播放的画面,陆白川就和现在一样懒懒地靠在椅子上,眼睛盯着屏幕,不知道是在想什么,说的话却比谁说都有震撼力。

"自暴自弃是最接近绝望的,如果你不想放弃梦想,那么就更应该好好地活着。"

"只要你还愿意,再晚都能追求你想要的。"

陆白川当时的那句话,在方祺心里印了好久。明明他们都是同龄人,可陆白川永远有超乎同龄人的成熟,十二岁之前的方祺不知道他的成熟从哪里来,可那年夏天过后,他就明白了。

陆白川的成熟从来都不是来自对某一个方面的认知。他的爷爷是江台大学物理研究组的组长,他的父亲是一名刑警,他从小跟着他爷爷出入各种实验室,接受的教育也都是以国家为出发点的。

他的家庭是他们三个人里最幸福的,家人的陪伴、父母的理解、妹妹的依赖,各方面接受的教育都是最好的。

但从他十二岁那年开始一切都变了,妹妹的死亡、爷爷的去世,还有他第一次和自己最敬重的父亲发生矛盾。

没人知道这场矛盾的缘由是什么,只是那之后他父亲突然离开了这座城市,这么多年一点消息也没有。

那也是他第一次有了自暴自弃的念头。

所以,他的那句话,不仅仅是对时欲说的,更是对他自己说的。

他必须好好活着,他还有母亲要照顾,还有喜欢的人要找,还有热爱的理想要追逐。

他真正的成熟是在所有事情爆发后选择继续往前走的坚持。

陆白川靠在椅背上,投影的灯光阴暗分明地投在他的眉眼上,他忽然抬起右手食指钩着覃思宜的食指,动作很轻很轻,像是在说,我只需要一点力量就好。

他眼睛没转动,就那样安静地看着银幕上滚动的演员名单,轻声开口。

"人的生命看着渺小,但也有精彩之处,尤其是在理想的赋予下,生命就被添上了一层光彩,或许我们现在没办法去直接追求理想,但我们现在所做的事也都是在朝着理想靠近。

"可能最后的结果会和想象的有差别,但你学过的知识、读过的书都会不断扩充你的眼界,改变你的价值观,你的每一分努力都在给未来的你积力,你所经历的每一件事也都会给你带去不同的认知。"

他顿了顿,把最后一个名字看完:"追求理想的路有很多条,现在不行就等以后,失败了就再来。简而言之,坚持是不变的真理。再渺小,也要有征服理想的勇气。"

覃思宜坐在他的身边,在他不知道的时候也悄悄地注视着他。光照进少年眼里,她看清了陆白川眼里浮起的那一丝无力和自我挣扎。

陆白川无论再怎么成熟,也还是一个十六岁的少年,难免会有无力的时候,但在无力过后,他会挣扎着反抗,不向任何黑暗屈服,然后,继续在现实的世界里往前走,往自己最热爱的路上走。

这样的人就是比太阳还要热烈。

他永远都有自己最明确的目标,哪怕迷失方向,他依旧可以走出另一条通往未来的路。

覃思宜笑了笑,也出了声:"我们的理想无论怎么被现实束缚,只要想做,就一定会有机会的。"

投影仪是连的手机，片尾曲放完，方祺拿着手机点开音乐，声音直接从投影设备里传了出来。

他选的还是live版的，前奏一出，他直接站起身拿起桌上的可乐，第一个带头："就是啊，朋友们！都别丧啊！我们现在都还有能力，都有实现理想的可能，再说日子这么长，我们还这么年轻，怕什么啊！"

歌曲升到最高潮，热烈的火把一燃，少年的感染力最是强烈。

林越也拿着可乐，拍桌一喊："我这辈子一定要实现进国家篮球队的理想！"

屋里暖气直升，燥热覆盖一切，他们一个比一个热烈、耀眼。

秦宋也跟着喊："我一定要组建一支自己的乐队！"

时欲抹了抹眼睛，拿起可乐瓶碰杯："朋友们！为了理想，为了未来，从现在开始做起！"

四个人低头看着牵着手的两个人，终于把这场面给弄得煽情起来。

他们俩还是牵着手，拿着草莓味的气泡水跟可乐瓶碰撞在一起。

"铛铛铛"的几声在热烈的歌声里，成了独特的伴奏曲。

六个人肩并着肩，站成一排晃着头，跟着音乐的节奏唱起来。

With fire in our eyes.（我们的眼里有火焰）

Our lives, a light.（我们的生命就像一束光）

Your love untamed.（你不能驯服的爱）

It's blazing out.（燃烧着）

The streets will glow forever bright.（街道将永远明亮）

Your glory is breaking through the night...（你的荣耀冲破了黑夜）

窗外的黑夜里一片大雪纷飞，燥热却在屋里不断升温，这一刻，冬日不再寒冷，身边不再孤独，理想不再难以触碰。

理想主义的少男少女从不会屈服于现实，他们用坚持、希望在现实的冬日里开展了一场夏日狂欢。

期中考试成绩出来的前一天，学校通知了要开家长会。

这会儿正是家长进校的时间，各个班里都是一团围着一团。

赵云拿着成绩单走进教室，推了推眼镜，笑得一脸和善："各位家长，我们都坐下来，让孩子们先出去玩一会儿。"说着，对班长使了个眼色，要他招呼大家往操场上去。

赵云突然想起什么，对着正准备出门的覃思宜喊了一声。

覃思宜走了过去:"赵老师。"

赵云把手里的时间表递给覃思宜:"陆白川他们的初赛时间下来了,等一会儿他们模拟考结束了,你再给他们。我办公室里有一套卷子,你一会儿拿来晚自习的时候再发下去。"

覃思宜接过点了点头:"知道了。"

覃思宜拿完卷子,教室里赵云还在开家长会,她也只能先去操场,刚下楼就听见前面有一个声音。

紧张里又压着些柔。

覃思宜拿着卷子的手突然一僵,这声音……好熟悉。

她往外走了几步,站在柱子后面,看清了秦宋身边刚刚发声的人。

那人穿着驼色的大衣,双手裸露在寒风中,头发松松地绾在后面,几绺碎发落在风里,脸上看着是有好好保养的样子,但还是有些皱纹暴露在她弯起的眼角。

覃思宜像一个偷窥者似的躲在柱子后面,看着那个人一副温柔的样子,又难掩她讨好的眼神,拿着保温桶递给秦宋。

"小宋,阿姨前几天听你爸爸说你有些咳嗽,阿姨就炖了一点冰糖雪梨,还是热的,喝了也可以润润嗓子。"

林芳递着保温桶的手在空中僵了一分钟。

秦宋也盯着那个保温桶看了一分钟,他妈妈以前也喜欢给他炖,可自从妈妈去世之后他就再也没喝过了。他叹了口气,还是接了。

接完,他的语气和眼神倒也说不上多讨厌,但疏离感很强:"这次我接了,下次就不要再做了,其实我也不是讨厌您,而是讨厌那个家,所以麻烦您回去告诉他一声,以后别再去打扰我外公。"

"我一会儿还有课,先走了。"他说完转头就走。

林芳站在原地像是在看秦宋的背影,又像是在透过他看其他人。离得有些远,覃思宜没能看清她的神情,没几秒,她垂下眼帘,也转身走了。

覃思宜等林芳转了身才走出来,大大方方地看着她的背影。

雪一连下了三四天才停,这会儿空中飘着的都只是一些小雪花,学校里的路被清理过,地上没了堆积的雪,连脚印都没法留下。

她一个人走在凛冽的寒风里,被细密的雪飘打着,空气里不停地传来飒飒的声音。

覃思宜捏着卷子的手骨节都开始有些微微发红,不知道是冻的还是因为攥得太过用力。

灰蒙蒙的雪景里，一切都像电影镜头里的倒放回忆。

好像是在八年前，也有这么大的一场雪，那时候的路上有一家三口的背影，寒风也被笑声掩盖。

秦宋没走几步就看到柱子旁的覃思宜，一愣，说："你怎么在这儿？"

覃思宜收回视线，笑着扬了扬手里的卷子："拿卷子啊。"

秦宋又看了眼林芳的背影，回头问："看到了。"

他没有用疑问的语气，直接陈述。

覃思宜点了点头："看到了。"她又把视线转回去，声音和视线一样模糊，她自顾自地喃喃，"原来，她现在是长这样的啊。"

"秦宋，"她顿了顿，问道，"她在那个家过得好吗？"

秦宋看着她的表情，她还是那样平淡，淡到秦宋都看不出来她在难过。他说："其实我也不知道，自从我妈去世以后，我就没回过那个家了。我还以为你再见到，会直接上去问她。"

"问她？问她什么？"

她没去看秦宋，视线有些低垂，落在前面的梧桐树上。那寒风真是很不厚道，把树上的叶子一刮，一簇生命就此落下。

覃思宜忽然鼻头一酸，目光闪动："为什么抛下我？可这原因我自己都知道，更何况我们现在都有自己的生活，就算真的问也不知道有什么可问的。"她看着秦宋手里的保温桶，"其实你嘴上说着讨厌，心里也还是会心软。"

秦宋也看了眼保温桶，再抬头看覃思宜："因为我真正讨厌的不是她，而是那个家里的所有人，他们都很自私，想的永远都是自己。我妈在世的时候就没有一天是好过的，现在想来我曾经对她和对你的讨厌也是那家人给我的影响。"

风声变小，细小的雪飘忽地落在覃思宜的手背上，冷得她一激灵，下意识地转头去看那个身影。

那人走很远了，在覃思宜的视线里只剩下一个模糊的圆点。

秦宋看着覃思宜一直望着林芳的背影，担心地问了一句："覃思宜，你没事吧？"

"没事。"

她虽然嘴上说着没事，但垂在身侧的手攥得骨节直凸，眼神收都没有收一下，鼻头和眼尾都明显泛红。

秦宋突然问："覃思宜，你恨她吗？"

这个问题是真的让覃思宜愣了几秒。刚被抛弃的那一年覃思宜一个人在孤儿院里还有期盼，所以无论谁来领养她，她都不答应。她这人的倔是从小就有的，再后来时间一长，别说期盼，连林芳的样子都快忘了。

覃思宜终于把视线彻底地收了回来："我该怎么恨呢？"

她又抬眼去看秦宋，莞尔娓娓道："小时候的我不懂什么是恨，等我懂的时候，已经和阿婆生活在一起了。阿婆教了我很多，怎么做自己，怎么好好生活，怎么爱一个人，唯独没有教过我恨，更何况恨这个字听起来就像是有着很深的感情，可我对她没有那么深的感情。"

她呼出一口气，心中虽未得畅快，但也只剩细小的情绪在挣扎："就是没想到会这么突然见到，要不是我记忆里还剩下一些模糊的影子，我都快怀疑她只是一个与记忆中的人长得像的陌生人了。"

秦宋看不懂她眼里的情绪，忽然握拳一伸手："覃思宜，无论我对她是什么态度，对你，我都是当朋友的。"

要不怎么说秦宋就是一个别扭小孩的性子，对别人的任何喜欢和厌恶在弄清楚之后都是明朗地表达，虽然做不到最好，但也会像一个小孩一样用自己的方式去给别人温暖。

覃思宜笑着抬手撞了下他的拳："放心吧，我也是。"

说完，她跟兄弟似的拍了拍他的肩："走了，朋友。"

他高挥着手，也玩笑道："晚上见啊，宜姐。"

"晚上见。"

覃思宜见秦宋转了身，才把脸上的表情放下，靠在柱子上，无神地望着灰白的雪景。

怎么可能真的做到无所谓，那是一个小孩从一开始满怀所有的憧憬期盼自己的母亲可以来接她回家，直到被时间一点点地耗成后来的失望，再到慢慢地模糊。

覃思宜是真的做不到对她有任何感情了，只是心里还在十岁的覃思宜和十六岁的覃思宜两人之间挣扎。

可现在这么突然一见，她才发现林芳和记忆里的人已经是那么不一样了。

原来都已经过去六年了，原来那已经是覃思宜六年前的记忆里的面容了。

六年，在这世界上足够改变很多很多了。

雪一年一年地在换，梧桐叶落下，来年也会长出新的嫩芽。

可人，却永远都不会再回头。

晚自习的时候，覃思宜刚发完卷子，陆白川他们就回了教室。上课铃一响，赵云也准时踩着铃声进来。

他敲了敲讲桌："怎么样？大家今天有没有挨骂啊？"

林越突然发出笑声："老赵啊，你是想听我们讲'悲惨世界'吗？"

"怎么？你也挨骂了？"他笑着扶了扶眼镜，"不应该啊，你这次可是进步了不少啊。"

方祺也忍不住插嘴："他那是考好了嘚瑟啊，老赵，我们班这回都考得不错吧。"

赵云没再和他们开玩笑，示意大家都安静之后，开始进入正题："方祺说得对，这回大家都考得不错，不仅班级名次进步了，大家个人的名次也都有进步，可以给自己鼓鼓掌啊。"说着又开始带头鼓掌。

班里掌声一片，和欢呼声交织着。

赵云走下讲台，站在左侧："既然这次期中考大家努力了，那接下来的期末考也好好努努力，争取拿个好成绩回家过年。"

"赵老师，这离过年不是还早吗？您今晚过来不会就是为了催我们吧？"

"就是啊，老赵，有什么事快说啊！"

赵云抬了抬手，班里安静了点，他也没再卖关子："大家也知道还有两个星期就是元旦了，学校举办了文艺会演，那我们班肯定是要出节目的，所以现在就是各位展示才华的时候了啊。第一名是有奖的，还有演出当天家长要是有时间的，也可以过来。"

"什么奖，有钱拿吗？"

"你就想着钱了。"

身旁的讨论声不停放大，激动的情绪渲染了满堂，方祺也拉着他们聊着。

覃思宜却是心不在焉地看着窗外。

窗外路灯高立，在黑色的背景里，发散出的光把细密的雪粒照得明亮。雪一簇一簇地往下落。

她知道那个人多少还是影响到她了，心里虽然说不上难过，但怅然到底还是存在的。

陆白川微微俯身凑近，撑着下巴和覃思宜双眼持平，轻声问："不开心?"

覃思宜表情没变,也没有动作,一副任他窥探的样子:"有点,但不多。"

陆白川笑着转了转笔:"有就有,不多是什么鬼,你就是有一丝不开心,我都得负责。"

"那你现在就负一下责吧。"

陆白川被她的直白打得猝不及防:"行,我负责。"

说着,他突然站起身,还没等覃思宜问一句干什么,她就直接被他拉了起来。

方祺茫然地问:"他俩干吗去?"

林越也是个愣的:"我怎么知道?"

两人对视一眼,立马就扒着窗户伸头窥视。

黑夜雪幕里,微光中只留下两个并肩奔跑的身影。

陆白川拉着覃思宜一路带着她跑到了化学实验室。

覃思宜不解:"来这儿干吗?"

陆白川回头一笑:"带你感受知识的浪漫。"

"这门锁着,怎么进啊?"

"放心吧,我有钥匙。"说着他直接就开了门,"今天上完课,我来这儿做了几个实验,吴老师说让我明天再把钥匙给他。"

他从防护柜里拿了护目镜和口罩,等覃思宜戴好后又把灯关了。

覃思宜下意识地往陆白川身边靠,抓着他的胳膊,问:"你不开灯怎么做?"

他拉着覃思宜的手往前走:"别怕,跟我走就行。"

覃思宜跟在他身边,看着他把下面单独的灯打开,又拿着不同的材料称量后向白瓷碗里倒,最后拿着滴管,黑蓝色的液体一流,一丝明亮的橙光蹦出。

陆白川拉着覃思宜站在后面看着白瓷碗里的火光开始一点点地放大,黑暗的环境里飞溅的火星带着一丝薄雾,映出一道一道炙热的轨迹。

这一刻,真的像极了那天的烟花星系,中间是最明亮的黄色,外围是数不清的星星,每一颗都在自己的运行轨道里,有着独一无二的浪漫,就连那响起的"噼里啪啦"声都带着绚丽的滤镜。

美得有些不真实,但手心处传来的温度在提醒她,这一切都是真的。

覃思宜回过头,猝然对上了陆白川的视线,明黄的光落在他眼里,而他的眼神却比最外围的火还要炙热。

黑暗的环境里滋生的所有情绪都被放大,覃思宜的难过也缓解了不少,她突然出声问了句:"你说这火星飞溅会不会很危险?"

他轻声笑了笑说:"放心吧,我控制量了。"

覃思宜点点头,称赞他:"嗯,看来你还是一个懂度的浪漫家啊。"

陆白川声音无奈,眼神在火光下显得格外明亮:"您开心了吗,狐狸公主?"

覃思宜也学着他的劲,轻松一笑:"开心了,可爱的浪漫家。"

陆白川嗓子有些发紧,却还是声音慵懒地开口:"行,开心就成。"

火光在慢慢消减,星星在慢慢垂落,他们在浪漫的化学反应里,靠燃烧触碰了一片独特的星空。

天气太过寒冷,体育课也被移进了室内的篮球馆里上,二班和六班是同一个体育老师,课也都是一起上的。

自从上次运动会过后,这两个班就像是建立了一种共患难情感一样,只要是有集体活动就跟一个班的亲兄弟似的。围着场馆跑了五圈后,两个班就自行解散,玩的都围在一起玩,剩下的就聚在一起讨论着元旦晚会。

"你们想好出什么节目了吗?"方祺刚好站在林越身后,勾着他的肩朝大家问道。

"没有。"秦宋边回他,边拽着林越往下坐。

身体的支撑消失,方祺直接歪了一下,看着坐着的两人勾肩搭背的。

时欲玩着手里的羽毛球,突然提议:"思宜,你可以弹钢琴啊。"

"对啊,宜姐,你学了那么久的钢琴,现在正是展示的机会啊!"林越整个人兴奋起来,屈着胳膊撞了撞秦宋,一副小人得志的样子,"这么说来,我们班已经有一个节目了啊,秦宋,你们要加油啊。"

秦宋揉着他的头往下按:"别嘚瑟啊。"

林越挣扎着躲开,急忙保护着自己的发型:"发型乱了啊,兄弟。"

方祺难得没发表意见,站在一旁眼神来回地在覃思宜和陆白川两人身上扫动,突然一个激灵,冒出了一个想法,故作镇定地开口:"其实我川哥也会弹钢琴。"

林越挣扎着冒出头:"那可以和宜姐一起表演啊,四手联弹不比单人 solo 刺激啊!"

方祺看着林越就是一副"兄弟你真上道"的表情，随后也跟着开始起哄："就是，川哥，宜姐，你俩一起上，我们二班的排面就起来了，说不定还能拿个第一。"

陆白川一眼就看懂方祺的意思，却还是懒散地靠在椅子上，一副随意的样子："我都行。"

覃思宜没想到陆白川会弹钢琴，也很意外："你竟然还会钢琴。"

陆白川一脸得意样："怎么样，厉害吧，你同桌样样都会。"

"厉害，没人比你更厉害了。"

"那你有想法吗？弹什么曲子？"

"我想好了。"

"哪首？我回去听听。"

覃思宜看着陆白川，说出了曲子的名字："《Confession of A Secret Admirer》（《暗恋者的自白》）。"

看着陆白川一脸茫然的样子，她就知道他应该是没有听过。

"这首曲子比较小众，你没听过也正常。"

"那我先回去多听听吧，过几天咱们再一起排练排练。"

"好。"

自从确定好曲子以后，每天晚自习的时间陆白川和覃思宜都在音乐楼里练钢琴。她选的这首曲子说不上难，整体曲调也比较平缓，但两人为了能有精彩的呈现都是时时刻刻认真地揣摩着曲子里的情绪变化。

覃思宜指着后半部分的谱子："这首曲子整体调子都太柔了，它后半部分的波动反而就有些弹不出来。"

陆白川看着谱子，沉思了片刻，最后抽走覃思宜手里的谱子，把她的双手放在琴键上："覃思宜，你有没有想过其实可以换一种方式去演奏。"

覃思宜一时没跟上他的思绪："什么？"

陆白川垂眸，单手五指轻动，他只弹了一半的音："你看，我单手弹一半，是我自己对曲子的表达，那为什么我们不能一起弹自己的表达？"

覃思宜懂他的意思了，他是想抛弃掉曲谱限制的感情，用自己的理解、自己的真实情绪去表达："可是，这样曲子会变的。"

覃思宜也不是不想，如果用自己的情绪表达曲谱自然会更真实一些，但她还记得她第一次接触钢琴时，覃塘告诉过她，每首曲子在最初谱写的那刻就已经被赋予独一无二的感情，作为一个表达者最重要的就是表达出它的情感,而不是改写。

"覃思宜,我知道你在想什么,我要做的不是改写它的情感,是用自己的情感和它去共鸣。"

陆白川说完,把双手覆在琴键上,修长的五指在黑白琴键上浮动流转,每一个音阶敲下,都传达出演奏者独特的情感。曲子弹到后半部分,覃思宜感受到了他的情绪波动。

那是一个独奏者的期待,是他多年的倾诉,是他内心最隐秘、最深刻、最热烈的独白。

雪丝轻柔地在窗外飘动,月光泻下清辉,将少年抚琴的眼神勾勒得格外干净。他的手指修长,一节一节地敲动琴键,音阶奏出的琴声不知是他自己的,还是作曲家的倾诉。

陆白川的钢琴水平很高,这首曲子他没听多久就能这么好地和曲中的情感融合,琴声又昂扬动听,于这静谧的音乐室内绽放。

覃思宜听着他的独奏,就如同在窥探少年赤诚的心事。

一曲结束,指尖缓缓滑过琴键,陆白川在尾音消逝之际,转过头问:"怎么样?"

"很好听。"

陆白川无奈地笑了笑,又敲响一个音:"我是在问你,这种方法可以吗?"

覃思宜愣了半秒,反应过来后才忍着尴尬点点头:"可以。"

"那就行,同桌,该你弹了,"他又是懒懒一笑,把尴尬拂去,"你弹得肯定比我好。"

"那不一定。"覃思宜坐下去,轻碰琴键,"就算我现在在上钢琴课,但这么多年没坚持练习,肯定也会退步不少。"

覃思宜垂着眸,视线落在琴键上,垂下的眼帘盖住了一片黯淡的神色。

陆白川从兜里拿出一颗草莓糖放在她视线里的琴键上,轻声笑着,对她说:"同桌,你可要相信自己啊,就算过去这么多年你曾经学过的那些都还是深深地刻在你的记忆里啊。而且就算真的退步了又能怎样,只要你想学,从现在开始再一点点捡起来,不也是简简单单的。"

覃思宜松开触碰琴键的手,转身昂首看向陆白川。

音乐室这会儿的光线很暗,陆白川靠在钢琴上轻垂着头,眉眼带笑,小虎牙露着牙尖,黑亮的眼睛里蕴含着点点星光,明亮得像两颗耀眼的星星。

覃思宜看着他，突然开口："陆白川，你真的好像永远内心明朗，说的话既能安慰人，又能让人放心。"

陆白川把话接过来，半开玩笑："看来我以后可以朝心理学这方面研究研究了。"

"我说真的，谢谢了，陆白川。"

"不客气，覃思宜。"

他还怕覃思宜不信，又加了一句："我说真的，你从来都是靠你自己成功的，和我是没有多大关系的。"

他的话语轻松坦荡，还带着衷心的喜悦和尊重，在寒冷的冬天里燃起了一整片热烈的夏风。

虽然说是元旦晚会，但都不是规规矩矩地按照节日的时间举办，一月一日本身就是假期，也没人愿意放弃假期去开晚会，江台一中从建校开始，每年的元旦晚会都提前到了圣诞节这天。

下午最后的彩排一结束，给了半个小时的晚饭时间，但真正吃饭的人少之又少，一个两个都跑去超市买了一袋又一袋的零食。

还剩几分钟开场，礼堂内又是闹哄哄的一片。

因为天气冷，加上表演的服装都是夏装和春装，所以学校也毫不吝啬地在礼堂开了暖气，室内热烘烘的，就好像冬天从未来临过。

晚会正式开始，台上的主持人讲着老套的开场词，随后是一个又一个的节目。台下坐着的不只有学生，还有不少一起来的家长，人声被音乐声掩盖。

方祺无聊地撑着下巴嚼着嘴里的黄桃干："怎么还没到他们的节目啊？"

时欲也是昏昏沉沉地靠在椅子上刷着手机，林越不知道从哪儿拿的节目单，数着节目一个激动："快了快了，这个节目过了就是。"

秦宋开矿泉水瓶的动作都停了，凑在他身边看着节目单："你这是从哪儿拿的？！"

"花了两瓶水的钱，从一个高三学姐手里套过来的。"他说着还一副我最厉害的表情，对着秦宋笑得耀眼，台上刚好有束灯光照过来，落在他弯起的眼睛上，不知不觉也刺了秦宋的眼。

秦宋心里蓦然划过一丝异样，在灯光熄灭的那幕黑暗里有了一个可以暂时逃离的借口。

黑暗时刻转瞬即逝，下一秒灯光又亮起，二班的人听了报幕个个都开始兴奋起来。在一片喧嚣的哄闹声中，覃思宜和陆白川两人各自承光上台。

他们穿的是同系列的白色服装，长裙礼服配白色衬衫，狐狸配小猫，覃思宜配陆白川。

两束白色的追光像是在慢慢行走一样，自上而下一点一点地向中间交会。

那两人已经走到了舞台中央，两束追光也终于汇合，消失一秒后，又一束灯光打在中心。他们相视一笑后，默契地坐在钢琴椅上，两双手覆上黑白琴键，一个又一个音阶被敲响，柔缓的琴音开始在礼堂里回荡。

四手联弹的琴音，把这场属于独白的心事，坦荡又热烈地诉说给了全场。

每一个被奏响的音阶，都裹着深藏已久的秘密。

钢琴曲不长，两分钟不到就结束了，覃思宜和陆白川起身，相视一笑，而后鞠躬下台。

没人说一句开始，也没人说一句结束，热烈的掌声听起来明明只是对演出的喝彩，但又像是所有人都默认了什么似的，在明亮的灯光下渐渐明朗起来。

主持人又开始为下一个表演报幕，台下的人却还沉浸在短促又经久不停的琴声中。

方祺莫名地鼻子一酸，呆呆地望着舞台："天啊！真厉害啊，这两人。"

林越："我觉得我们能拿第一！"

时欲看了看舞台右侧，拿了衣服弯腰站起："走啊。"

方祺不明所以："去哪儿？"

"今晚盛汇广场有烟花秀，找他们一起去看啊。"

一听这话，林越那点刚升起的想法也消退了，勾着秦宋的脖子就跟着起身："走走走。"

覃思宜和陆白川下了舞台后就各自去了男女更衣室换自己的衣服。

后台门口有个女人见人就问："请问一下，覃思宜在哪个房间？"

更衣室里人来人往，每个人都有事要忙，听见这话也都是摇着头说不知道。

方祺他们刚来后台就撞上了换完衣服的陆白川，直接上去就是一个大大的拥抱："川哥，你们刚刚太帅了！"

林越也是连连称赞:"川哥,真的,你和宜姐就是绝配啊!"

时欲看见覃思宜拉开更衣室的门,直接挥着手:"思宜,思宜,这儿!"

覃思宜拿着外套跑了过去:"你们怎么都来了?"

时欲:"带你们俩去看烟花秀啊!"

"学校里有?"

陆白川帮她把帽子戴上,低声道:"他们的意思是要翻墙,出去看。"

翻墙对于覃思宜这种从不犯事的学生来说可真是人生头一回,她激动地说:"翻墙!"

陆白川看她这样就知道她没做过:"没翻过吧?"

覃思宜听他这语气就像是在说"我经常翻"一样,她回道:"你经常翻?"

陆白川也没恼,反而懒懒地一笑:"也没有,平常我可不敢逃课。"

方祺兴奋得直吆喝:"快走吧,朋友们!"

后台的人说不上多,但路不宽,六个人分成了两排走。秦宋走在最前面,没走几步看见正前方的人,突然停了下来。他是真没想到林芳会来,他那个父亲真的是什么都不会听他一句。

就这样想着,他刚想回头叫下覃思宜,那人却已经走了过来,她看着覃思宜,像是不确定似的喊了句:"小宜。"

覃思宜扬起的嘴角僵住了,怔怔地看着这个不速之客。

身边人来人往的跑动声、外面音响的混杂声在覃思宜的耳边放大,她的视线之中只留下了那个突然出现在她世界里的母亲。

几个人去了礼堂上面的一层楼,覃思宜带着林芳随便进了一个钢琴教室,打开门后又给林芳搬了一把椅子:"坐吧。"

林芳坐下,看着覃思宜,一瞬间不知道要说什么。覃思宜也不知道该说什么,给她搬了椅子后,就无神地望着窗外。

寂静的空气中只剩下风刮过的呼呼声。最后还是林芳先开了口。

"小宜,妈……"林芳停了两秒,把称呼改了,"我真没想到会在这里遇见你。"

覃思宜听到她这么说,不知为什么平静的心里突然就生出一丝怨气:"那你想的是在哪里遇见?"

原来不管过了多长时间,真正面对面时,再想起以前,心里都不可能会是平静的。

她曾经想过很多再见时会有的情绪，生气的、难过的、幸福的……却唯独没想过是埋怨的。

就好像她真的还在对林芳抱有期待一样。

"我……"林芳一时语塞，侧头看着覃思宜，听出她的语气来，也没敢去直视她，"对不起，小宜，真的……很对不起。"

覃思宜鼻子一酸，泪直接失去控制，盈了眼眶。

理智在情感的拉扯上真是没有丝毫作用。

她侧过脸，闭了闭眼，无力地说："对不起？可是我要你的对不起有什么用啊？"

这大概是覃思宜第一次觉得，原来一句对不起也能这么残忍和刺耳。

她扬着头眨着眼睛，想把泪困在眼眶里："爸爸走的那年我除了难过，想的就只有以后我一定要陪着你，你在哪儿，哪儿就是我的家。哪怕后来我知道你要改嫁，我也是这样想的，但是……"

她终究控制不住，泪还是顺着眼角滑落在手背上，寒风一吹带来的只有痛苦："但是我没有想到你会……就这样把我抛下了。"

林芳摇着头："不是，小宜，妈……我是有苦衷的，当初你秦叔叔的母亲不愿意让我带孩子去，所以我就想先把你放在那里，等我安顿好了我就会去接你。这么多年我没有一天不想去找你……"

覃思宜听着她说的话，越听越难受，心口处的怨气也在逐渐增多，突然就厉声打断："可是你没有来！"

林芳的声音被她截断，她在空气中僵住的手就如同两人之间的关系，早在六年前就像现在这场雪一样，落在地上融成了水，想收也收不回来了，只剩下空气里寒风经过时刺骨的疼。

仿佛是在告诉她们，早就不一样了，早就回不去了。

哪怕心中还是会有期待，哪怕还是会有感情，可变了就是变了，回不去就是回不去了。如果说破镜还有重圆的时候，那覆水就是真的再无回收之日。

覃思宜深呼了几口气，平复着情绪，看着前面的那架钢琴，好像真的看到了覃塘还在那间音乐室里教她弹钢琴，林芳站在钢琴旁温柔带笑地看着他们。

林芳抽咽了几声，也把她重新拉回来。

果然，真的是回不去了。

覃思宜开口，声音也是低哑的，听不出什么情绪来，更像是自言自语：

"你说过的，一个月后会来接我，我信了。所以我每天都会在孤儿院门口的那棵老槐树下等你，一天又一天等着。可是都没有人来。但我不想就这样放弃，又开始几个月几个月地等，可一年也就十二个月，我都等了不知道多少个十二了，你还是没有来啊……"

林芳泣不成声："我……我其实有偷偷地去看过你，你的生日我也给你送过东西的……"

覃思宜不知道是被她的哪句话扎到，眼泪开始一滴接一滴地往下流："可那又怎么样呢？！你来看我的时候，不知道我过的是什么样的生活吗？你知道我怕黑，可孤儿院是集体宿舍，所以没人会为我留灯！你说给我送生日礼物，可我要的是礼物吗？！孤儿院里的孩子那么多，同一天生日的也不少，没人会单独给一个孩子过生日……也没有人会只对我一个人说一句生日快乐。

"你来看我了那么多次，却没想过带我走，如果真是这样，还不如不来。这样，就不会显得我是一次又一次，被你抛弃……"

窗外的寒风急促地乱刮着，"呼呼"地打在音乐室外的墙上，把房间里的悲伤放到了最大。

突然，一阵温和的钢琴声传来，和寒风交战着。

窗口闪过几个想往里看但又不敢看的人影。

覃思宜一听这曲子就知道是陆白川，这是他们刚刚在舞台上弹过的，哪怕是这样的时刻，他们五个也没有让覃思宜一个人。

他们还是会用他们的方法，在她身边支持着她，陪伴着她。

覃思宜抹了抹脸上的眼泪，深呼吸了几下，终于开始直视林芳："但现在我已经不是很在意这些了。"

她很轻很轻地弯了唇，泪还残留在眼睫上。她以一种自述的方式回忆着独自等待的那些日子："我真正开始忘记你，是在十二岁那年，当时院长说孤儿院要准备搬迁，而我因为怕你找不到我不愿意离开。院长为了让我害怕就用吓小孩的话来吓我。她说，如果我不走，以后就只能我一个人待在那里，没有人会陪我。其实那话根本就吓不到什么人，但我还是哭了。那是我第一次在孤儿院哭，我把积压了两年的情绪全放在了那天。

"可我的眼泪打动不了任何人，他们还是在搬，有的人经过我，有的人直接无视我，那一瞬间，我是真的觉得再也不会有人来选择我了。"

覃思宜说这话的语气很轻很淡，淡到不像是在讲自己的事情，更像是从一个外人的视角去回想曾经见过的。

林芳颤抖着手，想要去抱覃思宜，想要跟覃思宜说很多很多，可是在听完覃思宜说的这些事后，她终于发现，那个小时候抓着她喊妈妈的小宜，真的早就在被她放弃的那些日子里长成了她再也不敢触碰的少女。

"小宜……真的，是我，是我太自私了，是我太懦弱了，都是我的错……"

覃思宜听着林芳这话，像是真的听到了她的挣扎、她的痛苦、她的后悔。

覃思宜看着手腕上阿婆给她求的红绳，而窗外站着一群真正在乎她的朋友。

覃思宜忽然就释然了。

就如林芳所说的，她是自私懦弱，但林芳至少不是因为不爱而抛弃她。

她曾经一直渴求的一个问题现在有了答案，她的身边也已经有了很多很多爱她、选择她的人了。

或许十岁的覃思宜需要母亲，但十六岁的覃思宜已经不再是一个需要母亲疼爱的人。

这时的她，就算还是一个人，也可以继续往前走，更何况她还有这么多份爱。

这样一想，她应该还是赚了吧。

赚了很多很多份真正的爱。

覃思宜轻柔一笑，抬手给林芳擦了擦泪："现在再去讨论谁的错已经没有意义了，你不知道，也是在那天，在我快要妥协地跟着他们走的时候，阿婆出现了……"

覃思宜这一生都无法忘记那天。

09 / 恣意流年

十一岁那年,覃思宜一个人跌坐在孤儿院的地上,哭得那么撕心裂肺,却还是没有一个人真正地在意她。

只有阿婆,在她快要彻底放弃挣扎的时候,义无反顾地站了出来,拉起她的手,对院长说:"以后我来养她。"

阿婆的手心因为常年做饭留下不少的茧子,但那些痕迹碰着覃思宜的小手却让她觉得温暖舒心。

覃思宜抚摸着手腕上的红绳,淡淡一句彻底地拉开了两人的距离:"和阿婆生活在一起的四年,已经让我淡忘了等你的感觉。"

说完,覃思宜站了起来,走到离窗户还剩三米的地方停下。

那里处在月光下,琴音格外清楚,映在窗户上的人影也变得清晰,不多不少刚好四个人。

覃思宜望着窗户,更像是在望着他们,缓缓开口:"所以,我其实不怎么怪你。"

清冷的月色盛在少女明亮的眼眸中心,是一片清明和坚韧:"但无论你是因为什么把我抛下,我都不能原谅你。

"因为我曾经确实因为你,怀疑自己是不是不值得被爱,好在我有阿婆,是阿婆用她的爱让我明白我值得被爱,更值得被选择。"

覃思宜回头隔着距离看着林芳,笑容像是祝福:"现在我过得很好,我有一个很幸福的家,也有一群很在乎我的朋友,有了梦想,有了期盼的未来,所以如果可以,希望你也能过得很好。"

琴声缓缓奏停,尾音一点一点地被敲响。覃思宜站在钢琴室的门口,握着门把手,郑重地和林芳道别:"再见了,妈妈。"

琴音一落,声音一停,门被打开,窗户边站着的四个人和从琴房门口出来的陆白川都围了过来,带着覃思宜往前走。

林芳在听见那声"妈妈"时,心里的悔恨和痛苦再也控制不住,哭声放大。在这黑沉沉的雪夜,她终于真正地失去了一个曾经很爱很爱她的女儿。

雪还是细密地下着,风也还是寒冷地吹着,但雪总会化,风总会停。

就像十六岁的覃思宜永远不会再拥有十岁之前的幸福,但她还是可以再重新创造出一份属于十六岁之后的幸福。

有些感情哪怕羁绊再深,也总是会有释然的那刻,而我们要做的不是停留在过去,而是带着它,或者放下它,继续往自己想去的未来走。

飘落的雪融在灯光照耀下的水洼里,光在地面上映出六个人往最亮处走的影子。

他们并肩走成一排,任凭风吹过,雪垂落,却从不散开。

音乐楼里的晚会还在继续上演,音响里的声音从远处传来,在空旷的校园里回荡,那六个人肩挨着肩在梧桐大道上疯跑。

方祺想起秦宋刚刚的话,说:"真没想到秦宋你和宜姐还有这层关系!"

覃思宜还在钢琴教室的时候,秦宋就已经把覃思宜和他的关系说清楚了,现下一个两个都是又愣又惊的。林越回过神来,也很激动:"这不就是亲上加亲吗!"

秦宋看了他一眼:"亲上加亲是这么用的?"

"别在意细节嘛,重要的是这个意思。"

"行,不在意。"

时欲看了眼手机,催促道:"朋友们,咱们得快点,烟火秀晚上十二点准时开始,少一秒看得都不完整。"

盛汇广场在平江区,离一中快有半座城的距离了,学校里安排的元旦晚会是三个年级一起参加的晚会,不仅节目多,时间排得也晚,以前晚会第二天都是直接放一天假的,今年圣诞节这天刚好赶上了周五,这会儿差不多已经快十一点,校门口的公交车也都停了。

他们六个跑到了学校北门口,这块有处墙很低,是当初老校区改建时特意留下的,学校说因为那堵墙后连着主路,拆建不安全,所以就一直留了下来。

墙面早已经没了曾经的洁白,潮湿的砖缝里滋生着清晰可见的青苔,被蹭掉的墙皮脱落在地面,墙头堆积的雪也被踩得零碎,右侧路灯散发出的光把梧桐枯枝的暗影投在墙上,上面一处又一处清晰的、又被覆盖的脚印，就像是一个人为制造的逃离现场。

似乎在说，这面旧墙就是为了青春最荒唐的一次逃亡而存在。

方祺领头先翻了出去，紧跟着把时欲也拉了出去。

陆白川等林越他们翻完才上了墙头，他没有先跳下去，而是回头望着覃思宜，对她伸手："来。"

覃思宜昂首看他，才注意到月亮已经跑到了他身后那片天空。

少年穿着一身纯白色的羽绒服，精致的头发已经被他跑散随意地垂在额头，月亮高悬在黑暗天幕里，却又像是低落地挂在他的身后，把他周身的线条勾勒得温柔又明朗。清正的眉眼中，那双眼睛直直地望着下面的女孩，瞳仁剔透干净，像是比月亮还要不染杂尘。伸出的手手心朝上，五指骨节分明，手心处的三条线清晰干净，没有一丝多余的。

覃思宜当时不知道怎的就生出了一种感觉，陆白川，这个人，光是看手就能知道他是一个极度坦荡又能让人安心的人。

月光把小猫照得诱人，小猫又轻轻伸出爪子，握着狐狸的手。

一场奔向烟火的旅途就此展开。

他们拦了两辆车，从一中往盛汇广场开，四十多分钟后才到达。

刚下车，还没走过广场对面的桥，广场中心就已经开始传来一声接一声的"砰砰砰"。

今天是圣诞，明天又是周末，别说广场了，桥上的人行道上都站满了人。人烟浩穰的热闹，把冬天的寒冷都消减得不剩几分。

远处一束红亮的火光从一片黑暗里冒出，直直往上升，升到半空，忽然散开，下一秒一束接一束的火光开始在黑夜里炸开，散发出许多细密的金线，倒垂下来，下面又有一排笔直向上的银白色火花，迸发的光影短促而明亮。

身旁人声喧嚷，烟花不停地变换着形状和颜色。

所有人都不约而同地拿起手机录像，覃思宜却看得忘神，一缕一缕的光影在她眼里划过。

她看着这场盛大的烟花大秀，却只能想起和陆白川在那个昏暗的化学实验室里见过的明黄火花。

这一瞬间，所有人都在见证这场烟花的盛开，而她，却早已拥有了一次只属于她的烟花秀。

那场烟花秀，热烈、鼎沸、浪漫，比得过这世界上的所有。

她不禁弯唇一笑，只觉得，这一刻，她比这里的所有人都要幸福。

幸福到可以为曾经见过的那场烟火，取上一个绝对值。

又是连续不断的烟花，沸蓝的光线像银丝一样在黑夜中亮得耀眼，一簇又一簇的火光映在覃思宜脸上反复流转，把少女的笑容映得晃眼。被风掠起的发丝飘摇，揭开她被遮挡的侧脸，有人把她放在了镜头最中心。

陆白川看着手机屏幕里的这一幕，不自觉一笑，又是一张照片定格。

这场烟花，他们明明都在，却偏偏没有一个人是真正地在看烟花。

沸反盈天的人潮，掠影浮光的烟花，都抵不过十六岁野蛮生长的青春。

圣诞节一结束，陆白川和方祺的初赛也紧跟其后开考，时间一下子就跟开了加速器一样往下走，整个学校逐渐陷入了一种自主、奋力的学习氛围中，覃思宜准备已久的初赛也到了时间。

这天晚饭时几个人聚在一起，一月的天气雪已经停了，可化雪的日子每天都比下雪的时候还要冷。

林越拿起刚刚买的几杯奶茶跑进来："快快快，都自己拿啊。"说着就往秦宋身边坐，猛吸了一大口奶茶，"这天真的太冷了。"

方祺拿起一杯乌龙茶递给时欲，附和一句："是吧，你是不知道我和川哥前几天去比赛，在考场时，也不知道是哪个家伙把窗户开了，那冷风飕飕的，差点把我吹得直接倒那儿。"

时欲喝了口乌龙茶，看着方祺："行了，腿瘸了也没见你倒过，就一阵风还能把你怎么着啊。不过你们这初赛结束了，那下一个不就是思宜了？"

方祺经她一提，才想起："是啊，宜姐，下个星期你们的比赛我们能去现场观看吗？"

覃思宜："这次的比赛只有两场，为了保护选手，初赛不公开，但最后的决赛能去现场看。"

方祺："那也行。"

林越抱着奶茶直接凑了过来："行什么行，那天是宜姐的生日啊，怎么能不去啊？"

秦宋把他拉回了位子上，突然就是一句："你记得这么清楚？"

林越没注意到他的眼神，反而开始得意起来："那当然了，我林越对数字可是很敏感的，别说生日了，就是你们的电话号码、微信号我都记得一清二楚。"

秦宋见他还是那副玩笑样，闷声道："那你确实很敏感。"

方祺听到林越的话第一反应就是去看陆白川，那人挑着菜里的葱，眼眸低垂，嘴角带笑，也不知道是在想什么。

林越这会儿有点兴奋，一个劲地想着怎么给覃思宜过生日。

他就着兴奋的劲又开口："宜姐，你放心，那天我们肯定陪你过。"

时欲也没去看方祺的眼神，附和着林越："对，这可是你第一个和我们过的生日，一定要大过。"

"宜姐，你放心，我肯定给你准备一份大礼。"方祺瞟了眼陆白川，不动声色地说，"川哥，你呢，准备送什么？"

陆白川慢条斯理地抬起眼看他，开口就是一怼："我准备什么能告诉你？"

方祺被怼得憋屈，可也只敢在心里骂骂，嘴上还一厌："是，您是哥，我就不该问的。"

陆白川又欠欠地来了一句："祺弟弟，很上道啊。"

时欲绷不住笑，揉着方祺的头发逗他："祺弟弟，怎么示弱了啊？"

方祺憋屈得一口气呼不出，愤恨地狠吸了一口奶茶。

覃思宜也忍不住笑了，想起方祺刚刚的问题，见他正开玩笑开得起劲，不露声色地问："陆白川，你准备送我什么啊？"

陆白川听到问话张口就说："送……"刚说了一个字就停下了，睨了眼覃思宜，"覃思宜，你这怎么还套我话啊。"

覃思宜见他不上套，也就直接问了出来："反正都是送给我的，说一下吧。"

陆白川想着也是，最后还是无奈地低头："就先给你一个提示啊。"

覃思宜很是知足："行。"

陆白川："和木头有关。"

覃思宜得了答案，又开始发挥想象，喃喃自语："木头？"她想起陆白川的微信背景图，"木雕吗？"

陆白川一愣，心想，怎么猜得这么准。

陆白川："差不多。"

覃思宜又问："你自己雕的？"

这怎么还问啊？

陆白川心想惊喜都快没了，闷声闷气地说："覃思宜，别猜了，再猜就曝光了。"

陆白川这垂头丧气的挫败样，覃思宜还是第一次见，觉得挺新奇。

他不让她猜，她也就没再猜，想起来陆白川的生日是在六月，已经过完了："说起来，你的十六岁都已经过了。"

陆白川听着她声音里的叹息，笑了笑说："是不是觉得没有给我过生日很遗憾？"

覃思宜："不遗憾。"

陆白川看着她憋了一口气，想着——

你这人，怎么也不按套路来啊。这我要怎么接啊？

覃思宜笑了笑："反正以后还有那么多生日，我们总要往前看吧。"

外面天色已经暗了下去，食堂里开了灯，是老式的长条灯，灯光直直地照射下来，覃思宜在抬眸看他，狐狸眼里映着他的身影，眼神剔透又明亮，把上弯的嘴角衬得格外甜。她今天穿的羽绒服上有白色的小绒毛，一丝丝地都在空气中飘动，灯光亮堂地落在少女身上，勾勒得她整个人异常温柔。

她望向陆白川的眼睛里，像是映着万千星光，把她黑亮的眼眸中那个身影都映得格外明亮。

像是他只身行走在黑暗里，而她却是远方的一束光，为他指引着方向。

当晚陆白川刚回到家，打开灯，就看见方韵一个人坐在客厅的沙发上，身影孤独又落寞，刺得他心里一疼。

他放下书包走了过去："妈，怎么回来了也不开灯啊？"

方韵听见陆白川走过来的动静，像是一下子被惊到了一样，把腿上的信揣进兜里，平复了神色，回头看陆白川："小川，你回来了，饿吗？我做了点夜宵。"她说着就直接去了厨房。

陆白川刚想说一句不用，却一眼看到了方韵眼底未散去的红色。

似乎是从十二月开始，陆白川就经常能看到方韵这副难过又隐忍的表情，他从来不是一个刨根问底的人，他也明白哪怕是他的母亲，她也该有自己的隐私，但他还是不忍看到母亲这样。

方韵从来都没有这样过，除了在他十二岁那年，因为发生了那一系列事情，家庭破碎，她才有了真正的难过，其他时候她就像一个小女孩一样。

陆白川脱了外套帮方韵端夜宵："我来盛吧。"

他一边盛着，一边问了句："妈，你最近是不舒服吗？总是看你难受。"

方韵接过陆白川递来的碗，喝了一口汤，还是柔声笑着说："没有，最近剧院里排了个新剧，就是需要点悲伤的感觉。"

陆白川知道她还是不愿意说,但他也不愿意逼她说:"那也要注意休息。"

"放心,妈妈知道。"她突然想起今天打扫房间时看到的那个木雕,问道,"你房间里的木雕又换了一个?"

"没有,新雕的。"

"难怪最近老是不着家,怎么,以前那个不喜欢了?"

"不是,这个要送人的。"

方韵只觉得新奇得很,陆白川九岁之后就没再自己做过东西了,更别提送人了,她不禁问道:"你要送谁?"

这才是他妈的性格,"八卦"的劲跟时欲一样。

陆白川也没想瞒,开口就回:"覃思宜。"

比赛在周末,覃思宜刚走出演奏厅,想去喊外面大厅里等她的五个人,突然就被后面传来的声音打断。

"覃思宜。"

这里离大厅不远,就隔了一道屏风,身后的人离覃思宜有些距离,于是喊的声音大了些,不只覃思宜听见了,外面那五个人也听得一清二楚。

关键是他这声音夹着的那股熟悉劲,就好像是在跟一个朋友打招呼。

方祺一个激灵,站起身:"谁?我没听错吧,是有人在叫宜姐吧?"

林越:"是,我也听到了。"

两个人对视一眼,又朝剩下的几个人望去,于是几人不约而同地起身往屏风后面走。

覃思宜回头看着朝她跑来的男生,一时也想不起来是在哪里见过,但觉得有些眼熟。

时欲站在屏风的拐角处,看着覃思宜面前的男生,客观评价:"这人好帅,还有点眼熟。"

方祺一听,眼神不自觉地暗下去,盯着那个男生:"帅什么帅,还没有我川哥一半帅。"

时欲像是无语地瞅了他几眼:"方祺,你以后就和陆白川过,这世上除了他真的没人能入得了你的眼了。"

"谁说没有了。"方祺反驳的声音越来越小,他见时欲又去看那个男生,心中憋了一股闷气。

覃思宜见那人走近,又是下意识地往后退,和那人隔着两米的距离,礼貌地问:"我们认识吗?"

那人见覃思宜刻意留出距离,也没再靠近,站在原地,勾唇回道:"你真不记得了,我是丁樾啊,九岁那年我们还一起演过话剧。"

覃思宜一愣,小时候的丁樾个子很矮,明明比覃思宜要大一岁,却还没有她高,整天都戴着一副黑框眼镜,也就上台的时候,覃思宜才见过他摘眼镜。小孩子五官还没长开,但眼镜一摘倒是把他最大的优点展示了出来。

他是混血,天生鬈发,肤色比正常人要白,加上个子的原因,所有人都觉得他是可爱型的,但眼镜一取,他的灰棕色眼眸再配上左眼下的那颗泪痣,把身上的那股清贵气质散发得淋漓尽致。

但覃思宜小时候和他的关系也没多好,后来和覃塘离开了剧院,覃思宜也没有再和他联系过,这么多年了,他怎么还记得她?

时欲越看丁樾越觉得眼熟,突然激动地说:"那是丁樾啊!我的天哪!"

林越很不理解:"你这么激动干吗?"

"你们都不看娱乐新闻的吗,丁樾,当红演员啊!"她连忙翻着手机,打开微博找到他的照片递到众人面前,"天哪!思宜竟然和他认识!"

方祺看了看时欲手机里的照片,又去看那个真人。好吧,他承认,刚刚是他的声音大了点,这人是挺帅的——他边想着边又去看陆白川——但还是我川哥更帅!

结果刚这么想完,他就看到陆白川正一动不动地盯着丁樾看。方祺也是第一次看见这样的陆白川。

像只被夺了食的愤怒小猫。

覃思宜记起丁樾来,但态度还是一如既往地礼貌:"不好意思,时间久了,有些忘了。"

丁樾听她这么说,嘴角上扬,突然抬脚走近,眼神被细小的灯光照得带着戏谑:"覃思宜,你这么说真的很伤人心啊,我记了你这么久,你就这么把我忘了。"

丁樾这人真的还是当初那个样子,总是满身浪荡气。

覃思宜又往后退了一步,直接戳破:"丁樾,其实你也没记我多久,只不过是今天恰巧碰到,引出了你以前不好的回忆而已,别总是开这种玩笑了。"

丁樾垂眼一笑,往右退了几步,靠在墙上,直率地看着覃思宜:"覃思宜，过了这么多年，你还是很直接啊。"

覃思宜见他正常了，也坦然一笑："不是我直接，是你太喜欢忽悠人了。"

丁樾这性子是从小就有的，剧院定完剧本之后，要选演员和角色，丁樾分到了小王子的角色，一开始给覃思宜的角色是玫瑰，但覃思宜选了狐狸。

丁樾是个不服气的，也是个自恋的，直接拿着剧本去问覃思宜："你为什么不演我的玫瑰？"

覃思宜看着手里的剧本，礼貌性地看了他一眼，毅然地回答："因为我不喜欢当玫瑰，也不喜欢当你的玫瑰。"

"玫瑰难道不比狐狸好？她的服装是最好的，在舞台上的时间也比狐狸多，你为什么一定要当那只什么都没有的狐狸？"

覃思宜把剧本一合，直接站了起来，那个时候她本身就比丁樾要高，一站起来气势也直接上来："因为我不想成为一朵只属于你的玫瑰，也不想只当你的附属，被你养着。狐狸看着是什么都没有，但它有它自己。"

后来因为这件事，丁樾还辞演了，最后也不知道是谁把这少爷又给劝了回来。回来后他也没再找麻烦，演出结束之后竟然还跟覃思宜道了歉。

那时覃思宜才明白这少爷就是受不了别人拒绝他，真的是很幼稚的一个小孩。

方祺往前走了一步，站在陆白川身侧，出声问："川哥，要不我们去把人拉回来吧？"

陆白川看也不看他一眼，自顾自地说："那你自己去吧。"

方祺一愣，他也没这样想："我就说说……

"而且最重要的是，我看他俩这关系好像也不是很好，你没看到吗，刚刚思宜还退了一步……"

他的自我唠叨一旦开启就控制不住，陆白川真的是难得地把看覃思宜的眼神分了两秒过来，睨了眼他，眉没皱、眼没弯的，整张脸连那点懒气都没了，看方祺的神情都有些不悦。

方祺一眼就懂，捂着嘴把头往下低。

方祺头一回见他哥这表情，可不是新奇得要命。

"行行行，我不说了，不过，真的不去把她带回来吗？"

陆白川叹了口气，又懒洋洋地靠在屏风的木框上，柔软的头发随着动作垂落在眉眼处，闷闷地看着前面："为什么一定要把她带回来，她选择和谁说话，是她的自由。如果她不开心，或者她走不掉，那我们应该去，但很明显这个人她认识，你不能拿你以为的她去对她做评判。"

方祺一怔，反应过来后又抬眼去看，覃思宜好像也笑了。

林越的手机一响，他们在覃思宜进去之前点了奶茶，他叫上秦宋两人去门口拿了回来。

方祺接了一杯递给陆白川，陆白川这会儿的注意力也不在这儿，接了奶茶就直接拆开喝了。

他刚咽下去一口，就开始吐槽："你这点的什么奶茶，怎么这么苦。"

方祺正经不过一分钟，看着陆白川这样又开始幸灾乐祸："哥，这苦的不是奶茶啊。"

"什么奶茶？"方祺这话刚说完，覃思宜便走了过来。

方祺："咖啡冻奶茶。"

陆白川还是拿着那杯奶茶，懒散地靠在木框上，眼尾低垂，被发丝遮住，拿着奶茶的手并不老实，有一搭没一搭地敲着奶茶杯壁。

覃思宜垂眼望过去，柔声一问："陆白川，你不开心吗？"

陆白川没回她，先是抬眼看了她两秒，又把眼垂下去，最后还是抬了头，声音却又低又闷的："没有，比赛怎么样？"

覃思宜扬了扬眉，眼里一片明亮："成绩还不错。"

"那就好。"陆白川点点头，又垂下眼去。

他一到冬天就怕冷，哪怕是在室内也戴着帽子，黑色的羽绒服连着的帽子很大，他整张脸连带着下巴一起缩在里面，垂下脑袋的时候就好像是丧气的小猫受了委屈一样。

覃思宜可不傻，怎么会看不出来他的神情，她柔声又问了一遍："陆白川，你是为什么不开心？"

陆白川垂着眼，声音也被闷进空气里，良久后才对自己屈服般地开了口："覃思宜，我好像真的不大方。"

覃思宜虽然不知道他为什么这么说，但还是说："那才是对的不是吗？人都是有欲望的，怎么可能时时刻刻都能做到大方分享。"

覃思宜拿起手里被林越塞的奶茶也喝了一口，还点评着："这不是挺甜的吗？你尝尝，虽然没有果茶甜，但它也很好喝。"

陆白川看着覃思宜双唇轻启吸吮着奶茶，眉心一跳，眉尾轻扬，小虎牙闪得依旧又酷又可爱。他垂下脑袋，也吸了一口手里的奶茶。

覃思宜见陆白川喝了后，狡黠一笑，看着他开口："陆白川，还有句话忘了说。"

陆白川:"什么?"

"其实,我也是自私的,所以——"她一顿,又补充,"现在可以告诉我礼物是什么了吧?"

陆白川无奈了:"这和自私有什么关系?"

覃思宜点点头,一本正经地解释:"有关系啊,我没有尊重你的意愿,自私地想现在就知道礼物是什么。"

陆白川难得说不过别人。

他也没辙了,走到沙发边从书包里拿出一个木质的盒子递给覃思宜。

一打开,里面放的是一个橘红色与白色相间的狐狸木雕。覃思宜把木雕拿了出来,才发现它比想象中的还要重。这只狐狸很独特,它的心口上还雕上一只很小的白色幼猫,覃思宜一转,它的底座还刻上了一行英文。

可说是英文又连不成一个句子,更像是一个名词。

覃思宜跟着读出:"Brownian movement."

同时在心里翻译,布朗运动。

翻译完,她还是不懂,抬头问:"什么意思?"

陆白川第一次没有先回她,反问道:"喜欢吗?"

覃思宜点头:"喜欢啊,这是我第一次收到亲手做的礼物。"

"那就行。"陆白川敲了敲那个木雕,又指着那串英文,"等以后你发现了这个木雕里藏着的真正的礼物,我再告诉你它是什么意思。"

"以后?那是什么时候?"

"你什么时候发现就是什么时候,不急的。"

一月的时节,雪已经消退,天气没有化雪时那么寒冷,室外的篮球场也开始热闹起来。

时欲和覃思宜坐在看台上抱着刚刚买的零食,看着球场上那几个飞奔的身影。

时欲吃了口薯片,突然感叹:"好快啊,还有两个星期就要期末考了。"

覃思宜听着她这没了活力的声音,给她喂了个草莓干,开口问:"怎么了?怕考不好?"

"不是,"时欲把薯片一放,看着覃思宜就开始感慨,"就是觉得时间过得好快,高一刚开学的时候我们都还不认识,现在却成了朋友。"

覃思宜笑着点了点头:"那倒也是,但我真的挺幸运的,能遇到你们。"

"我也是。"时欲说完直接扑进覃思宜的怀里，还没抱几秒就看见有个女孩拿着水往球场那边走。她拍了拍覃思宜的肩示意覃思宜看过去，打趣着说，"陆白川人气真旺啊。"

覃思宜看那女孩走着走着转了个弯，她一副明了的样子去看时欲："我觉得这个女孩喜欢的可能不是陆白川。"

时欲嘴边的话还没问出口，就看见那女孩把水送到了坐在一边喝水的方祺的手里。

她负气地灌了一大口水，控制着眼神不往那边瞟，阴阳怪气地说："他还挺受欢迎啊，这家伙一会儿肯定会来炫耀有人给他送水。"

覃思宜一听就笑了出来，也往那边看了过去："他本来就受欢迎啊，只是他一直和你在一起，你没有看到而已。"她又把时欲揽过来，带她往那边看，"但我觉得方祺不会收这瓶水的。"

"怎么可能，他巴不得全世界的人都给他送。"

"可我不这么觉得，他应该最想你给他送。"

时欲移开视线，目光放在了一边的树上，淡淡道："你说的那样的人应该是陆白川。"

覃思宜见她把视线移走，就一个人看着那边，距离有点远也听不清他们在说什么，但覃思宜看见方祺对那个女孩摆了摆手，那瓶水也消失在他的周围。

她又靠过去说："他真的没有接。"

时欲茫然地看过去，像是在自言自语："他为什么不接？"

覃思宜笑了笑："可能因为怕被你打吧。"

时欲垂下眼，没再去看球场，捡起地上掉落的一片树叶转了转，轻声开口："思宜，你这话敷衍那个傻子可能还有用，敷衍我，那是一点用都没有。"

覃思宜听她这话突然就有了点好奇："你们是什么时候开始当朋友的？"

"很早，我们最开始啊，可不是朋友，是死对头。"时欲回忆着小时候的事，笑着说道，"方祺这人真的很喜欢挑事，小时候我脾气也倔，经常和他打打闹闹的，要不是陆白川，我们可能都没法当朋友，但我记忆最深刻的还是十二岁那年……"

时欲抬头看着投篮的方祺，背后扬着的"10"就好像是阴暗天气里的一种因依赖而产生的错觉,她突然回想着那个令她永远无法忘记的夜晚。

时欲十二岁那年,母亲难产去世,那天晚上时儒城在病房里握着时欲母亲的手过了一晚,时欲不敢进去,就一个人蹲在病房的门口。

那天是冬天里最冷的时候,晚上的走廊黑黢黢的一片,冷风不停地往里窜,她一个人蹲在病房门口又害怕又难过,不想去打扰父亲,也不想离开母亲,医院里那股刺鼻的消毒水味像是要把她整个人贯穿一样,连风都不听话地开始吓人。

她以为她要一个人度过这样的一个夜晚,可她没想到,那天方祺来了。小孩子都有爱美心理,时欲和方祺又总是不对付,她不想让方祺看见她哭鼻子的样子,就一个劲地躲着他。

但方祺从他的包里拿了一条毯子出来一下子把时欲包住:"你别乱动了,我不看你。"说着又从包里拿出一台星空投影仪,和时欲蹲在一起,"你别哭了,我以后任你欺负,不还手。"

小孩子的心情来去很快,时欲的眼睛被星空占满,心里也被温暖占满,她还没来得及回答他,方祺就直接牵起她的手:"我把我最喜欢的星空给你,以后再黑都不用怕了。"

那一年,十二岁的方祺在医院的走廊上给十二岁的时欲建了一条星空密道,把他最喜欢的东西给了时欲,在一个深黑的夜晚里,两个人各自的秘密也就此生根。

过年这几天快临近一月末了,自从期末考结束放假到现在也快有两个星期了,本身一中的寒假时间就短,两个星期一过,假期也只剩下半个月的时间了。

"六人帮"微信群里又是闹哄哄的场面。

方祺:朋友们,我们放假不能就这么硬待着啊。

时欲:那你有什么好建议吗?

方祺:听说落桥街中心广场那边今晚有活动。

林越:我知道,但那是老年活动中心举办的广场舞比赛,你确定要去?

秦宋:这个就没必要了吧。

时欲不知道从哪儿拿的方祺的表情包,配着一条傻狗,看上去还挺形象。

覃思宜这会儿正坐在超市里帮阿婆看店,门外路过的几个人聊的话题直接飘进她的耳朵里。

"我们要去哪儿露营？"

"南湖啊，那儿今晚可热闹了，听说江大音乐社的乐队会去。"

覃思宜一听，马上在群里提议。

覃思宜：要不去南湖露营？

消息发出去还不到一秒，陆白川就自然地接上。

陆白川：好。

方祺和林越也跟在陆白川后面开始"自嗨"。

方祺：去啊去啊！露营啊姐妹，不是，兄弟们！宜姐，你这主意真牛！

林越：方祺快准备准备啊，我要吃肉！！！

时欲：你们两个上辈子应该是同一批生产的喇叭，这辈子注定就是要说个不停。

这两人不知道是商量好的还是怎么，竟然同时发了同一个表情包。

活动一确定，方祺和林越便开始主动地安排起各事项。

约定的露营时间是在晚上，但下午四五点那几个人都忍不住地亢奋，直接一起去了目的地。

南湖是江台有名的露营地，因为是冬天，外面很冷，来的人就少了很多，但过年这几天老板请了乐队过来，活动一出，人也就多了起来。

他们几个把大件一放就在附近逛了起来，南湖这块临近古城区，街道建景用的也都是古瓦砖，江台的几条老巷子也都在这附近。

时欲走在最前面，看着这巷子里的街景感叹道："天啊，真没想到江台还有这样的老巷子，我还以为都被翻新完了。"

林越往前一看眼神定住，激动道："前面有家书信店，这年头还能见到这种店，真神奇啊！"

秦宋看了眼问："你要去写信？"

林越："也不是不行，反正都来了。"

几个人往前走了几步，离店近了，里面传出的音乐声也清晰了，是一首很老的粤语歌。

方祺一听这歌，赞叹道："不愧是有年代感的店，就连放的歌都是。"

陆白川在他后面打趣地说："这不就是你那个年代吗？"

方祺佯装生气对着陆白川的肩膀一拍："胡说什么！我那是深受我妈的影响！"

时欲:"你就是什么事都往阿姨身上扯。"

覃思宜听着他们的对话,笑着抬头往店门上方一看,一块看着像是老榆木制成的牌匾,紫褐色的木纹呈细云状铺开,中间只镶嵌着一个隶书体的"回"字,木牌上方还垂着细藤蔓。

走进店里,里面的装修和店外的门面一样,都是木质为主,加上古旧式的设计风格。店里以一面留信墙隔开,左侧是写信的地方,右侧是三排挑选信纸的地方。

几个人选好信纸后就去了左侧,林越向老板要了六支笔:"刚刚听老板说,我们这信可以自己填一个时限,可以几年后再过来取,最高年限是十五年。"

方祺接了笔,问:"真的假的,那不就是说这地方未来十五年都不会拆了?"

林越:"应该是这样。"

时欲提议说:"那我们就写给未来的自己吧,十年后再来这儿。"

方祺:"好主意!"

温暾的午后,寒风在外面肆无忌惮地吹着,门口的细藤蔓也被吹得持续晃荡,娓娓道来的老歌是纯正的粤语,钢笔划过信纸落下的沙沙声不停歇地响动,六个人的影子被阳光穿过,打落在白色的墙上。

这是只属于他们的恣意流年。

10 / 破碎真相

当天晚上，整个露营地都挂起了各种串灯，在靠近湖边的一片草坪上搭了一个舞台，舞台上方一片流苏链条垂挂着彩灯，一个木质背景上挂着各种荧光灯式的灯牌，整个露营地都灯火通明地立在黑夜里。

"这可是我人生第一次露营啊。"林越跟着舞台上的歌声挥动着双手。

方祺也有些激动："我也是！"

舞台上的女歌手悠悠地唱着：

每一次，再一次，你慢慢地靠近，

告诉我都是心跳的证明，

那些回忆很清晰，

谁都不能否定……

半个小时过去，舞台上的人从一开始的乐队歌手换成了一个又一个现场的观众，主唱拿着话筒大声喊着："还有谁想上来唱吗？"

人群里一只手高高举起，嘹亮的声音混着点哑："我，我想唱！"

林越坐在秦宋身边，他见秦宋举手，第一个站起来鼓掌："好啊！"

方祺紧跟其后，周围的学长和其他观众也开始起哄。

秦宋阔步走上台，接过一把电吉他就开始拨动琴弦。电吉他的音色和普通的吉他不同，独特的电音效果直接爆出，他扶着话筒一唱，身后的其他乐手就像是接到了指示，自然地开始一起合奏。

这是他们五个第一次见到秦宋这样的一面，少年站在舞台上弹唱吉他，歌声和琴声一样，张狂又肆意。他眼神定在了一个人身上，神情和歌声不匹配，却把歌奏出另一种野蛮的温柔感，这是独属于十六岁的秦宋的舞台。

下面有人大喊："这小孩是天生的乐手吧！"

一起围坐的学长突然又灌了一口酒，看着秦宋出声感叹："十六岁真好啊！"

方祺回应："学长你现在也很好，正值青春，还没拘束。"

"也是，"那学长对着这几个小孩就开始感慨，"学长我啊，终于做了十六岁时最想做的事。"

方祺好奇的劲一来，开口直言："什么事，追姑娘？"

时欲屈肘撞了撞他："你就想着追姑娘。"

"追什么姑娘，我要去参军了。"学长酒劲上头也停不下来，抹了一把脸，自嘲地笑道，"我爸以前是个刑警，我一开始还挺崇拜他的，但他每天都太忙了，我妈出事的时候他也没能见她最后一面，我妈到死都还是遗憾的。"他说着眼眶一红，酒也跟着不停地灌。

陆白川这会儿正悠闲地吃着烤串，听着那学长的话，嚼东西的动作一顿，手也跟着停了。

他望了过去。

那学长又说："就因为这样我一直在和我爸赌气，本来想考军校的也没去。后来，"他沉闷地低头，缓缓说着，"他在一次任务里牺牲了，我也没能见到他最后一面。"

方祺也没想到会是这样，心里生出了一股歉意，拍了拍学长的肩："抱歉啊，学长，我没想到是这样。"

"没事，憋在心里久了也不舒服，可能是跟你们有缘，就这么说出来了。"学长深深地叹了一口气，释然一笑，"其实我早就想通了，所以才选择休学去参军的，虽然和我曾经想的不一样，但我就是想去他选的路上看看，看看他坚持那么久的到底是什么。"

是什么？

对啊，是什么啊？

陆白川转着手里的肉串钎，整个人呆呆地坐在那儿，周围的人声、热闹的喧嚣都没能让孤寂的他融进去。

他有多久没有想过他的父亲了？

他十二岁那年，陆延留下一张离婚协议书就忽然消失了，至今四年音信全无，陆白川也是自那年开始真正地怨恨他的父亲。

歌唱完了一首又接上一首，似乎是不想让这场欢闹结束。那学长说完就被方祺拉上了舞台，想让他换换心情，四周的人都围坐在一起喝酒聊天，陆白川也不知道是什么时候脱离了这场狂欢，跑到了阴暗的树下，一个人成了例外。

覃思宜从时欲的视线中逃离,找了一圈才找到处在黑暗里的陆白川。

"陆白川,你怎么到这儿来了?我找了你好久。"

陆白川抬头,就看见了正朝他走来的覃思宜,她身后跟着光,一点一点地在向他靠。

他抬起手像是要摸覃思宜身后的光,浑身没了懒气,笑得纯真:"覃思宜,你身上有光欸。"

陆白川昂首轻笑着,可眼里一点笑意也没有。覃思宜敏锐地感受到他今晚的情绪变化得突然,想了想慢慢地问出口:"你现在,是为什么不开心?"

陆白川一怔,眼皮又耷拉下去,往后一撤,靠到了树上,他抬起眼帘望向深不见底的黑夜:"覃思宜,其实,我有一个比我小四岁的妹妹,叫陆白星,她从小身体就不太好,家里人都很宠她,她从一生下来就喜欢黏着我,但是,她在我十二岁那年因车祸去世了。一开始我们都以为那是意外,也没有多想。"

覃思宜动了动身子,跟着他一起靠在树上,看着皎洁的月光,听着少年深藏起来的心事。

"但有一天家里收到了一封信,那时候我们才知道那不是意外。"

他望着天空上那所剩无几的一点星光,那片漆黑像极了他十二岁那年最黑暗的那些日子。

收到信的那天,离陆白川妹妹去世已经过了三个月,家里的人好不容易才走出来,生活却又被那封信打碎,并且这次是彻彻底底地碎了一地。

那天是陆延久违的回家的日子,方韵做了不少菜,陆白川从学校回来从信箱里取了信直接放进书包里,吃完饭后才想起来,拆开一看,却是让人满目怨恨。

他拿着信进了陆延的书房,门被重重关上,惊动了方韵和他的爷爷,陆延回头一看问道:"小川,怎么了?"

十二岁之前的陆白川对父亲和爷爷是一样尊敬和崇拜,甚至因为想和父亲选择一样的理想而更喜爱父亲。他从来没有对父亲大声说过一句话,那是唯一一次,也是最后一次。

"你知道白星是为什么出车祸吗?"陆白川厉声一问,看着陆延欲言又止的神情就知道他是知道原因的,可他却说是意外,那封信的内容应该就是真相。

十二岁的陆白川不会隐藏情绪,难过了就直接流泪,哑声哽咽:"你真的知道,那你为什么不说?她是因为你才死的,她才那么小,还有好多想做的事没有做,就因为你,因为你!"

陆白星是在上学过马路时被一辆车撞倒,肇事司机酒驾,这和陆延没有关系,任何人都没有往那块去想,直到收到那封信。那是陆延同警队的好友杨鸣写给他的调查结果,上面清清楚楚地写了,陆白星的车祸是逃逸的犯罪分子雇佣了司机而制造的一场人为的意外。

那天,陆白川的爷爷听到这消息直接晕倒被送进了医院抢救,陆白川也没有再和他父亲说过一句话。三天过后,陆延突然消失,只留下了一张离婚协议书和他所有的积蓄,爷爷被气得病重,直到去世也没有再见到陆延。

那之后,方韵就开始带着陆白川两个人生活,她没有离开那个大院,也没有签那份离婚协议书,陆白川知道她一直都还在等陆延。就是因为知道,才会越来越怨恨,越来越责怪。

陆白川把这些讲完,终于有些坚持不住,头没力气地垂落下来,把脑袋埋进胳膊里,闷闷地说:"覃思宜,你别难过啊。"

覃思宜低头看他,真的不知道他在想什么,明明是该她为他难过的,怎么他还反过来安慰她了,她问:"陆白川,你难过吗?"

他无意识地点了点头:"难过,但我一会儿就能好的,在调节情绪这块陆白川也是很行的。"他忽然竖了个大拇指,还在给自己点赞,明明一点笑意都没有,却还是在笑。

覃思宜心头一酸,不想再让他那样笑着,说:"陆白川,为什么要调节呢?你不是说过吗,情绪就是要展露出来,不然会很累的。"

陆白川垂头,低声说:"如果不调节,妈妈会更累,她就只剩我一个了,覃思宜,我不能再让她为我担心了。"

十二岁之后的陆白川对于隐藏情绪驾轻就熟,他已经学会了怎么隐藏那些不好的、阴暗的坏情绪,只给他人留下一个懒气又有些幼稚的陆白川。

果然只有经历过的人才会明白覃思宜当初时刻隐藏情绪有多么累,可他明明比覃思宜还要累。

覃思宜从口袋里拿出两颗糖,一颗放进陆白川的手心,抬眸轻声夸赞:"这颗糖奖励十六岁之前的陆白川,奖励那个小男子汉。"

她又剥了一颗递给他:"这颗是我给你吃的,都说拿人手短,吃人嘴软,陆白川,你吃了我的糖就要听我的话。"覃思宜抬手覆盖住他拿糖的手心，真空的糖纸在双手的挤压下"砰"的一声炸开一角，"陆白川，以后在我面前你不用调节情绪，无论好的坏的，我都可以接受。"

草莓的甜香溢满整个口腔，把舌尖上莫名的苦涩都淹没得荡然无存。

心口处堆积多年的石头，好像这糖纸般炸开了一条裂缝，那里边藏着的小猫终于望见了光亮。

陆白川扬起小虎牙，眼里又盛进明亮的星光："覃思宜，你真好啊。"

两三个小时一过，那块的热闹劲好像还是没散，老板拿着一个大纸箱过去，距离太远覃思宜看不真切是什么，只能看到大家都兴奋地往那里一聚。

草坪上的人都跑去了湖边放手里的仙女棒。南湖的湖边有一片人工小沙滩，因为江台不临海，所以很多本地人都会在想去海边的时候来南湖玩，虽然海和湖差很多，但真的玩起来也就没多少人在意了。

周围的疯闹声又喧嚣而起，飞扬的身影和肆意的寒风糅合，在火星上激涌浮显，他们六个围在一起，看着明亮的营地和沸腾升起的烟火，那是只属于这六个少年的青春岁月。

"明年过年我们再来一次吧。"时欲追着方祺从沙滩上跑了回来，一喘一喘地看着他们说。

"行啊，这不是很简单吗。"方祺接话道。

林越晃着手里的仙女棒，回道："放心，肯定都会来的，"说着又用威胁的语气说，"记住啊，明年一个都不能少，谁要是不来我就把他从'一中六人帮'的群里踢出去。"

陆白川坐在沙滩上瞅了他一眼："你是群主吗？"

还没等林越说话，方祺就连忙接上："我是啊，兄弟，别怕。"

林越有了帮手，十分骄傲："大家都听见了啊。"

剩下的四个人无奈地笑笑，也应了他："知道了。"

他们玩完了手里的烟花，又商量着去找老板买。覃思宜和陆白川懒得动，又有些怕冷，直接去了帐篷附近。

天空中突然有了响声，是远处有人在放烟花，烟花在沙滩上空一簇簇地绽开，在覃思宜身后盛放，他笑了笑又开口："新年快乐，覃思宜。"

覃思宜笑得眉眼弯弯，把声音荡在烟火星子里："新年快乐，陆白川！"

一串一串的灯光在冬天的黑夜里闪亮，周遭人声嘈杂，所有的热闹都欢腾不止。

梧桐叶换新很快，从教室里再望出去，窗外的梧桐叶已不知什么时候枯黄脱落，嫩绿的新叶又再次飘荡，一幅冬去春来的景象。

四月末又迎来了传统不变的期中考，刚刚考完最后一科，结束铃声一打，没几分钟安静的楼层又开始哄闹。

食堂里，四个人打完饭刚坐了下来，陆白川和方祺就跑了过来，他俩一考完就被赵云叫去了办公室，自然就来得晚。

林越帮他俩打了饭，方祺坐下扒拉了没几口就又开始抱怨："好烦，好惨啊！"

林越："怎么，没考好？"

"不是，"他边扒着饭边嘟囔，"物理集训营要开了，估计又要两个星期回不来。"他说完还下意识地瞅了眼对面正在和覃思宜讲话的时欲。

秦宋喝了口汤，随意一问："什么时候走？"

方祺说完了话，心就不在这儿了，扒饭的速度都减缓了不少，余光和注意力都集中在对面。

陆白川看了眼他，低声一笑，抬头回秦宋："明天早上。"

时欲一惊："这么快啊！"

方祺来了精神："怎么，舍不得我啊？"

"得了吧，你最好去了就别回来了。"

方祺被怼得泄气，闷声闷气地"哼"了一声。

覃思宜看着那两人的别扭样儿，忍不住笑，又问道："要不要我们去送你们？"

陆白川搁下筷子看她："虽然我很想让你们送，但我刚好是上第一节课的时候走，你们想来也来不了啊。"

覃思宜点了点头，装作惋惜的模样叹息："是吗，那也太可惜了吧。"说完她还特意垂下眼，以示真的觉得可惜。

陆白川看她这样子，都被气笑了："覃思宜，你真是……"

现在的覃思宜和刚认识时的覃思宜真的是有太大的反差了，可能覃思宜自己都没意识到这种自然而然生出来的调皮和活泼劲。

覃思宜见被拆穿反而笑得更灿烂："好好好，不装了。"她说着认真起来，"我就在这儿，等你们拿冠军回来。"

方祺扬扬头："放心吧！"

陆白川笑了笑:"肯定拿冠军啊,去了就要做到最好。"

这次的集训是通过上次初赛选出来的前三十名进行最后的决赛,两周的集训时间,分成了一周跟随学习,一周集体模拟考试,最后的一场考试安排在上午,比分是以积分的形式看最后一周里个人的平均分,只不过所有的考试中最后一场占比较大。

考完一出来,方祺就蔫儿了,这两周的高压集训把他所有的精力都耗得差不多了,他整个人直接挂在陆白川身上,无精打采地说:"川哥,快,快带我离开这儿。"

陆白川无声地笑了笑,知道他是真的累了,也没再怼他:"真要离开?不去外面转转?我记得这附近新开了家火锅店。"

"火锅!"一提吃的,方祺马上爬起来,拉着陆白川就往外走,"走走走,吃吃吃!"

比赛结果不是当天出,因为集训点的开放时间是中午十二点,上午考完之后虽还没到点,但集训全部结束,管得也不严了,还剩下的时间就给了学生们自行安排。

回到学校的时候二班正在上体育课,方祺下了大巴就和陆白川一起去了篮球场。立夏一过,暑气回升,燥热又席卷而来。

方祺看着球场上的林越和秦宋,就跟看到分别已久的亲人一样,冲过去就是一个熊抱:"越哥,宋哥,弟弟可太想你们了!"

林越本来就打球打得满身汗,被他一抱,更是热得不行:"行行行,哥知道了,先起来,太热了。"

陆白川环视了一圈也没看见覃思宜,走过去问他们:"覃思宜呢?"

方祺环视一圈:"对啊,宜姐呢?时欲也不在?"

秦宋挣开方祺的怀抱,回他俩:"时欲去篮球馆打羽毛球了,覃思宜胃不舒服在教室。"

覃思宜从早上第三节课开始胃就一阵阵疼,后面的课也没好好上,中午吃了饭稍微缓和了一点,也就没再管,结果午休起来,胃又开始疼了。她请了体育课的假,趴在桌子上不知不觉就睡着了。

陆白川跑来的时候脚步急了些,声音也大了些,想着不要惊醒她,就在快要到教室门口的时候放轻了脚步。

刚进教室就看见覃思宜趴在桌子上睡得正熟,因为疼痛眉头还是锁着,嘴唇也有些微微泛白。

陆白川跑得太快，气息还很喘，他先站在门口平复了气息，又轻手轻脚地往覃思宜那儿去。她面朝窗户那头趴着，教室里没开空调，窗户也全打开着，覃思宜的额角还冒着汗，不知道是疼的还是热的。

他不想惊动覃思宜，只能在前桌的位子上看她。女孩的马尾散开，松松垮垮地散落在课桌上，窗外的阳光透过纱质窗帘，明晃晃地落在覃思宜的脸上，把她额头上的汗珠照得晶莹剔透，像是晨曦下的花苞，流着朝露水等待盛开。

这节课刚上不到半个小时，覃思宜睡得昏昏沉沉，惺忪的睡眼半睁不睁，感受到胃已经不难受了，才抬手揉了揉眼。

动作带动课桌发出响声，安静的教室里突然响起一个声音："醒了。"

覃思宜一下子把眼睁开，她没起身，就这么趴在桌子上对上了坐在窗边的少年的视线。

陆白川坐在窗边，手里还拿着一本书，他刚集训回来没有穿校服，一件白色短袖配着宽松的灰色运动裤，整个人懒懒散散地歪靠在窗沿上。他侧身回头，低头垂眸看着覃思宜，阳光被他挡在身后。

覃思宜就这么以趴着的状态又惊又喜又呆地看着陆白川，眼睛眨都没眨一下，把陆白川给看笑了，他又开始耍嘴皮子："怎么了，太久没见我，被我帅傻了？"

这人真是。

覃思宜没起身，趴在桌子上点着头："嗯，帅傻了。"

陆白川笑着合起书，从窗边跳了进来，拿出药递给她："刚刚去医务室拿的药，先吃一颗。"

覃思宜盯着他笑了几秒，也没再赖，起身把药吃了，又把糖塞进嘴里，看了眼窗户，没了陆白川的遮挡，外面炙热的光线直照进室内："你刚刚怎么不进来？"

"想晒会儿太阳。"他把书放进抽屉里，散漫一笑。

下午正烈的阳光，在窗外的梧桐树上打穿层层叠影，重重落在教室的课桌上，清静的教室被投进无数道橙黄的光条，风吹过林间，蝉鸣声又起，课桌旁的地面上落下一个两人重叠在一起的影子。

晚自习下课后六个人又一起走着下坡路，下坡永远都是最爽的，晚间的夏风稍微清凉了一些，六个人又你追我赶地跑到桐桐坡站站台才分开。

陆白川回到家后关了门径直走进卧室，放下书包转头就倒在床上，摸索着床头的手机充电器，摸了半天也没摸着，又起身去了方韵的房间拿。

他们俩用的是一个充电头，方韵总是会把自己的充电器忘在剧院，一忘就会用他的，这次也是。

陆白川开了灯就直接往床头走，他也是有些累了，两周的强化训练到底还是费力的，他匆匆一拔充电器，手不小心碰倒了床头柜上的木盒。

这个木盒是陆白川的爷爷做的，他奶奶很喜欢簪子，他爷爷为了做一个独一无二的簪子，就开始自学木工，学着学着慢慢也喜欢上了。陆白川九岁那年第一次做簪子，也是和他爷爷学的。

说是木盒，其实是用来装首饰的盒子，但现在里面掉出来的却不是首饰，而是一封牛皮纸包着的信。陆白川不是个喜欢窥探别人隐私的人，哪怕是父母也应该有私人空间，但现在那信封上写着地址，那笔迹陆白川再熟悉不过。

那是陆延的笔迹，是他消失多年的父亲的。

陆延以前虽然工作忙，但一有时间就会教陆白川写字，陆白川的字和陆延的很像，甚至不仔细看都看不出不同。

这封信的信封已经有些破旧，看外表就能看出来被人翻过很多遍。

陆白川手里还拿着充电器，刚刚蹲下准备捡信就看见了信封上的字迹，他一时直接怔住了，看着那封信不知是什么感觉，脑子被窗外的蝉鸣声吵得嗡嗡直响。

他一直都知道方韵瞒着他什么，他想过很多，方韵可能有了喜欢的人，可能生了病，就是没想过是现在这个。

陆白川蹲着的身子都已经不稳了，直接就跌坐在地上，僵住的手还是一点点地靠近了信封。

他是需要真相的，他也需要知道陆延离开的理由，哪怕是陆延想要组建一个新家庭，也好过杳无音信这么多年。

信封不薄不厚，日期是陆延离开的那天。

小韵，对不起，我的选择注定了我只能一个人走下去，缉毒这条路很难，也因为要走这条路我失去了很多。其实白星的车祸不是普通的犯罪分子制造的，而是我在江台执行抓捕任务时被毒贩报复而导致的，我的线人出卖了我，他见过白星。

虽然知道就算这么解释了，也无法弥补白星，她确实是因为我才出事。小川说得对，她还那么小，却因为我死了，我对不起她，也对不起你，更对不起这个家。

但是小韵，我还是不后悔我的选择。从我选择做警察那刻起，我的生命就交给了国家。我最好的兄弟因为缉毒而死，他让我保护他的家人，我却没能保护好，三年前的一场大火，他的家人全都葬身火海。我之所以选择做刑警，是想要抓捕藏在光下的黑暗，但在那场大火里我看到的全是黑暗！

他们太猖狂了！可在我不知道的地方还有许多无辜的家庭，我不想再无动于衷了，这些事总要有人去做。缉毒是一条很漫长很困难的路，但就算力量再微弱我也要尽一分力。

所以我接替了他的任务，先是在江台继续卧底，知道的人不多，除了杨鸣和那个线人，只有看到这封信的你。

三年了，我见过太多太多这样的事，手上沾的血也越来越多，我没有想到就在最后，白星会这样。小韵，真的很抱歉，缉毒的路还有很长，江台只是一片毒疮世界里的一小滴血水，我的任务还需要很长时间，现在也必须离开了，我准备了离婚协议书和全部的积蓄。

小韵，你可以恨我、怪我，但不要伤害自己，也不要自责，不要等我了，如果未来遇到了好的人，可以试试。不要告诉小川，我不希望他被这些事影响。

小韵，再见了，你要好好生活。

陆白川整封信看下来，垂着的脑袋已经疼到直冒虚汗。其实他看到开头时，心口的刺痛就快要把他刺穿了，握着信纸的手更像是失了力一样，纸掉落在地上，他的手却僵在空中止不住地发抖。

他一直以为陆延在他十二岁那年就已经抛弃了他们，才会只留下一张离婚协议书，连话都不留一句就离开。可他怎么也想不到陆延是因为选择了这样的一条路而离开，他虽然不了解这个职业，但他知道陆延的选择有多艰难。

白色的信纸落在地上，他眼里一片模糊，一瞬间他失去了所有的情绪感知，所有神经感官都被麻痹，他只能僵坐在地上一动不动。

白色的灯光打在他的脸上，他脸色惨白得像一个脱水的人，身体直冒汗，心口紧得嗓子都难受。

那一刻，陆白川不知道他对陆延又是什么样的感情了，那是他曾经最崇拜的父亲，也是他最怨恨的人。可是现在，他看完信，得到了四年来最想知道的真相，但这真相却把他辛辛苦苦搭建起来的面具又击得粉碎。

痛苦、难过、自责、怨恨……所有的负面情绪都朝他奔涌而来，一阵浪花拍岸，他就失去了支撑的力量，被海水淹没，呼吸变得急促，在深海里疯狂挣扎，可越挣扎却陷得越深。

只觉得一种窒息感朝他袭来。

夜色昏暗，五月的晚风又在肆虐。

陆白川呆滞地坐在地上，眼神被各种情绪囚困，夏日的燥热掐住了他的脖子，屋里明亮的白炽灯在此刻就像是他极力渴求却始终触碰不到的光。

面具碎了一地，也把他伤得体无完肤。

那个十二岁失去父亲的小男孩，在十七岁这年知道了所有真相，可他依旧不知所措，就像又变成了曾经那个只会用眼泪表达情绪的小朋友。

他对父亲的爱和责怪在此刻对抗，对自己的自责在此刻浮现，对妹妹，对母亲，对爷爷，对这个家曾经的圆满和现在的破碎都开始把他逐渐拉着往水下沉。

他该怎么做才能脱离这样的窒息感？

窗外的风又开始撕裂般地狂啸，一下一下地拍打着窗户，带来的声音都令陆白川许久未害怕过的心重新拥有了恐惧。

狂风还未停，暴雨就突然而至，这是今年夏天的第一场雨。

雨又急又猛，像是要掀起浪潮，把世界淹没，而陆白川却成了这场雨的第一个溺亡者。

激烈的雨声里忽然响起一道铃声。

陆白川被惊动，呼吸急促地起身，眼眶发红，眼尾还流着泪水，逃一样地离开那个房间。

手机还在他的卧室里，两间房的距离不远，他却跑得极快，终于开始有了挣扎，像是要握住希望一样抓住那部手机。

那是他给覃思宜设置的铃声，而此时此刻手机那头的人也成了拯救他的唯一希望。

他点了接听键，覃思宜带着喜悦的声音穿透了距离，回荡在空荡荡的房间里："陆白川，我初赛过了！"

钢琴比赛的初赛结果今晚才出来，覃思宜一看完比赛名单，大脑里除了开心就是想把这份开心分享给陆白川。

女孩还在那头兴奋地讲着她紧张又激动的心情，陆白川握着手机的手却一直在使劲也一直在发抖。他抬起右手抓着左手手腕拼命地不让它抖，可越想压制，抖动就越厉害，就跟心情一样，越是克制自己不要去想，心口的刺痛就越是要覆盖理智。

把理性的陆白川变成了一个被负面情绪支配的感性小孩。

覃思宜讲了一会儿，也没听见陆白川回她一句，手机里传出很微弱的哽咽声，她皱眉一问："陆白川，你怎么了？"

陆白川闷着声半晌也没回话。

覃思宜又说："陆白川，你等着我，我来找你。"

她飞快地拿起伞跑出门，拦了辆车就往陆白川家里冲。她没有挂电话，还在柔声说："陆白川，等等我，我马上就到了。"

这一句话终于成功击垮了陆白川最后的理智，他抱着头把自己缩成一团，呜咽声弥漫了整个屋子。

十二岁的陆白川只会一个人躲在房间里哭，因为那个时候家里的所有人都比他还要难受，他不能成为悲伤的催化剂，他只能做一个不展露情绪的成熟小孩。

十七岁的陆白川再一次被悲伤淹没时，却有了一个可以宣泄、可以吐露、可以尽情放肆的地方。

有人懂他懒散面具下藏着的情绪，也有人会不动声色地用温柔的方式化解，更有人能给他陪伴和力量。

覃思宜，你真的成功地把一个溺亡者又救了回来。

等覃思宜赶到的时候暴雨的声音已经小了不少，门铃声响起，陆白川扶着床沿起身走出去给她开门。

客厅里的灯没有开，陆白川就那样只身没在黑暗里，门打开，门口走廊上昏暗的灯光不偏不倚地落在他红透了的双眼里，半明半暗的轮廓都变得没了生气。

这还是覃思宜第一次见到这样的陆白川，整个人一点鲜活感都没有，完完全全丧到极点，看得覃思宜的心也跟着一揪一揪地疼。

这只又懒又坏的小猫到底经历了什么才会变成现在这个样子，一举一动都令她心疼。

覃思宜还穿着睡衣，鞋也没好好穿着，不知道是不是跑得太急，还是伞没来得及撑，整个人被淋得浑身湿透。

陆白川连忙拉着她进来往卧室里走，关上卧室的门，又拿了一条毛巾给她:"快擦擦。"

覃思宜接了过来,擦了擦头发,看着他哭完后通红的眼睛,她问道:"陆白川,你怎么了?发生什么事了吗?"

陆白川这会儿已经没有刚刚那么痛苦了,但听见覃思宜这么问,心口处被划破的伤口就像是被人看见了一样,一下子把他刺得更疼了,就好像那个伤口已经和他融为一体,别人不说不提,他就不在意,可要是一有人去呵护,他就会被治疗的疼痛感刺激。

他垂着眸,慢慢地转过身,一开口,声音里的喑哑和哽咽想藏都藏不住:"覃思宜,我原来真的没那么坚强啊。"

覃思宜一听鼻子也酸了,一个一直坚持隐藏情绪的人在承认自己真的没有那么坚强,会是一件多么挣扎又多么难过的事情,而这件事,覃思宜是最了解的。

她也花了很长时间才在阿婆面前说出了一句:"原来我也可以难过啊。"

覃思宜轻声笑了笑,放下毛巾,虽然不知道他经历了什么,但她还是柔声哄着,就像小时候阿婆哄她那样哄着陆白川:"没关系的,你本来就还只是个小孩,就算不坚强也没事,没人会怪你的。"

"陆白川,你如果想,可以一直做个幼稚又娇气的小朋友。"

陆白川垂眼看着她,终于笑了,哪怕笑容很浅,浅到他自己都意识不到自己在笑。

治疗虽然疼,但不用再隐藏,真的轻松。窗外的雨一直不停地下着,由大到中再到现在的小,就像陆白川的心情一样一点点转变,一点点从深海里挣扎着出来。

最后覃思宜还是忍不住连打了好几个喷嚏,陆白川直起身看着她,她揉了揉鼻子,盯着陆白川双眉一弯温柔成水。

陆白川也缓和了不少,很轻很轻地笑着,拉着覃思宜去了浴室门口:"进去冲一下吧。"

覃思宜低头一看:"我衣服……"

"穿我妈的吧,我给你拿新的。"

覃思宜点点头,拿着毛巾去了浴室。出来的时候陆白川就坐在床边的椅子上,看见覃思宜出来便把刚刚冲的感冒药递给了她:"喝了预防感冒。"

覃思宜接过,温度刚刚好,不冷不烫。

覃思宜喝完,见他还在无神地放空,看着桌子上的电脑突然提议:"陆白川，陪我看部电影吧。"

"好。"陆白川回了神，打开电脑问她，"想看什么？"

"《赎罪》，我最近刚知道的一部电影。"

陆白川放好电影就起身把卧室里的灯关了，两个人都坐在靠椅上，近到一点距离都没有，肩挨着肩，头发也落在对方身上。

电影前半部分的色彩都是明亮鲜活的，每一帧都是对塞西莉亚和罗比两人之间爱情的美好渲染。

覃思宜双腿屈膝，把下巴放在膝盖上，看起来好像她看得很入神，但其实她并没有怎么看进去，所有的注意力都集中在了旁边的少年身上。

就连陆白川的启唇动作她都看得一清二楚。陆白川也没怎么仔细看，虽然注意力有被电影分散一些，但心里的情绪还是在继续波动，他又看向自己身边的少女。

覃思宜穿着宽大的白色短袖，整个人显得很小，头发散落在身后，有一绺还搭在他的肩头。电脑里明亮的色彩照在她的身上，让她浑身都被赋予了美好的温暖，像一束经久不灭的光一样矗立在他的身边。

陆白川轻启着唇："覃思宜，你为什么不问我？"

覃思宜动动腿带动了下巴，她回头，侧枕在膝盖上看他，那双漂亮的狐狸眼里溢满澄澈的光："因为你也没有问过我。"

她一直都明白，每个人都有自己想要隐藏的一面。如果陆白川愿意说，那她就听；如果他不想说，那她就陪着，不管怎么样，都要待在他身边。

陆白川又是一笑，这次是真的有了弧度，笑达眼底："那我们两个还真的有默契啊。"

覃思宜："谁说不是呢。"

电影继续放着，明亮的光消失，整体都开始褪色，墨绿色的裙子连起了灰沉的后半部分。

两个人不知怎的又默契地把视线放回了电影上，屏幕上罗比被警察带走，塞西莉亚穿着一身绿裙子悲怆又难过地望着她的爱人。

陆白川突然就开了口："覃思宜，我知道我爸离开的真相了。"他顿了顿想要组织语言，最后还是没有逻辑想到哪儿说到哪儿。覃思宜保持着动作没变，看向陆白川。

"原来，他不是要抛弃这个家，也不是不爱我们了，他只是选择了一条不能被人知道又无比漫长艰难的路。"他叹了口气，声音又哑了起来，眼神却不自觉地肃然起敬，"他还是那个英雄，是我小时候最想当的那个顶天立地、平凡又伟大的英雄，只不过现在他必须做个无名的缉毒英雄。

"可就算这样我还是会忍不住去怪他，爷爷没能见到他最后一面，这么多年妈妈也一直在等他，我也是。人人都说我的父亲是个很值得我骄傲的英雄，可他们不知道我想要的不是英雄，我只想要一个普通的父亲，他能在我需要的时候出现就可以了。"

他说着自嘲地笑了笑："我这么想是不是挺自私的？他明明是为了这个国家、这个社会、这个世界在挺身而出，我却还是在责怪他没有尽责。"

覃思宜一下子握紧了他的手，转过头来看他："陆白川，我不觉得你自私，你现在还只是一个孩子，也是需要大人去关心照顾的，你有这样的想法才是人之常情，才是一个小孩会对父亲拥有的感情。"

小孩的想法都很简单，最希望的就是父母一直陪在自己身边，这样受了委屈有地方倾诉，难过了有角落哭，受了伤也不用躲躲藏藏。

"再说了，你没发现吗？你责怪的从来都不是你父亲的英雄行为，反而你还是自豪的。"

她顿了顿又说："你只是在怕，怕他是因为其他原因抛弃你们，所以这么多年来，你才会一直被困在恐惧里想要真相。可真相来得太突然了，你真正得知的时候又开始自责，责怪自己曾经怨恨父亲那么多年。"

陆白川抬眼望去，她的眉浅浅弯着，把他的脸庞融了进去。

她起身凑近，屏幕里的暗沉蓝光随着她一起来到他的眼前，给他空荡的眼神里添上了一层光："陆白川，不要再自责了，我想如果陆叔叔现在在你身边，他也不希望看到你受影响，毕竟，有些隐瞒就是因为太爱。"

她说完，像安慰小猫一样揉了揉陆白川的头发，眼眶又微微泛红，他软软的样子真的很让人心疼啊。

陆白川其实一直都知道，他没有真的恨过陆延，哪怕是十二岁那年知道白星去世的真相以后他也没有想过去恨陆延。

那是他的父亲，是他从小最敬重、最想成为的人，他又怎么会恨啊。他只是很生气，为什么不告诉他，如果一开始就知道，他就不会一直在空虚的恐惧里期盼这么多年。

但或许就和覃思宜说的一样，陆延很爱很爱他，因为爱他才舍不得让他知道所有的真相，因为一旦知道，按照陆白川的性子他一定会自责的。

十二岁那年陆白川对陆延说的最后几句话都是责怪，甚至连一句对不起都还没来得及说，陆延就又往下一个任务点奔赴而去了。

他的父亲啊，是一个英雄，在这个看似光明的时代里贡献了一分微弱却有劲的力量去清除藏身在黑暗里的毒瘤。

陆延选择了自己最热爱的路，哪怕知道这条路上会发生什么，他还是毅然决然地选择继续往前走。

记得陆白川最初的那个梦想也是想成为和父亲一样的人，后来，却因为自己的错怪，轻易地放弃掉了，现在回头去看，他果然还是最崇拜他的父亲。

陆白川弯唇一笑，小虎牙被电脑屏幕的光照得闪亮。他温柔又认真地说："覃思宜，谢谢。"

覃思宜回道："陆白川，我收到了。"

她看着他笑得柔软又耀眼，这话像是在对现在的他说，又像是对刚开始的陆白川的回应。

这两个小孩都在各自的童年里孤独前行，一路磕磕绊绊，还好他们都足够幸运，在最好的青春里遇见彼此。

两个小孩相伴一起度过了十七岁这年夏天的第一场雨。

11 / 重拾理想

那天的雨下得很大,像是真的冲刷了一切的杂乱,也把陆白川曾经被遮在面具最深处的理想冲破了一个缺口。

临近五月末,高三楼层备考的紧张气氛直接就一连影响了下面的两个年级,走廊上的喧哗吵闹声都在不知不觉间减少。

周三这天晚自习前,教室里的哄闹声少了不少,学生们一群一群地围在一起讨论着刚刚考完的试卷。二班所在的楼层不是很高,操场上的声音听得还挺清晰的。

覃思宜做完错题集里的题,朝右瞟了一眼,见旁边的人看着手里的书正看得起劲,她又拿出抽屉里的画册继续着她那幅未完成的画。

她画得认真,丝毫没注意背后有阴影袭来,昏黄的日光只洒落在课桌边角,她的头顶是一片温凉的黑色阴影。

"画什么呢?"

覃思宜趴得很实,整个人遮住了大半张纸,白皙的胳膊又刻意地去遮,哪怕陆白川从上方看,也只能看到她画笔画过的一小块内容。

陆白川突然出声,惊得覃思宜一抖,笔直接拉出一条长线,好在是用的铅笔,还能擦。覃思宜把笔一放,画册也顺势合上,起身看着陆白川笑着回:"没什么,就随便画画。"说着,还想转移话题,"你真的很喜欢看这本书啊,都没怎么见你看过其他的。"

覃思宜转移话题的神情还是一如既往地不自然。

陆白川看着覃思宜的小动作和那一脸藏不住的慌张,又起了逗人的坏心思:"我喜欢的可不是这本书。"

"那是什么?"覃思宜只想着转移话题,没深想他话里的意思,就这么着了这只坏猫的道。

"你猜猜看?"

陆白川见她开始盯着书看,就想趁机给被吸引了注意力的覃思宜下套:"猜不到?"

覃思宜点了点头,还是看着书的封面。

陆白川深深一笑,道出目的:"那要不然咱俩交换一下秘密,你告诉我你的画,我告诉你我的书。"

覃思宜思考被打断,回头看着陆白川,一副别想我上套的样子,她轻咳了两下,义正词严地拒绝诱惑:"不用了,我觉得人和人之间还是需要一些私密空间的,我就不窥探你的了。"

言下之意就是,你也别看我的了。

陆白川弯唇一笑,弧度加深,肩膀都跟着动作一颤一颤的:"行,不窥探。"说就说吧,还故意拉长声音,就连最后的气音都像是惋惜的样子。

覃思宜心里低低一叹,又开始演了。

他话音刚落,走廊上就有人大声喊着:"川哥!川哥!老赵让你去趟办公室!"

"知道了!"陆白川回应道,他把书一合放在了桌子上,走的时候还故意在覃思宜的桌边敲了敲,"狐狸同桌,你别偷看啊。"

覃思宜特意把他那本书往里推了推,抬眼笑着看向陆白川,一副诚实守信好同桌的样子:"放心,我绝不偷看。"

陆白川哪能看不懂她,这小狐狸眼里又起了大胆的坏心思。他真是迁就着,揉了揉覃思宜的头,扔了颗草莓糖在课桌上,说:"行,奖励我的好同桌。"

覃思宜接过糖直接拆了扔进嘴里,等陆白川一走,她也没动,屈肘撑着头歪靠着看着那本书。

她想等着风来揭露秘密。

书页正朝着窗户,现在风力不大,窗帘也只是轻轻飘动,熟悉的蝉鸣声像是在倒计时一样,等着疾风到来。

覃思宜喜欢这种等待的感觉,因为结果是可期的。

她甚至都不再怕那个结果会让她失望。

嘴里的草莓甜香慢慢蔓延充斥整个口腔,好像清香的草莓果园被热气蒸出醇香,弥漫到了整个世界。夏天燥热的暑气里终于吹起了适时的疾风,不轻不重地刚刚好吹动书页,每刮开一页都像是彩票在开奖一样,令她又激动又兴奋。

风起不停,书页却停止了翻动,覃思宜起身探了过去,满足一笑。

陆白川,这可不是我翻的。

书页停在了第十一页，那一页里夹着一些东西，抵住了想要逃跑的夏风。

覃思宜垂眼望去，嘴角是遮不住的笑意，傍晚蓝紫的天色自动添上了一层蓝光滤镜，让笑意显露得更加灿烂，也让她愣怔一停。

那里夹着的除了他们两个聊天的字条，还有她给陆白川的糖纸。糖纸下面是两张照片，一张是被白边框住的拍立得照片，一张是5寸的照片，两张没有叠放在一起。覃思宜的视线先被拍立得的照片吸引，照片中心的主人公是覃思宜熟悉到不能再熟悉的人。

仅剩的一丝日光从云层中破出，沉落在白色的照片框上，与背景里昏黄的一抹色彩相照应，把时间都连成一条线。

另一头的陆白川出了教室，往嘴里喂了颗糖，嘴角扬着懒洋洋的笑，想着覃思宜刚刚的表情和覃思宜看到照片之后的神情。

他知道覃思宜一定会看，其实也没想过藏着不给她看，甚至一度想着制造什么意外把一切都摊开在覃思宜面前。

但他也怕，怕覃思宜知道了一切还是记不起他，也怕覃思宜会自责，但他好像还是有私心地希望覃思宜看到那些，知道一切。

校园的路灯准时在日光消散的最后一刻亮起，接替了太阳的工作继续照亮世界。

覃思宜不知道愣了多久，教室里人多，她拿了照片就直接趴在了桌子上，心也被风吹得闷得难受。

她翻转照片，背后留着一句话。

字迹和陆白川现在的字迹很像，又比现在多了一丝稚气。

——覃思宜，我叫陆白川，你记住了吗？

右下方的落款时间是，2013年06月21日。

可能是写的时候很用力，现在都还能看出凹陷的感觉。

覃思宜看着这句话，脑海里突然闪过几帧画面，那些早就被她遗忘的记忆，又在这个夏天和她重逢。

2013年的夏至是覃思宜参演的音乐舞台剧《小王子》的首演，她记得临上台前她紧张了好久，一个劲地灌水，演完下来虽然是成就感满满，但也还是没能等到谢幕，覃塘给她拍了张照片，她就直接去了洗手间。

剧院的后台有一小片花园，她刚换完演出服出来就看见那里蹲着一个小男孩，她离得远看不真切，只听到小猫的惨叫声，便下意识地以为他在伤害动物。

"你在干吗？"九岁的覃思宜还是被爱包围的小公主，天不怕地不怕的，冲过去就把陆白川一拽，但花园铺的是石子路，有的石子不平，她跑得又急，一个不注意连人带照片一起摔在了陆白川身上。

小猫被这动作一惊，吓得直接跑开。覃思宜这才看清小猫后腿上鲜红的伤口和陆白川手里的药膏。她抿了抿唇，心感歉意，连忙爬了起来伸手去拉陆白川，大方地道歉："对不起，我还以为你在伤害它。"

陆白川看着她的脸一愣，又想起刚刚在台下看她的那刻，耳根直接就红了。他轻轻扬着嘴角，去握覃思宜的小手："没事。"

覃思宜弯腰捡着照片，却意外地看到了地上的另一张照片。

照片里，黑色的背影中央悬浮着明黄的金色星光，周围弥散着断断续续的浅蓝色和红色的旋臂，在这张不大不小的照片上构成了一个极为美丽的星系。

小孩都喜欢漂亮的东西，尤其对星空都有着独特的向往，覃思宜深深感叹一句："这是什么？好漂亮啊！"

陆白川低声笑着回答："这是烟花星系。"

"烟花星系？星星也能变成烟花吗？"

陆白川点了点头："当然能。这个星系是由至少十颗超新星爆发后留下的残骸和演变出的其他物质组成的，在整个宇宙都很耀眼、很厉害的。"

覃思宜双眼一亮："那你也很厉害啊！你竟然能知道星星的来源，那你以后是不是也会寻找更多的星星？"

寻找更多的星星？

对于九岁的陆白川来说，他的理想是和陆延一样成为一个平凡又普通的人民警察。他不是没想过走物理这条路，去看更多无法被人观测到的世界，但比起寻找星星，他更愿意守护头顶的星空，保护祖国的山河。

陆白川摇了摇头："不，我不是要寻找星星，我是要做守护世界和星空的人。"

"守护……世界。"覃思宜喃喃念着。

世界这个词对那个时候的覃思宜而言是很广阔的范围，广阔到她无法理解他的理想，但覃塘曾经与她说过：

"世界这个词一定是个无极限的范围，它所包含的不仅仅是一小块你眼前看到的，还有很多你看不到，甚至想不到的，它就像枯萎的树会重新发芽，干涸的江流会继续流淌，荒芜的沙漠会开满逆风的鲜花。

"给人一种无穷无尽的希望。"

覃思宜自顾自地点着头称赞:"你真厉害!这个理想好伟大!"说完从口袋的盒子里拿了一颗粉色包装的糖给他,"我能不能用这个跟你换这张照片?"

说完她还怕不够,又把剩下的糖都给了他,笑容软软甜甜的:"我的草莓糖,我最喜欢的,都给你,能换吗?"

陆白川摸着手里的糖纸,目光却落在覃思宜手上的拍立得上:"可以,但我还想要那张照片。"

覃思宜一秒满足他:"好,都给你。"

陆白川也弯唇一笑,虎牙露出,耳根红得可爱,还在认真地说:"你一定要好好保存这张照片,我爷爷说过的——

"对待宇宙要永远保持认真和热爱。"

"放心吧。"

身后的夏风猛烈一吹,蓝紫色的无尽夏被刮得胡乱飘动,覃塘的声音也跟着传来:"十一!十一!"

覃思宜回头应道:"爸爸,我在这儿!"

"我们要回家了,妈妈做了好多你喜欢吃的。"覃塘走过来牵她,"跟这个小朋友说声再见。"

覃思宜点了点头,握住覃塘的手,转头看着陆白川:"我叫覃思宜,小名叫十一,我不喜欢说再见,所以明天我还会来找你的,你要记住我啊!"

陆白川的虎牙在阳光底下闪亮,眼睛也是一如既往地明亮,他郑重地点头:"好。"

女孩的身影快要消失时,陆白川才回过神来,大喊了一句:"覃思宜,我叫陆白川,你也要记住了!"

前面的人没能回头,蓝紫的花瓣飘落在照片上。约定好的第二天他们没能如约而至,陆白川却遵守了约定,记住了覃思宜。

这一记就是七年之久。

甚至最开始陆白川也并没有意识到,只是心里一直有个没有实现约定的遗憾,后来初中相遇他才慢慢寻回记忆的最初,再后来,在高中相识,又一点点地被她吸引,被她触动,被她治愈,直到现在不可控制地喜欢。

这一场久别重逢如同光阴跨越离合,在黑夜降落于蓝色大地时,他望见了最初的曙光。

覃思宜被回忆模糊了视线,她在后来的岁月里忘记了那个带她看烟花星系的少年，忘记了他的样子、他的声音，把他一个人落在了那年的夏天。

那张 5 寸的照片上没有人物，只是一张简单的风景照，上面是蓝色的路牌，背后是一片梧桐树荫和一条垂满阴影的小巷，蓝色的牌子上，只写着三个刺眼又温暖的字。

——米花巷。

背后的字迹和陆白川现在的一样。

——覃思宜，你说你不喜欢说再见，所以我找到了你。但是现在的我没能选择那条守护世界的路，你还会不会觉得我厉害呢？

落款时间是，2016 年 09 月 01 日。

覃思宜终于意识到，阿婆的记忆没有出错。

陆白川确实是在初中就来找过她了。

"陆白川，我把你忘了。

"我怎么能把你忘了呢？"

晚自习上课铃一响，门外的人开始往教室里走。覃思宜手里还捏着那两张照片，她从桌子上起身，眼里的红已散了不少。

窗外吹来的晚风带着摸不到的燥热，风里夹着的急促的蝉鸣声和奔跑的脚步声慢慢地回荡进五月末的夏天里。

覃思宜抬头看着门口，望着一个又一个进来的人，都没有找到陆白川的身影。

方祺抱着球急匆匆地跑进来，扑在覃思宜的桌子上，边喘边问："川、川哥，他出什么事了吗？"

覃思宜也疑惑地回问："什么意思？"

"我刚回来的时候，看见他直接跑了出去。"方祺的语速很快，眼里的急和心里的担忧都很明显，"我在后面被门卫拦住了，喊了他几声他也没理我，我看他眼神很慌乱，一定是出了什么事！"

"他不是去了赵老师的办公室吗？会出什么事？"覃思宜说着说着也没了声音，坐在位子上，心里乱糟糟的，手上拿着照片的劲也不知不觉地加大。

"我去问问赵老师。"覃思宜说完把照片放进口袋里，直接往赵云的办公室里跑。

室外的晚风吹得很猛，迎面而来的燥热使急切的奔跑声和混乱的呼吸声在幽静黑暗的楼道里被放大，一点点把人的心绪搅得天翻地覆。

赵云没有守晚自习，但一般也都会在办公室里，以防班上出现什么情况。然而等覃思宜到了办公室里却没有看到赵云的身影，他的桌子上还放着一堆卷子，人却没了影。

覃思宜问了好几个其他班的老师，得到的回答不是"不知道"，就是"有事，出去了"。

她靠在办公室外的墙上，双手撑在膝盖上，垂头平复着呼吸。教学楼离办公室的距离说不上远，但覃思宜心里急跑得也快，嗓子这会儿又干又涩很难受。额头的汗顺着脸颊往下流，一滴汗珠直接被她眨眼的动作卷进眼睛里，明明不是很严重，但她现在就跟很矫情一样，觉得又辣又疼。

心里的闷胀气也被激得越发难受，她呼了口气，嗓子干疼得不行，一抬眼看见的也只是无尽的黑夜。

风是热的，身边是空旷的，就连抬眼也看不到光。

她真的很讨厌、很厌恶这种什么都做不了的无力感，就算只让她知道原因也好过现在这样，她漫无目的的，根本就不知道有谁能告诉她一下。

陆白川，到底是怎么了？

发生了什么样的事你才会那么慌张地离开？

我还有很多问题想问你的。

覃思宜就这样昂着头望着深沉不见底的黑夜，突然，她看见一个很细小很微弱的白点在天上一闪一闪地移动，不知道是什么，但她还是弯唇笑了笑，眼尾一湿，透明的晶莹液体就滴落在她的手背上。

那天下了晚自习之后，覃思宜直接跟着其他四个人一起去了陆白川的家里，他们在门外敲了很久、等了很久也没有等到来开门的人。

第二天问了赵云，他说："陆白川，请了几天的假。"

没有任何实质性的答案，但那五个人还是持续几天不停地等待。

覃思宜给陆白川发了很多信息，却没有等到回应，打电话不是无人接听就是关机。

可他明明就不是一个会主动失联的人，他那样的人就算是离开也不会不告而别的。

正如覃思宜所想，那只想要自己偷偷疗伤的小猫自从两天前从赵云那儿听到消息后，就自己一个人待在病房里。

那天他一去办公室，赵云就对他说："市医院刚刚给我打了电话，你妈妈在排戏的时候晕倒了，现在正在急救室里。"

陆白川满脸错愕，脑子都来不及思考，先本能地转身就往外跑。他不是没听见身后方祺的声音，只是没了去回应的力气，他现在真的不能再失去任何一个人了。

去医院的车上，他无神地望着窗外，脑子里把所有的坏情况都过了一遍。直到在急救室外听到消息的那一刻，他才敢把心放下来。

医生戴着口罩，方韵被推了出来，脸色苍白一丝血气都没有。他听到医生说："放心吧，病人只是过度疲劳加上阑尾炎才疼晕了过去，手术已经做完了，在病房休息个三到五天就可以出院了。"

陆白川把悬着的心一放，刚刚他是真的被恐惧包围了，现在后怕感也快把他淹没了，他哑着声回了句"谢谢"。

病房里的窗户不大，夜晚的医院空旷得厉害，黑暗包裹了所有，只剩下月亮洒进来的光辉。陆白川坐在窗边彻夜未眠地望着窗外，医院窗外的蝉鸣声和教室窗外的一样聒噪，他却不觉得烦，眼神淡淡的，是一股说不清的空乏。

他的手机还放在家里，第二天等方韵麻药过了，陆白川才和她说了一声，回家拿了手机和衣服，刚准备出门就碰上了一个意料之外的人。

杨鸣穿着便衣，手上拿着一个牛皮纸的信封和一顶警帽，他看着陆白川先怔了怔神，又轻声一叫："小川。"

陆白川记得杨鸣，陆延当初还在刑警队时他经常会和陆延一起来家里，可自从陆延离开之后他来得也没有那么频繁了。杨鸣本身工作忙，平时也没多少时间，很多次他和方韵见面，陆白川也只是从方韵那儿听到，但好在陆白川有小时候对他的记忆，看了他几眼也认了出来。

陆白川的目光停留在他手里的帽子上，也不知道是不是人的预感很强，他心里忽然一沉，不好的感觉直线蔓延："杨叔，您怎么突然来了？"

杨鸣顿了顿，陆白川也没催，从兜里拿出钥匙又开了门，进门就直奔烧水壶，按下水壶的开关，空荡的房间里就被烧水的咕嘟咕嘟声填满。

杨鸣坐在沙发上，手里还拿着那两样东西。烧水壶离沙发很近，陆白川站在旁边刚好能清楚地看清那顶警帽。

十二岁之前，陆白川经常能看见那样的帽子，还曾一度把戴上那顶帽子作为自己的理想。

烧水壶持续响了三分钟，安静的房间里弥漫着一种说不清的低气压。杨鸣和他就像是约好了一样，没有一个人打破这种安静，直到烧水声停止，空荡荡的气息又在周围萦绕。

陆白川给杨鸣倒了一杯水,放在沙发前的桌子上,看着杨鸣垂着眼的样子,心里那些不好的想法又开始无限放大,他开口轻喊了声:"杨叔,是……发生什么事了吗?"

他好像一直都是这样的,遇到任何事都会把一切情况往最坏的方面去想,先把自己一点一点地逼近绝望,把恐惧都张开,这样他在听到消息的时候,也许就不会那么难接受,或者说,他一直都是在绝望里把自己往希望里拉。

杨鸣抬眼看他,却没有开口,他动了动唇,像是很难说出口。

光是这一个眼神,陆白川就像是看懂了什么似的,心里不好的预感越来越深。陆白川太了解杨鸣的这个眼神了,和十二岁那年陆白星出事时他的眼神一模一样,甚至这次的还多上一层难言。

水杯里的热气顺着空气无限地向上冒,和夏天里的暑气糅在一起,他彻底地分不清心里空虚的燥热是什么导致的。

只是很清楚有一种沉坠感在不停地拉扯着他,和他十二岁那年经历过的感觉很像很像。

他把目光放在那顶警帽上,视线像是在回望过去,小时候的他戴着陆延的帽子,学着陆延敬礼,眼神放在陆延的身上,眼里充满了敬佩、自豪和一个孩子对父亲最纯粹的爱。

陆白川弯唇笑了笑,弧度浅到不见,开口只是淡淡道:"杨叔,我……"他顿了顿,好久没叫这个称呼了,"我爸出了什么事吗?"

杨鸣没预料到陆白川会这么直接点明,听他这么问又觉得陆白川好像已经知道了陆延去做卧底的事。杨鸣虽然是这样想,但还是问道:"小川,你都知道了?"

"嗯,他离开的时候写的那封信我看到了。"他话音平静毫无波澜,听不出任何感情,抬眼继续问,"杨叔,是他出事了吧。"

陆白川没有再用疑问句,他能想到的和杨鸣有关又是警察的,好像只有那个他还没来得及说一声对不起的父亲了。

杨鸣叹了一口气,把手里的信和帽子递给陆白川:"本来是想交给你妈妈的,谁知道一来就遇到你了……"

杨鸣把东西给了陆白川,嘴里一直说着毫无逻辑的话,想把陆白川的情绪转移,可他越说越堵,想拿烟抽又怕影响陆白川,最后还是把烟重新塞了回去,看着陆白川轻声开口:"小川,你爸爸他……"

陆白川看完信,双手不停地摩挲着警帽上的警徽,听着杨鸣那些想要开导他的话，又猜测着杨鸣难以言说的藏着的话，他直截了当地揭开这沉重的结果："杨叔，他的遗体还能回来吗？"

陆白川没有看杨鸣，眼睛一直看着那枚警徽，声音平淡得不是一个小孩失去亲人后该有的。他这次没有像十二岁那年一样歇斯底里，也没有任何悲伤难过的情感流露，看着还是像平常一样。如果不是杨鸣见过十二岁那年的陆白川，可能真的会觉得他是一个没有感情的小孩。

这四年里，他真的经历了很多，杨鸣看着这样的他，好像在某一瞬间又看到了陆延，他也是这样把所有的情绪和事情都压在心里，一个人承受，一个人消化，又一个人再慢慢地走出来。

杨鸣这些年里一直替陆延照顾着他们，因为答应过陆延不能告诉陆白川他的事，很多次都是直接把陆延的消息告诉给了方韵，但杨鸣从来都没有想过陆白川原来早就知道了。他听着陆白川的话，一时不知该怎么回："小川……"

陆白川问完，还没等杨鸣说完又自言自语地回答着："应该回不来了吧，"他用手勾勒着警徽的轮廓，哑声喃喃，"嗯，回不来，他选的那条路，好像去了就没有回头之日……"

对于这个结果，陆白川早在知道陆延的身份时就想过了，缉毒这条路，选了就是已经把一切都交给了任务。

在他们心里，信仰、任务、国家、人民比天大，比山高，比命重。

陆白川一开始的自责就是对自己的埋怨，他的父亲无论是选择做刑警还是缉毒警，所走的路都是很艰难、很漫长的。

陆延前方的路上从一开始就充满了无数的荆棘和深渊，这些阴暗的东西没有一刻不想把他吞噬，而陆白星的车祸就是陆延所走的那条路上的一个警告，让他恐惧，让他害怕，让他停下继续往前走的脚步，也是让他知难而退的劝告，但陆延还是没有退缩过一步。

陆白川比任何人都清楚陆白星的车祸真正该怪的不是陆延，而是那些加害者。

陆白川也明白，陆白星出事陆延是最难受的，但他还是把错都怪到了陆延身上，像一个不明事理的孩子胡乱撒泼，但偏偏陆白川心里又跟明镜似的。

十二岁的陆白川在看到那封信时心里的气愤和痛苦一时让他把所有的怨恨都放到了陆延身上，又毫不理智地放弃了自己坚持了十二年的理想。

在陆延离开之后,陆白川一直把自己困在原地不停地埋怨他,但其实陆白川不过就是为自己的自暴自弃找了一个借口,把一个困难变成了另一种痛苦,开始自我挣扎,戴着面具,用懒散包裹自己。

不知道什么时候,陆白川的手背上突然落了几滴泪,眼泪滚烫地烙在他的虎口处,深蓝色的警帽在他眼里逐渐模糊,他的脑子里不停地回荡着手里信上的内容。

是陆延的字迹,但信纸早就泛黄,笔迹苍劲有力,陆白川光是这么看着就能想到陆延写下这些字时的眼神,坚定又深邃,从来都不会往后退一步。

信上的内容简单明了,却又把一切话都说尽了。

陆白川像是真的听到陆延回到了他的身边面对着他念下这最后的一句话,声音还是那样深沉又温柔,带着坚毅,也有不舍,唯独没有后悔。

"我这一生,愧对父母,愧对爱人,愧对子女,愧对兄弟。但,我不悔。如果重来,我还是一样的选择。"

他的父亲这一生都是光明磊落的人,有错担错,有责承责,选择了一条路一生都会顺着这条路往前走,从不会埋怨任何人,也不会退缩逃离半步,永远坚定,也永远清楚自己心里最想做的事。

倒是他真的成了一个因为一点困难就放弃自己理想的胆小鬼。

陆白川,你真的是够窝囊的啊!

杨鸣看着陆白川这个样子,心里万分难受,挣扎半天还是把那句话说了出来:"小川,我们警队有为缉毒警建立专属编号的墓地,因为缉毒警的身份不能对外公布,所以墓地也是保密的。如果你想,我可以带你去看看你父亲的墓地。"

陆白川抬手抚过眼睛,水汽接触胳膊被皮肤带走,他抬头看着杨鸣:"好。"

墓地建在城郊南山下的一处基地里,因为身份特殊,除了警队的人知道,没有对外透露过。

这地儿有专人看守,四周都是树林,只有中间的一块地上竖立着一座座无名的墓碑,上面连一张照片都没有,只刻着一串少有人懂的编号。

他们到的时候还很早,正是太阳刚刚升起的时候,灰暗的天色被日光一点点地穿透,光从天上洒下来,每个墓碑都被照耀得闪亮。陆白川也是这个时候才发现这些墓碑朝着的都是东方，是光亮升起的地方，也是黑暗消失的地方。

长风一阵，划过重重无名墓碑，两侧林间震动，每串编号都被阳光照耀得熠熠生辉，向着朝阳破晓的方向屹立不倒。

陆白川看着手里的警帽，照在他面前墓碑上的光反射出一缕，落在白色的警徽上，白色被金光渗透，在深蓝色的警帽上闪耀，像极了黑夜里唯一明亮的星光，一直在头顶闪烁，永不停息，永不熄灭。

陆白川伸出右手，抚过墓碑上的编号，眼尾的液体也变得剔透，直直地垂落在警帽中间，没有拖泥带水，也没有一丝犹豫。

渐渐明亮的日光顺着他手移动的方向逐渐照亮整块墓碑，他听着风划过耳边的声音，那是每一块墓碑上刻下的信仰。

陆白川突然觉得心里的情绪被抚平，他一手拿着警帽，一手触着墓碑，眼泪被风吹干，他昂首望着太阳升起的东方，曙光明晃晃地刺眼，他却看得认真，眼里还是明亮闪耀。他真的好想好想再喊一声"爸爸"，更希望能得到回应。

爸，我想去你的路上看看。

我想重新拿回我的理想，我还是想成为一个守护头顶这片星空的人。

12 / 来日方长

那天,陆白川离开墓地之后,就和杨鸣一起回了医院。方韵刚做完手术,他还在想着怎么开口,方韵却和他一样在看到警帽时,眼泪就控制不住地落了下来。

也是,他们早就知道的,迟早会有这么一天的。

病房里安静无声,窗外的蝉鸣声阵阵响亮,树梢也被吹得凌乱,一点都不像夏天,却又像极了夏天,充满闷重、炙热、难耐。

杨鸣的手机也不合时宜地响起,他接完脸色一变,抬头和陆白川对视。

"杨叔,出什么事了?"

杨鸣捏了捏手机,心里的愤怒让他想直接把手机摔出去。

"这帮毒贩子!迟早要让他们好看!"他深吸一口气,看着方韵和陆白川说道,"刚刚接到的消息,接替陆延的队友也被他们抓了。要是没猜错,应该是我们这边出了内鬼,你们现在也很不安全。"

方韵哑声问道:"所以……是要我们离开江台吗?"

"这是最好的办法了,现在你们的身份肯定也暴露了,江台真的太危险了。"

方韵僵硬地点了点头,但还是先问了陆白川的想法:"小川,你想走吗?"

陆白川从未想过会在这个时候离开江台。他曾经想过也许高三毕业后会离开江台去陆延曾经读过的军校,后来又想过会离开江台去T大物理系继续学习,但现在的离开原因却并不在他预想之中。

原来,即使你设想了所有坏的结果,现实仍然可能给你带来更糟糕的消息。

说实话,他不想离开,这座城市是他从小到大生活的地方,这里承载着无数他忘不了的回忆,这里有他的朋友、他的家人,还有那个他找了好久好久的人。

他才和她相处不到一年，他才刚刚告诉她，他们在很小就认识，他还没有和她，和他们过完这整个青春，就要这么匆匆地离开。

怎么十七岁的夏天这么令人讨厌啊。

陆白川没有回答，把信和警帽留给了方韵，又去了病房外守着。杨鸣也知道这个决定不是那么容易做的，他给了陆白川四天时间做决定，又去了走廊尽头的窗口边打电话。陆白川一个人坐在长椅上，垂着眼，安安静静地听着医院里人来人往的走动声。

急切的、担心的、痛苦的，各种各样的声音糅合成这一隅里展露出来的现实。

人生就是会有各种各样的时刻接踵而至，它们不会给你任何喘息的机会，无论好坏，你都只能接受。但接受不同于妥协。任何你不想放弃的时刻都是你可以抓住的能够拼命向前走的希望。

"哥哥，给你糖，草莓味的，很好吃，吃了就不要难过了哦。"一个小女孩突然出现在陆白川的视线里，柔柔地笑着给他递糖。

陆白川愣愣地接过，看着这熟悉的包装糖纸，想要对她露出一个微笑，却不知道从哪里发力，最后只是轻轻地说了一声："谢谢。"

小女孩见他接过，又是甜甜一笑，蹦蹦跳跳地往对面的病房跑去。

陆白川的视线追随着那个小女孩直到落在被关上的门上，他用指腹摩挲着翘起的糖纸，粉嫩的包装和他九岁那年覃思宜给他的一样，但覃思宜不知道那颗糖是怪味糖，里面的味道和草莓一点都不沾边。

他转着糖，粉嫩的颜色被旋成一个漂亮的圆环，映在他黑亮的眸子里。他眼神又淡然又空，却又带着一丝温柔和委屈，嘴角扬着他自己都未察觉到的微笑。

覃思宜。

你，记起我了吗？

窗外的梧桐树被灼热的光线照射，激烈的风又在肆意刮卷，明明是一个晴天，偏偏风又吹得满是缭乱。

覃思宜撑着下巴看着窗外，身边没了人，她才发现原来很多次陆白川坐在窗边上不是为了看风景，只是为了给她遮阳。

他这个人啊，真的总是这样默默地把一切都做了。被你发现了，他会开玩笑地闹过去；你没发现，他也不会提，像只小猫什么都不说，但什么都会做。

覃思宜被光刺得眼睛疼，揉了两下又趴在了桌子上。

陆白川，你已经三天没有回来了。

你到底去了哪里？

六月四日，陆白川请假的第四天，也是覃思宜他们找他的第四天。

这天正好是周日，他们一早就来到陆白川家门口等着，中午是在方祺家点的外卖，到了晚上十点，还是没人回来。

几个人正准备坐电梯下去，上来的电梯门一开，电梯外的五个人都不约而同地红了眼，看着电梯里的陆白川。

他的脸色看起来不好，眼下的青色明显，眼眶里布满了血丝，仅仅是几天没见，覃思宜却觉得已经很久没见他了。他好像更瘦了，手腕处的骨头突出，还是白T黑裤，却松松垮垮地罩在身上，看起来没有一点精神气。

方祺最先打破沉默，攒着劲往他身上一捶："你这么多天究竟跑哪儿去了？！"

陆白川动也不动地接下那一拳，没回话，就看着和他面对面的覃思宜，眼眶越来越红。

覃思宜鼻子很酸，眼眶很热，还是紧咬着牙关，尽力挤出一抹笑："陆白川，我们等了你四天。"

她没有问他为什么消失，也没有问他去了哪里，只是简简单单地把几天的想念转化成了一种诉说。

陆白川眼睛一眨，泪珠砸在大理石的地板上。

夏天的晚风有了栖息地，蝉鸣稍减，漆黑的天空里，映出了几颗明亮的星星，月光也缭乱地朝下洒落光辉。

陆白川没有回答他们的问题，却提出了一个谁都没有想到的提议——他带着五个人去了城郊爬南山。

他没告诉任何人原因，只是想有人能陪他在离陆延最近的地方待一待。

城郊离老城区很远，光是打车过去就要两个多小时，这时间一过已经又是新的一天了，离他要做出决定的日期也只剩下三天了。

南山在东边，是江台最老的一座山，因为地址偏，所以没有什么人来玩，凌晨的时间来的人就更少了。

方祺爬到一半冒了满头的汗，站在原地喘了几口气，用手机的手电筒照着前面。陆白川拉着覃思宜的手，并肩一左一右地向前走着，两个人的影子在月光的照耀下，谁都没有一点停顿，一直不停地往前移动。

方祺不知道为什么,忽然就懂了覃思宜刚刚在电梯间里对陆白川说的话,也好像隐隐约约看懂了他们。

这两个人是真的很像,在各自的童年里独自经历了很多,却都没有想过放弃往前走的希望。他们懂彼此的难言,也能温柔地化解,没有谁比谁喜欢得更多,都有着共同的想法,又一步步清醒热烈地走向彼此。

也许,他一开始对他们说的同频共振成真了。

林越从后面气喘吁吁地追上来,靠在方祺的肩上:"你……怎么……不走了?"

方祺笑着把他推到秦宋身边,回身握着时欲的手腕,拉着她往上走:"等你们一起啊。"

整座山其实不高,只是没有修路,一点点往上爬会很耗时,他们爬了一个多小时才爬到山顶最高处。

六个人都同时往草地上一躺:"累死了!"

方祺被他们这群人的默契逗笑,伸着双手喊:"好爽!"

山顶的风声很大,有阵阵的回音。

林越也跟着喊:"好凉快!"

时欲笑他们幼稚,却也跟着喊:"新的一年,我们还是友谊万岁!"

"你当过年呢?"方祺笑着怼。

"我们都是在夏天遇见的,新的夏天对我们来说就是新的一年,你懂什么啊。"

方祺宠溺地顺着她说:"行,新的一年,听我祖宗的!"

林越懒得听他们这话,拉着秦宋也喊起来:"新的一年,期末考进前五十!"

方祺:"这愿望很厉害啊,越哥!"

"那必须的啊,我可是重点班的学生,将来是要给学校争光的!"林越嘚瑟地扯着嗓子喊。

秦宋被他们逗得直笑,难得矫情:"新的一年,希望我们都能愿望成真!"

"宜姐,川哥,有什么愿望,快喊出来。"方祺招呼着。

这群人真是想一出整一出,永远那么不着调也永远赤诚明朗。覃思宜应着话拉着陆白川站起来,喊道:"新的一年,希望我们能永远做自己!执着于理想,纯粹于当下!"

陆白川也在这一刻终于明白陪伴的意义。

在人生的至暗时刻，总是有一群人会陪在你身边，那样的感觉会让你知道，人生从来都不会孤独，哪怕你们会有分离，你也依旧可以去期盼未来，因为他们永远都在终点等你。

他笑出小虎牙，喊得比谁都大声："新的一年，希望世界千里同风，我们来日方长！"

少男少女的三两言语足以抵挡整个夏天的燥热，真正的希望从不在于你的选择，而在于你究竟想不想继续往前走。好好活下去，去看看未来的你会是什么样，会不会已经完成了曾经的理想，会不会遇到了一个很爱很爱你的人。

因为希望可期，所以缥缈。

正因为缥缈，才能存在于空气的每一处里，而你只要想，前方就能看到。

陆白川喊完，声音一直荡在空气里，他好像早已经有了决定，早在他决定带他们爬山的那刻，早在他听见杨鸣提出让他们离开的那刻，早在他看见陆延的那封信的时候。

夜晚的风在林间吹得飕飕直响，迎面而来的都是夏天一直挥散不去的热烈。

陆白川转身看着五个人，覃思宜又一次在他身上看见了只有在黑夜里才明亮的月光，他仍旧光风霁月地站着，身上的白T恤把他的骨架衬得坚硬又柔软，整个人还是那样明朗、那样温柔，却又多出了一丝说不清道不明的悲伤淡淡地笼在眼底。

她听到陆白川说："我要离开了，离开江台。"

覃思宜好像没有感到意外。

果然，这四天里他经历了很多，又一个人默默承受，慢慢化解，才在现在做出了最后的决定。

山顶的晚风只留住了这一句话，大家在风声里沉默，不知道该怎么开口回应他。

陆白川松了松肩，眉眼含笑，又是那一副不正经的懒散样。他言简意赅地说了一下这几天发生的事情，只把重要的事情说清楚，对自己的心情只字未提，说得跟一个旁观者一样轻松："你们别都不说话啊，我这一个人很尴尬的。"

覃思宜到底是懂他的，他们两个很像，哪怕倾诉也只是挑最轻松的一面讲最重要的，因为难受的时刻已经过去，当你再讲时已经平静，平静到都忘了你原来是那么痛苦。

方祺听完彻底红了眼，狠狠地擦着眼睛，眼泪怎么也止不住："陆白川！你为什么又一个人扛？你！你……"他说着说着哽咽起来，一个十七岁的人哭得像个傻子一样跌坐在地上，想骂也骂不出。

方祺跟陆白川从小一起长大，比谁都明白父亲对他的重要性，也比谁都清楚陆白川的自责和那些他强迫着自己不要去想的腐烂的过往，自然也懂他为什么总是自己扛。

覃思宜擦过眼尾的水汽，依旧笑着看他，澄净的双眸一直满含信任和支持："陆白川，既然决定了，那就去做吧。"

陆白川看着覃思宜眼睫上还未抹去的水珠，心口被微微的风扫动，干涩的眼睛也红了起来。

他抬手揉揉她的眼尾，帮她带走最后的水汽，声音低哑："覃思宜，你眼睛红了。"

覃思宜听着这话，本来压下的情绪又卷土重来，眼泪一滴一滴地滑落，砸在陆白川的手心上，在他的手心烙下痕迹，他被风吹干的皮肤又变得滚烫。

这和初见时说的话一模一样，只不过一个是带着温柔的克制，一个是带着温柔的离别，跨越的却是两个夏天。

一个说尽了相遇，一个道满了分离。

覃思宜都不知道该说他们是相遇得刚刚好，还是重逢得太晚。

天色在悄悄转变，月光越来越弱，灰暗的蓝色覆盖了满目的黑，却依旧有微弱的星星闪亮，这是希望在逐渐上升。

没有人下山，他们第一次尝试了席地而睡，地为席，天为被。

覃思宜没有睡意，手伸进口袋里，摸到了她昨天刚拿到的东西。方盒在她手里磨得都快破开一角，她才起了身，拉着坐在山边上看风景的陆白川往左边跑。

陆白川没想到覃思宜没睡，一顿，也顺着她的脚步调整步伐，一起一落都是同频。晨间的风不闷不热，迎面吹过他们，陆白川握紧了覃思宜的手，如果可以就这样跑一辈子也好。

跑了十几米，覃思宜停了下来，回头看着陆白川。陆白川和覃思宜对视时候的笑容大概是这么多天最开心的了。

灰沉的蓝色变得很快，就这么一会儿，从山顶望下去已不再是漆黑一片，对面的山色是连绵的青翠，树木在晨曦的风里苍劲地摇曳。

陆白川突然开口，话里带着自己都没有意识到的小心翼翼："覃思宜，我是不是还挺让你失望的？对待自己的理想就是这样随便放弃又拿起，明明去年还跟你说我要学物理，今年就选择了考军校。"

他在面对覃思宜时，好像做不到真正的坦然，因为太喜欢，喜欢到不想在她眼里有一丁点儿的缺点。

覃思宜看着陆白川，扬眉轻声笑了，企图用声音里的柔和一点点抚平陆白川的不安："为什么会失望？这个世界上除了你自己有对自己失望的资格，其他的任何人都没有，哪怕是我也没有资格对你失望。更何况，我挺为你高兴的，无论是学物理还是参军，你所选择的都是你真正热爱的，是你最想做的。既然你已经认清了自己的理想，那就应该往那条路上走。

"陆白川，你很棒的，别否定自己啊！"

天色悄然转亮，淡青色的光在山头澄亮，风声里灌着清醒的希冀。

覃思宜突然抓住陆白川的手指，继续说："再说，理想不就是用来征服的吗，越有挑战性，你才越想往前冲，不是吗？"

陆白川笑了笑，看着前面的山峦，心里那些被覃思宜抚平的伤口和志忑每一处都像是溢着灿烂："也是，理想就是用来征服的！"

这世界上总有一些理想是开在黑暗里的，但正是因为它们在黑暗里，鲜活的时候才会更加闪耀。

覃思宜把手伸进口袋里，拿出那个方盒，递给陆白川："本来是想当生日礼物送你的，现在只能提前送了。"

陆白川看着手里的白色方盒，小小的一个，沉重踏实地落在他的手上。他打开一看，里面放着四颗小时候覃思宜给过他的那种糖，又叠着两颗星星，最上面是一条星环围绕的小猫项链，前后都是一样的形状，这是一条双面实心的项链。

陆白川刚想拿出项链，覃思宜就抢先一步，拿了过来给他戴上："陆白川，项链也有秘密的，现在就不告诉你了，作为你一个人承担的惩罚，等以后你自己去发现。"

覃思宜解开项链卡环，俯身凑近他说："那个狐狸木雕里藏着的东西，我发现了，还有宇宙那本书里的第十一页的秘密我也发现了。虽然我有很多话想问你，但现在，比起过去我更想和你谈以后，所以你就先听我说。"

风声在此刻减弱，天色一点点转亮，两人相望的目光也逐渐清晰，覃思宜给陆白川戴好后就直接靠在了他的肩上，少年的肩还是那样宽阔又有力，承载了所有。

覃思宜靠在他的肩上，她的眼前是一片灿烂的日照金山。

破晓的金光洋洋洒洒地笼罩了整座山头，远处山峦巍峨挺拔地屹立着，肆意张扬的风飘荡四野，空气中弥漫着草木的清香和夏天独有的炙热，橙光缭绕，犹如金色的焰火一般在天边热烈燃烧，将黑夜彻底覆盖。

那一刻，风温柔，光明媚，山河壮阔，理想可期。

覃思宜突然明白为什么陆白川从小就有想要守护头顶这片星空的理想了。

这样山辉明媚的风景总要有人去守护，悠远浪漫的宇宙总会有人去继续探索，他既然有能力、有理想，那就不可能只待在原地不动。

总有人在恐惧的时候依然挺身而出，为了国家和人民在不见深渊的泥沼里挣扎。

覃思宜起身，脸上和眼里都盛满了金光："陆白川，你未来要走的路是我没有经历过的，我只知道它很危险。可我这个人认死理，所以我会等你，无论多久都会等，同时我也还会继续往前走，因此我有个请求——"

风吹得震鸣，陆白川看着眼前的女孩，好像整个世界被她的声音填满，每一处都是覃思宜赤诚坦荡的真心。

他在狂乱的夏风中平稳地捕捉到覃思宜的请求。

"能不能，请你，朝我走？"

覃思宜眼神认真又温柔，把所有的出路和退路都给他，让他安心选择："我没办法预测你未来会是什么样，但我可以保证我的未来会是一条布满光的路，如果我在朝着正确的方向走，那你朝我走的时候，会不会就没有那么难？

"陆白川，这是我给你的承诺，但你有选择的权利。"

陆白川微俯着身，给她擦掉眼泪："你知不知道，你刚刚说的承诺，完完全全就是一个卖身契啊，傻子才不接。陆白川又不傻，所以我接受。"

我们的理想各有不同，但无论分开多久，相隔多远，我仍旧相信我们会在未来重逢，以彼此最好的姿态。

覃思宜抽噎着说："听阿婆说，旧天气最适合重逢。所以，我就在夏天等你。"

陆白川看着覃思宜，眼里却装下了千山万里的灿烂，少年轻轻启唇，把承诺放进心里。

"好。

"你往前走，我朝你走。"

陆白川，前路山野万里，我把自己放在夏天。

等你来和我一起迎接夏天的热烈。

13 / 经久不散

次日上学,离陆白川离开仅剩最后两天。那天之后,他有了决定,也把这消息告诉了杨鸣和方韵,最后的那两天他还是去了学校。

赵云也听到了消息,但他知道得不多,只当陆白川的退学是因为家庭变动。他推了推眼镜,把物理成绩单递给陆白川,眼纹又笑起,看着陆白川的眼里满是骄傲,却还是和陆白川开着玩笑:"这个是物理竞赛的成绩,奖牌一会儿大课间你上台演讲的时候给你,恭喜啊,冠军!你还真别说啊,你拿了第一,我都快有点嘚瑟了,我的学生拿了个市第一,说着都有面儿。"

陆白川接过,看着赵云说:"没办法,这不是您教得好吗?"

"行了,这我可不邀功,"赵云收了收笑,语气放松,没了师长的严肃,"你能拿第一靠的是你自己,不是我。"

赵云喝了口茶,把茶叶抿掉,又看着门外的梧桐树,清新明亮的绿色像极了一个个鲜活的生命体,那里的每一片树叶都逆着风,纵使落下,也要让最后的灿烂留在金色的空气里。

他轻声笑了笑:"有句话怎么说的来着,"又低低地念出一句,"在自己身上,克服这个时代。"

赵云说完又看着陆白川,抬手在他肩头拍了拍:"陆白川,不管以后去了哪里,都好好地往自己想去的路上走吧,你有能力的。"

夏天的衣服很薄,这是陆白川四天后久违地穿着校服,白色的校服衬衫被赵云宽大的手掌不轻不重地落下两拍。

一拍,是作为个人对陆白川的送别。

一拍,是作为师长对学生的赠言。

陆白川收起不正经的笑,背着阳光,又扬起了一贯的笑,眼里带着张扬和敬意:"放心吧,说不定十年后,我还能让您再嘚瑟嘚瑟。"

他还是一如既往地矛盾,也还是一如既往地坦荡,玩笑的话里带着温柔。

赵云笑着接下话:"行,我等着。"

大课间的时候,一中全校学生都被叫到了操场上。今天是六月六日,本来只是想为高三的学生进行集体激励的,结果校长突然提议全校集合。

这次的活动甚至没有定下主持人,三个年级的班主任和校长在台上分别发言,一轮接一轮都是熟悉的鸡汤。

赵云笑容一露,推了推眼镜:"知道大家不想听我们老师的鸡汤,那就听听你们同学的发言,也恭喜一下陆白川同学获得市物理竞赛一等奖!"

陆白川跨步走上台,接过赵云手里的话筒,站在正中心。少年的校服衬衫是敞开的,内搭是一贯的白色短袖。

他的穿衣风格好像一直都是这样的,简单又随意,宽松却有型,被风灌起的身形还是那样清瘦有力。

风声过,少年启唇:"大家好,我是高一(2)班的陆白川,不久我也要离开这个学校了,今天是我第一次在一中演讲,可能也是最后一次了。我没有准备什么稿子,就按自己想说的话讲了。

"说句实在的,我没觉得自己有多厉害,是多么天赋异禀的人,难倒我的物理题也有不少,我也不是时时刻刻对什么事都游刃有余,"他突然一顿,轻轻扬起坏气的笑,"但我也不得不承认我确实是个能称得上优秀的人,因为优秀这个词是最能和努力挂钩的。

"在我们这个十七八岁的年纪里,可能会有很多不甘,也心怀无数的憧憬,或小或大,却都不愿被学校的规矩束缚。但我们每个人所体验到的世界都只是这个宇宙中极其渺小的一部分,就连我们头顶上空的太阳也只是银河系数十亿颗恒星中的一员,而银河系也不过是可见宇宙的数十亿分之一。"

他右手一动,话筒在他手里转了转:"可是尽管渺小,也应该要往自己心里最想走的地方迈出那么一小步。毕竟,十七八岁的我们正处于理想开始的起点,我们拥有无数的机会,不该受眼界的局限,哪怕我们只有1%的可能会赢,也要一直坚持着追求理想,用1%的可能性去撞击99%的不可能,也许,下一秒,你就会拥有100%的可能。"

覃思宜站在最前排看着台上那个少年,他周身都布满了明黄的光亮,黑亮的眼睛还是一如既往地好看,却比初见时又多了一层清晰,就好像他心灵最深处的墙已经倒下,他的眼睛里只剩下澄亮的光。

覃思宜就这样看着他又开口。

少年在光下,在风里,在夏天的热浪里,高声道:"如果你心中有丘壑,理想大于天,那就别停在原地,挑一条敞亮的路,往最高处走吧!

"同时,也祝愿各位十年后,回想现在,不会为自己的任何决定而后悔。"

陆白川站在台上,嘴角带着懒散的笑,虎牙闪亮耀眼,头顶的光线坦荡地落在他的脸上,额角垂着的头发被风吹开,干净的眉眼展露,里面除却肆意,也就只剩下前排少女温软的笑容。

夏日的灼热轻盈地洒落,燥热的微风,聒噪的蝉鸣,热烈的掌声,都组成了一段值得永远留恋的青葱岁月。

陆白川,自始至终都是那个有宏大理想的少年,他从来都不会讲大道理,也不会含混表达,他的字字句句都是坦荡赤诚的。

无论是科研,还是参军,他都在选择自己最热爱的。

覃思宜看着朝她走来的少年,地上的身影一步步地靠近,直到两个影子再次并肩。

陆白川,如果离别是为了成就更好的我们,那我不怕。

陆白川双手张开:"覃思宜,该兑现承诺了。"

"你真的该养只猫,好好对着镜子看看你和它像不像。"覃思宜边说边给了他一张票,"这是我钢琴决赛的门票,陆白川,来看吧。"

陆白川笑了笑,低头看票,瞥见日期,视线一停,嘴角的笑也慢慢收了起来,像是不确定地问:"六月七日吗?"

覃思宜看着他的表情,一下子就明白了,她好像没有问过他什么时候离开,原来她潜意识里也会害怕,因为怕倒计时开始,所以干脆就不去了解截止时间。

原来这么快,刚好是那一天……

覃思宜回过神,用力地笑了笑:"来不了也没关系,就是你不能看我拿冠军了……"

她话还没说完就被陆白川捏住了脸,打断了后面的话:"覃思宜,我说过了不想笑就不要笑,不要勉强自己。"他声音越说越小,慢慢地变成了一种请求,"不管我以后在不在你身边,你都要记住,永远不要勉强自己,好吗?"

覃思宜沉默了好久,声音都哽咽了:"好。

"所以,你答应我的话要做到,我会一直往前走,也会一直等你来。"

她抬头，眼睛里冒出剔透的水珠，"陆白川，你一定要做只守信的小猫。"

要做一只守信的小猫，然后回到这个狐狸星球来。

夏日最热的那几天，高考正式开考，学校里所有的喧嚣都消失，唯独热闹的蝉依旧在梧桐树林间鸣响不停。开考的第一天就下了场雨，雨声很小，但熟悉的热气还在天地之间翻转，一风卷起一雨，都吹不散空气里交织的闷热暑气。

江台市的高考是连续考三天，江台一中也被选作了考点，整个学校都放了三天的假，覃思宜的钢琴决赛也随着雨声而来。

台上11号正在演奏，她是12号，一首曲子最多也就四五分钟，等不了多久也就该她上台了。

"川哥真的来不了了？"林越撑着下巴没什么心思地望着台上的表演者。

方祺沉默了几秒，点了点头："他上午十点的飞机，这会儿，应该在去机场的路上了。"

时欲叹了口气，看着正走上台的覃思宜。

她穿着一身白色的长款一字肩礼服，头发编得精致披在后背，脊背挺直地跟着上方投下的追光灯走向舞台正中央。少女坐在钢琴椅上，抬起双眸环视了演奏厅一圈，还是没能找到她一直在等的那个人。她双手握紧控制着手抖动的频率，又垂下眼睫，轻轻呼出一口气，双手覆在黑白琴键上。前奏音调很柔，但不到两秒就转至激烈。

演奏厅的四周昏暗无比，所有人的注意力都聚集在台上那个少女婉转的钢琴声中，没人注意到台下左侧门口投进来的那一缕光，也没人看到光里站着一个少年。少年也和在场的所有人一样只注视着舞台中央的覃思宜，却又显得和现场格格不入。

他隔着门板像个偷窥者一样，只能在微微敞开的门缝里看着舞台上那个被光照耀的覃思宜。空气中浮动的光丝慢慢流动，将陆白川的心口拨动得生疼，这一幕真是像极了九岁那年的情景。

那年的他百无聊赖地坐在剧院的观众席里等方韵下班，正想离开就看见舞台中央出来了一只被橙色追光灯照耀的小狐狸。那只小狐狸截住了他想要离开的心，也勾着他的目光一直追随着她。话剧演到最后，舞台上的小狐狸没有被王子选择，舞台下的陆白川却看着那只狐狸出了神，在以后的岁月里记了很久很久。

小狐狸，我既然能找到你一次，就能找到你第二次。

所以，覃思宜，我会回来的。

回到那个有你的未来。

一滴剔透的水珠跟着钢琴声一起停止在空气里，那缕细窄的光条被门板重重遮挡。覃思宜起身又寻找了一圈，视线经过左侧门口，看到的只剩下沉重宽大的门板，她微微鞠躬，转身下了台。

覃思宜下台的动作很快，两步并作一步。演奏厅里响起阵阵掌声，在昏暗的灯光下听觉被放到最大，她越听心越慌，手又开始不受控制地微微颤抖。

到了最后这一刻她也会怕，哪怕曾经做过再多的心理建设，在离别真正到来的这一刻她也还是会怕。就像现在，她站在舞台的正中心能感受到所有人的视线，却唯独找不到陆白川的目光。

这样的感觉就如同你早已熟悉的呼吸频率被人限制，你只能剥离自己去慢慢适应，而在这过程中你会不停地回想曾经，反复地折磨自己，让自己既不安又虚浮。

覃思宜下了舞台，跑向后台的换衣间，在"一中六人帮"群里发了条消息直接就换了衣服跑出了演奏厅的会场。

会场外的地面潮湿一片，细小的雨被突如其来的暴雨取代，整座城市都在急速地逃亡躲雨，只有覃思宜一个人和他们背道而驰。

好像在这场狂风暴雨的逃亡中，覃思宜是唯一一个冲锋陷阵的人。

方祺他们本想等着覃思宜换完衣服后来找她，结果看到覃思宜发的信息，也起身朝暴雨里奔去。

这下冲锋陷阵的五个人有了唯一且共同的目的地——陆白川的身边。

机场离演奏厅很远，光是打车过去就要半个小时。覃思宜从演奏厅门口到马路旁的距离身上就已经淋湿了一片，车上还开着空调，冷风一吹，她第一次在夏天感觉到了冬天的刺骨。

覃思宜坐在副驾驶上，脑袋靠在车窗玻璃上，眼神空落落地看着窗户上飘落下来的雨滴，上一滴还未滑落下去，就又被新的雨滴覆盖。她还没反应过来，眼前就已经模糊不清，好像那雨不是落在窗户外的玻璃上，而是落在她的眼睛里。

车载音响音质不太好，歌声带着细弱的电流音，就像是自带的背景虚音，流淌着明晃晃又暗戳戳的喜欢。

我拼命越过狂风暴雨奔向你,
写下几百遍的姓名全是你……
覃思宜视线模糊地看着窗外,人潮狂奔,雨幕细密,梧桐树被打得杂乱,天空中没有任何可见的飞行物,江台整座城市都被阴暗的暴雨包裹,一丝阳光都投不进来,这一刻好像真的没有了夏天的样子。

覃思宜赶到机场时,飞机因为暴雨晚点了很长时间,这会儿机场人头攒动,夏天雨后的闷热潮湿在人海里重重散开,行李箱的滚动声、喧闹的交谈声、广播里的播报声都吵得覃思宜耳膜生疼。

她漫无目的地在熙攘的人海里寻找一个不知道是否已经离开的人,她看着重重人群眼神失焦,嘴里一直念叨着:"陆白川,你在哪儿?"

被念叨的陆白川刚赶到机场没几分钟,飞机因暴雨晚点现在才安检。他没有让他们来送,而他们也懂得那个不想当面告别的理由,但互相惦念的心始终会拉扯着他们几个人走到一起。

就像现在,覃思宜在茫茫人海里找他,方祺他们也赶来进入了同一片人海。陆白川安检完依旧没有登机,他站在安检员的身边,看着外面来往的人群。他不知道为什么,就是感觉自己不能现在就走,他觉得他们会来找他。

"陆白川!"覃思宜跑到最后一个安检口终于停下了脚步,本来克制住的眼泪又往下掉。

她本能地想往前走,却被安检员拦了下来。陆白川也是下意识地就想把她拉进怀里,却还是克制住了抬起的手。同一时间方祺带着时欲他们也赶了过来。

陆白川看着他意料之中会出现的人,又看着他意料之外出现的人,一时之间六个人都没了言语,只是静静地看着彼此。

"陆白川,我刚刚在台上弹了一首新曲子,本来是想弹给你听的,但你不在,所以,"覃思宜抽咽几声,想把眼泪遏制在眼眶里,顿了顿,又继续说,"所以,等你回来,我再弹给你听,好不好?"

陆白川看着这样的覃思宜,他其实也挺怕的,怕自己没有办法回来,怕自己没有办法完成对覃思宜的承诺,怕覃思宜真的就一直等他。

但再怕也还是要继续往前走,他往前走了一步,离覃思宜近了一点,弯唇笑了笑,抚慰着她心里的不安:"好,我回来听。"

一句不够他又追加:"放心吧,答应你的,我一定都做到。"

就算再怕也还是要去做，就算粉身碎骨也还是要回到你的身边。

身后的登机门即将关闭，广播也在催促，杨鸣也赶了过来："小川，现在真得走了。"

陆白川点头应了应，看了看覃思宜，又看了眼其他四个人，说："下了飞机我再联系你们，走了。"

煽情的话他们都很少说，也不知道是怕现在说还是怎么，就是没有好好地说见，就连最后都还是方祺把手摆成喇叭状大声喊了句："陆白川，你一定要给我回来！听见没！"

陆白川回头又笑出小虎牙，背后的日光透过玻璃窗落在他的身后，他还是一如往常地肆意张扬，嘴角挂着慵懒却耀眼的笑容："知道了！"

他们六个人又再次被安检的人海隔开，没人挥手作别，也没人说一句再见，只是笑着望着彼此，直至陆白川彻底地消失在人海里。

覃思宜看着前面空气里剩下的光影，心里想着，陆白川，我们没有好好地说过再见，所以这就不算分离。

她把手伸进口袋握紧那个独一无二的狐狸木雕，木雕本身就不大，口袋稍微大点儿就能刚刚好装下。

她看着这个狐狸木雕，第一次觉得自己似乎真的很像它。她跟那只小狐狸一样，曾经都很孤独，都遇到了喜欢的人，唯一不同的是那只狐狸没有被人选择，而她却从一开始就被陆白川坚定选择。

覃思宜又想起了在陆白川失去联系的几天里，她在这个木雕里发现的真正的礼物。

在狐狸木雕的心口处有一个被镶嵌进去的小猫按钮，覃思宜也是无意中看到的，只是轻轻碰了碰，狐狸的眼睛里就投射出一道光线落在卧室的墙上。

墙上是一张又一张照片的投影，天文馆、小北门日落、公交车、学校……每张照片的地点和场景都不同，可每张的主角都是覃思宜。

覃思宜都不敢去想陆白川跟在她身边到底拍了多少背影和侧脸，就连唯一一张合照都还是那天覃思宜睡在课桌上的时候拍的。

照片里的少年贴近趴在桌子上的少女，唯一一张合照，两个人都没有看镜头，一个闭着眼，一个看着桌上的人。

陆白川似乎永远那样干净热烈，活得比太阳还要耀眼夺目。

机场外属于夏天的疾风又来袭,风里的燥热狂扫不绝,闷潮的暑气在十七岁这年夏天停息不退。

　　覃思宜抬起头,望着头顶闪耀的太阳和蓝天里飞机飞过后留下来的那条简单纯白的分界线,它清清楚楚地把一片蓝天分成了两个不完整的夏天,好像真正隔开了距离。

　　陆白川,你在我的生命里留下了一个不完整的夏天,这个夏天长盛、炙热,会经久不散。

　　所以,我会一直往前走,也会一直等你来。

　　有人曾经说过,两个同频共振的人,无论离了多远的距离,都会重逢。

　　陆白川,希望下次再见,你还是你,我还是我。

　　我们都是更好的彼此。

—高中篇完—

下卷 无尽夏

01 / 欢迎回来

枯木矗立，风一吹，世界满是刺骨的冷。

黑夜里，到处是枯枝残叶的街道一片漆黑，昏黄的路灯散发着唯一的光亮，地上的两个影子在风里移动，朦朦胧胧的外形也像是在晃动。空气里呼出的热气在橙黄暗影里弥漫开，给这一幕自动添上了一层淡色滤镜。

覃思宜的下巴被米白色的围巾圈住，她昂着头看着面前的男人，眼底泛红，眼神却明亮又澄澈，热气和话一起传出，在黑沉的空气里散得想抓都抓不住。

"我可能还是喜欢你的，可这种喜欢不足以支撑我和你重新开始，我们分开的时间太长了，在我一个人独自经营我的感情时，已经把自己曾经对你的爱消耗殆尽了。我们都回不去以前，现实也说明了我们只能存在于彼此的一段时间里。"

她停了停，又慢慢地叹了口气，继续说："于然……我们，真的就只能到这儿了。"

魏恒轻垂着眸，微红的眼眶被路灯照亮，眼神里不知道是遗憾，还是对自己发现太晚的后悔："叶林，对不起……是我来得太晚了。"

稀薄的雪丝细密降落，滴落在覃思宜的鼻尖上，左侧的摄影机记录了她眼里一闪而过的那丝不易觉察的属于覃思宜自己的感情，不远处导演监视器里的画面摄取了初雪时的第一滴眼泪。

孙天明拿起对讲机，看着监视器里的泪伴着雪融进漫长黑夜里，两个背影就此逆向，于然转头回望，叶林却目视前方再未回头。孙天明满意地喊了一声："卡！"又接着说，"辛苦大家三个多月的付出了，《回望》这部戏今天正式杀青！"

现在拍的是外景，几道灯光一打，单单把这条街的一部分照得明亮。全场的工作人员各自收拾着机器，听到他的话，也跟着热情地回应："孙导要请客啊！"

孙天明是个热情的人，从这部电影开机到杀青，全剧组里就数他请的客最多，他喜欢喝酒也喜欢热闹，自然不会拒绝："行行行，我做东，明天大家都去啊。"他转头对着正准备穿羽绒服的两位主演喊着，"思宜，魏恒，明天你俩也一起，这回可不能缺席了，说不定以后再见就等电影宣传了。"

魏恒点头笑着应了应声："知道了，孙导！"

覃思宜接过助理手里的黑色羽绒服往身上一套，也回头应着，眼神明明透着玩笑意味，声音却沉得紧："孙导，你这话是不是就点我了。"

孙天明见她戳破，也没恼，接着话说："你倒是一如既往地直接啊，那既然你都知道了，还缺不缺席了？"

孙天明不是第一次和覃思宜合作，他们两个算是同导师教出来的，只不过孙天明要大她几届。覃思宜和他熟悉是因为上学时的几次音乐剧表演，孙天明被老师请回来做摄影指导，他看着热情大方，但对表演的要求很高，每次拍摄的时候都是一张严肃到瘆人的脸，但一结束拍摄表情转得就跟设置好了时间的机器一样迅速。

也正是因为他这反差极大的性格，和他合作的工作人员都是在戏外才敢和他开玩笑，他这人也是真的公私分明，拍戏时，那性子跟二十几岁刚毕业的人没差多少。

覃思宜边笑边戴着帽子："放心吧，明天我会去的。"她将拉链拉到顶端，嗓子发痒咳了两声，"我先走了。"

孙天明也知道她感冒了，回道："行，明天不让你喝酒。"

覃思宜的背影刚离开没几米，魏恒就开了口："孙导，这您可不能怪思宜姐，上次聚餐，她是真的有工作才缺席的。不是您一直说工作的时候就要有专业素养，不能迟到是第一要务吗？思宜姐这是认真对待工作的典范。"

孙天明看着魏恒对覃思宜的态度，又想起了刚开机那天两个人的尴尬，不禁感叹一声："时间过得真快啊，你小子现在都和思宜这么熟了，我都不知道是什么工作，你就知道了。要是于然有你的觉悟，叶林估计早就和他在一起了。"

《回望》这部电影是根据郑弥的小说改编的，故事也是简单的青春片，男孩和女孩青梅竹马一起长大，却在时间长河里各自回望彼此的背影，直到最后女孩想要放下，男孩却开始深爱。

时间给了他们同时发芽的种子，只可惜一个过早地结果，一个结得太晚，等他开满花时，她早已果实成熟开始新的一轮成长。

魏恒这会儿和刚刚的形象完全不同，没了戏里要有的深沉和悲伤，完完全全就是一个小孩样。他裹紧了身上的大衣，开着玩笑回嘴："孙导，别拿我和于然比啊，我对感情可没他那么迟钝。"说着眼神不自觉地就往前边瞥。

孙天明是过来人，见着这小孩的眼神一眼就清楚。后面的副导演过来喊了孙天明一声，他应声回了，再回头去桌子上拿手机，看着对面站着的那人，也忍不住笑着摇了摇头。

覃思宜，可不是一个好追的人啊。

他在她大二时候认识的她，到现在也有九年了。在覃思宜大四踏进演艺圈之前，他可从来没在她身边见到有什么人出现，进了这圈子之后她的身边就只剩下了角色和工作人员，连追求者都莫名地少了。

魏恒进入演艺圈没几年，虽然谈不上多红，但他演的几个男二都很吸粉，也算是小有名气。这部《回望》算是他第一部主演的电影，孙天明当初选角的时候是无意间看到了他的一个杂志采访，刚刚好那个形象和于然的感觉很像。正思考女主角的时候，覃思宜突然就打了电话给孙天明说要演这个角色，他这才确定了男女主。

说实话他没想过覃思宜会演这个角色，更没想过她会主动来争取。当初还在学校的时候他看过覃思宜的舞台剧，不得不说她的确很有对人物和角色的见解和共鸣，会真正了解这个人物的经历，慢慢揣摩角色的性格、情绪。

六年的演戏经验使她已经能够做到把自己和角色完美地融合和分离，但刚刚在监视器里孙天明在叶林的影子下看到了属于覃思宜自己的感情，或者说是覃思宜用叶林表达了自己的感情，只是叶林最后是释然，而她是思念。

他又看着魏恒叹了口气，喜欢，真是一种摸不透的情绪啊。

此刻的覃思宜正坐在保姆车的后座上，整个人缩进了宽大的黑色长款羽绒服里，歪靠在椅背上，看着窗外一道道掠过的光影。

蒋洁看着她这样子以为她还没脱离角色，担心地问："怎么了？还在想刚刚的戏？"

覃思宜声音淡淡的："没有，就是嗓子难受。"

蒋洁拧开保温杯递给她："给，多喝点水，润润嗓子。"

她把手从温暖的口袋里伸出接过了保温杯,抿了一口,随后盖上盖子就那么拿着。

蒋洁看着覃思宜这样子突然就想起了六年前她去剧院看音乐剧时见到的覃思宜,那时候的覃思宜只是单纯的舞台剧演员,一心都扑在了舞台上,对于蒋洁的邀请没有丝毫动摇,最后还是请了孙天明帮忙才把手里的剧本递给了覃思宜。

也是那次覃思宜看了剧本之后才有了演戏的想法,对于覃思宜而言,舞台是梦想,而演戏是理想,她喜欢尝试不同的角色,对角色会精益求精到极致。

《梦环》是覃思宜拍的第一部电影,那部电影之后,她开始出现在银幕上。她本身外形条件就不错,再加上角色表现力和剧本及整体呈现的效果,她的名字留在了热搜一个多月。从那之后她的名气慢慢起来,覃思宜这个人也彻底被大家熟知。

蒋洁看了眼屏幕,转头问覃思宜:"思宜,你的生日快到了,刚刚公司说想给你开个生日见面会,你的意见呢?"

覃思宜看着手里的保温杯,思绪又飞得很远,轻声回应:"可以。"

"行,明天我去公司商量商量。"蒋洁看着覃思宜这低气压的情绪,也知道她心情不好,拍了拍她的肩,没多说,"后面一个月只有一些采访和杂志拍摄,我挑了一些剧本,你可以好好选,也好好让自己放松放松。"

"知道了。"她声音闷闷的,看着是真没什么精神。

蒋洁看着窗外的街景,突然出声:"时间过得真的好快,当初我在江台签的你,现在我们都来北京六年了。"

覃思宜被时间这词触碰了心弦,只觉得心口堵得慌,她哑声道:"是啊,真快,不知不觉就已经十年了……"

陆白川。

你……还好吗?

冬日的月光冰凉,把风带到这座城市的某个角落里,空荡的操场上只剩下一个人的呼吸,身后的建筑物遮住了看台上的人影。

他开着手机,白色的亮光在黑夜的背影下亮得突兀,握着手机的手指骨节被冻得通红。那个人还是没有动,一直翻着手机里的照片,空荡的操场空寂沉静没有其他杂声,那人动了动脖子上的项链,一个轻柔的声音在雪丝里响起。

"陆白川,那天和你看的《赎罪》,我没记住什么情节,但我记住了

55 分 28 秒的那句话。
"我爱你，我会等你，等你回来。"
刺骨的风刮来，把最后的声音带到这座城市的上空无限环绕。
"无论你在哪里，请你记住，你不是一个人，我还在未来等你。"

"陆白川……"
一个微弱的声音在空荡的建筑物里响起。
黑压压的一隅天地里只剩下覃思宜的呼吸，窗帘被紧紧拉上却还是有一丝晨光没被遮住，它偷偷地溜进这里，照在从覃思宜眼角缓缓流下的眼泪上。
床头的手机响个不停，蒋洁打完第三个电话还是没人接听，推开车门就往楼上去。她敲了敲门也没人来开，输了密码一开门就见到六七在门口用爪子扒拉着大门，一声接一声地叫着。
蒋洁和覃思宜一起待了六年，对六七也熟悉。听着六七这一声比一声大的声音，她连鞋也没换直接跟着它往卧室门口走。
一开门，床上的覃思宜整个蜷缩成一团，呼吸声也很弱，蒋洁边走边叫她："思宜，"再伸手一摸，滚烫的体温直接把她后面的话截住，她皱了皱眉，喊着覃思宜名字的声音都开始变得有点急，"思宜，思宜，快醒醒。"
覃思宜被吵得整个头又晕又疼，迷迷糊糊地睁开眼，一时都分不清是梦还是现实，干哑的嗓子里只挤出了三个字："陆白川。"
蒋洁看她意识模糊，给她拿了羽绒服套上又叫她："思宜，你发烧了，得去医院。"
覃思宜靠在蒋洁的肩上，意识很混乱，听不清楚她说的话，只知道往她身上靠，像一只无知无觉的动物在寒冷的冬天里只知道往温暖的地方窝一样。
落地窗边的光条改变了方向，光线不偏不倚地落在枕头上被浸湿的地方，把旁边一个木雕的影子拉长，镀上了一层金色。

天色微亮，冬风凛冽，雪丝细密。
空旷的操场上又照常响起整齐划一的口号声："一二！一二！"
"陆队！"邢晋喘着粗气边跑边喊着。
背着身的男人回过头来，一身黑色的训练服，上衣被扎进裤子里，黑色的短靴一压裤腿,衬得他整个人修长又挺拔,像旁边屹立着的梧桐树干一样笔直有力。

灰淡的天幕散开薄雾,他的五官在其中显出,冷峻的脸上薄唇紧绷,浓密的眉毛沾着雪丝,内双的眼皮很薄,修剪得很短的头发被凛冽的寒风裹着,把他身上的冷气加重。

他轻启唇,声音也是一样冷淡:"什么事?"

邢晋:"杨局长说让你去复查。"

他刚说完,还没等陆白川回一句就顶上:"他还说让我陪你去,"邢晋刚调来没半年,性格耿直且自来熟,笑得很阳光,"陆队,你放心,我保证会好好照顾你的。"

陆白川点开手机里杨鸣发来的消息。

杨鸣:小川,我不是以局长的身份命令你,你的胳膊真的不能再拖下去了。

他微皱了皱眉,情绪还是很淡,把本来的"不用"改成了:"走吧。"

他刚走没几步,操场上跑步的口号里就混进了几声闲聊:"陆队这是怎么了?为什么要复查?"

"你刚调过来不知道,陆队好像三个月前从云南那边回来就已经伤了右肩,最近每个月杨局都要派人陪陆队去医院……"

"你们那边,干吗呢?!"又一个教官朝他们喊着,"再嚷嚷就给我加十圈!"

也不知道是不是心理作用,覃思宜总是觉得冬天在医院待着,不管房间里的暖气开得再怎么足,都很冷。

来医院已经一个多小时了,打上针的一瞬间她就被刺痛感惊醒,晃眼的灯光照得脑仁生疼,适应了一会儿才看清自己待的地方。她看着床头坐着的蒋洁,开口就被自己吓到了。

"洁姐,咳咳咳……"她嗓子干涩喉咙生疼,"我的嗓子……"

蒋洁起身给她倒了杯热水,又把她扶起靠坐在床头上,看着她这副虚弱的模样,话音也不自觉地有点加重:"你扁桃体发炎引起了发烧,要不是今天我有工作找你,你就真的要一个人烧……"她改了话,语气放缓一点,"烧过头了。"

覃思宜听出蒋洁话里的责怪,也没恼,她和蒋洁一起工作了六年,知道蒋洁的性子,虽然话里有刺,但也是因为担心过度。她喝了几口热水,清了清嗓子才开口:"洁姐,你别气啊,我,咳咳……"

蒋洁连忙拍了拍覃思宜的后背:"行了,别说话了,我不生气了,你生日见面会之前的这三天你就待在医院里好好休息。"

"可是,我剧本还没看……"

"别剧本了,你这三天就给我好好养身体。"电话响起,蒋洁看了眼来电直接就挂断了,"一会儿我还得去公司商量一下你生日会的事儿,我把小杉叫来了,你可别再给我一个人待着了。"

覃思宜靠在床头,听着蒋洁唠唠叨叨,忍不住笑着。蒋洁看覃思宜整个人面色虚白还扬着笑,一双狐狸眼弯得不深,但浅浅地弯着再配上这副娇弱的样子,一时之间她还真是半点都气不起来了。

覃思宜这长相既耐看又很有辨识度,她不笑时的清冷感让她整个人自带故事感;笑时眉眼舒展,天生的微笑唇加深了她的柔软,你会不自觉地被她的笑打败。

蒋洁笑着摇了摇头,看着覃思宜喝完了水,又给她倒了一杯,声音也放平:"我说真的,你这三天就好好休息,这六年里你就没好好休息过,现在既然有这时间,就别想着剧本了。我让小杉给你带了红豆沙圆子,一会儿吃点当早饭。"

覃思宜又喝了口水,看着右手上的针头,也不禁感叹着:"我都好久没有生病到要来医院的地步了。"说完,又转头把视线移到了窗外。

远处各种枯木屹立在寒风中,只有雪松可见其色,它依旧苍翠挺立,树枝一层层向四周蔓延伸展,叶片上托着雪,白色裹着绿色,在灰淡的景色里添了鲜活的一笔。

树下的车刚刚停好,邢晋锁完车门,追着陆白川跑:"陆队,陆队,杨局说要去找张院长。"

陆白川:"我知道。"

医院的停车场在外面,离医院正门口有两三分钟步行的距离,这一路邢晋的嘴就没停下来过。

"陆队,你这胳膊是怎么受的伤?我听队里的人说是你在云南的时候伤的,但云南那块不是不属于我们的管辖区域吗?是什么任务会把你分配到云南?"

陆白川用言简意赅的四个字截住了他后面的问题:"秘密任务。"

医院里的人不是很多,陆白川进了电梯,刚想按上楼键,就被外面一个小姑娘的声音截住:"等一下。"他手指往下按住了开门键,看了电梯外进来的人一眼又移开。

林杉喘着气走进电梯,边抬头边说着:"谢……"她一抬头,直接愣住了,话都没说完。

面前的人穿着简单的黑色羽绒服、短靴,身形颀长,他目视着楼层按键,露出的手指骨节修长。她看的是陆白川的侧脸,利落的短发下,他的面部轮廓硬朗,下颌线干净分明。

林杉是个颜控,看见好看的人就移不开眼,但陆白川这人身上的冷感太强,她光是站在他身边,都觉得周身气压自动降低了不少。她往旁边移了移,看着他身后的邢晋说:"谢谢。"

邢晋笑道:"不客气,你要去几楼?"

"12。"

"巧了啊,我们也是。"

邢晋自来熟,电梯在12楼打开,林杉又对着邢晋说了声谢谢,连忙跑出了电梯直奔病房。

陆白川从电梯出来,没跟着邢晋走,却径直走向了林杉的方向。邢晋拉住他:"陆队,错了,是走这边。"

陆白川点了点头:"嗯。"

林杉跑进覃思宜的病房里,关上门后,深深呼出一口气。蒋洁看林杉来了,又叮嘱了她几声才离开。

林杉把手里的红豆沙圆子递给覃思宜才开口:"思宜姐,我刚刚在电梯里见到了一个帅哥。"

林杉大四一毕业就跟在覃思宜身边了,两人一起待了四年多,覃思宜了解她,虽是个颜控,但在演艺圈待久了,对于帅有自己的一套审美。

覃思宜看她这一脸激动,又难掩失落的表情,边喝边问:"有多帅?让你现在这么失落。"

"我不是失落,就是那个人太冷了,我根本不敢靠近,真的,比起我第一次见到的你,感觉还要冷。"

覃思宜喝了几口红豆沙,又喝了几口热水,嗓子舒服了一点,也开始开起玩笑来:"是吗?那要是有机会,下次我也见见。"

张院长推了推眼镜,看着陆白川刚刚拍的片子,说:"让你待在云南先治疗，你不听，非要跑到北京来。现在一耽误，这胳膊短时间内可不好恢复，就算真的恢复了，也不一定能回到以前，这你要有心理准备。"

陆白川把水杯放在桌子上，眼神深沉得看不出任何情绪："我自己选择的，我自己会承担，杨局那边您如实说就行。"说完，他起身朝张院长点了点头，就往外边走。

邢晋不懂这里边的事，虽然担心，但警队里的秘密任务终究是他不能碰的。他也对张院长点了点头，随后出去追陆白川："陆队，你的胳膊真的很严重吗？"

陆白川刚走出院长室，想朝病房区走，突然在前台侧边猛地停住，身后的邢晋因惯性撞上了陆白川的后背："陆队？"

邢晋茫然一喊，看着陆白川那双冷淡的眼眸终于有了点儿温度。

陆白川垂在身侧的手指越攥越紧，青筋脉络明显。邢晋顺着他那双怔住的眼睛望过去。

病房区走廊上来往着形形色色的人，但邢晋还是锁定了那个坐在椅子上的穿着蓝色病号服的女人。她弯着眼笑看着椅子上的一对小孩，眉眼温柔，和他偶然在陆白川手机上看见的一样。

邢晋站在陆白川身边，看到他那藏不住的冲动和克制，这样的陆白川他只见过两次。

一次，是陆白川刚到北京那天，路过商场播放广告的大屏幕时。

另一次就是现在。

陆白川在队里一直寡言淡漠，他被杨局从云南调过来当一队特警教官兼队长。一开始有人不服，个个吵着要和他比，最后都成了心服口服的队员。

他们都没看到过陆白川对什么人或事有特殊的关注度和感情，平时他总独来独往，虽有人想靠近，但奈何他的距离感太强，只剩下邢晋这个愣头青，天不怕地不怕地追着陆队跑。

"陆队，你……"邢晋虽然不知道他们有什么故事，但能让陆白川控制不住情绪的人，一定很特殊。

他的话还没说完，陆白川就转身离开，走向了楼梯间，径直上了医院的天台。

天台的风很大，刺骨的风席卷着天地间的一切，雪丝又细又密，冰凉地落在陆白川裸露在外的每一寸皮肤上，像一颗又一颗细小的钉子一样，刺得他骨缝都生疼。

他直挺挺地站在寒风间，像楼下经久矗立着的树干，挺拔、利落，风只是轻轻一吹，便带走了一片叶，也带走了一丝弥散完的水汽和一声沉哑的声音。

"覃思宜……"

他没有想过十年后再次见到覃思宜时的第一反应，不是上去说声好久不见，而是逃跑。

站在冷风中思绪乱飞，他也不明白为什么第一反应是逃跑。

他停了好久，才说出一句。

"好久不见啊。"

声音顺着风声平息，荡在空气里，此间树木无一人懂，却也只有一人懂。

冬日升空，这场细密的雪终于停了下来。

三天后，覃思宜被蒋洁从医院放了出来。生日见面会即将开始，覃思宜又赶去了后台化妆间。

舞台上主持人介绍着各项活动，大屏幕里播放完覃思宜这六年来所有的角色剪辑视频，会场陷入了漆黑，台下有稀稀疏疏的光点，三秒后，一束明亮的白色灯光由上而下打在舞台中央。

覃思宜穿着一条黑色抹胸长裙，裙身以丝绒为主，结合纱网和银饰点缀下摆，衬得她身形清瘦又高贵。她每走一步，光都跟着往前移一寸，最前排的观看角度最佳，几个女粉丝抱在一起。

"啊！我老婆今天这一身好美啊！"

现场所有人的声音都融在了一起："老婆，我爱你啊！"

陆白川戴着口罩和帽子，坐在1排11号。他拿着进场时粉丝递给他的荧光棒，看着台上的覃思宜，他也被现场的人山人海掩盖。

耳边一声又一声为覃思宜喝彩的声音，他口罩上方那冷淡的眼神正一点点有温度，明亮闪烁。

覃思宜拿着话筒，环视了一圈，现场的声音嘈杂，人群密集，黑茫茫的一片只有绿光闪亮，她眨了下迷茫的眼，换上笑容，大方有力地介绍："大家好，我是覃思宜。"

一句话说完，现场的欢呼声又响起一遍。后方的大屏幕上显示着覃思宜比停的手势，现场逐渐安静下来。

舞台上的活动一个接一个地变化，陆白川一直坐在那里，看着覃思宜。

覃思宜换了一身简单的衣服又重新上台，主持人介绍着最后一个活动。

"时间过得很快啊，两个小时这么快就要结束了，下面是最后一个环节，由我们思宜来抽取粉丝上台领取礼物了。来，大屏幕开始吧！"

"我们来看看这位幸运粉丝是谁？思宜说停我们就停啊！"

覃思宜背对着屏幕，视线还是在环视全场，似乎是从那天的钢琴比赛后就养成了这个习惯，只要是在人多的地方，覃思宜就会下意识地全场环视一圈，她不想错过任何他可能存在的角落。

然而，她环视的所有地方都没有那个人，她拿起话筒轻轻地说了一声："停。"

主持人看着大屏幕上的号码也惊了："哇！思宜抽的数字刚好是今天，在众多号码里抽到了自己生日这一天，真的是太神奇了！那接下来就让我们有请这位粉丝上台！"

覃思宜转头看着身后的屏幕，一整块大大的黑色背景上就只剩下五个字。

——1排11号。

台下的粉丝们也是激动又惊讶："我天！神了，真抽到了1排11号！"

"1排11号是谁啊？前排的姐妹帮忙看看，是哪位姐妹这么幸运？"

1排11号旁边的两个女生都激动地推着坐在位子上愣住的陆白川，这一刻也没人再关心性别，对着陆白川就喊："姐妹，别愣了，快上台啊！"

陆白川看着大屏幕上的数字，大脑一瞬间就没了思考，他坐在椅子上看着台上的覃思宜，心里的挣扎越来越强烈。

这是他十年来第一次感受到害怕。

也是在感受到害怕的一瞬间，他明白自己见到她想要逃跑的第一反应是为什么了。

他怕和覃思宜见面，怕会打扰她现在的生活，怕还潜伏在暗处的危险会波及覃思宜。因为太过喜欢，所以小心翼翼。

他穿着一身黑色，从头到脚都裹得严严实实的，但那束追光灯照来，还是把他暴露得清清楚楚。

覃思宜的视线跟着灯光一起过来，光照亮，她找到。

只是那一瞬间，只是对视了一秒，台下的人就移开了视线，可覃思宜却觉得她好像为了这一秒等待了好久，好像电影的一个慢镜头，一帧转场就是十年光阴。

那一刻，好像这十年里所有的事情在流转，毕业、升学、离别、病逝、出道……所有的分离都在光条的影像里慢慢散去，最后只留下了现在台下的他和台上的她的重逢。

覃思宜抬起拿着话筒的手，第一次觉得这个话题似乎有千斤重，开口的时候也不知道是话音在颤抖还是手在颤抖："请……这位粉丝……上台！"

陆白川捏着荧光棒的手更用力了，她的话明明只是提醒，但在他的耳朵里仿佛有了另一层意思——她好像是认出了他。

而她现在正在说：

——陆白川，请来到我身边。

她声音里那细微的颤抖和克制也在一点点地推动他往舞台中央走。

那道追光灯跟着陆白川一起匀速地逐渐向舞台上的那一道灯光相靠，三米，两米，一米，直至光影相拥，两道灯光彻底地相融在一起。

覃思宜一直看着那束光下的人，他的眼睛在一步步走近的距离里清晰起来。

那是一双很好看的眼睛，黑亮又干净，还和十年前一样有明亮的光装点着荒野般的澄澈，又和以前不一样，多了一丝成熟和克制。

主持人看着上台的陆白川，说："没想到，这位男粉还挺'傲娇'的，要思宜亲自开口才上台。好，那这位粉丝你有什么想对思宜说的吗？"

陆白川从主持人手里接过话筒，下意识地压了压帽檐，把眼睛遮住。覃思宜看着他这个动作，心口不自觉地一疼。

曾经的陆白川喜欢白色，曾经的陆白川不会在她面前压下自己的情绪，曾经的陆白川也不会多出这样一份害怕。

陆白川拿着话筒开口，声音没有以前的懒气，而是另一副成熟的温柔，但他还是一样郑重。

"覃思宜，生日快乐。"

简简单单的一句话，覃思宜已经十年没有听过。她想笑，不用勉强自己幸福高兴地笑，但她的眼泪却比笑容先一步展现。

情绪失控永远只需要一个瞬间，那个掌控你心情的人一旦出现，有再多理智都是空谈。

覃思宜朝他走近，她不敢太用力，生怕一用力，就只剩下空虚的光线。

她轻轻抱着陆白川，声音响在他的耳边，台下突然传来一阵接一阵的欢呼声，主持人也在说："看来思宜真的是很感动了啊！都这么宠粉了！"

一瞬间,现场放起了音乐,三个不同的声音一起在这里回荡,陆白川却只听到了覃思宜的声音,郑重又温柔,像是从他经历过的无数个生死场中贯穿而来,在这一刻汇聚成了真实的存在。

他想要的回应,她想要的拥抱,都真实地在两个相贴的心口震动,一频一动都是同频共振。

覃思宜加深了拥抱,怕陆白川听不见,又说了一遍。

"陆白川,好久不见。"

陆白川闷在口罩里的嘴唇颤抖,听觉被覃思宜的声音侵占,他听见她说:

"欢迎回来。"

陆白川眼眸低垂,似有万般言语,他没敢抬手,手垂在身侧动了动,也是虚掩在下方。滚烫的眼泪被口罩挡住,他还是回应了覃思宜,嗓子发涩,声音很沉很哑。

"覃思宜,我回来了。"

这一刻,回应跨越十年有来有往,拥抱横穿心脏一直共鸣,影子成双再也不孤单。

02 / 流年纠结

陆白川先覃思宜一步退开，离开了这个温热的怀抱。覃思宜茫然无措得像忽然离开温暖之后不适应的小狐狸，还没抬起的眼眸红红地一眨，刚想说话，就感受到手里被塞进了立着边的包装纸。

覃思宜停住了抬头的动作，眼睛一低看见了她垂在身侧的左手里被放了一颗包装粉嫩又熟悉的草莓糖。

仅仅是她垂眼的工夫，陆白川就已经走下了舞台，他的脊背挺拔，黑色的一身融进了台下的黑暗里，覃思宜看着台前仅剩的光亮，视线一路追着陆白川。

四周人声喧嚷，背后的大屏一帧一帧地闪着覃思宜六年来的各种照片，变换的光线在观众席前排散开，陆白川和覃思宜隔着沸腾的人声在稀弱的光线里相望。

有那么一刻，覃思宜觉得他们又回到了一中，在一个平常的晚上，两个人坐在座位上，彼此相视，明明无言无语，却又掷地有声。

舞台的灯光暗下，全场只剩台下微弱的手机光点和绿色的荧光灯棒，陆白川还是站在原地，他有些庆幸现在没有了那么明亮的光，他藏在黑暗里，可以明目张胆地把十年的思念放出来。手机的振动声突然响起，像是给他的警告，提醒着他再克制一点，再等一等。

手机振动声停了又响，在第二遍的时候，陆白川终于抬脚离开了会场。

灯光再亮起，那个黑色的身影彻彻底底地消失不见，覃思宜失措地又开始满场环视地寻找，眼睛望过无数的黑色和绿色，在密密麻麻的人群中她还是没能找到刚刚那个给予她温暖拥抱的人，只留下闪烁着粉色光芒的糖纸。

会场外，寒风肆虐。

陆白川打开车门，大步跨上去，眉眼间都是冷气："怎么了？"

邢晋一听这语气直接愣了，他觉得陆白川好像对他有怨气，却还是壮着胆子把杨鸣的话原封不动地传达出来:"杨局说队里有事叫你回去。"

陆白川点了点头示意开车,他转头看着窗外,会场里的灯光明亮,在周遭的黑色里显得温暖。车身轻轻启动,一点点远离那道光。

覃思宜从台上下来,衣服也没换,直接往会场外面跑。蒋洁刚谈完事从公司赶来,正好看到跑出来的覃思宜,她身后还跟着一群粉丝:"老张,停车。"

覃思宜身上还穿着礼服,站在会场的路口看着四周黑暗的街道,身后的粉丝逐渐逼近。蒋洁先她们一步给覃思宜披上衣服把她带上了车:"你怎么就穿着这衣服跑出来了,外面这么冷,你的病才刚好,又想回医院里躺着了是不是?"

蒋洁一边唠叨着一边不忘把空调温度调高,覃思宜的身体冰凉却唯独手心滚烫,里面的糖纸被她捏得越来越紧,她完全答非所问:"洁姐,他回来了。"

"谁?"蒋洁一下子还没反应过来。

"陆白川,他回来了。"

一听这名字,蒋洁的记忆就被翻开,再看着覃思宜这情绪失控的样子,立刻弄明白了她今晚的举动。

这不是蒋洁第一次见覃思宜情绪失控。

那天是覃思宜大四毕业晚会,蒋洁给她送签约合同,晚会结束就跟着她们宿舍一群人去附近吃饭。

那时候,时欲还没有去伊拉克,当晚喝得烂醉,看着覃思宜就开始说醉话:"要是陆白川现在还在就好了,我这一走你就一个人了,思宜,要不我不走了,嗯,不走了,我要陪着你。"

覃思宜喝汽水的动作一顿,很快又恢复正常,把时欲手里的酒夺过放在桌子上,声音很淡,听不出什么情绪:"你可千万别陪着我啊,好好去做自己想做的事,我说不定以后也要离开江台,再说,一个人也没什么不好。"

当时的蒋洁对覃思宜的了解并不多,知道她这个人防备心强,从不轻易在别人面前表露出情绪,就连看见她哭也是意外。

饭馆后边有条老巷子,巷子又深又窄,路灯很暗。蒋洁到外面接电话,挂完电话就听见一道呜咽声传来,她往里一走,就看见昏暗的路灯下覃思宜一个人蹲在路灯的杆子边,看着手里的项链,克制哭声。

覃思宜很瘦,蹲在路灯下缩成了小小的一团,逼仄的小巷里她带着哭声的话音回荡得格外明显:"陆白川,你一定要回来。"

那是蒋洁第一次见到那样的覃思宜——整个人都被泡在悲伤孤独的困局里。也是当晚,覃思宜签完合同之后说了一句话:"我可以演配角,也可以跑龙套,但我不接吻戏,也不接烂戏。"

蒋洁叹了口气,给覃思宜递了张纸:"等了这么多年,既然他好不容易回来了,你就别束着自己的感情了,反正你走的也不是流量路线,公司也不会反对你谈恋爱的,只是记得和我说一声就行。"

覃思宜没想到蒋洁会这么说,她一时都做不出反应:"……洁姐,谢谢。"

蒋洁笑了笑,过了会儿,抬头又是那副大方的样子:"思宜,大胆去爱吧。"

覃思宜对蒋洁应声点着头,低头去看手里的糖。车里很暗,只有窗外散进来的路灯光,一条一条地划过覃思宜手心里躺着的那颗糖。

陆白川和曾经不一样了,但他眼里的坦荡还是一如既往,哪怕藏着隐忍的克制和很多覃思宜看不懂的感情。

窗外十字路口的红灯在前方一点点地倒计时,覃思宜把糖塞进口袋里,妥善放好,转头望着窗外,车身前进,景色一帧帧变化。

她轻轻弯起笑,望向上方的月亮。

但只要你还喜欢我,我就能抛开所有。

陆白川,这一次,我来向你靠吧。

覃思宜转头,对着蒋洁开口:"洁姐,可能需要你帮个忙了。"

蒋洁回头看覃思宜,覃思宜眼里的笑灿烂又直白。

月亮明亮地降落光辉,郊区警队的某一办公室里突然传出一声呵斥:"陆白川!你知不知道你是什么身份,竟敢这么公然出现在大众视野里!"

舞台上陆白川和覃思宜拥抱的视频不知道是谁拍的,直接被放到了网上。覃思宜这六年来的名气也不是白积累的,短短十秒的视频仅仅几分钟就传遍了全网,好在蒋洁撤得早,杨鸣知道的时候,也联系了相关技术人员把视频的传播彻彻底底地压了下来。

陆白川站着军姿,厉声一喝:"我的错我会承担,杨局,您可以给我打码,或者直接全身模糊处理,但是不能突然地撤掉。"

陆白川站得挺直,语气听着平静,但杨鸣还是看出陆白川眼里的着急,他声音也降了下来:"视频已经被撤了,好在你戴了口罩和帽子,样子没有暴露。"

陆白川难得神情一变:"杨叔,如果把视频这么突然撤下来,更会引起一些不必要的关注,也会给其他人造成影响的……"

杨鸣听见这声久违的叔,不禁一笑,打断道:"真是难得说了这么多话,你放心吧,视频不是我撤的,我只是压住了它的传播。我知道这个事的时候视频已经被撤了,我要是没猜错应该是那个姑娘撤的。"

陆白川一怔:"什么?"

杨鸣起身走到陆白川身边:"小川,你这些年拼了命地想要快点完成任务不就是想回来找她吗?既然都已经见到了,为什么还要再犹豫?"

陆白川松了肩,看着窗外,声音很淡,眼睛被黑夜深沉地压着:"杨叔,她现在有了很好的生活,能堂堂正正地过自己的日子,可我的身边还是危险丛生。我已经什么都不能给她了,怎么还能让她因为我陷入危险。"

杨鸣知道陆白川在担心什么,八年的卧底生涯虽然结束,任务完成了,毒贩也被逮捕,但在最后抓捕的时候还是让几个人逃跑了,陆白川也因此伤了胳膊。

有消息说逃跑的几个毒贩来了北京,陆白川也被杨鸣调了过来,因为缉毒警的任务完成,他也正式归队,胳膊伤到了神经,没恢复好,枪也不能拿,才把他又从缉毒队调到了现在的警队里当教官,本意是想让他好好养伤的,没想到还是耽误了最佳治疗时间。

从陆白川十八岁去云南接替陆延的卧底任务,杨鸣就一直担心,现在陆白川好不容易回来了,性子却完全变了,从里到外都没有了十六七岁时的懒气和肆意,整个人就像是被裹在深沉的黑布里,浑身上下都给人一种极强的疏离感。

他拍了拍陆白川的肩,低低地说:"小川,那些人逃跑不是你的错,缉毒队里也不止你一个人,不要把所有的责任都揽在自己身上。你要知道人的精力都是有限的,缉毒,是一条很漫长很艰难的路,它不可能只靠一个人的牺牲就能彻彻底底地成功的。

"中国的缉毒队伍永远都在你的身后,所以,不要再一个人扛了,而且,你所执行的任务已经完成了。"

陆白川还是那样站着,杨鸣知道陆白川的固执,也没多说:"你的感情我也不多说,我只问你一个问题,如果那个姑娘还喜欢你,还在等你去找她,你忍心看她一个人在原地孤独徘徊吗?"

陆白川沉默着没有回应,窗外的冬风呼呼狂吹,他站在明亮的房间里,却深深感觉到自己被一张又黑又暗的纱网紧紧缠绕,他能看到网外的一切,却没法走动一步。

他拼命挣扎逃脱,却被纱缠得越来越紧,明明只要用尽全力一撕就能撕开,可现在他连这点力量都没了。

卧底八年,那些危险和恐怖一点点地突破他的认知范围。八年,他没有一天敢放松警惕,他真正地走过这一趟之后,才理解了陆延当初的选择和陆延最后留下的那封信。

在所有阳光明媚的日子里,总是有一隅陷在黑暗深渊里,如果没有人去管,它只会越来越大,无限又贪婪地侵蚀光明,所以为了人世间的灯火再明、星空可见、阳光照耀,这些有能力的人永远都会毫不犹豫地冲上那条黑暗的道路负重前行。

可陆白川见过了黑暗的可怕,知道它对人的伤害和侵蚀有多大,他可以把自己的命都沉在里面,但覃思宜,不可以。

任何和覃思宜有关的一切都不可以,她那么耀眼,就该在光下好好地走自己的路。

覃思宜来了北京六年,从来没有觉得这座城市有这么大。自从那天生日会后,到现在快半个月了,她没再遇见陆白川,以至于她都快对那次的拥抱产生一种错觉。

是她的思念太深,深到意识混乱,把自己内心的投射都虚妄成了那仅存十秒的真实?

好在那颗熟悉的草莓糖一直还留在她的身边,真实的触感每次都把覃思宜的空落覆盖。

让她明白,陆白川,是真的回来了。

半个月前,知道陆白川回来的当晚,覃思宜问了那四个人有没有提前知道这消息,结果他们比她还蒙,一个接一个地轰炸她,断断续续地持续了半个月之久。

二月的天,雪早就融得没了影,风里不知不觉地掺了些暖,公寓楼下的参天树干上也开始冒着早春的芽,一点点地往外长。

蒋洁等覃思宜上了车,递了个新剧本给她:"这个是吴导的新电影,他今天刚给我发的本子,我还没看几页就觉得这个角色你一定喜欢。"

剧本没有什么装饰,简简单单的白色A4纸的正中央印着两个黑色宋体字——囹圄。

林杉一听蒋洁的话也好奇，扒着前面副驾驶的靠椅，扭头问："洁姐，什么类型的本子啊？"

"以女性缉毒警为主要角色的卧底缉毒片，吴导说他看了你去年演的《将生》，风格和《囹圄》的女主角展平很像，想找你聊聊。"蒋洁抬眼看着覃思宜，"怎么样，有兴趣吧？"

覃思宜已经看了一页的内容，不得不说展平这个角色真的很吸引她，她没有丝毫犹豫："我去。"

蒋洁得了答案，也按捺不住高兴："老张，走，去环星影视。"

吴导原名吴秉星，是环星影视的创始人，也是电影圈里出了名的大导演，拿过的国际奖项数不胜数，和他合作的不是老戏骨就是实力派的影帝影后，圈里一直都流传着那句话——能演吴导的戏，哪怕一个龙套都是赚了。

一路上，覃思宜的眼睛都没有离开过剧本，她很喜欢这个本子，虽然拿到的故事并不完整，只有女主角展平的单独故事经历，但丝毫不影响她对展平的喜爱。

二月天回暖了点，警队里的操场上进行着万年不变的训练，陆白川站在杨鸣的办公室里听着他的唠叨，不外乎就是胳膊和感情。对于感情那块杨鸣看得懂陆白川的心，但无法干涉陆白川想怎么做，想着今天的电话，杨鸣也起了点心思。

杨鸣把桌上的计划书递给陆白川："下个星期一，有个剧组要来警队培训，我推荐了几个教官，你也去吧。"

陆白川停下了翻动的动作，把计划书放回了原位："不用了。"

"不用什么不用，我这是在和你商量吗？我这是命令！"

陆白川被杨鸣呵斥也没什么反应，还是站得挺直，一副不听的样子。

杨鸣没了辙，只能提前把惊喜当诱饵抛了出来，他随意一翻，念着几个名字："魏恒，覃……"

陆白川平静的眼神一动。

"演员还挺多，听队里说这是要拍缉毒题材的电影，才找了我们警队来培训。我看你最近治疗胳膊，没什么其他事，就想给你安排点工作，你不想算了，"说完，挥了挥手，"你走吧，我推荐其他人。"

他挥完手，看着陆白川转身的背影再一念："覃思宜，这名字还挺耳熟。"

前面的背影一停,半秒没有犹豫地转回来拿过杨鸣手里的计划书:"我去。"

"又要去了?"杨鸣明知故问地打趣。

陆白川表情没变,冷淡的眼神,平静的语气,却欲盖弥彰极了:"杨局的命令我听。"

说完,低头翻着手里的计划书就往外走。

杨鸣叹了口气,端着茶杯轻轻吹了吹,抿过茶叶,一口热茶进胃,感受着渐渐热起来了的二月天。

希望这个热天,能把你的心暖回来。

车被老张开去了停车场,蒋洁领着覃思宜去了环星右边的"尚茗轩"。覃思宜看着这名问道:"不是去环星吗?"

"到午饭时间了,吴导请客吃饭,听吴导话里的意思男主也来了。"

覃思宜问:"男主是谁?"

蒋洁摇了摇头:"吴导没说,但他说我们都认识,这说了和没说一样,娱乐圈里我谁不认识。"

领路的服务员一停,还没开口门就被人从里面直接打开:"思宜姐,好久不见啊!"

覃思宜看着门里的魏恒一愣,确实是很久没见了。上次拍摄一结束,两人就没了见面的机会,最后的杀青宴,她又因为去了医院,没去成。现在想来,两人也快一个月没见了,她笑着应了声:"确实好久不见,你……"

覃思宜话还没说完,里面的几个人就都走了过来,一个接一个地玩笑着说:"我们女主角来了,快进来吧。"

吴秉星喝了口茶,看着覃思宜轻轻开口:"看过剧本了吗?"

覃思宜难得紧张,正了正身,说:"看过了。"

"对于展平这个角色你怎么看?"

覃思宜大方端坐,没了刚才的紧张,直接表达了自己的想法:"我很欣赏她,也很敬佩她,作为一个十七岁的少女,她有自己独特的思想,能在一片毒瘤里寻找到自己的理想;作为一个女人,她又有我无可比拟的勇气,敢在深渊里冲锋陷阵。"

吴秉星放下茶盅,轻声一笑:"希望展平在你的演绎下可以成为一个活生生的人。"他说完伸出手,席间各人也明白这是真的定了,个个鼓着掌。

覃思宜大方回握:"吴导,我不会让您失望的。"

几个人出了门，蒋洁跟着吴秉星、制片人去了环星签合同，覃思宜站在饭店门口等老张的车，魏恒从里面跑出来："思宜姐！"

　　覃思宜回头："怎么了？"

　　魏恒跑得急，一喘一喘的："你的围巾落下了。"他看覃思宜双手插在口袋里，心里挣扎了两下，直接抬手把围巾戴在了覃思宜的脖子上。

　　覃思宜回头刚问完，魏恒就靠近把围巾戴在她脖子上。她下意识地后退了一大步，围巾被魏恒攥得很紧，覃思宜退得快，弹力一拉，覃思宜被它往前带，魏恒下意识地去扶覃思宜。

　　覃思宜回身站稳，接过围巾戴好，和魏恒隔了些距离，又开始寒暄："真没想到，你是这部电影的男主，先恭喜你了，得到吴导的赏识。"

　　魏恒看着手里被接走的围巾，眼睛眨走失落，握着手往兜里塞："我是厚着脸皮前前后后找吴导试了很多次镜，吴导才决定用我的。"

　　覃思宜朝他一笑："那你也很不错了，吴导要不是看你有潜力，是不会用你的。不管怎样，魏恒，合作愉快。"

　　正午的太阳光线正好，说不清暖不暖的温度，魏恒却心热得急："思宜姐，你放心，我一定会好好演的！"

　　覃思宜对着前面开来的车招了招手，回头回魏恒，像一个前辈对后辈的关照："不是我放心，而是你要放心，对你自己放心。我的车来了。"覃思宜上了车，关门前又说了一句，"魏恒，培训再见。"

　　魏恒笑容变大，覃思宜也是第一次这么仔细看他，他笑起来的时候原来也有虎牙啊。

　　黑色的保姆车开得远了，魏恒一直在原地注视着，笑自始至终都没有放下过，他的思绪全被覃思宜的再见占据，自然没有注意到大饭店门口的花瓶后面闪烁的光线。

　　回程的路上，覃思宜拿到了完整的剧本，却没有翻看，目光一直停留在窗外，看着车身穿过北京的一花一木。

　　其实她喜欢这个剧本还有另一个原因，她没有办法去走陆白川的路，但只要和他的路相关，她都会去试试。她只想多了解陆白川所经历的那些，好让她能多靠近陆白川一步。

　　三月初开完剧本围读会，会议一结束，各组演员正式进组，跟着吴秉星一起去了城郊的警队。

　　警队进出严密，吴秉星只带了演员和副导齐旺。

城郊的警队大，一进门就是操场，操场上整齐划一的跑步声和口号声引得几个人感慨。范左岩刚上大二，但他是个童星，和吴秉星也合作过几部戏，他热情地说："这和我大学军训的时候好像啊，没想到有生之年还能再进行一次系统性的军训。"

"左岩，你军训完才刚一年，不像我们，别说军训了，学习的感觉都快忘了。"谭晓是个实力派，年仅三十岁就拿了两个金像奖的最佳女演员。

吴秉星跟领头的负责人聊着，听到后面的声音回头说："这三个月的培训希望大家能结合各自的角色揣摩揣摩，《囹圄》这部电影能否精彩，就要看大家了。"

魏恒站在覃思宜身侧，跟着一喝："吴导，放心吧！《囹圄》不会让大家失望的！"

吴秉星不像孙天明会说漂亮话，也没么热情，他浑身都是文人雅士的书卷气，轻轻一笑，对着他们回道："感谢各位了。"

三个月的培训就是要演员在警队特定的训练环境里和角色慢慢融合，制定的训练计划也是和军人一样的强度，他们都是打散分的寝，每个人的屋里都有几名警队的队员。

覃思宜、魏恒、范左岩、谭晓分别饰演最重要的四个角色，也是一起执行任务的队友，自然被分在了一起。

他们四个跟着领头的人进入封闭的室内训练场，场地很大很空旷，连走一步路都响着回声。覃思宜第一个进来，场馆里没什么遮挡物，一进门就清清楚楚看到所有。

蓝色的训练场馆内，竖立着木板隔挡着尽头的纸牌标靶，穿戴设备都一套套地放在各自的射击区域，两个男孩一看见这射击场便开始激动。

谭晓比他们演戏的时间都长，不自觉地就承担起了关照大家的责任，她安抚道："思宜，放心，我们第一次训练不会用真枪的，别害怕。"又看着旁边那两个按捺不住心情的人，"你们两个也别太兴奋，记住了，我们是来训练的。"

两个人一立正，说："放心吧，晓姐！"

覃思宜也冲谭晓笑了笑："晓姐，我不害怕。"

四个人还没走到中心，就因后门口传来的声响停住了脚步。

门口进来的人，穿着一身黑色衣服，工装裤扎进黑色短靴里，显得身形修长。看着他的长相那几个人更是倒吸了一口气。

这长相说是演员都不为过，但看他手上的本子应该是教官。

这个教官一步步走近，覃思宜听到开门声回头后就一直注视着他，听着他走来的脚步声在心里默数。

一，二……九，十。

不多不少，就刚刚好十步，他走到了她面前。覃思宜终于看清了他，是真真实实地看到了十年后的陆白川，没有帽子和口罩遮挡的陆白川。

他是真的变了，曾经柔软的头发如今剪成了寸头，总是带着懒气温柔的笑也不见了，五官变得硬朗，眉眼里再也找不到那股子赖皮劲儿，取而代之的是深沉又平静的冷气。

陆白川数着一步步走近覃思宜的步数，他握着本子的手指紧得发白，指甲刺进手心让疼痛给他警告。他正身站立，开口道："大家好，我姓陆，是你们的射击教练，这三个月我负责带你们的射击课。"

说话的声音也变了，没有懒散和倦气，是一种沉淀后的稳重。

回声阵阵荡漾，传进覃思宜耳朵里像刺痛她的细针，好像这所有的变化都在告诉覃思宜，失去联系的那十年里，她也失去了解他变化的资格。

覃思宜紧紧地盯着陆白川，试图从他的细微表情里发现一点和以前相像的地方，却还是一无所获。

她垂眸，一个人掩去失落，再抬头时已笑得大方得体。覃思宜朝前走了一步，把心里的"十"打破，在后面横添了一笔。

陆白川，就算你变了，我也还是喜欢你。

十年前相逢的第一步是你跨的，十年后的这一次，我先来。

覃思宜朝陆白川伸手，先所有人一步打破这安静的空气："陆教练，以后，请多多指教。"

空旷的室内回荡着覃思宜的声音，任谁也没有想到覃思宜会先与这个新来的教练打招呼，陆白川更是没想到，抬起眼的瞬间，覃思宜丝毫没有错过他眼里的错愕，但那错愕消失得很快，一秒就散。

陆白川抬起垂在身侧的左手回握着覃思宜的手，他手心的冰凉被温热的温度包裹，烫得他眉心一颤，拿着计划书的手捏得更紧，开口的语气还是很淡："指教谈不上，这是我的任务。"

说完，手下意识地抽出，没了遮挡，冷空气也灌进了两个人的手心里，一个慢慢变冷，一个慢慢升温。

覃思宜没被陆白川的冷淡戳到，像是不在意地点了点头，笑得更大方："那陆教练，现在是要执行任务了吧？"

陆白川攥起手心升温的手，没直接回答她，却还是对她小幅度地点了点头，又转身对着后面的三个人开口："开始训练。"

覃思宜得了令，跟着他们一起去了射击的靶台。陆白川站在靶台前面介绍着注意事项和操作方法，谭晓碰了碰她的肩："小宜，你刚刚那架势真的一点都不像是打招呼。"

覃思宜没觉得怎么，出声问："那像什么？"

"像是看上那个教练了一样。"

覃思宜轻笑着看着那个一脸正经的陆白川，又想起刚刚他眼里难得闪过的那丝错愕，大方承认："晓姐，您没看错，我确实看上了那个教练。"

陆白川虽在讲着射击课的训练要求，却是一心二用着，表面上装得比谁都正经，余光却盯着覃思宜的一举一动。

十年过去，覃思宜也变了很多，和当初读一中的小狐狸比，她变得更优秀更耀眼。

陆白川看着靶台上戴着护目镜和耳罩的覃思宜，少女五官长开，一身黑色的修身训练服，衬得她挺拔标致，拿枪的侧脸配上精致的线条将她的气质衬得更清冷。

覃思宜欲转头，陆白川不动声色地移开视线，看向靶台上其他三个人。

覃思宜看着身后的陆白川，又看了眼手里的枪，举起左手大声说："报告，陆教练，我还是不太会射击。"

魏恒离覃思宜很近，两人就只隔了一块隔板，他听见覃思宜的声音第一个说："思宜姐，我会了，我都能打十环了，我教你吧，陆教练还要负责其他人。"

陆白川本来不打算动，听见魏恒这话，把先前的心思一盖，直直地朝覃思宜走过去。他拿过覃思宜手里的枪，谁也不看，对着前面的靶标正中心开了一枪，好像示威一样。

范左岩走近看着陆白川这枪正中十环靶心，鼓掌敬佩地说："陆教练，厉害啊！随随便便一打就中靶心。我这打了十几发了，一个十环都还没碰到。"

谭晓知道了覃思宜的心思也没想拦着，把魏恒推给范左岩："那你让小魏教你啊，他可打了十环。"

"可是……"

魏恒的话还没说完，就被谭晓打断："小魏，思宜学得慢，还是要专业的人教比较好。"

范左岩揽着魏恒去了靶台开始请教，谭晓朝覃思宜使了个眼色，覃思宜也回笑，又转眼去看陆白川："那陆教练，麻烦你了。"

陆白川把枪递给覃思宜，虽然语气还是淡，但仔细一听柔了不少："不用觉得麻烦，这是我的责任。"

说完，他转身就站到覃思宜身后。覃思宜刚想回头看他，身后就是一片阴影盖下，那熟悉的薄荷橘香又占据了她的嗅觉，萦绕在这一片狭小的空间里，好像十年里从未散去一样。

她感受到耳边传来身后人的热气，声音也和曾经一样滚烫："专心，姿势摆正，然后……"

覃思宜心一紧，失去控制似的跟着他的声音做动作。

"开枪。"

枪声跟着沉冽的音调一起发出，打枪的后坐力一带，覃思宜直直地贴上陆白川。

前面的靶心被打透，后坐力却好似把这发子弹掉转方向狠狠地贯穿了身后这两颗同频跳动的心脏。

陆白川僵着身子不敢动，这样的温暖和与覃思宜在台上拥抱的感觉不同，那时的他没有理智，包裹在帽子和口罩里的他敢肆无忌惮地吸取温暖，但在光亮处他反而不敢，哪怕只是不经意的触碰都让他又贪恋又害怕。

他先把覃思宜扶正，又左移一步，再退出去："打得不错，继续加油。"

他又停了一秒，捏了捏手心："小心点。"

说完他便转身离开，覃思宜的后背又一点点转凉，她看着陆白川的背影，鼻头一酸，明明是他先离开的，为什么他的背影看上去却比她还要难过？

射击课一节两个小时，陆白川只是负责射击课程，一下课他就离开了场地。覃思宜想追，又被新来的教练打断了追去的脚步。

邢晋对着门口的陆白川说了几句话，就抬脚朝他们走来，笑得热情："你们好，我是你们的主教练，我叫邢晋，这是我第一次当教练，这三个月我会好好带你们的。"

范左岩："放心吧，邢教练，这三个月会让你舍不得我这个队员离开的。"

邢晋被范左岩说得想笑，但碍于教练的面子又不能这么明显地表现出来，他咳了两声来掩饰，也开始认真起来。

每个组安排的训练量都很大,和正常队员的训练差不多。傍晚六点一到,食堂准时开饭。警队和其他地方不同,就连吃饭也有规定的时间。

范左岩一听邢晋说结束,本来还虚脱的身体被吃饭吸引,跟着大部队往食堂冲。

覃思宜没动,魏恒看着她说:"思宜姐,你不吃饭吗?"

覃思宜站在训练室外,看着路上奔跑的人潮,始终没看到那个身影,她对魏恒摇了摇头:"我没胃口,你去吃吧。"

"不行!今天训练量这么大,不吃饭怎么行!"

覃思宜是真不觉得饿:"魏恒,我真的不饿,你去吃吧,我想再去射击场练练。"

说完覃思宜转身离开。魏恒还是没法看覃思宜这么饿着,人潮密集,奔跑的脚步声很大,他怕覃思宜听不见,大声喊着:"思宜姐,那我给你带点回来!"

三月的夜晚黑得很快,覃思宜一个人踱步去了操场,她第一次来找不到陆白川在的位置,想问人又不想打扰人,只能照着熟悉的线路去了刚刚结束训练的室外操场。

操场上开了灯,将黑暗的傍晚照得没有那么萧索。人都去了食堂,操场上没几个人。她走了几步,坐在了看台上,无神地望着对面的树。

城郊的树木繁茂,品种也多,三月天的复苏把枯枝换新,白炽灯灯光落在树梢枝头,打下重重叠影映在红色的跑道上。

可能是她太急切了,也可能是她恍惚的错觉,感觉这空气也流进了陆白川的薄荷橘香。一瞬间,她就感觉这里不是北京城郊的警队,她还在江台一中的操场上,他们之间没有那十年的空白,也没有重逢后陆白川看似淡漠却克制的眼神。

十年真的太长太长了,覃思宜还记得陆白川那年离开时说过的话,他明明说好的下了飞机就会联系她,可一天又一天,她始终没能等来任何消息,回拨不是关机就是空号,所有在不断变化着的人和事都在提醒着她,她和陆白川之间已经没了任何联系。

那一年里搭建起来的羁绊都在飞机起飞的短短几秒里被撞得粉碎。

十年里发生的事情太多了,阿婆离世,朋友分离,出道拍戏,似乎一切都和她曾经预想的脱轨,而她完全是靠着对表演的喜欢和曾经与陆白川做的约定,一个人闷着头往前走。

不远处找了覃思宜大半个警队的陆白川，终于在操场的看台边停了下来。树影摇曳，灯光下的覃思宜没了屏幕上的光鲜，在这个夜里变得真实又孤单。

陆白川心头被刺得一疼，突然想起了杨鸣的话。

你忍心看她一个人在原地孤独徘徊吗？

不忍心。

一点都没法忍心。

他攥了攥拳，跑了过去。

覃思宜发愣地望着树影，都没发觉暴露在冷风里颤抖的双手。忽然，一股温热降下，一件宽大的羽绒服把她整个人笼得严严实实。

覃思宜这一次没有下意识地躲闪，也没有扭头，还是望着对面的树影，却渐渐红了眼，开口的嗓音也发黏："陆白川，你变了好多啊。"

跑步声响起的时候，覃思宜就知道朝她跑来的人是谁，空气里缠绕的味道一如既往地熟悉，他一来，就替她隔绝寒冷。

横穿光阴，她还是等到了给她带来温暖的少年。

陆白川挨着覃思宜坐了下来，垂下眼帘，落下一道阴影，他闷闷地回应："嗯，是变了……很多。"

覃思宜扭头看着陆白川，身侧白炽灯下的空气里浮动着的尘粒清晰可见，好像风也吹不散它们流动的轨迹。

覃思宜抓着他的手，固执地问："那你，还喜欢我吗？"

灯光昏暗，陆白川垂着眼，只感受到指腹的温度在不停地上升，像要把他压着的情绪全都给烧出来。

他沉默良久才开口："我……"

"陆队！陆队！"陆白川刚说了一个字，后面就传来嘹亮的叫喊声直直打断了他。

一个穿着警服的男人喘着粗气跑来，人还没站稳，话就落了下来："陆队！'9·17'逃走的那帮人有消息了！"

覃思宜感觉到陆白川被她抓着的手指微动，和他的主人一样又有了要离开的趋势，覃思宜明明是想松开他的，却还是本能反应般地把他的指头抓得更紧。

陆白川感受到了指腹的力度，转头对着来人回话："我知道了，马上过去。"

他转回头把自己的冷然收起，拢了拢覃思宜身上披着的羽绒服，把十年没有出现过的笑容在覃思宜面前扬起："覃思宜，别不吃饭，小心会胃疼。天气虽然回温了，但还是要注意保暖，不然生病你会很难受的，衣服的口袋里有草莓糖，你想吃的时候就吃。"

覃思宜抿着唇，听着陆白川这一字一句，却没有一个字是她想要的答案。

覃思宜想抬头看他，可他背后的灯光太刺眼，模糊的雾在覃思宜的眼里泛起，晃得她都看不清陆白川此刻的表情，只是本能地抓着那根手指。

陆白川说完才敢看覃思宜，她一向这样，哭的时候从不歇斯底里，表情也不多，就是眼泪止不住地往下掉。陆白川下意识地伸手去擦，却被滚烫的泪灼烧得心口泛疼。

他想告诉覃思宜，他什么都想，但现在不行，那些人一天没有抓住，危险就会一直在他周围潜伏着，他回来这么久都不敢去找覃思宜，就是怕被那些人知道。

他已经一无所有了，覃思宜是他唯一拼命活下去的希望。

陆白川攥紧垂在身侧没有被覃思宜抓着的那只手，又抽出另一只被覃思宜抓着的手替她擦了擦脸颊上干涸又反复的泪痕，温柔又克制地说："思宜，别哭。"

覃思宜好像失去了所有的感知力，除了能感受到陆白川贴在脸颊上的温热，和空气中连呼吸都温柔的气息。可那些也在一点点地从她的感官中抽离，就连那股熟悉的薄荷橘香都在一丝丝离开她的周围。

寒冷的春风里也轻飘飘地留着一句。

"照顾好自己，训练小心。"

覃思宜拢紧身上的羽绒服，把整个人埋进去，低声抽泣："陆白川，我不想要你的关心，不想要，不想……"

陆白川越是关心她，她就越得寸进尺，他说的每句话都和曾经一样温柔又真切，明明听着满是爱，却又处处都留了缺口，每一句都刺得她难受。

03 / 悬而未决

奔跑着远去的脚步声在警队的道路上显得越来越沉闷，陆白川感觉自己的步伐越来越重，却还是加快速度，只要克制得快，离开得快，他就不怕他的感情溢出来。

身旁的王恕边拉开车门，边朝陆白川汇报着消息："陆队，杨局刚刚发来的消息，天津分局找到了四个人中的两个人现在的身份信息。"

王恕是北京缉毒大队的缉毒警，和陆白川一样参与了卧底任务，但他比陆白川去得晚，在卧底时陆白川就是他的队长，现在虽然换了警职，但他还是把陆白川当作队长。

陆白川目视着前方，脸色又恢复冷冽："那剩下的两个人呢？尤其是班戈。"

蒙塔是云南靠边境那块的贩毒头目，陆延曾经的任务就是抓捕他，后来陆白川的任务也是抓捕他和靠蒙塔串联起的云南团伙。卧底了八年，中间牺牲的人太多了，好在最后任务圆满完成，但班戈等四人的逃脱却一直都是隐患。

王恕："据他们的消息，一开始找到这两个人的时候就只有他们。陆队，也许班戈一开始就用他们做了饵，他可能早就去了国外。"

陆白川转头望着窗外，暗沉沉的黑夜覆盖着所有，他黑亮的眼睛却透着光："不会的，卧底时期我接触过他，他的野心很大，蒙塔虽然被我们抓了，但这丝毫不影响他想继续做。"

空旷的郊区，车在飞尘间呼啸而过，陆白川重重落下一声："也许，他已经回了云南。"

"王恕，一会儿我去天津和他们蹲人，你去找杨局请示联系云南的缉毒队，让他们再盯一盯蒙塔以前的那条线。"陆白川手攥得紧，声音也跟着平静，"我怀疑，当初那些毒瘤还没有清完！"

王恕应了声，车速也越来越快，陆白川又望向了窗外，手也伸进了口袋里握住那条小猫星环的项链。

他一直不敢把它戴在脖子上，也不敢让覃思宜看见，却也一直带在身上，藏在口袋里，握在手心里。

窗外树木丛生，高高大大，遮住了月光。陆白川握得感觉到疼也没有松开，看着那唯一一丝从树缝间照过来的光。

覃思宜，很快了，等我处理好这所有的危险，我就会回到你身边。

训练的时间过得很快，陆白川那天离开后，又是一个多月不见人影，邢晋也代替了陆白川给他们上射击课程。

五月中旬，训练基本上已经接近了尾声，覃思宜有行程安排，请了半天假，出了警队。

蒋洁看着从警队里出来的覃思宜，明明已经是夏天了，她手里却还抱着一件厚实的羽绒服："你不嫌热啊？"

覃思宜看了眼又把眼睛撇开，怪里怪气地说："不嫌，这是我用来当沙包打的。"

覃思宜看了看车厢里，问："小杉呢？"

"她母亲上个月生病她回了老家，你手机被收我也联系不上你，一会儿到了地儿，我可能陪不了你，所以我从公司抽了一个实习助理给你。她已经到了，一会儿会带你认认工作人员。"蒋洁滑着手机给她看新助理的信息。

覃思宜看着手机，却是心不在焉："洁姐，车上还有没有什么袋子？"

蒋洁问道："你要袋子干吗？不会是要装这件羽绒服吧？你不是说当沙包吗，又这么爱惜干吗？"

覃思宜从上车开始，就一直叠着怀里的羽绒服。羽绒服很长，她坐着叠放在腿上又怕会落到地上，便认认真真地叠起来。一件衣服，这样的爱惜程度确实是有点过了。

蒋洁凝神看着这件宽大的黑色羽绒服，这件看上去怎么好像都有点太宽大了，大得有点像是男人穿的。

覃思宜打断了蒋洁的胡思乱想："这就是我喜欢的那个人陆白川的，我在警队又遇见他了，他是我的射击教练。"

空气安静一秒，蒋洁回过神来："行，明白了，三个月也够你们续个前缘，我是不是要开始准备公关了？"

覃思宜把头埋进怀中的羽绒服里，闷闷地回："续什么续，除了第一天，这两个多月我都没有再见过他了，而且，他都没有回我的话。明明一举一动都那么明显了，就不能说一句还喜欢我吗？"

蒋洁听着她抱怨又委屈的声音，还挺新奇的。覃思宜平时都太坚强了，什么情绪都不会展露给别人，这一刻看着缩着脑袋的覃思宜，蒋洁才真正感觉看到了一个鲜活的她。

会难过，会抱怨，会委屈，有着各种明显的情绪变化，而不是单一的，只知道礼貌地笑和活在角色面具下的覃思宜。

拍摄的影棚里人很多，外面在布景，覃思宜也还在化妆间里上妆。新助理齐沁从门口跑进来，拿着草莓气泡水递给覃思宜，低着头说："思宜姐，不好意思，我刚刚去和温摄影师聊了一些拍摄内容，忘记去接你了。"

覃思宜侧过头，接过气泡水，轻声回她："没事，我这也找过来了。"

齐沁见她接了水，眼睛也开始亮起来："思宜姐，听洁姐说你现在和魏恒在一起训练。"

覃思宜喝了口水，问她："你喜欢魏恒？"

"是，也不是，"小姑娘是实习，估计刚毕业没多久，说话还带着学生气，"我主要是你俩的 CP 粉。"

覃思宜呛了一口，连咳了好几声："什、什么？"

"你们的 CP 啊，现在网上都爆了，热搜也上了，你看。"齐沁把手机递给覃思宜，微博热搜上布满了各种魏恒和覃思宜的词条。

一横 CP 饭店约会

魏恒覃思宜激吻拥抱

覃思宜随便点进去一看，几张照片和视频拍摄的角度很刁钻，要不是覃思宜知道真相，还真相信了。

这个视频是那天在尚茗轩门口，魏恒追出来想给覃思宜戴围巾的场景，因为角度原因，从这个视频和这些照片看上去就好像魏恒张着的手是在抱她，而两人错位的角度看上去和接吻也没什么两样了。

覃思宜看了眼时间，是一个小时前刚爆出来的，难怪蒋洁说有事。

她把手机递给齐沁，给蒋洁打了电话过去："洁姐，我看到热搜了，公司如果还是冷处理，那我就自己发声明了。"

蒋洁这会儿正忙着给她公关："我本来不想告诉你让你烦心的。那既然你知道了，就别担心，我不会让你有绯闻的，好好拍摄。"

覃思宜知道蒋洁现在很难，现在这情况承不承认都没有办法，一旦否认，他们下面还有合作，需要双方利益捆绑，公司出于利益考虑一般都是冷处理，不回应想等着热度自己退下去，但覃思宜没办法坐视不理。

她这六年没有一点绯闻传出，也从不和谁绑CP，原因其实都很简单，一是不喜欢，不愿意；二是不想让某个人误会。

覃思宜捏了捏手机，郑重地说：“谢谢你，洁姐。”

蒋洁叹了口气：“行了，别谢了，你好好工作，一会儿结束了就赶紧走，我怕媒体会找到那里。”

"知道了。"

挂了电话，覃思宜给陆白川的新号打电话，这两个多月她一直忍住不打，怕会影响到他，但现在她连他有没有知道这个绯闻都不清楚，却也还是想第一时间告诉他。

我只喜欢你。

十年来，只有你。

电话的呼叫声在耳边直响，直到冰冷的女声传来，工作人员过来通知开工，她只得挂断电话递给了齐沁。

蒋洁猜得一点都没错，现在拍摄场外已经堵了一片的媒体记者，还有两拨粉丝，围得水泄不通。覃思宜被工作人员带去了安全通道，可车停在地下室，她刚一出门就被一群人围堵，刺耳的询问声、不停闪烁的闪光灯、粉丝的质问和骂声，一瞬间都交织在一起。

现场没人预料到这样的情况，安排的保安也不够，人挤人，摄影机又大又沉，齐沁第一次当助理没见过这样的场景，被旁边的人一挤身体一歪，直直地倒下，还撞到了旁边的媒体记者，摄影机也跟着往下掉。

覃思宜拉了一把齐沁，摄影机砸在了她的左臂上，齐沁被吓到了，急忙询问："思宜姐，思宜姐，你没事吧？"

覃思宜被砸得额头直冒汗，却还是在安慰她："没事，我们先上车。"

保安把这块一围，连忙带着覃思宜上了车。齐沁上了车才看到覃思宜的左臂出血了，齐沁本来就是小姑娘性子，现在哭得都上气不接下气了："张师傅，去医院！思宜姐，你胳膊出血了！"

蒋洁得到消息赶往医院的时候，网上的消息也开始迅速传播。

没一会儿热搜又开始变化。

覃思宜被摄影机砸伤

#覃思宜医院#

网络的蔓延渗透世界,看到的人都会讨论两句。

天津市。

陆白川刚刚结束对那两个人的抓捕,这次的抓捕又是蹲守了一个多月,才人赃并获地抓捕成功。

王恕看着陆白川胳膊上的伤口,皱眉道:"陆队,先去医院处理一下伤口再回去吧。"

陆白川点了点头,刚下车,门还没关上就听见路人的讨论:"覃思宜进医院了!"

"怎么回事?"

"你看热搜,被摄影机砸伤了……"

那边的讨论声不停地传来,他站在原地没了思考,王恕喊了他几声:"陆队,陆队。"

陆白川摸了摸身上,又问王恕,声音明显地颤着:"我手机在哪儿?"

"在我这儿。"王恕掏出手机递给他。

陆白川点开微博,他的关注也就那一个人,一下子就能看到那条热搜,可映入眼帘的第一个界面是来电显示。

他的手机号是新的,但显示在屏幕上的号码却是他熟记于心的。

陆白川看到这个手机号的瞬间就拿过王恕手里的车钥匙往驾驶座那边走:"回北京!"

王恕看着陆白川的脸色越来越难看,也怕他的伤口感染:"陆队,我来开吧,你的伤还是要小心啊。"

陆白川脸色冷峻,心里却开始不受控制地慌起来,回答王恕的话淡到不行:"没事。"

他右胳膊上方被刀划了一道口,抓捕结束后做了紧急止血,不用力血其实也不会流,但现在那道伤口开始往外冒着细微的血丝。可陆白川就好像已经丧失了痛觉神经一样,大脑只能下意识去想覃思宜。

她这十年一直没有换过号码,是不是因为他?

现在又为什么会受伤?真的是意外还是什么?

伤得严不严重?会不会很疼?是不是一个人在医院?

所有无法得到回答的问题都像被禁锢在他的脑子里,他又开始了,只会把问题往最坏的方向去想,可所有的坏想法又快要把他整个人再次淹没了。

陆白川和缉毒队为了蹲那两个人已经连续熬了好几个夜,别说睡,沾都没沾过床一下,现在又要从天津往北京赶。

车窗外明明已经是五月的夏季了,下午的太阳依旧强烈得可怕,可陆白川却觉得浑身越来越冷,握着方向盘的双手不自觉地越来越紧,在燥热覆盖的季节里,他的身体和大脑只有一个信念支撑着。

夏天的夜晚也少不了燥热的风,医院里充满了消毒水的味道,覃思宜伤得不严重,只是重物砸下来的时候砸出了血,看着好像很严重,但是没有伤到骨头。她做了处理,又打了一针,这会儿刚睡醒。

覃思宜看着旁边躺着的齐沁,也没惊动她,轻手轻脚地下了床,想要出去透透气。凌晨的时间,医院里人也不多,覃思宜按着电梯的下行键,走了进去。

陆白川提前离开天津,队里也没来得及安排,他连开了三个多小时的车才赶到北京。等到医院时已经是凌晨,他把车留给了王恕,一个人跑进了医院里。

医院大厅里灯光明亮,等按完电梯上行键,他才想起来,他根本不知道要去哪里找覃思宜。

屏幕上,电梯下行的数字逐渐滚动,三到一也不过就几秒,他还在思考,紧闭的门却打开了,他和里面意外出现的人对上视线。

一个红了眼,一个恍了神。

覃思宜穿着病号服,愣愣地看着面前的这个人。他穿着简单的白色短袖、黑裤,浑身没有其他装饰,就和十年前一样。可他眼尾泛红,眼下一片青色,短得刚冒头的胡楂也清晰地挂着,利落短发再也遮不住眉眼里透出来的思念。

陆白川没有思考地直接冲进去抱住了覃思宜,嘴里念着:"还好你没事,还好你没事,还好……"

他此刻狼狈又憔悴,却简单地表露了心声。

覃思宜听出来了。

那是一种真正的劫后余生。

电梯内安静无声,陆白川握着覃思宜的胳膊越握越紧,他一直念叨着那句话,像是已经失去思考的能力,声音越来越轻,头也慢慢地往覃思宜肩头垂落，贴近脖颈。

覃思宜被陆白川贴来的温度烫得一颤，想把他拉开看看，却只能感受到他越来越松的力度，他的身体不断往下滑，覃思宜边扶他边喊："陆白川！陆白川！"

陆白川倒在覃思宜怀里，胳膊也跟着往下垂，手却一直抓着覃思宜的手腕，力度明明不大，覃思宜都感受不到疼，但是始终没松开。也是这样，覃思宜才看到他胳膊上那道又开始变得鲜红的伤口。

这流下的血就好像强撑着陆白川的信念，在成功的瞬间有了归属，所有独自一人承受的都缓缓流露出来。

这一刻，覃思宜成了陆白川的软弱的归宿。

值班的医生闻声赶来，把陆白川安排在覃思宜隔壁的病房，给他伤口做了处理，打了退烧针。覃思宜也没再回去，就坐在病房里陪着他。

"陆白川，你就是还喜欢我。"覃思宜看着睡梦里的陆白川，捏了捏他那只没扎针的手，她用了劲，像是非要他也留下点什么似的。

病床上的陆白川睡得并不安稳，又或者说这才是他真正的睡眠状态，哪怕药物也没法压制他精神的不安。

凌晨三点的风声不大，把寂静病房里轻柔的呼吸声放大，也把陆白川挣扎着的梦呓一字一句地传进覃思宜的耳朵里。

他说得不连续，总是停几秒再说几秒，覃思宜却是一字一句听得很认真。

连起来就是——

"覃思宜，我好想你啊……"

覃思宜离陆白川很近，就坐在他床边的椅子上，她没有错过陆白川那滴意外浸湿枕头的眼泪。

覃思宜红了眼，鼻头很酸，却一直把泪禁锢在眼眶里，心头明明软绵绵的，却还是被这么柔软的力度磨得揪疼。

她明明该高兴的啊，陆白川是喜欢她的，她该高兴的，可为什么听见他这句想念，她会这么难过？

覃思宜抬手把他皱着的眉头抚平，捏着他手的动作也转变成了握，她低下头，整个人埋在他的胳膊上："陆白川，想我，就回到我身边来吧。"

覃思宜声音轻哑得不行，明明已经没有那么疼的胳膊现在又开始拼命刺激着她的痛觉神经，让她的询问都变得颤抖起来："好不好？"

询问淹进死寂的沉默里，风从没关好的窗户缝隙里钻进来，又再一次把病房里两个人不安的呼吸声成功交织在一起。

黑沉的天色一点点破晓再渐渐发亮,太阳升起,炙热的光线慢慢攀升,落在陆白川紧闭的双眼上。

陆白川蹙着眉慢慢睁开眼,明亮的光线刺痛了眼,他适应了几下,才渐渐反应过来,头还残留着闷胀感。他环视了病房一圈后,昨晚晕倒前的事情才在他的脑海里回放。

他看着手背上的针孔,无奈又自嘲地一笑。

真的越活越弱了。

这么点伤还打了个针。

"你醒了。"护士推门进来看着他,拿出体温计测量他的体温,"36.8℃,你这烧退得还挺快,身体素质不错啊。"

陆白川看了看房外,人来人往却没有他想找的人:"请问,覃思宜在哪个病房?"

"就在你隔壁,她帮你守了一晚上的针,天快亮的时候才回去睡。"护士指了指他后面的方向。

陆白川把担心了一路的问题问出来:"她伤得严重吗?"

"重物没有伤到骨头,虽然说不上多严重,但伤口还是有点深,就算恢复也需要一段时间。"

"谢谢。"

护士笑了笑,收了病历本:"没事,你的伤口也要注意,缝了两针,过两个星期记得来拆线。"

等护士离开,陆白川起身下了床,低头时才看到左手虎口处留下了一道很浅很淡的红痕。他捏了捏手,离开了病房。

覃思宜临近清晨六点才回了病房,睡了两个多小时就醒了。齐沁在病房里陪了她一晚,等蒋洁办完事来,她就回去了。

本来覃思宜还想再继续睡的,结果被早上来看望她的副导演张易打断了睡意:"思宜,你这伤没半个月也好不了啊。"

张易不是什么好导演,但他和环星关系好,自然成了吴秉星组里的人。现在电影还没开始拍,除了演员和导演,其他人都在布置拍摄需要的实景场地,他也是主管场景布置的,现在突然出现在这儿也不知道是什么意思。

蒋洁听着张易的话,话里话外都没有点关心的意思,问道:"那吴导是什么意思?"

她把吴秉星搬出来，就是想让张易知难而退，也没想到这人听不出意思来："吴导的意思是让你好好休息，但是，思宜，我们这个戏，你是重要的表现人物，你这一耽误，剧组的进度都要往后推迟，本来定好的时间现在都要改……"

覃思宜和蒋洁对了个眼神，无声一笑。

覃思宜忍不住打断："所以，张导的意思是？"

"我是这么想的，现在戏还没有开始拍，你既然受了伤那就先休息休息，我们可以以魏恒的角色为主体，等你好的时候再接，这样你还是女主。"

覃思宜听懂了他的话，是想把这个戏的主要呈现者改成魏恒，他完全将整个戏变了调。覃思宜也没再礼貌回他："可是，张导，我们这个戏关键点就是以女性角色去突出呈现的，戏里很多主场也是展平的。这么一变，剧本岂不是也要改？吴导不会答应的。"

张易见那套行不通，还搬来了例子给她："思宜，你不要这样想。你看，市场上现在出现的这类缉毒题材的剧都是以男人为主要形象去呈现的，那些成功的影片主要角色也是男人，由此可见男性角色会更好地呈现出中国军人的形象。而且你的女主角戏份还是在的，至于导演那边，你答应了之后我去说，反……"

张易话音还没有落下，沉重的推门声就打断了他，随之而来的是陆白川满腔的冷调。

"这位，"他边往里走边打量着张易，他本身眼神就沉，现在又刻意放大，冷冽的压迫感逼近张易，张易没胆子地眼皮一跳。陆白川三步走到张易身前，因为身高优势，居高临下地看着张易，先礼貌称呼一下，"先生。"

而后他又不屑地开口反问："我虽然不是演员，也不懂你们那个圈子，但我还是觉得你这种想法真的很可笑，为什么一部戏的好坏要由主角的性别来决定，一部真正好的作品难道不是全剧组通力合作后的呈现吗？"

张易被陆白川的压迫感刺激到，面子也挂不住，眼皮一直跳着："你是……"

陆白川特意停了一秒给他开口的时间，又准时截断："更何况，我的队友里也有不少的女生，我不觉得她们所做的一切没有表现出中国军人的形象。"

他没有再看张易，转头望向窗外，阳光温暖，温度炽热："相反，我很敬佩她们。她们所付出的努力很多也是我无法达到的，要真的说中国军人形象的呈现，那女性确实才是独一无二的存在。"

他说完又回头睨了张易一眼，轻笑冷声道："不过也是，你这种思想这么狭隘的人，应该不会明白我们中国的缉毒女警有多么伟大。"

窗外光照进来，布满了男人的周身，他穿着最简单的白色短袖，反射的光却格外清晰地落在白墙上，好像这缕属于夏天的光是被他掌握的。

那一刻，覃思宜恍惚了，她好像又看到了十年前那个会揣着尊重怼人的少年。

陆白川抬手拍了拍张易的肩："虽然不知者无罪，但，这位先生，你还是需要向覃思宜道歉，也要向中国女警和所有的女性道歉。"

他一用力，把张易的肩带着往下弯，整个就是九十度鞠躬，最后又严肃道："毕竟，女性不容歧视。"

张易挣扎着想要起来，却怎么也抵不过肩膀上的这只手，只能低着头说："你是什么人？！谁让你随便闯进病房的？！"

这次没等陆白川开口，覃思宜就从床上下来了，声音也慢慢逼近："张导，希望你能明白，我接这部戏并不是因为这个角色是主角、她的戏份有多少，而是这个角色对我的吸引。"

覃思宜抬手拍了拍陆白川的胳膊示意他放开，于是陆白川松开手往覃思宜身边一移挡在了她前面。覃思宜注意到他的动作，轻声笑了笑。

她往前一走，和陆白川并肩，直视着张易："他刚刚说得没有错，不管你是因为什么，都不应该说出那番话，所以，你确实应该道歉。"

张易动了动肩头，疼痛激起了他的愤怒："覃思宜，你是不是觉得你现在演了吴导的戏身价就能变高？！你是真的得罪人啊！只要我想，这戏就算是现在换了女主都行！"

覃思宜真的被张易这番话逗笑，也丝毫不客气地回答："可惜你也只能想不是吗？"

她收了笑，声音严肃起来："你没有吴导的实权，也决定不了演员的替换。我要是没猜错，吴导应该不知道你今天来找我吧？你难道不是因为怕吴导不答应你的要求，才想先来劝我？我一答应，你就会以我的名义去告诉吴导这一切都是我想的。

"张导，推卸责任也不是一个男人应该有的品质啊，所以，还是道歉吧。"

覃思宜的话一点都没有说错，张易本来只是一个副导，因为家里的关系和为人精明才能跟在吴秉星的组里当副导，在片场也不负责什么工作。

剧组的事都是吴秉星和屈沿两个人负责的。

张易没了底气，硬着头皮半天，还是低声地道了歉离开。

一下子病房里又陷入了一种说不清道不明的诡异又无言的安静中，蒋洁是在覃思宜家里见过陆白川的，哪怕十年过去，想要认出陆白川也很容易，毕竟能让覃思宜情绪大变的人也没几个。

她就站在他们身后看着那两位一个右胳膊受伤，一个左胳膊受伤，默契地对张易进行"男女混合双打"。

该说不说，解气是真的解气。

般配也是真的般配。

对着这沉默的空气，蒋洁也成了破冰的人，她给两人鼓着掌："你们配合得不错啊，但是我现在时间还挺赶的，刚刚解决完你的绯闻，公司还有一大堆事要处理，好不容易抽出时间想送你回警队治疗，现在也被耽搁了。"

覃思宜没什么反应，倒是陆白川问了句："你认识我？"

"认识，能不认识吗，这么多年，也不知道在某人家里见过你多少次了。"

覃思宜尴尬道："洁姐！"

蒋洁笑了笑："行行行，我不说了。我也不是故意想打扰你们叙旧的，只是现在绯闻的热度还没降下去，昨天实在是太忙了，才让你来了医院，但医院里毕竟还是不够安全，所以你还是回警队里休养吧。"说着，还给覃思宜使了个眼色，"刚好，让你陆教练送你回去吧，我也回公司去了。"

蒋洁一走，病房里是彻底地安静下来了，明明两人都不是害羞的人。

覃思宜不是不想说话，而是不知道该从哪儿开始问才好，又要怎么问，他才会好好地把一切告诉她，她不想再让陆白川流露出昨晚梦呓里那么痛苦的声音。

你怎么受的伤？这一个多月又去了哪里？

既然想我，为什么又要总躲我？

明明还喜欢我，为什么不承认？

陆白川感受到覃思宜的不适，也不敢再随意说话，怕自己一开口话不从心，又要让她伤心，可又憋着很多问题压着情绪。

这样的情况是第一次遇到吗？

我不在你身边的时候，你都是一个人面对吗？

这十年,有没有受过委屈?

夏天的溽热弥散在空气流动的每一秒里,洒金般的光景布满时间,曾经那两颗直白简单的心又一次交缠,一起变成了现在克制却热烈的、为彼此考虑的纠结。

这两人到底还是一如当年。

剧组定的训练时间是三个月,从覃思宜受伤那天开始算也就只剩下十天。

那天两人都负了伤,回到警队之后,陆白川就接回了之前射击教练的任务,两人又成了单纯的师生关系。最后一节课结束,所有演员都离开了训练场地,分散在了警队不同的角落:回宿舍收拾行李的,和教练告别的,还有舍不得警队食堂大叔的。

范左岩听见邢晋说完解散后,一副难舍难分的样子,大力地抱了抱邢晋:"邢教,我会想你的!"

邢晋忍着疼笑着回抱他:"好好拍戏,电影上映了,我要验收成果。"

说完,他忽然想起了一个人的提醒。

邢晋从计划书的夹子里拿出了四条很小的手枪形状的木质项链分给了那四个人,递给覃思宜的时候,他还顿了顿,仔细地在剩下的三把里挑了一把给她,分完才如释重负地笑着:"这是送你们的临别礼物,也提前祝你们拍摄顺利!"

范左岩的性子一刻都闲不住,收到礼物后又兴奋地说:"邢教,你可真是太好了!"

魏恒没他那么激动,却也一样格外地开心:"邢教,今晚吴导请客,我们可要好好喝一场。"

"对对对!"范左岩越看越喜欢,"这木雕还挺精致的,和我们训练时用的枪一模一样。邢教,这是哪家店做的?我想给我家的发财也做一个。"

覃思宜也看了看手里的木质手枪,不知道是不是她的错觉,她总觉得她这把枪上多了些什么,手柄处靠里侧的角落里好像隐隐约约地多刻了两道划痕。

看起来就像是数字11。

邢晋看着垂眼研究的覃思宜,又想起那张冷脸的警告,急忙搪塞过去:"哪是什么店啊,就是队里有人喜欢做,我就让他帮忙做了几个。行了,你们快去收拾收拾行李吧,不然一会儿吴导又要催。"

谭晓转着手里的木枪,朝邢晋挥了挥手:"邢教,晚上见啊!"

"好!"

覃思宜拿起地上的水杯,不知想到什么又回头问邢晋:"邢教,能麻烦你告诉我一下,做这个的人是谁吗?"

邢晋刚二十出头的年纪,就训练的时候严肃点,平时都跟范左岩和魏恒以朋友相处。本来警队教他们要诚实守信的,但上头有令不让他透露,他也不敢反抗,真没想到有一天他会在这儿撒个谎:"嗯……那个人有任务,现在已经离开了。"

他打着马虎眼又疑声问:"怎么了?不喜欢?"

"没有,我很喜欢,就是想谢谢那个人,不过既然他不在,那就算了。"覃思宜抬起拿水杯的手也摆了摆,"邢教,下次就麻烦你帮我说一声谢谢了。"

邢晋:"好,我帮你。"

覃思宜捏着水杯的手不自觉发力,五指骨节突起,看着右手手心里躺着的那把木枪,眼神还是暗了暗。

覃思宜没有回宿舍收拾行李,而是去了射击场。离射击场越近枪声就越清晰。覃思宜看着这扇熟悉又紧闭着的大门,站在原地好一会儿,里面的人打了十几发后枪声停止,她才推门进去。

场内空旷,没了枪声的回荡,整个场馆安静得可怕。门很沉重,推开时响声很大,顺着空气的流动传进场内刚刚摘下耳罩的陆白川耳里,他循着声音望过去,卸手套的动作僵在了半空。

这个时间,覃思宜应该在宿舍里收拾行李准备离开警队,怎么会出现在这儿?

他的问题还没在脑子里过一遍,门口的人就走了过来。陆白川没有再想,问道:"你……不是应该在宿舍的吗?"

覃思宜没去看陆白川,而是盯着他刚刚打完的靶子,淡淡地应了声:"嗯,想最后再练练。"

一张完好的靶纸被打得千疮百孔,到处都留下了洞。明明随便一打就能打中靶心,这回打了十几发却只打中了几次。

陆白川看着覃思宜这副疏离的样子暗了暗神,加速摘掉手套,这种刻意疏离的态度真的很让在意的人难受。

最后训练的十天里，覃思宜的训练量一点也没减，虽说受了伤，却半点没有吭声，和以前一样地跟着训练。

可陆白川明显地感受到了覃思宜的变化，她开始变得有些沉默，平时除了训练很少说话，本身她的情绪变化就不明显，现在刻意去压就更不明显了。

陆白川帮她把枪装完弹，放在了靶桌上，垂下的眼睛被光打过黑沉得厉害。

安静的场馆里没有人交谈，警队训练室的隔音效果都很好，这么大的地方传不进一点杂音，只剩下晃动在空气里弥漫的金色尘风。

陆白川捏了捏手套，沉下眼："那你好好练，我就不打扰你了。"

他可能连自己都没有意识到，他颤动的眼睫，透露了他口是心非的秘密。

一秒，两秒，三秒……

十秒过去，覃思宜也没有说任何话，只是看着前面的靶纸不知道在想什么。

手里的手套被陆白川捏在手心发黏，他想抬眼看她一下，又怕看见那淡漠的眼神，还是垂着眸离开了原地。

如果不是覃思宜这些天的疏离，怕是连他自己都不敢相信，原来不被人在乎会这么难受。

像是一片汹涌的浪潮翻卷而来，远远地隔离了生存的海岸，你怎么呼喊挣扎都抓不到岸上那个细小却又格外清晰的身影。

突然，死寂的湖面重重泛起一阵涟漪。

"砰！"

一声沉重清晰的枪声在场馆里重重响起。

陆白川不自觉地停了脚步。

伴随而来的是后面两声一声比一声更加清闷的枪响。

"砰砰！"

陆白川转过了身。

覃思宜屏着呼吸连开了三枪，三次的后坐力把她的呼吸一次次地搅乱，最后一声久久回荡在夏天沉闷的空气里，像是要把这两个人都穿透。

陆白川没有走多远，能清清楚楚地看清被三枪打穿的靶纸。一张黑白相间的靶纸上没有其他任何弹孔，只留了靶心处那个一次次被打穿后变大的洞。

洞后面透着光,全落在了他黑沉不见底的眼里。

覃思宜的射击课成绩一直不是很好,也就是最后十天里有了一点变化,但也没有像现在这样,三发全中。

覃思宜摘下护目镜和耳罩,将其一起扔在了靶桌上,她抬眼朝陆白川直直望去,明亮的光线在她身后很晃眼,好像透出来的那束光也成了一条射击线,横穿陆白川的心脏。

"陆白川,我其实一直在骗你。我的射击水平虽然说不上专业,但也没有我装出来的那么差,一次次举手打报告,目的都只有一个——"

覃思宜的目光和她的声音一样带着一种强势的气息,陆白川从来没见过这样的覃思宜,哪怕曾经和秦宋他们对峙也是五分温柔,五分力量。

但此时此刻她浑身都充斥着不容拒绝的力量,没有一点柔软的样子。

"我想让你教我,想和你多一点相处的时间,想让你知道我这十年一直都还喜欢你,一直都在等你回来。"

光一点点地穿透黑暗,她的眸光也在变亮,一点点颤动,陆白川已经分不清是自然光,还是覃思宜身上的光。

她停了停,顺着滚动的浮尘一点点地走到陆白川面前,声音也慢慢软下来:"我不了解你会经历什么,只想尽可能地离你近一点,上了大学之后我就开始学射击,学格斗,学一切可能和你有关的东西。

"其中我最喜欢的就是射击,因为每次开枪的时候我都在想,会不会这时候你也在世界的某个角落里开着手里的枪,同一个时空的我们,在不同的地方因为枪声联系在一起。"

陆白川感觉站着的脚都有点撑不住他,夏天里闷热的温度又重新返场,室内的中央空调都成了一种装饰,他整个人都被那束光烧得滚烫。

他不知道该怎么回望那分开的十年,只要一回想,带给他的都是痛苦和无止境的警告。

但他没想过,覃思宜也会被困在分开的那十年里。

他难受地眨了眨干涩的眼睛,眼里生理性地泛起血丝。

覃思宜低头看着手里的枪,沉下来的声音又浮又哑:"我想过很多我们重逢的场景和重逢以后要怎么相处,但我没想过这一种。我知道你想避着我一定有你的原因,所以我尝试着去慢慢适应,但现在我觉得比起你一个人去解决,倒不如我们一起面对。"

她缓慢地抬起眼看着陆白川眼睛里的自己，从口袋里拿出刚刚那个木雕手枪项链。

"陆白川，这是你做的吧？"

陆白川沉默了多久，覃思宜就等了他多久，中央空调不知道是被谁调动，开始剧烈地发出声响，冷风好像在这一刻才真正地开始往外吹。

他们站在冷风下，目光在热气里交织，不知不觉两人相视着的空间里过渡成了一道温热的气息，钻进了陆白川露在外面的皮肤里，他却还是被烫得刺痛。

陆白川无奈地点了点头，从一阵温烫的风里寻来自己的声音，闷哑得不像现在该有的样子："是我。"

他说完像是不解又像是无可奈何地臣服，低低说了一句："我为了送给你，给所有人都做了。你怎么……还是发现了啊？"

覃思宜红着的眼终于泛起了泪光，泪划过她的脸庞，滴落在陆白川的手背上，她轻轻一笑："因为你太明显了，太笨了。那个数字11，不就是我吗？"

小猫的天性就是这样，对人的讨好看似不经意，实则所有的痕迹都被看得一清二楚。

陆白川听完，给覃思宜拭去眼角的泪，无奈地勾唇，小虎牙终于再一次闪亮在光下："嗯，我太笨了。"

11从一开始指的就不是数字11，而是覃思宜。

覃思宜往前一动，在溽热的夏天和冰凉的冷风里紧紧地抱住了陆白川，她咬了咬牙，哑声问："所以，你还是要躲我吗？"

陆白川垂眸看着腰上缠着的双手，力道很紧却又有些不自觉地发抖，他无奈一叹，自己跟自己妥协，抬手环抱着她，在她的后背一遍遍地拍着，想要安抚她潜意识里的不安。

"没有，我没有想躲你。

"但是，我现在还有一些事一定要做，那些事很危险，我没有办法保证如果我和你接触多了之后不会把那份危险也带给你。覃思宜，我不想因为我影响你，你的世界本来是光彩盎然的，可如果它因为我有了一丝黑暗，我都无法原谅我自己。因为我知道那被渗透进去的黑暗有多危险、多可怕。"

覃思宜埋在他怀里摇头，坚定地反驳道："可我不怕。"

"但我怕。"

陆白川的声音又沉了很多，抱着覃思宜的双手也开始发紧："思宜，我现在……真的已经一无所有了，这十年有太多人因为我而出事。我、我真的不敢把那些危险带到你的身边去，我真的很怕……"

陆白川靠在覃思宜的肩上，两个身体被彼此抱得越来越紧，相贴着的温度也越来越高，好像已经压过了上方流动的冷风，心跳声也在耳边怦怦地回荡。

覃思宜似乎也感受到了抱着她的那双手传来的细微颤抖，她不知道陆白川这十年的经历，但她明白那些经历一定是刻骨铭心到让他产生本能的抗拒。

她把声音放轻放软，拍着陆白川的后背安抚他："陆白川，我不怕，我真的不怕。

"我唯一怕的就是你躲着我，让我找不到你，你可能不知道那对于我来说有多可怕。我明明知道你就在这个世界上的某个角落，可我就是看不见你，也感受不到你，转过身茫茫人海中只剩下我一个人。"

覃思宜从陆白川怀里退出来，冷热空气对流一起穿透皮肤，激得两人都是一颤。

"陆白川，阿婆去世了，曾经说好不分开的我们也因为各自的梦想都分开了。"她垂下眼帘，自嘲地一笑，"你可能觉得我过得很好，梦想成真，前呼后拥，但其实我一无所有了，只能一个人抱着曾经的约定等你回来。"

她停了停，眼泪流得好像把呼吸都给带乱，话也说不流畅："所以，你不要再背着我了，朝我走吧。

"好不好？"

窗外一阵夏日疾风激荡，吹过树林，聒噪的蝉鸣在林间响起，有几声隐隐约约传进了这隔音极好的室内。

陆白川靠在覃思宜的肩头，心里那些乱七八糟的情绪都被此刻覃思宜热烈的爱意颠覆。

他真的无法抗拒，柔声低语。

"好。"

陆白川说完，抬起头，缠着炙热的光线和覃思宜对望。

"覃思宜，我一直都在朝你走。"

无论是以前还是现在，我的终点都是去有你的未来。

蝉鸣声越响越烈，风卷起林叶打转，炙热的日头无限蔓延，在空荡的房间里升温，冷风再一次被压制。

晃动的光线在风里摇曳，它象征着一个悬而未决的夏天完整回归。

04 / 缘分未尽

晚上吴秉星在警队附近的酒店请客,这里的酒店都是警队的人常去的,因为私密性好,演员们也少了记者跟踪的麻烦,一桌一桌都敞开了喝。

吴秉星把每队的教练和演员安排在一起,覃思宜他们这桌人少,加上又都是主演,导演自然跟他们坐一桌。

酒过三巡,场上已经没有人老老实实地待在自己的位子上了。范左岩是个会闹腾的,酒劲一上头拉着同桌的人开始玩起了游戏。

酒会持续了半个多小时,人陆陆续续散去,魏恒后半场心里难受,喝得也凶,最后还是被人扶上了车。

覃思宜后面又喝了好几杯,这会儿人也不知道清不清醒,走得倒是很稳。

陆白川没见过覃思宜喝酒,更不知道她喝醉了会是什么样,只是看着覃思宜好像很稳却同手同脚的样子,无奈地蹙了蹙眉。

他走上前扶住她的胳膊,说:"覃思宜,你喝醉了。"

"是吗?可能吧,我感觉还好。"覃思宜一醉,说话都没有逻辑。

"陆白川,你刚刚为什么不帮我挡酒啊?"覃思宜转过身,挣开陆白川的手,动作幅度一大,人就开始晃了。

陆白川连忙把她扶稳,看着她这副不抬头只抬眼的神态,凶巴巴的,倒是像气鼓鼓的狐狸。

很是可爱。

他嘴角有了弧度,路灯下也清晰明亮,他说:"因为我知道你不会让我挡的。"

陆白川懂覃思宜,尽管十年之间彼此没有任何联系,但只要羁绊还在,所有的感应都能一直连接。

他了解覃思宜的坚强,就像覃思宜了解他的懦弱,清清楚楚,坦坦荡荡。

知道什么时候该捅破，也明白什么时候不该。

陆白川屈指戳了戳覃思宜的脸，亮着虎牙："覃思宜，别气了。我不是陪着你吗？"

他知道覃思宜在有能力的时候不喜欢别人帮助她，所以他不会去打断她，但他可以陪她一起去做。

不知道是不是喝醉了，覃思宜格外听话，她竟然真的点了点头，掏出手机给蒋洁发了个短信。

然后，她突然抬头，看着陆白川："行。送我回家，我喝醉了。"

陆白川一瞬间还没反应过来，被她这跳跃又直白的话语逗笑："覃思宜，你喝醉都这样？你经纪人不是要来接你吗？"

覃思宜眼睛一眨不眨地看着陆白川，鬼使神差地抬手捧住了陆白川的笑脸，语气和眼神都极其认真。

"陆白川，你笑了，笑得真好看。"

六月的晚风很是燥热，手心贴在脸颊上，温度不断地攀升，一时之间陆白川都分不清变得滚烫的是她的手还是他的脸。

陆白川最终也没有拗过覃思宜，开车送她回家。从城郊到覃思宜的公寓光路程都要一个小时，明明喝醉的人应该头昏脑涨、神志不清的，偏偏覃思宜是个例外。

她这喝醉的样子简直比没醉还要清醒，她一路上都看着陆白川，眼神就没有移开过。

陆白川都快要怀疑她是不是在装醉了："覃思宜，你都看了我一路了。"

覃思宜坦荡地承认："嗯，因为我在等你先开口。"

陆白川转着方向盘："开什么口？"

覃思宜不满地反问："你不知道吗？"

车停进停车场，陆白川按开安全带，又俯身去给覃思宜解："知道什么？"

覃思宜皱着的眉头越来越紧，看着陆白川的脸像是在端详着什么，最后还是怨气满满："不知道算了。"

覃思宜起身要去开门，手扒拉半天都没有拉动车门把手，嘴里还在喃喃自语："门在哪儿啊？为什么没有门啊？"

陆白川现在是真的相信覃思宜已经醉了，只是她的酒疯是往另一个方向撒。

电梯上到六楼，覃思宜出了电梯往家门口走。陆白川没跟着，就站在电梯门口看着她的背影，结果那个背影突然停在门口。

覃思宜头抵着门，背对着陆白川，他也看不到她在干什么。

不会是醉到忘记了门锁密码吧。

陆白川边想着边往前走，弯腰去看覃思宜并温声询问："怎么了？忘记家门密码了？"

覃思宜抵着门板的头费劲地动了动，没起身，就靠在上面转向陆白川，轻轻勾起笑。

那双狐狸眼深深弯起，笑成了月牙，一张清冷的脸庞上突然露出了软绵绵的笑容，她道："你来了啊。"

她声音中的喜悦占据了所有，听上去就是愿望成真后那种快要溢出来的满足感。

覃思宜笑得很深，走廊上的灯光昏暗，只有天花板上泻下来的暖橙光，落在他们两个相视的空间之中。

"你终于来了啊，我等了十年，你怎么才来啊？"覃思宜已经不再是那副直白冷静的样子了，也不是她平常的温柔礼貌，就是一种满满当当的柔软和喜悦。

"不过安全回来就好。"

话音刚落，"咔嗒"一下，门就开了，正在愣神的陆白川被覃思宜一把拖了进去。

一进门，六七熟悉的慵懒叫声又开始回荡在这个屋子里，陆白川还是先闻其声，没看见猫影："你养猫了？"

覃思宜没有回他，拉着他的手腕就往书房里走。

整个家空间并没有很大，书房离门口很近，猫的叫声不断地传出，黑暗的房间里落下窗外的月光。

陆白川一进书房就看到了桌上的那个狐狸木雕："你还留着？"

覃思宜没有开灯，她已经习惯了这样的昏暗："嗯，它跟着我东奔西走了十年。"

覃思宜松开了陆白川，拿起木雕，朝狐狸心口上的小猫伸手，指尖轻轻一碰，对面的墙上就被投射了光影。

覃思宜很喜欢这样的场景，黑暗的房间里，只剩下窗外的月光落在白墙上，木雕的投影覆盖，一张张照片划过，好像是专属于覃思宜自己人生的电影。

"陆白川,你为什么要拍我的背影?"

陆白川也抬眼往墙上看了过去,他的嗓子开始不自觉地发紧:"一开始是不想被你发现,后来就成了习惯。"

覃思宜又变回了刚刚那个直白平静的她,执拗地问着所有现在,以及十年前想问的问题:"那你为什么要送我木雕?"

陆白川朝她站的位置走了几步,和她并肩一起看着由墙上的一张张照片组成的青春。

青春早在十七岁那年就不再属于他,这么多年他一直都不敢去回想,生怕自己一不注意就会开始想那怎么抓都抓不住的东西。

他笑了笑:"其实,没有那么多原因,就是单纯想把一切独特的都送给你。

"我奶奶喜欢木簪,他们那个年代物质比较匮乏,当时我爷爷家里也很穷,买不起好看的木簪,但他太喜欢我奶奶了,就自己学着做,想讨我奶奶的欢心。后来就成了习惯,每年都要给我奶奶做。

"但是想要做好一支木簪,从选材到制成要花很长时间。小的时候我不懂,市面上到处都是东西为什么还要花这么多时间去做,但后来遇见你我就懂了。"

墙面上的照片循环播放,第一张是九岁时站在舞台上的覃思宜,她穿着狐狸戏服,一个人坐在后面。

"九岁那年从剧院离开后,我就想着下次见面我一定要送你更好的东西,可我找不出什么东西比较独特。爷爷说让我做个木雕给你,因为世界上永远不会有比自己亲手制作的还要独特的东西。"

陆白川垂眸看着桌子上的木雕,手指轻轻地摩挲着它的轮廓,好像是在回想他当初的那种心情,可眼神还是像被细纱罩住似的。

"那是我第一次接触木雕,做的也是狐狸,只不过那个时候手艺太差,怎么做都很丑,但做的过程却很开心,只想下次见面一定要早点来。"

九岁的陆白川,第一次接触木雕,把一块沉重的木头慢慢雕琢成了狐狸,里头装着他纯粹又美好的心意。

覃思宜早就醒了酒,在车上看着陆白川的某个时刻,她看着陆白川低垂眉眼的样子就好像看到了九岁时的陆白川,他拿着做了很久的木雕,满怀期待地等着她的赴约。

而她还是让那个小孩失望而归。

覃思宜抬手盖住了陆白川放在桌子上的手,头抵着他的胳膊,闷闷开口:"可是,我失约了。你等的这个下次,一等就是七年。"

陆白川收回放在木雕上的手,用两只手裹住了覃思宜的小手,捏了捏:"其实也没有那么久,我十二岁的时候就找到你了。"

十二岁初一时,陆白川第一眼就认出了在新生代表里的覃思宜,他们一个在十班,一个在一班,一头一尾的距离隔着人群,陆白川却清清楚楚地找到了覃思宜。

覃思宜没想到会这么早:"那你为什么不来告诉我?"

"因为不敢啊。"

陆白川抬起眼看覃思宜,月光时隔十年又再一次降落在他的身后。

"覃思宜,那个时候的我,是我最讨厌的我。表面看上去坦荡坚强,其实心里糟透了,自暴自弃,自我埋怨,还要把这一切都怪到我爸身上。"他哑着声音,慢慢说出,"那么糟的我,不想被你知道。"

月光那么温柔又皎洁地落在陆白川的身上,他穿着黑色短袖,衬出皮肤被晒黑了的痕迹,利落的短发和那道发际线里隐隐约约露出来的伤疤,让覃思宜更深刻地明白十年的空白也没有斩断他们之间的羁绊。

覃思宜一下扑进陆白川怀里,滚烫的胸膛还是和那年冬天一样,热烈、踏实、安心。

"陆白川,你傻透了。"

"嗯,傻透了,白白浪费了三年的时间。"陆白川把下巴放在她肩头,无可奈何地说出声。

"陆白川。"

"嗯。"

覃思宜:"那时候一个人等得累不累?"

陆白川不按常理地反问:"那你呢?这十年一个人等得累不累?"

覃思宜完全没有犹豫,埋在他怀里摇头。

"不累。

"就只是很想你……很想很想。"

覃思宜摇头的动作摩擦着陆白川的皮肤,一阵一阵的酥软突袭,刺激着他浑身的不安分子乱窜。

房间里没有开空调,甚至窗户都没有开,两人温热的胸膛慢慢地靠近,不断地在月色里升温。

陆白川滚了滚喉结，声音比刚刚还要哑。

"我也是。"

覃思宜一只手环在他的脖子上，她是故意的，夏天的衣服很薄，一下子就能感受到他衣服里有没有项链："我送你的项链呢？"

陆白川笑了笑，缓了缓气息从她怀里退出，又从口袋里拿出那条闪着银光的项链，在覃思宜眼前晃了晃："在这儿。"

"为什么不戴？"

项链晃动的幅度忽然变小，陆白川顿了顿，才慢慢开口："……怕你发现，也怕自己克制不住。"

覃思宜就知道是这样，得意地笑着："但我还是发现了。"

"是啊，小狐狸就是聪明。不管我怎么藏都藏不住。"陆白川完全没有了刚重逢那会儿的冷意和满眼的克制，墙面反射的白色光条落在他的眼睛里。

他的眼睛还是一如当年明亮，好像无论世界怎么变，他都能在黑暗里闪光。

"哼！"覃思宜难得"傲娇"了一回，"这么多年了，你发现这项链的秘密了吗？"

陆白川笑了笑，按下机关。

熟悉的声音传出，陆白川都能知道每个字会在哪分哪秒结束。

他发现这个秘密其实也没有用多长时间，就在他离开江台的那一天，飞机起飞的那一刻，他被过道的人不小心地撞了一下，手指刚好按开了藏在项链里的秘密。

那时候的陆白川傻傻地愣着，手放在项链上一遍遍地听着那句话，直到方韵醒来问了一句："小川，你怎么哭了？"

陆白川抹了抹眼角的液体，望着窗外的白云，心里越来越空虚。他看不见下面的任何景物，只知道他正在一点点地离开江台那座城市。

远离那里所有的人和物，远离他这十七年创造的所有回忆。

录音结束，陆白川又在后面接了句："其实我也记住了电影中的一句台词——

"Our story can resume.（我们缘分未尽）"

陆白川的眼睛在昏暗的光线下依旧还是那么明亮，和她第一眼见到的一样。

九岁的陆白川满眼纯粹地将心意简单地表露，用一张烟花星系的照片换了一张狐狸照片，自此两人羁绊一生。

覃思宜好像从来没有想过她是什么时候喜欢上陆白川的。

可能也是在九岁那年的夏天他就已经一眼望进了她心里。

他们缘分未尽，该相遇，也该重逢。

房间里静谧无声，相对的视线一遍遍被流动的墙面反照进光点，窗外只属于夏天的夜蝉低低叫响，月光把树影投在了窗边的地面，所有都在缓慢地流动。

覃思宜踮起脚，突然倾身，很轻很轻地撞上了陆白川的唇，柔软的触感，唤起了他被压制没多久的不安分子，灼热的气温在攀爬。

覃思宜没有撤退，依旧贴在上面，也只是贴在上面，她就那么贴着又一动不动地盯着陆白川。

陆白川没任何反应，或者说他已经傻掉了。

唇上传来的热度在不断挑战他的意志，企图唤醒他身体里沉睡的那些贪欲。

覃思宜收回了唇，却只撤了一点点距离，视线相交的距离不超过六毫米，她盯着陆白川端详了好一会儿，抿嘴皱眉，又俯身过去，在他的唇上贴了十秒。

还是没有回应。覃思宜贴着他的唇，不满地问："陆白川，你为什么不亲我？"

陆白川耳朵都红了，偏了偏头，明明没有什么更深的动作，他却拼命地喘着气平复那股快燃起来的火。

他清了清嗓子："覃思宜，我还要追你的，现在不能亲。"

覃思宜："那不追了，亲！"

"不行……"

覃思宜吻了上去，趁着他张嘴说话的空隙，看准了时机才下的嘴。

呼吸被掩盖，有只大胆的狐狸伸出舌尖触碰深处的小猫，窗外的夜蝉、月光都被染得暧昧不清。

这一场，覃思宜占据主导地位，进是她，退也是她。

覃思宜抵着陆白川的额头，软软地喘着气："陆小猫，你可真够笨的。"

陆白川没想过有一天会被人亲到大脑死机："什么？"

覃思宜看着他在月光里被染红的耳尖，伸手捏了捏。

"陆白川，从现在开始，我们好好恋爱吧。"

在风中扩散的月光洒落在覃思宜泛着水汽的眸里，陆白川的手还放在覃思宜的脸上，拇指像是无意识地不停摩挲着她耳垂。

覃思宜被他捏得皮肤发麻，一瞬间刚刚的强势劲都没了，像是酒劲又上头似的晕晕乎乎，下意识地就往陆白川手心去蹭，嘴里还在念叨。

"陆白川，你答应我了吗？"

她边问还边撒娇。

"答应我吧，我们等了彼此那么久了，不要再浪费时间了，好不好？"

陆白川被蹭得指腹更加滚烫，双手捧着覃思宜的脸拉近，吻上了她的嘴唇。

用行动代替了回应。

他的动作很轻，只是摩擦着唇瓣，却来回反复，说是温柔又像是止不住贪欲地吸取。

月色渐深，书房里充满了暧昧的热气，覃思宜也不知道他们亲了多久，只觉得大脑缺氧得厉害，却还是在和陆白川一起呼吸那稀薄的空气。

突然传来几声清脆明亮的猫叫，随着空气的流动越来越近，萦绕在两人相缠的呼吸里。

直到六七走进书房又叫了几声，陆白川才回过神来，把伸到她腰上的手迅速抽离，背在身后，眼睛下垂不敢再看覃思宜，像做错事的小孩，偏偏气息又热又哑："覃思宜，不能再继续了。"

覃思宜却抬手去碰陆白川的锁骨，声音像是真的茫然："为什么？"

陆白川刚放松呼吸，下一秒整个人又紧绷起来，看着这颗捣乱的脑袋。

陆白川直起身，抵着她的额头，和覃思宜相视而笑，他凑近吻了吻覃思宜的嘴，把她抱在怀里揉了揉头，服气地说："好了，女朋友，别闹了，以后再说吧。反正还有很长时间。"

这个称呼对覃思宜很受用，她满足地环住他的腰，闭着眼拱了拱："陆白川，我明天就要去云南进组拍戏了，可能几个月都不能回来。"

"我知道，你放心去吧。这次换我等你回来。"陆白川低头亲了亲覃思宜的头发，"覃思宜，你上次问的问题我现在回答你。"

离开温暖已久的人再一次被温暖包裹时，就如贪恋的潮水返潮，他避之不及，也无处可逃。

陆白川认真地看着她，温柔又郑重地说："我还喜欢你。覃思宜，我一直都喜欢你。"

白透的月色朦胧地落在陆白川的身上，勾勒出他浑身温柔又热烈的爱意。

覃思宜在这一刻才发觉，陆白川还是曾经的陆白川，他也许从来都不曾变过，只是经历得太多，面具又裹得更深了。

墙上的照片还在循环播放，窗外的夜蝉阵阵吵嚷，月亮投下的光线把两个人无限贴近的身影照射到白墙上，定格住了这温柔的画面。

第二天天还没亮，陆白川开车送覃思宜去了机场。蒋洁在候机室里等覃思宜，电话打了一通又一通，覃思宜也没接。

陆白川看着覃思宜挂掉第四个电话后，帮她解开了安全带："怎么不接？"

覃思宜抓着他解完安全带的手，顺势埋进他的怀里，声音很闷："因为接了就得走了。"

陆白川知道她在想什么，也知道她在不安什么，刚刚确定关系的他们还没有相处完整的一天就要分开半年之久，任谁都会没有安全感，更何况他们还早就失联了十年。

陆白川轻柔地拍着覃思宜的后背，温柔地"蛊惑"道："覃思宜，你这么厉害又这么勇敢，把我的那些犹豫和恐惧都给击碎了，还怕这几个月的分离吗？"

覃思宜毫不讲理地在他怀里点了点头："怕。怕你又因我不知道的危险的事离开，也怕你后悔。"

陆白川自嘲地笑了笑，真的觉得自己是够懦弱的，重逢后的每一天他都被那些潜伏的危险左右，却不知道去面对，还要用那些为覃思宜好的借口去克制自己的感情，让她一个人独自待了很久。

陆白川低低一笑，抬手打开储物格，从里面拿出了一个盒子，递到她面前。

"那用这个给你承诺，好不好？"

覃思宜看着陆白川慢慢地打开那个盒子，心头的紧张没过全身。

停车场有灯光晃过，一缕清亮的光线落在盒子上，里面立着的戒指和平常的不同，它没有完美切割的钻石，也没有银光流动的色彩，而是流淌着五彩的、绚丽的光。灯光移开，它还是照样多彩，彩虹的色斑完美地融合进一颗宝石里，让它天生就自带独特性。

覃思宜心尖止不住地震颤，周围的声音都被放大，她听见自己哽咽的声音。

"什么时候买的？"

陆白川看了眼戒指，淡淡一笑："买了很久了。"

陆白川放缓回忆，又和曾经说那些过往的时候一样风轻云淡："大概是六年前吧，我还是卧底的身份，浑身上下的钱只够买这颗欧泊。"他顿了顿，把剩下的话收回去，看着覃思宜，"你要是愿意我就先用这枚戒指给你承诺，以后我会给你买更好的，也先让你知道，我会遵守我的承诺，会好好待在北京等你回来，不会再因为任何原因离开，更不会后悔。"

"覃思宜，愿意接受吗？"陆白川滚了滚喉结，也压了压紧张，柔声问道。

"所以，你六年前就想娶我了啊。"覃思宜吸了吸鼻子，不知道哪儿来的得意劲。

陆白川看着覃思宜这个笑容，怎么看怎么觉得熟悉。

他无奈一笑，伸手去捏覃思宜的脸，动作很轻："覃思宜，你的关注点是不是有点偏啊，我这送戒指呢。"

"放心吧，我接受。"覃思宜伸出手，学着陆白川的动作捏着他的脸，"陆白川，记住了，无论你什么时候送，我都会接受。"

指环一点点推进，直到套牢无名指。

陆白川满足地盯着那只手看了很久，好像是完成了一件期望已久的幸事。

没人知道，那枚戒指对于陆白川而言不仅仅是一个寄托情感的物品，更是他在卧底时期最接近死亡时，让自己可以抓住的唯一希望。

他缩在逼仄肮脏的一角，握着手里的戒指只想着一件事。

要回去，一定要回去。

要把戒指送给覃思宜。

陆白川紧紧地握着覃思宜的手，倾身把覃思宜揽进怀里，声音不自觉地变得有些哑："覃思宜，我们还有一辈子的。"

覃思宜似乎感觉到陆白川心里的不安，温柔地吻了吻他的唇，对上他的眼，安抚地笑着说："对啊，还有一辈子。"

欧泊在无名指上斑斓灿烂，冷风好像消失殆尽，只剩夏天的温度在狭小的车厢里放大，循环反复地热烈升温。

电影开机半个月有余，剧组所有人都闷在西南边陲西双版纳的一个小村子里，为了寻求与人物贴合的真实性，所有的主创演员都直接住在了角色的房间里。

这部电影从主演到配角涉及的人物很多，每一个都是对那段经历的真实写照，尤其是覃思宜和魏恒饰演的两个主要角色都有一个从少年过渡到成熟的时期。他们两个的对手戏很多，冲突点更是整部戏的重中之重。

覃思宜饰演的展平和魏恒饰演的韦立都是达利村的小孩，故事也是围绕他们两个，从他们十七岁开始讲起。

戏没有按剧本的顺序拍，虽然拍了半个多月，但都在拍长大之后的故事，今天刚好轮到这场回忆戏开拍。这场戏算是整部电影最大的转折点，也为两个人之后的选择做了铺垫。

这是一场雨夜戏，从晚上九点开始拍，来来回回拍了几遍，效果还是没有达到吴秉星的要求，好在夏天雨打在身上没有那么冷。

黑色的场记板一打："《图图》第十八场一镜第六次，action（开始）！"

也不知道算不算是天公作美，这几天的雨连续下个不停，像是要把这个破败不堪的村落给洗净、掀翻。

轰隆隆——

"卡。"吴秉星拿着话筒站起来，"小魏，状态还是不对，情绪递进得还是太平，你过来，我给你讲讲戏。"

魏恒一听这声，脑袋猛地一抬，眼睛都亮了不少："来了！"

覃思宜没打扰吴秉星和屈沿，打了招呼才离开。

天黑沉沉的，雨声也很大，雨一滴一滴地砸在覃思宜撑起的雨伞上，她走得很慢，这大概是她第一次在暴雨里看这个杂草丛生、被雨水覆盖的村落。

覃思宜接这部戏其实是有自己的私心的，她想了解陆白川曾经的生活，但她也明白她所演的这些，不及陆白川所经历的万分之一。

可仅仅是半个月的拍摄，她作为展平这个角色回村隐姓埋名一个人在毒窝里潜伏的时候，也深深感受到了那种孤立无援的恐惧和任何时候都无法放松懈怠的紧绷。

覃思宜不敢想，她所做的、经历的、感受的只是一个角色带给她的，而陆白川却是身临其境，也许还有更多更多她都无法想象到的危险和可怕。

她好像明白了陆白川的恐惧。

一个见过真正黑暗的人怎么可能这么轻易地把对黑暗的恐惧忘掉，让自己在乎的人也陷入那里。

覃思宜打开手机看着陆白川的号码，犹豫了一会儿，还是打了过去。

陆白川刚刚从射击室回来，洗了澡就坐在椅子上闭着眼，摸着书上的文字，视觉被屏蔽，听觉便逐渐敏感。

尤其还是特别设置的铃声。

陆白川从椅子上起来，直接横扑到床上，拿过床头柜上的电话，冷冰冰的脸在白光亮起的一瞬间虎牙露出，又傻又帅的。

"今天不是有夜戏吗？这么早就结束了？"

覃思宜撑着伞走到一个屋檐下，蹲下身，一边接着雨水一边回他："嗯，提前结束了。"

不知道是雨声太大还是陆白川听觉太灵敏，他问："覃思宜，你打伞了吗？"

覃思宜都听愣了，甩了甩手，笑着看了看旁边收起来的伞："打了。放心吧，我还有戏要拍的，可不能随便生病。"

陆白川摸着手里的项链，听着听筒里传来的声音淡淡柔柔的，听上去又累又闷："覃思宜，累了就休息，不开心了就跟我说，不要一个人闷着，你的男朋友不是用来当摆设的。"

陆白川的声音温柔地顺着电流传进覃思宜的耳朵里，流过身体的每一处，她看着这场暴雨不知不觉又想起了十年前他们分开那天的那场雨。

一样的季节，一样的沉闷，也一样的相隔两地。

覃思宜有好多想问的话，可话到嘴边又不敢说，因为她清楚她想知道的那些答案一定都是陆白川最不想去回望的经历，可能连着心里的疤，明明都好了，但只要一碰，曾经的疼痛就会一如往昔地卷土重来。

原来真的是越喜欢越会小心翼翼。

她把头埋在膝盖上，整只手都被雨淋湿，她的呼吸一点点传到陆白川沉静的房间里。陆白川越听越慌："覃思宜，别怕，我在这里。

"我会一直陪着你的。"

所以，不要再一个人难过了。

覃思宜难受的情绪压满全身，在陆白川一点点的哄声里转化成一句简单又直白的话："陆白川，我想你了。"

夜幕和雨声把黑夜衬得可怕。陆白川安慰了覃思宜好久才把人哄好，刚哄好没多久就从床上坐了起来，拿起手机刚准备订机票，门口熟悉的声音就传来。

杨鸣带着王恕一起，王恕拿出云南那边的调查资料递给陆白川："陆队，你真的没猜错，班戈确实回去了。"

陆白川看着桌子上的照片，盯了很久才拿起来，温暖的时间太长，他都快忘了危险还在："我去。"

杨鸣就知道他会去："小川……"

"杨叔，这也是我的任务，他是在我手里逃走的，我有责任把他抓回来，而且我现在有了其他期望，所以我不会拿所有去赌的。"陆白川难得地恢复了以前的笑容，笑得好像还是那个见到杨鸣就会叫一声杨叔的小孩。

杨鸣拍了拍陆白川的肩："小心点，记得回来继续给我训队员。"

陆白川右手敬礼，左手攥着那条项链，眼神坦荡又坚定："我一定回来！"

雨声消退，天色一点点地转亮。

覃思宜昨晚没怎么睡，早上也是一早就醒了，看着床头立着的木雕，坐着盯了好久。

手机日程提醒亮起，屏幕上显示出字。

6月21日。陆小猫生日快乐。

今年的生日礼物我可以送出去吗？

设置时间：6月21日。

早知道就提前送了。

覃思宜心里一直都在矛盾。

亮屏十秒，熄灭，又恢复了黑暗。

日光亮满房屋，窗外还是灰蒙的天色，一如既往地阴沉，一道飞机线划过，留着些许不同。

陆白川下了飞机就和王恕一起去了云南缉毒队进一步了解情况，这一待就是一整天。

片场，接着昨天的戏拍。

天气真的是很配合，剧组都节省了不少雨戏的人工降水。

打板一拍，覃思宜和魏恒迅速进入状态。

不得不说吴秉星选角从来都不是虚的，他看得出这个角色和演员的贴合度，也知道这个演员是否有塑造角色的能力。结合昨天吴秉星所讲的，再经过自己的琢磨，这段转折戏魏恒将韦立塑造得很丰满。

戏一打板，两人迅速退出状态。

吴秉星抬起对讲机:"卡。"鼓着掌笑着说,"今天的戏结束了,大家都可以回去休息了。"

覃思宜从齐沁手里接过雨伞,对魏恒说道:"恭喜你找到了你的能力。"

她又看了眼后面的屈沿:"屈导,我先走了。"

"好,小心路滑,慢点走。"屈沿又从后面拍着魏恒的肩,打趣道,"小魏,演得不错啊。"

"多亏了吴导昨天给我讲的戏,我才明白了不少。"魏恒完成了一段高难度的戏,被夸了还害羞起来,眼睛依然看着覃思宜离开的背影。

齐沁没和覃思宜住在一起。齐沁上了车,去了剧组安排的酒店,而覃思宜则一个人回村子里的住所。

为了追求戏里的真实感,村里路灯都没有搭,覃思宜开着手机的手电筒走在这条熟悉的夜路上,看着手机上一点点流逝的时间。

明明夏至是一年里白天最长的一天,她却丝毫没有感受到,这场戏开得晚,拍得也久,一熬就半夜了。

白色的屏幕光在黑暗里显得格外突出,手机上的时间也在倒计时。
23:50。

覃思宜垂着眼,拖着疲惫的身心往住所走,小心翼翼地避着地上的水坑。

"覃思宜。"

一道熟悉的声音突然传来,覃思宜怔在原地头都不敢抬了。

水一点点地溅起,滴落在另一个水洼里,泛起的涟漪好像怎么都散不开,雨声一下子就自动消了音,全世界都只剩下了陆白川的呼唤声。

随着脚步越来越近,声音越来越清晰:"覃思宜,覃思宜,覃思宜。"

覃思宜从来都没有觉得自己的名字这么好听过,她抬起头,撑着雨伞的手都快卸了力,好在她已经有了给她撑伞的人。

陆白川接过她手里的伞,又给她撑上,雨滴落在伞上,明明是一样的声音,却没有了昨晚的沉闷,清脆又悦耳。

覃思宜手顺着风碰到属于陆白川的温度,滚烫、温暖、令人安心。

覃思宜颤颤巍巍地开口:"你怎么……来了啊?"

陆白川温柔地抬手替覃思宜擦掉她自己都没有意识到流下来的眼泪,又把人抱进怀里,亲了亲她的头顶,一拍一拍地哄着。

"因为你说想我,所以我来了。"

05 / 幸福欲望

覃思宜把脸埋在陆白川的心口处，伴着雨声听着胸腔深处的剧烈心跳，似乎每一次心跳都和他的相连，让这个不闷热的夏夜又有了它该有的温度。

热烈、躁动，也沸腾。

"陆白川，生日快乐。"

覃思宜哑着发黏的嗓子说出了一句完整的、又迟了好多年的祝福。

陆白川笑出声："我还以为你忘了。"

"怎么可能啊！"覃思宜反驳着从他怀里出来，脸上还挂着泪痕，被微弱的白光浅浅滤过，泛红的眼尾像极了他们第一次接吻后的样子。

陆白川抬手摩挲着她的眼尾，眼神直勾勾地看着她，嘴里的话埋怨十足："那你怎么一天了也不跟你男朋友说句话啊？知不知道我昨天听见你那声音，还担心了一晚。"

他又去揉她的脸，本来就不多的肉被手掌聚拢堆积在一起，那双狐狸眼茫然又无辜地盯着他，像是在想他下一步要做什么，却没有任何要反抗的意思，就那么乖乖地待着，看着真是无辜极了。

还真是像一只可爱的小狐狸。

"可爱的狐狸都是没良心的吗？"陆白川俯身看着覃思宜，没错过她的任何神情。

覃思宜挣开他的手，一脸不可思议地说："你不会真的就只是为了我才来的云南吧？！你们队里能同意？"

这个小没良心的狐狸又一次在他面前展现了她不同寻常的关注点。

陆白川无奈地笑了笑："我看起来有那么不务正业吗？"他把伞往覃思宜那边移了移，"放心好了，刚好云南也有任务。"

覃思宜抬着手覆上陆白川握着伞柄的手，跟着他一起往前走。伞完完整整地遮住两个人，她闷闷地说："所以，我是顺带的啊？"

陆白川发觉十年后的覃思宜不只是胆子变大了，就连思维都更跳脱了。

但这个撒娇的劲倒是像极了九岁那年的覃思宜。

他轻轻弹了弹覃思宜的脑门，语气却不重："想什么呢，你和我的任务是同样重要的。"

路边的房屋有一家开了灯，昏黄的灯光刚刚好落在陆白川的眼里，照亮了他眼里滚滚燃烧着的坦荡，他说："在我心里，任务是信仰，而你是支撑我信仰的希望。"

覃思宜，你不会知道，在我快要撑不下去的时候，我只要一想到，前面还有你在等我，就不敢那么轻易放弃。

"你曾经说过让我朝你走，现在，我来了。"

雨声在渐渐减小，灯光泛出的光晕越来越大，在这条杂草丛生的黑暗小路上，只有两个影子干净又明亮。

陆白川把手交给覃思宜。

"覃思宜，我走向你了。"

覃思宜怔怔地看着那只修长的、拇指和食指夹缝因常年握枪磨出了厚茧的手，橙黄的光稳稳地落在他的手上，她想起了那年冬天在一中第一次翻墙。

那时的陆白川也是这样朝她伸出手，把她带到一个五彩斑斓的地方。

似乎，他无论什么时候都能带给她不同的色彩。

就像现在，陆白川在这片黑暗里，手握橙光，带着她心里等待了十年的期望朝她走来。

覃思宜抬手紧紧握住。

十指在昏黄的夏夜里紧紧相扣。

"陆白川，我也等到你了。"

雨细密地往下落，那间房屋里的灯光又熄灭，覃思宜拉着陆白川的手回了住处，把那个木雕送给了它真正的主人。

木雕很沉，看着也很精致，上面的每条纹路都可以完美地复制到陆白川的脸上。

"喜欢吗？我亲手雕的。"

陆白川接过后眼睛就没离开过，在听到覃思宜说这是她亲手做的时更是傻了。他学过木雕所以知道,想雕到这个程度,没个三五年的技艺是做不到的。

他握着覃思宜的手,两人一起坐在沙发上,柔声问道:"你什么时候学的?也是大学?"

覃思宜摇了摇头:"不是,是在你离开江台的第二天。"

她抬手抚摸着木雕上的五官:"一开始学的时候真的觉得好难,怎么雕都不像你,后来慢慢地学了好几年,才知道想雕好一个简单的人物,原来会这么难。"

覃思宜想起她高一那年暑假去学木雕,教她的是位年长的师傅,她一开始太过急功近利,不管雕什么都雕不好,后来老师傅问她:"你不喜欢木雕吧?"

覃思宜看着桌子上的一堆木屑,垂着眼说:"抱歉,师父……我确实不喜欢。"

"那你为什么还要来学?"老师傅也没恼,喝着手里的普洱茶,淡淡问着。

覃思宜坐在那间充满木屑飞尘的房屋里,闻着普洱散发出的清香,想了很久才找回自己最初想要学木雕的理由。她说:"因为我有个很喜欢的人,他曾经送给了我一个狐狸木雕,但现在他离开了,我想去看看他走过的路,想尽可能离他近一点,也想在他回来的时候送给他一个我亲手雕刻的礼物。"

时间久远,覃思宜忘了当时老师傅说的其他话,只记得他最后的那句:"那就带着对他的喜欢去学。雕东西其实和过日子一样,大多数时候都是平淡枯燥的,但只要你心里有期望,你就会发现生活很美好。那些你日积月累学到的本事和经历,都会在未来回到你的手里,当然,人也一样。"

夏日午后的风很燥,江台的梧桐串起蝉鸣,她还记住了老师傅经常唠叨的那句:"慢慢来吧。"

覃思宜垂眸笑起来,淡色的柔光静静地笼在覃思宜的身上,把她整个人都晕得温温软软的。她抬起抚摸木雕的手,移到陆白川的脸上。

她温热的指腹划过他脸上的每一处五官,柔软的皮肤带给她的不再是木雕冰冷坚硬的触感。

最后,她的手掌停留在陆白川的眼睛上,覃思宜起身吻了吻他的眼睛,把做木雕这些年得出的结论说给他听。

"我这辈子对于做礼物的耐心好像都用在你身上了。

"陆白川,二十七岁生日快乐。

"还有,我爱你。"

话音刚落,陆白川抓住覃思宜的手一拉,直接把她整个人拉到自己的身上坐着。

"覃思宜,我也爱你。

"很爱很爱你。"

这一个夏夜大概是覃思宜度过的最为漫长、焦热的夜晚,无数翻涌的热浪都在不停地攻占,好像和窗外的雨声一样都闷闷沉沉地砸落在地面,把涟漪散开到各处。

电影拍摄周期很长,从六月的夏日持续到次年一月,《囹圄》还在按拍摄日程走,吴秉星定下的时间是在今年二月结束,现在差不多走到两个人物的成长中后期。

这个时期展平和韦立对手戏很多,并且大多数都是极具冲突的打戏。

拍戏本身就是在演绎角色的生活,可生活都是变幻莫测的,谁也不知道下一秒会发生什么。

按照原定的戏份会有一辆车横穿进他们两个中间,打断他们的对手戏,也让韦立在这次追逐里逃脱。可前天的夜戏把路打湿,再加上这里的路都长着不少的杂草,熙攘的人群挤着两人,覃思宜忽然一阵眩晕,脚踩在湿草上崴了下。

魏恒下意识地去扶她,吴秉星也紧急喊道:"卡!"

群演散开,齐沁跑了过去:"思宜姐,没事吧?"

覃思宜握着齐沁的手撑着站起来,顺势推开魏恒的怀抱,说:"没事,就是有点头晕。"

吴秉星也在人群里问了句:"思宜,怎么样啊?"

"吴导,我没事,还能拍!"覃思宜站着缓了会儿,那股眩晕感稍微散了些,她强撑着精神把这场打戏拍完。

今天的戏份不多,就只有这一场。下了戏,覃思宜就想跟吴秉星打一声招呼然后回去休息,没想到片场的音响里突然传出了歌声,等魏恒缓缓地推出了生日蛋糕,蛋糕车停在她面前,她才想起今天是她的生日,难怪陆白川昨晚会给她发信息,说着要来找她的话。

"思宜姐,生日快乐。"魏恒把礼物递给覃思宜。

"谢谢。"覃思宜说完又对着大家说,"谢谢大家,我都忘了。"

吴秉星:"现在记起来了就好。"

连续熬了几天夜戏的剧组趁着这个给她过生日的时刻都放松了下来。覃思宜分完蛋糕,就被电话叫了过去,是已经失联了几个星期的时欲。时欲开口问道:"思宜,猜猜我在哪儿?"

覃思宜没陪她玩这游戏,通过手机里传出的背景音迅速拆穿她:"在机场吧,背景音太明显了。"

"我又没想瞒你,我是想让你猜我准备去哪儿。"

覃思宜突然有点想逗逗她:"准备去哪儿啊,时大记者?今天可是我的生日,你不应该来我这儿吗?"

时欲也没再问,直接说:"行,覃大演员,我这就来啊。"

覃思宜一愣:"真的?"

时欲:"真的,准备安检了,大概晚上八点到,给你庆祝生日。"

覃思宜想着今晚还有陆白川,突然一个想法冒出,声音都雀跃不少:"行,我给你发地址,今晚带一个人见你。"

"谁啊?"时欲很是好奇,是哪个人竟能让覃思宜说起时这么高兴。

可惜覃思宜不给她答案:"猜啊。"

"行吧,等着我啊。"时欲说完把行李箱放到了安检带上,挂掉电话,心里还在思索着那个人是谁。

能让覃思宜有这么开心的语气的,除了她亲近的几个人,也没其他人了,再说她这些年亲近的人时欲也都知道。

飞机升上蓝天,俯视着地面。陆白川从警队里出来,看了眼手机,已临近他们约定的时间,就开了车往片场赶。

时欲下了飞机就按照覃思宜给的地址打车赶了过去。到停车场时,手机响了,她看着来电显示,笑了笑接通:"怎么?你们实验室今天不忙了?"

"再忙也不能不管女朋友啊。"

时欲懒得听他贫:"方祺,这么多年了,你怎么还这么嘴贫啊。"

"那这么多年了,你不还是喜欢我。"方祺一向嘴欠。

前面有车正在倒库,时欲把目光移了过去,看见从车里下来的那两人,愣愣地叫道:"陆白川!"

"……什么?!"方祺惊得手里的本子都掉了,"你见到他了?他真回来了？时欲？欲姐？祖宗？宝宝？"越洋电话里只剩下他一个人孤独的呐喊，"人呢？"

时欲也是诧异的，覃思宜说要带人来见她的时候，她就该猜到的。

那么高兴、幸福的语气，她心里想着的人还能有谁啊。

她抬起手机对着大洋彼岸那头的人说："方祺，他真的回来了。"

时欲视线下移看着那两人紧紧相握的手，自己都没有发觉声音里的哽咽："和思宜一起。"

方祺攥着手机的手指用力到发白，忍了又忍还是没忍住那句表达内心激动的粗口。

如果不是因为实验室在国外，方祺觉得以他现在的心情，能直接杀到云南去揍陆白川几拳。

方祺想问问他，为什么明明当初说好的，下了飞机就会给他们回信的，明明说了不会失去联系的，但还是让这十年处在一片无所知的空白中。

方祺挂了电话，靠在实验室的门框上，点开了微信里被置顶的微信群。

还是那个中二又傻气的名字，却从陆白川离开那天起就没人再说过一句话。

他们六个在时间的长河里，始终坚持着自己的理想，又一点点地和彼此分离，散落在世界各处，却还是那么不约而同地在这个少了一个人的群里永久地沉默。

似乎大家都在等一个信号，一个重新开启"一中六人帮"的信号。

方祺看了很久，最后还是笑了，笑得很傻，他点开那个群，更改了群名。

系统提示出现在沉默已久的群里，像是死寂良久的湖面被落下的小石子重重砸出涟漪，震荡了几个人的世界。

"方祺"修改群名为"欢迎川哥回归帮派"。

"叮咚"的提示音从时欲手机里传出，她低头看了眼这风格熟悉的傻名，忍不住地笑着。

覃思宜走来就看到这幕："笑什么呢？"

时欲抬眼看去，把手机递到他俩面前，打趣道："还能笑什么啊，笑方祺和他川哥十年不散的感情啊。"

时欲的性子和陆白川多少是有点像的，虽然不喜欢整煽情那套，但该说的话一句也没少。

她晃了晃手机，朝陆白川开口："陆白川，我男朋友说，欢迎你回来。他女朋友也这么说。"

一句话，简单又清晰地说明了所有。

陆白川看着白色屏幕上的灰色字体，很小却很显眼，一字一句都充满了方祺熟悉的语气，两条白色的信息条一起在他的眼眸里跳出。

沉寂许久的热闹因他而回归。

林越：这什么意思？！方祺，出来回话！！！

秦宋：意思是陆白川回来了。

方祺跟在后面没回话，而是发了一堆的彩花表情炸满了这个鲜活的群聊，接着就是那熟悉的礼花表情。

红蓝的彩条一条条顺着屏幕下落，陆白川隔了十年之久又重新感受到了他当初离开江台时在机场安检处看到的五个人带给他的灿烂。

那年的他们顶着暴雨，却带着满身的灿烂站在几米之外的地方，一个个都说着"要回来"，现在又隔着不知道多远的距离，一个个都在庆祝着他的回归。

这群已经长大的小孩好像被这个信号又打回了那六个长不大的少男、少女。

覃思宜为了避免被跟拍，选的这个饭店人不多，饭店的私密性也很好。

她连续熬了几天的夜戏本身精神就不怎么好，现在又喝了不少酒，整个人都晕乎乎地寻着陆白川的怀里去靠。

时欲端着酒杯，抬手去戳覃思宜的脸："这么快就喝醉了。"

覃思宜酒劲上头，反应也变得缓慢，感受到不舒服也只会本能地靠在陆白川的怀里挣扎。但她这挣扎更像是一种撒娇，散开的发丝随着她蹭来蹭去的动作不停地在陆白川的脖颈上扫动，刺激得陆白川耳尖又泛红。

陆白川看着这只无意识地扰乱人心绪的小狐狸，只能笑着去按住她的脑袋让她安安静静地靠着，又怕动作让她难受，还在最后宠溺地拍了拍她的背。他随意地问了句："她大学经常喝酒？"

"其实也不经常，就大二那年阿婆开始住院以后，她心理压力太大，才一个人偷偷背着我买了一瓶啤酒，谁知道她是一杯倒。"

陆白川沉默了几秒，想起覃思宜这些年的变化和那个空荡荡的只有小猫声音的房间，下意识地低头蹭了蹭她的头顶，像是想要尽可能安慰一下这些年一个人长大的小狐狸："那年……她一个人过得很难吧？"

"嗯，很难。她要一边顾着学业准备比赛，一边兼职打工照顾阿婆，真的是把一个人拆成几人用。其实思宜是不让我告诉你这些的，她说过无论是谁的生活都会有难挨的时候,而你要做的那些事比她应该还要难,她不想将来你们重新遇见后再去回忆那些不好的时刻。"

她仰头喝了口酒,把心里话说了出来:"可是,我没有她那么宽广的心胸,虽然你也是我的朋友,但我对谁感情多我就偏心谁。我在战地记录的这一年来也见过很残酷的战争,也有不少时刻面临着危险,虽然不敢说很了解,但多少也能懂点你的难处。

"思宜告诉过我,你们重逢后发生的一些事,她抱着电话一边说着对你的喜欢,一边忍受着你想要疏远的态度。她什么都懂,懂你的克制,你的难忍,你的恐惧,也就是因为她什么都知道,所以才会让自己更痛苦。"

包厢的昏黄灯光让时欲被酒精扰乱了思绪,她忽然想起了两年前的那个秋天:"陆白川,你可能不知道,思宜在江台一中附近买了一套房。大概就是两年前,当时她兴高采烈地跑来给我报喜,我只当是她赚了钱开心,就随口问了一句,你知道她是怎么说的吗?"

两年前的那天,时欲也是刚刚结束工作回来,本来想去北京找覃思宜的,没想到电话打去她人却回了江台,好在时欲刚回来时间也闲,买了票就回去找她。

那天下午,刚刚好也是这个季节,落地窗大大地敞开在风里,纱帘在午后泛黄的阳光中扫过覃思宜一个人的影子。

明明应该是很温暖的一幕,时欲却觉得覃思宜好像很难过。时欲想着买房应该是开心的,也觉得报喜时她的语气是高兴的,随意问了句:"为什么想在江台买房?你以后不在北京定居?"

时欲看着覃思宜那个被橙光晕过的朦胧背影,覃思宜声音淡得像是风都带不动。

"这是我和他相遇的地方,也是我们真正成长的地方,我想在这里安个家。"覃思宜转过头,暖色的晕圈溢满了整个地板,光散落进她的眼里,她笑得那么温柔。

"这也是我想送给陆白川的家,如果未来他愿意,我们可能一辈子都会生活在这里。"

时欲忘不了那天的覃思宜,她明明笑得那么幸福,好像所有的难过都掩饰得很完美,可掩饰终究是掩饰,就像现实的美好盖不掉痛苦,地上的影子也没法再添一个。

回忆重叠在光线里,包厢里的暖光灯像极了那天下午的太阳,笼在相靠的两人身上。

时欲看着地上的两个影子，笑了笑缓缓地说："她拿她人生赚到的第一笔巨款，在你们相遇的地方买了一套房。

"陆白川，那是她想给你的家。"

时欲又喝了口酒，这杯倒像是带着祝福的意思："所以，既然你回来了，你们就好好在一起吧。这才是你们本来的样子。"她抬手指着那两个挨在一起的影子。

陆白川顺着她的视线看过去，黑色的影子突兀地显示在白色的地板上，像是在一张纯白的画纸上只用一种颜色就展现了这两个影子的主人很相爱。

他把视线移回来重新放在覃思宜脸上，忽然就想起十年前在一中的那次演讲，覃思宜告诉他，要做一只守信的小猫。

如今小猫守了信，回到了狐狸所在的星球，才发现在他离开的那些年里，他的小狐狸一个人为他们的未来搭建了一座城堡。

在那座狐狸城堡里，他可以做一只不那么坚强的小猫，可以随意地耍着性子，肆意、张扬、自由地奔跑。

陆白川抬手摸了摸覃思宜因这几天熬夜拍戏而疲惫的面容，不知道那些年她是不是也是这样过的，没有可以依靠的地方，只能在那个空荡的房间里依偎着唯一可以取暖、可以回应她的六七。

他给覃思宜拢了拢睡熟后垂落的发丝，动作柔到力都不敢使，生怕惊扰了她的梦，又轻轻抚摸着她的耳垂："小狐狸，这些年真的不累吗？"

睡熟的狐狸回不了他的话，却好像感应到了什么低落的情绪，安抚性地蹭着陆白川的手心。

朦胧的暖光泻了他俩一身，温柔得窗外的风都停了。

时欲不知道是因为自己今晚酒喝得太多还是这个包厢的灯光太温柔太美好，坐在那里看着他们挨在一起就觉得心里又难过又庆幸。

难过，他们明明那么喜欢对方却还是分开了那么多年。

庆幸，尽管分开了那么多年，他们还是相遇了。

晚风吹拂，轻轻晃动的树影顺着明亮的月色朦胧地落在副驾驶上那熟睡的容颜之上。

睡梦中的人似乎睡得并不安稳，眉心紧锁，眼睫也止不住地轻颤。陆白川把车开到拍摄地没用多长时间，看覃思宜睡得正熟，也没叫醒她，拿起查到的线索就坐在车里看。

听到覃思宜不安稳的轻呼声，一凑近，那呼声变得清晰。

"陆白川，我不要。我会等你的……一定会……"

声音很轻也很哑，还有点细微的哽咽。

陆白川不知道覃思宜梦到了什么，但从她的声音和睡颜来看就知道肯定不是什么好梦，而且是一个关于他的不好的梦。

陆白川无奈地笑了笑，一手抓着她发凉的手心，轻声哄她："覃思宜，别怕，我回来了，我回来了……"

他把人揽进怀里，看着那张睡颜，郑重地说了句：

"我会一直陪在你身边的，别怕。"

也许是因为陆白川动作具有安抚的作用，也许是他手心的温热传到了她的身体里，她无知无觉地攀着那股温暖向前靠。

好像梦里十七岁的覃思宜一直追着光打下的背影往前冲，可机场的人潮太拥挤，人声太嘈杂，她怎么追都追不上那个逐渐远离的背影。

梦境在这一刻像极了真正的囹圄，一个又一个的回忆都是摧毁她的坚持的利器。

画面飞速扭转，重逢那天的舞台又浮现在她眼前，而她却被隔绝在外，像是一个取景器外的观看者。

陆白川还站在台下，没有朝她走来，一道鲜明的光线边界就那么深刻地画在舞台边缘，把他们的世界分成无法重合的一黑一白。

覃思宜好像听清了陆白川说的那句话："不要等我了。"

覃思宜无声地摇了摇头，身体一动也动不了，她只能紧紧地盯着台下的黑色身影，他一转身又成了背影，灯光没有追上他，覃思宜就那么眼睁睁地看着他在自己眼前融进了黑暗。

"不要！"

"陆白川！回来！回来！"

取景器外的覃思宜朝着身影大喊，可陆白川却只是像从前那样温柔地笑着看她。覃思宜伸手去碰，只有一阵滚烫的风吹过，带走了所有。

"陆白川！"

覃思宜慌张地从陆白川怀里坐起来，往身前一抓，却只抓到了一把黑沉的空气。

陆白川在她身后轻声回："覃思宜，我在。"

覃思宜猛地回头，看着坐在昏暗的车厢里的人，他就那么坦坦荡荡、确确实实地坐在她面前。

梦境和现实的重叠，虚幻和真实的斗争，让覃思宜都快分不清哪个是真的了。

覃思宜伸手去碰陆白川，空气流动的柔光穿透了覃思宜心底不可遮掩的不安和恐惧。她的手指在空气中微颤，想碰又不敢碰的挣扎和痛苦，深深地刺痛了陆白川的心口。

陆白川低头去碰她的手，又牵着她的手放在自己脸上，玩笑着说："还帅吗？"

覃思宜抿着嘴没发声，眼睛里明明盛满了水，却一点都不敢往下掉，倔强得像是生怕此时此刻眼前的景象崩塌。

"好真实的触感啊……"她自顾自地说着，"这样的梦都不知道有多少次了。"

陆白川看不得她这个样子，明明该像以前那样，虽然温柔但骨子藏着娇气，而不是像现在这样，明明难过得要命，却还要强撑着。

越了解分开这十年里的覃思宜，他就越无法直面自己一开始的想法。

他最初是想把一切的危险和自己必须完成的任务都处理好之后，如果那个时候他还有命，哪怕是粉身碎骨，也会回去见她的。

可如果没有……

陆白川嗤笑出声，好像没法出现那种结果了，覃思宜的爱比他坦荡太多，热烈太多，明亮太多，他没法不回到她身边。

"覃思宜，我在，我回来了。"陆白川吻了吻覃思宜的手心，"以后都不用再在梦里找我了。"

陆白川说着从兜里拿出一条项链晃在橙光里。

"生日快乐，我的狐狸公主。"

"这是？"覃思宜伸手去接，银色的链条泛着挥不散的温柔橙光，覃思宜看清项链的时候，眼里禁锢已久的水珠终于掉落。

这条项链覃思宜很熟悉也很陌生，所有的设计都和她送给陆白川的那条一模一样，除了星环上立着的人物不同。

她送的那条是只小猫，他送的这条是只狐狸。

陆白川把脖子上的项链拿出来："你的生日礼物啊，和你送的这条项链是一对的。"

覃思宜："什么时候做的？"

"也没多久，我对银饰不熟，怕自己做得不好，只是抽时间画了图，还好店家手艺不错，把我画的细节都做了出来。喜欢吗？"

"喜欢。"覃思宜把手里的项链和陆白川脖子上的项链放在一起，两个半圆星环的外缘轮廓完美地重合在一起，两条项链上立着的动物紧紧挨着，好像它们本身就同属于一个星球。

车厢里光线昏黄柔和，散开的光线像夏天里炙热的太阳降落在那颗星球上，那里只生活着一只小猫和一只狐狸。

在小王子的故事里，他和玫瑰相依为命地在 B612 星球上生活，却又离开她，在旅行时遇见了教会他爱的狐狸，但他没有选择狐狸。

而在这个属于夏天的星球上，这只漂亮的小狐狸却遇到了一只虎牙小猫。

那只狐狸啊，一路跌跌撞撞地长大，在某一个热烈的夏天里遇到了小猫。这只虎牙小猫，一步一步地靠近狐狸，和她建立着只属于两个人的关系，把狐狸当成了星球上的唯一。

这只小猫不是为了驯服狐狸，只是为了给她应有的爱。

在他们的星球上，王子选玫瑰，猫选择狐狸，陆白川选择覃思宜。

陆白川看着覃思宜这副爱不释手的模样，心里又酸了酸。他握着覃思宜的手，抹上她的眼角，水珠顺着他的手指滚落，一路滚烫到手心，灼热了他的心。

"覃思宜，你怎么就这么容易满足呢？为什么不再多向我要点什么啊？"

覃思宜抬眼看着他，反问："很容易吗？"没等他回答，又说，"可我不这么觉得。"

可能是她刚刚流过泪，这会儿虽然已经不难过了，但嗓子里还是带着点哑，借着黄的光线让她轻柔的笑声都荡满了整个逼仄的车厢。

"陆白川，我这几天连拍了很久的夜戏，每天的神经都因为角色需要而处在一种高度紧张中，好不容易放松下来，虽然满足感很强，但身心还是很累。尤其还是在深夜我被噩梦惊醒时，心里的恐慌感压得我喘不过来气的时候，感受到一个来自思念的人的安慰，那种感觉就已经足够让我满足了。"

覃思宜抬手抚摸着陆白川的眉眼："更何况，在我看到你给我带来的礼物，又知道这件礼物的用心之后，那种被人爱着的感觉就会更浓。所以，不是我容易满足，而是你给了我所需要且刚刚好的爱。

"是你的爱让我幸福，而我因幸福而满足。"

陆白川大概永远都不会知道，他的爱有多么好。

他所做的每一件事看似简简单单，但背后都带着满心的爱，光是那些爱就足以惊动人心了，更何况那藏在细节里小心翼翼又无处不在的关心。

陆白川这个人无论是现在还是以前，他的爱意都很坦荡地放在那里，只要她去看，她就能发现，哪怕是重逢后，他想要努力地克制自己，覃思宜也还是会从其他地方发现他的爱。

毕竟他的爱藏不住，一直都清清楚楚地放在那里，不用怀疑，也不用害怕，满心满眼都是安心。

覃思宜不是没被人这样爱过，只是那些爱都早已离她远去。在长久的孤独等待和成长里，她在变得越来越好，也在逐渐远离回忆里的温暖。

而陆白川的归来，又一次打开了她对温暖的感知，就如同十年前教室走廊外那场蓄谋已久的初遇一样，把一阵看似微不足道的夏风荡进了她的世界。

自此，她的温暖与夏天的回归紧密相连。

覃思宜笑着凑近："而且，你不觉得你也很容易满足吗，陆小猫？"

"哪……"陆白川嘴唇刚启，话就被缠进温热的带着淡淡酒香的吻里。

这个吻不重，也不长。只是简单又灼热地缠绕，却在一起撤离时都乱了双眼和呼吸。

"陆白川，你现在幸福吗？"

"幸福。"

"所以，承认吧。你真的也很容易满足。"覃思宜的眸里还残留着水汽，被光晕滤过，剔透得像太阳一样温暖，温柔地拉拽着陆白川的心尖。

陆白川向他的太阳、他的狐狸公主称臣，懒懒地拉长了音："嗯，你说得都对。"

可惜坏气的小猫最会耍赖："那，有什么奖励吗？"

覃思宜斜眼看他，一种"怎么还要奖励"的不满眼神含着暧昧气息还没散，嘴唇还红润泛着水丝的样子，把不满的怨气衬得反而可爱，嘴里的语气也是无奈的意思："我错了，你比较贪心。"

陆白川完全不反对："嗯，我贪心。覃思宜，对你我好像永远无法满足于现状。"

覃思宜笑了笑，温柔溢满了她的眼："那算了，贪吧。

"毕竟我也一样。"

车厢里的温度不断攀升,雾气盖满整个玻璃,两条项链在呼吸的起伏里狠狠相撞,清脆的暧昧声晕透了昏黄。

　　黑沉的夜晚里,风吹叶落,吻缠人欢,小猫和狐狸都成了越满足而越贪心的自私鬼。

　　爱是幸福的一种欲望,贪心始于你,满足也始于你。

06 / 困局重破

临近二月初，电影的拍摄进程到了后期，西双版纳的天气还和去年六月时一样，让人感觉夏天好像从未离开过。

《囹圄》拍摄后期每个人的戏份都很重，基本上每天都是大戏。陆白川接了任务不能经常来找覃思宜，她也没有时间出去，他们每晚都定在一个固定的时间打电话。

"一个人走夜路小心点，回去了早点睡，现在估计降了点温，晚上记得盖被子。"陆白川温柔地叮嘱。

温柔的晚风里，覃思宜裹了裹被吹开的外套，不知道是不是心理作用，她还真觉得这样暖和了一点："陆白川，你是我男朋友，不是我爸。"

"所以，男朋友不能管你？"陆白川逗着她。

"嗯，我爸都没同意，阿婆也没有，你为什么要管我？"覃思宜没跟他闹，反问着他。

陆白川听到她这话一愣，回味了几秒，吓得都睁开了眼，刚刚读的书内容也不知道忘到哪儿去了："你这话是要我见家长的意思啊？"

"看来你很聪明啊，"覃思宜走得很慢，抬头望着月亮，顺着泻下的月光问道，"陆白川，这部电影还有三天就杀青了，你要不要跟我回江台？"

陆白川房间里的灯光很昏暗，他是真的没想到覃思宜会提出这个问题，他眨了眨眼，摸出书页里夹着的照片，反复地摩挲着上面的女孩，良久才开口："覃思宜，你都不问吗？"

覃思宜像是早就知道他不会这么直接答应，说："问什么？"

暗黄的灯光笼罩上陆白川的眉眼，衬得眼眸明亮，里面的道道血丝都压着很多说不清的情绪。他的声音和刚刚完全不同了，没有玩笑劲，很沉很重："问我为什么不带你去见我妈，问我当初为什么失去联系，问我你想知道的一切。"

陆白川知道覃思宜心里有很多想问的，就像方祺他们一样，失联十年再见面除了失而复得,更多的就是对空白和未知的探究,可覃思宜就好像没有一点探知欲。

覃思宜抬起一只手对着月亮抓了一下,柔和的声音顺着电流淌进陆白川空旷昏暗的房间里:"陆白川,我问了,你就一定会全部告诉我吗?你肯定又会像以前一样只说一些无关紧要的,把自己承受的那些都吞进肚子里,如果是这样那我问或不问都一样。"

陆白川看着那张照片,无奈地笑出声,覃思宜的话也缓缓传来:"陆白川,其实就算你不说,我也能猜个大概。我不知道那些具体的情况,但我知道无论那些经历是好的多,还是坏的多,最后难受的都不会只有你一个人。"

覃思宜怎么会不想问,在分开的十年里她无数次做着那些好的或坏的梦,可每一个梦的结局都一样地令她后怕。她当然想让陆白川告诉她他的经历,可是说了又能怎样,失去的都已经失去,经历的都已经经历,说再多,伤心难过的也都是这两个人。

"陆白川,我还是以前的那句话,你不想说就不说,想说了我就在,反正我们还有一辈子的时间。"

陆白川服气地摇了摇头:"覃思宜,我真的没法不爱你啊。"

覃思宜笑了笑,学着他的腔调:"好巧啊,我也一样。"最后又把刚刚的问题抛给他,"所以,回不回?"

"当然回了,回去娶小狐狸。"

覃思宜被他逗笑:"我只让你见家长,还没说要嫁呢。"

陆白川又恢复成以前那样:"行,那就先等着,反正迟早的事儿。"

"陆小猫,你又嘚瑟了。"

"没办法,谁让我未婚妻这么好啊。"小猫又恢复满足样。

覃思宜不跟他闹,看着前面开来的车,忽然想起剧本里写着的那场杀青戏。

展平的任务完成。那是她从警校毕业后接的第一个任务,也让她从警校出来后直接没入黑暗里。十年的时间,她只做了一件事,从毒贩团伙边缘到慢慢深入内部,再到最后发现背后的操控者,她从一个女孩到女人再到警察慢慢成长起来。

十年的时间把她打磨得无名无姓,只剩下唯一一个记在心里的身份。

展平完成了她的任务,重新回到了光下,生命却也永远停在了三十二岁那年。最后的抓捕任务,她以身为饵,联合缉毒队把毒贩窝点一网打尽,她自己也葬身在了一场火里。

最后的这场戏，覃思宜的戏份很重，基本上都是围绕着她拍的，尤其是抓捕戏，除了其他人的打斗，最重要的就是她在火场和韦立的对手戏。

对于这场戏，覃思宜想了很多很多，但她还是无法理解为什么展平在火场里的最后一句话不是"我完成了任务"，而是一句很简单的自我介绍："我叫展平，展翅高飞的展，不甘平凡的平。"

覃思宜把这些想法告诉陆白川，问道："所以，为什么最后会是一句自我介绍？"

陆白川沉默了一会儿才回话："因为从来没有人叫过她本来的名字。"

覃思宜听了陆白川的话，一下子怔在原地，呼吸也慢了。

对啊。卧底的十年，展平都在隐姓埋名，过着东躲西藏的日子，无论是醒着还是睡着，她从来没有一刻敢放松，也生怕身份暴露。她所遇到的每一个人或好或坏，都不知道她的真名。

她把生命献给了缉毒任务，却不能以真实姓名示人，直至生命的最后一刻，在那场大火里，她终于可以高声大喊自己的姓名。

那陆白川呢？

他是不是也是这样的，覃思宜不知道他卧底了多长时间，任务又是怎样的凶险，但光凭这半年来她对展平的了解就能知道，他真的很难。

这份职业，受苦受难的是他们，不为人知的是他们，可能背负骂名的也是他们，可负重前行的还是他们，什么样的信仰和念头才能支撑他十年如一日地挺下去？

覃思宜不敢深想。

温凉的风吹过黑夜，又准备撕破最后的深渊，破晓前的黎明即将抵达。

王恕戴着连帽，四下看了看才敲开门："陆队。"

陆白川拉开门，带他进来："找到了？"

陆白川不属于云南管理，因为已经从缉毒队调走，自然也不能越权调查，去警队只是辅助云南缉毒队追查，提供他知道的线索，但班戈的抓捕任务还是归到了他身上。

他住的地方是以前卧底时期偶然来云南时租的房子。

这里的房子都是一些老房子，窝在繁华市井的深处，周围住的基本上都是老人。这地儿不朝阳，但还是会有阳光照进来。

那些阳光普照的时刻，总能看清小路上那些被岁月篆刻的破旧裂缝，和破土重生的鲜活杂草，混着老人们温声细语的方言把这历史残留的一隅天地晕得明亮温暖。

然而，曾经很多人把这地方当成毒品交易的地点，这地儿比较隐蔽，藏在繁华之下，如果不是陆白川早年卧底接触过，也不一定能发现一片繁荣景象的背后埋着一片被染黑的深渊。

陆白川那次的大范围抓捕行动，真正归还了这地应有的平静，老人们终于又可以大大方方地串街闲聊。

王恕把手里的资料袋递给陆白川："找到了，这是班戈的新身份，他藏得很深。"

陆白川顺着资料信息看过去，看到一张照片时顿住了，说："班戈联系了雇佣兵。"

"是。"王恕停了几秒，把自己的想法说出，"陆队，我怀疑班戈这次回来不是来恢复自己势力的。"

陆白川视线在那张照片上停了好久，房间里的光线本就不亮，他垂眸的神情越来越深，身上那股冷气又弥漫出来，接着王恕的话说了下去："他是回来复仇的。"

王恕点了点头："我们来云南跟他也快有小半年了，之前他都没有露过面，其他的身份信息也都藏得严严实实的，可这几个星期他却这么频繁地露面，这根本不像是要隐藏起来恢复势力的样子，他好像、好像……"

陆白川的手指敲在那张照片上，窗外稀薄的光线打在他的眉眼上，阴沉不明："他好像是知道我们在找他，然后透露给我们他想给的信息。"

"是！陆队，这根本就不是班戈的性格！他既然联系了雇佣兵，那就不可能没有计划！"王恕也说出了自己的观点。

陆白川翻看其他资料和照片，忽然眉头一紧，拿起那张照片，上面只有一个建筑物的虚影，陆白川却突然厉声问道："这张照片是从哪儿来的？"

王恕看了眼，那张照片拍得很模糊，除了能看出是个建筑物，其他什么都看不清："怎么了？"

陆白川没回，又一次问："哪儿的？"

王恕回答："这是跟拍班戈手下的时候拍的。"他看着陆白川这副样子不禁也有些慌，陆白川真的很少在他面前展露出这种神情，无论是当初他和陆白川一起卧底的时期，还是在警队里的相处，陆白川都是一副冷静的模样。

可能唯一的失控还是赶去医院那次。然而这一次，陆白川似乎已经在极力克制，可王恕还是能清楚地看见他因藏不住恐惧而颤抖的手指。

"陆队，是出什么事了？"

陆白川的声音很沉，带着冷冽和抑制了又抑制的慌张："王恕，你现在去联系缉毒队前往西双版纳达利村，对那里的一个剧组增派保护，班戈的计划是那些人。"

"为什么会是他们？"王恕不明白，班戈不可能随便找一群人。

"因为他要报复我，"陆白川盯着那张虚影照，上面的灯光虚化，但陆白川去过那里，他还是能从虚影里看清那些字，那是上次覃思宜生日他们去的酒店。他手指用力到发白，一张照片被揉得褶皱布满，"而我的未婚妻在那个剧组里。"

残破的小巷里吹起猛烈的风，把乌云刮来，把本就不亮的房间彻底笼进黑暗。

连片的灰暗狂追，乌云遮掩温暖，风卷起剧组里的塑料袋在空中盘旋。

这是最后的杀青戏，覃思宜已经成功卧底进了毒贩组织的内部，将最后的交易地点告诉了她的上线，下一步就是现场抓捕。

交易地点在靠河的岸上，交易一完成两拨人就会直接乘船逃走，而覃思宜要做的就是将这些人按在岸上。

根据制订好的计划，警方已经布好局，送货的车只要一到，行动就开始。

送货车按点就位，一步步朝覃思宜和魏恒驶去，现场所有人都在戏里，都跟着戏的进程在走，可这辆车就好像是戏外的闯入者，一直在加快车速。

吴秉星看着这辆失控的车，皱眉呵斥："怎么回事？！"

身边的工作人员面色紧张："应该是刹车失灵了！"

剧务工作人员拿着喇叭从车后面跑来："吴导！吴导！出事了！"

"什么事？"

剧务拿着手机着急忙慌地说："这开车的不是我们的群演，云南缉毒大队的警察刚刚来了电话，说，说……"

吴秉星一到关键时刻就没了儒雅气，冷脸喝道："说什么？！"

他话音刚落，那辆车的速度竟越来越快了，没时间等他缓气。吴秉星做过应急处理，拍了这么多年的戏也不是没遇到过突发情况，他拿起对讲机，连声喝道:"群演都朝两边散开,把中间的道留出来!思宜,小魏,你们俩也赶快退开!"

演员们一看这情况不对劲,听见吴秉星的话连忙动身,车里的人看清这情况速度也快了起来。

魏恒拉着覃思宜连忙往旁边撤,好在场地留得大,他们都跑得开,可那辆车还是穷追不舍,扭转方向就朝着覃思宜追。

他们的目标是我,覃思宜不知为何本能地就这么想。

齐沁看到那辆车一直在朝覃思宜的方向开也慌了神,刚想去找导演,覃思宜的手机就响了起来,她连名字都没看,本能地接了起来:"怎么办?思宜姐!"

陆白川听着她的声音,一脚油门踩到了底:"思宜怎么了?"

齐沁话也说不利索:"有车,在追……"

吴秉星眼见着这情况越来越失控,已经不是正常的拍摄事故,现场的人都本能地逃跑,一片混乱的叫声,他的手机也忽然响起。

可他还没来得及去接,后面忽然又冲出了一辆敞篷越野车,车速很快,副驾驶的男人拿着枪就对着上空连开了两下。

沉重的枪声和他们用的道具枪完全不同,枪管处的烟弥漫在空气里,每一丝流动都惊吓到了现场所有人。

"快跑快跑,这是真枪!"

吴秉星被跑来的屈沿拉着抱头蹲下,手里的手机早就不知道掉到哪儿去了,屈沿忍不住喝了声:"你不知道动吗?站着等死吗?!"

吴秉星没看他,而是看着现场那些逃窜的剧组工作人员,木讷地问出声:"屈沿,为什么会这样?"

"毒贩报复,刚刚缉毒队打了电话过来,他们已经在来的路上了,别怕。"屈沿在B组拍摄其他实景,接到王恕的电话就赶了过来,没想到还是晚了。

覃思宜听到枪声就明白这场事故已经不简单了,她看清了那些人的目标,对魏恒边说边挣扎着:"魏恒,放手,他们的目标是我!"

魏恒没听她的话,他怎么可能看不出来那些人的目标是谁,可就是因为看出来才不能放手,他跑到停在附近的道具车旁,直接开了门上去:"快上车!"

覃思宜知道现在的情况,腿当然跑不过车,她上了后座,却看见越野车也在朝他们开过来:"魏恒,你现在下去,他们不会对你做什么的!"

魏恒紧抓着方向盘,他现在真的有点感谢自己的努力,以前拍过一部赛车手的戏,学了一些知识,再加上这半年来因为韦立这个角色而学的那些技能,让他现在不至于除了慌张什么都不会做。

他打转方向盘,车因急速转向在地上摩擦出刺耳的声音,声音顺着空气精准地传进了齐沁掉落在地的手机里。

陆白川听着传来的各种声音,枪声、人群混杂的尖叫、汽车轮胎急速的摩擦,各种可以和危险关联的声音一起在这个狭小的车厢里放大。

陆白川哪怕在当初执行任务时也没有这么慌张恐惧过,他好像又一次回到了十七岁的那个雨夜,他看到陆延的信,整个人因自责和后悔沉溺,感受不到一丝希望。

他早该想到的,也许,他就不该去见覃思宜,不该把这份危险也带给她的,不该的……

"魏恒!"覃思宜拼命抓住后座上方的把手喊着。

魏恒跟前后的车错着道,明明已经慌得脸都白了,对覃思宜说话的时候却还是温言细语:"思宜姐,我不会走的,不会让你一个人的。"

他刚说完这话,后面的车突然就开了一枪,后车轮爆胎。魏恒竭力打转方向盘控制,覃思宜看着前后夹击的车离他们越来越近,她看出来了,他们不想要她的性命,准确地说是现在不想。

覃思宜抓着把手,想着应对方法,她看到前面的仓库,忽然想起仓库刚刚因为拍戏布置过,她开口:"魏恒,开进仓库里去。"

魏恒努力把车往仓库里开,好在这地方他们早就预演过,仓库用的是遥控锁,根据戏里的剧情,最后就是展平和韦立进仓库,所以这把钥匙自然就在覃思宜身上。车一开进仓库里,覃思宜就按了锁。

后面的人也看出他们的意图,车速又开始加快,突然几声枪响把后面追着的车的车胎连连打爆,紧跟着的就是熟悉又振奋人心的警报声。

闪烁的红蓝警灯亮起,三四排车开进混乱的场地里,车一停稳,训练有素的缉毒警从车上下来。

有人听见警报声激动地喊起来:"警察来了!警察来了!得救了!得救了!"

那声音是很有感染力的,中国警队熟悉的警报声在这一刻成了令所有人最安心的希望。

王恕对着正在追击的那辆车的车轮连开了几枪,也阻挡了他们的前进。枪声停止后,响起了一个温柔有力、不卑不亢的女声。

"我们是中国缉毒警,请大家放心,我们一定会保护你们的人身安全!"

温柔是最有力量的安慰剂,也是最强大的武器,现场的人都被安抚,压住了哭喊,本能地呼喊着:"得救了!"

那名女警穿着整齐的深蓝色警服,拿着扩音器扭转方向,声音带着力量和震慑:"警告!请停止一切暴力行为!"

被打爆车胎的班戈丝毫不理会这警告声,下了车,直接就举着枪想往仓库里面冲,后面跟着的那辆车却没有再跟领头人一起冲。

车里几个人面面相觑,看着前方深蓝色溢满的海边,愣了愣,下了车。他们是跟着班戈的手下,自然见识过缉毒警的厉害,对于这些人来说,死依旧是他们害怕的。

他们本身就是贪生怕死的人,跟着班戈也只是因为班戈的威胁,现在这种局面,他们更想做出最有利的选择。

班戈报复欲很强,他从当初逃走就一直在追查陆白川,可惜警方的信息藏得太好,他根本找不出什么,只能先回云南来制订好计划,才让他的手下去收集信息,而半年来最好的报复突破口就是他唯一查到的和陆白川有关的覃思宜。

他根本不管那些威胁,拿着枪就往仓库里冲,卷轴门降落的速度本身就是匀速,又被班戈把车一挡,门直接卡住了。

覃思宜下了车就带着魏恒找地方躲藏,魏恒听见外面的声音也激动着:"思宜姐,我们有救了!警察来了!警察来了!"

覃思宜没力气去笑了,她握着自己因恐惧而止不住颤抖的胳膊。演了那么多的追捕戏,和今天一比真的什么都算不上。

这样的恐惧、慌张、害怕,没有真正地经历过,大概是再怎么共情也无法明白的,哪怕她的演技再好,身临其境的那种紧张也是她永远不可能演得出来的。

而陆白川却经历了无数次比这些还要危险的时刻,他所承受的不是她说想要靠近一点就能懂的。

难怪,陆白川一开始会那么想要远离她,如果他们的身份对调,覃思宜可能也会做和陆白川一样的选择。

班戈拿着枪跑进来,对着堆满东西的仓库直接一顿扫射。好在覃思宜他们躲得深,又有摄影机遮挡才勉强躲过一劫。

王恕拿着扩音器说:"班戈,你再不停下,我会直接枪毙你!"

班戈和王恕认识,早在卧底时期就已经是熟人了,他无视王恕的话,愤怒地吼着:"白川呢?!"

王恕刚想说话,身后忽然急速开来一辆车,车速很快,直接撞开了堵在门口的那辆车,仓库的卷轴门也坏掉。情况突然,愤怒的班戈也慌了神,一时的分心就足以令其失败,王恕直接一枪打到他的手上,疼得他的枪掉在地上,王恕又开了一枪打了他的腿。

车连着车往里面撞,消减了急速的惯性。陆白川从车上下来,拿过班戈掉落在地的枪:"你找我。"

陆白川从十七岁就改了名,把陆字藏进了心里,只顶着白川的名字生活,直到真正回归警队之后,才恢复了姓氏和真正的名字。

王恕收了枪,拿出手铐铐住了班戈,向陆白川汇报:"陆队,赶来得还算及时,没有人员受伤。"

班戈被王恕铐了起来,经过陆白川时却拼命地停了步,嘲讽似的看着陆白川,好像就是为了等他过来才甘愿被捕一样:"你不会以为这就是我的计划吧?"

陆白川没抬眼,看着枪上的记号,冷冷几句话直接浇灭了他最后的希望:"班戈,你雇的那些雇佣兵,能靠钱挑起战争吗?"

"什么意思?"班戈白了脸。

"意思就是,你身后空无一人。"

陆白川把枪递给了进来的警员:"你想要伤害的那个人不只是我的未婚妻,更是一位中国人。"

他抬眼看过去,眼神冰冷:"关系到中国人民人身安全的事,不管是谁,我们都不会不管!而你雇佣的那些人如果选择了和你为伍,那他们也会成为危害中国人民的凶手,这就已经触及底线了!"

陆白川的声音不大,冷声冷嗓的却带着威慑力:"你记住,试图做出任何危害我们国家和人民的事,都不可能会有什么好下场,你能逃一次,我就能抓一次。就算我不行,也还有中国缉毒队的一整支队伍。你觉得是你熬得住,还是你雇佣的那些人扛得住?"

班戈的脸彻底冷下去,陆白川看着他居高临下地说:

"还有,我姓陆,名白川。

"清白的白!川流不息的川!"

陆白川站在混乱的车辆背后，一身黑色冲锋衣，短发利落地竖着，挺拔的身躯屹立在明艳的光里。

他站在阳光敞亮之处，坦坦荡荡地直言自己的姓名。

沉沉的乌云散开，温热的风平复了现场所有人那颗慌乱的心，所有的恐慌都被风抚平。

这一刻，那些流动的深蓝色成了最值得信赖的希望！

覃思宜被警员从摄影机后扶出来，她的头发乱了，身上蹭得全是灰，眼里流露出来的是劫后余生的后怕。

她看着不远处的陆白川，站在原地动都不敢动，僵麻的感觉缓缓涌上，刚刚那些镇定在陆白川面前消失殆尽。

仓库里的窗户在上方，阳光狠狠穿透，灰尘在金色光芒中散落，覃思宜看着陆白川带着金光朝她走来。

熟悉的温度包裹了覃思宜失温的身体，止不住颤抖的手被陆白川攥紧，温暖、滚烫、安心的感觉回归她的神经，她终于克制不住地掉下了眼泪。

像一个经历了恐慌后本能地寻求安慰的哭泣的小孩，她抱着陆白川，越抱越紧，眼泪越流越多。

"别怕，我来了。别怕，别怕……"陆白川也在后怕，但凡王恕晚一点到，场面不知道会怎样。

魏恒也被扶着带出来，他没有回头看也能明白，也许早在上次酒局他就该明白，那两个人默契得不容其他人插足的样子，哪儿还有他的机会啊。

王恕把班戈押上车，不放心地又看了他一眼，班戈一直盯着后面那辆车也不知道在看什么。

陆白川带着覃思宜一出来，他就看见班戈笑了起来，笑得可怕。阳光在他手铐下的袖口处反射一圈，晃了王恕的眼。

他还没来得及去看清那是什么，突然一股猛烈的火浪爆出，红艳的火光灼热地盖住了那里的视线。

一切的一切都被爆炸声遮住。

医院里消毒水的味道弥漫了整个病房，晨曦覆盖的白色床单滤上了柔和的光晕，陆白川就静静地躺在上面。

离爆炸发生已经过去一天多了，那天的爆炸并没有造成人员死亡，班戈的炸弹安在后面车的车底，好在那辆车在仓库附近，而剧组的工作人员和其他警察都聚集在前面的空地上，爆炸的冲击力不大，陆白川也及时反应过来，拉着覃思宜往后撤。虽然伤害不大，但两人还是被炸开的车门砸伤了。

覃思宜被陆白川护得很好，除了小范围的皮外伤，并没有什么严重的伤口，但陆白川是拿身体去挡的，当场就重伤昏迷，送进了医院。

病房外，医生刚刚给陆白川检查完，他摘下口罩："陆队现在已经脱离危险了，好在爆炸的冲击力被其他车辆遮挡缓冲了，这才没有造成严重的伤害。但他的右胳膊本就有伤还没恢复，现在又被重物砸伤，我们虽然及时做了手术，但术后还能不能恢复如初还是要看病人自己。"

王恕点了点头："谢谢张院长，那陆队什么时候能醒过来？"

"麻药劲过了就能醒。"

覃思宜对着张院长点了点头，透过门上的玻璃，看着病床上满脸苍白的陆白川。

爆炸发生得太过突然，她根本来不及做任何反应，只感受到剧烈的火光和灼热的温度席卷而来，她甚至都来不及恐惧，就被陆白川护在怀里，压在身下。

沉重的物体砸在身上带来的冲击力，压倒了男人挺直的身躯，可陆白川护着她的手却没有丝毫卸力，反而越攥越紧。

覃思宜还记得大火燎天的仓库里，陆白川依旧笑得耀眼，虎牙在火光里闪亮，眼眸映着身下的她，他的声音还是那样令人安心，有力又温柔："覃思宜，别怕，我在。别怕……"

他就连昏迷时，嘴里都还念着："别怕，我在……"

覃思宜无法形容那一刻的心情，她忘记了哭泣，忘记了恐惧，忘记了疼痛，只深陷在那声好像永远都停不下来的温柔安抚里。

病床上的男人安静地躺着，覃思宜忽然后知后觉地恐惧起来。

王恕看着覃思宜，想安慰她又不知道该说什么，踌躇几下也只提了个建议："思宜姐，你不用太担心，张院长以前就是陆队的主治医生，他对陆队的情况是最清楚的，他既然说了没有危险，那就是没有了。我去陆队家里给他收拾几件换洗衣服，你要不也去看看？"

覃思宜没回他话，又看了陆白川好一会儿，才扭头问他："是他以前卧底时期住的地方吗？"

王恕愣了愣，倒是没想到覃思宜会问这个："算是吧，卧底时期的住所都是时常变化的,那个地方是后来稳定下来才住的。"

覃思宜点了点头,进去给陆白川拉上了窗帘,又用棉签给陆白川喂了点水,才俯身亲上陆白川的唇,柔声道:"陆白川,现在先好好睡一觉吧。等我回来,你一定要醒过来。"

晨光柔亮升起,那条残败街道里又一次被照进光亮,温暖地抚过每一道岁月的痕迹。覃思宜在陆白川的卧室里收拾着他的东西,这间房很小很暗,除了窗户那里透过来的光亮,黑暗几乎笼罩了全部空间,哪怕开了灯,也依旧昏暗。

房间布局简单整洁,是陆白川一贯的风格。覃思宜看着这里的每一处痕迹都想去感受陆白川在这里生活的那些岁月,他是不是也这样藏在阳光的阴影下,窝在黑暗深处度日?

书桌在靠窗的一侧,仅有的光亮落在正中间放着的书上,书封没有字,像是个人包装的,覃思宜翻开第一页也依旧没有看到任何字,只有间距不同凸起来的点。

覃思宜刚拿起来还没来得及去想为什么陆白川会看盲文书,就因书里掉出来的照片怔在原地。

照片不大,上面的背景是熟悉的一中操场演讲台,照片的主人公是覃思宜都不敢认的自己。

这是她高三毕业那年上台演讲的时候,陆白川为什么会有?

覃思宜错愕地捡起那张照片,不可思议地看着,高三那年的演讲也是她第一次上台。

那年夏天,他们正值十八,江台的天气一如既往地炎热,覃思宜站在当初陆白川站过的演讲台上,望着台下数千学子,看着远处高大葱郁的梧桐,仿佛视线赛过了光阴,她看见了十八岁的陆白川。

当初的她一直以为是自己的视线恍惚,现在才明白,原来陆白川真的来过。

十八岁的陆白川已经进入秘密基地训练了一年多,当时的他也已经改了名字,正准备去云南接下当初陆延的任务。而他送自己十八岁成人礼的礼物就是,回去和曾经的一切告别。

当年,他藏在梧桐树后面,望着台上明媚的少女。

"希望大家都不要被现在的任何环境束缚,你的理想、你的未来还有很多的时间等着你去追逐！希望我们所有人可以永远坚定不移地往前走，往更远更高更亮的地方走！

"在此，祝愿各位高考顺利，理想滚烫，此程风光！"

女孩轻轻一笑，他在暗影里按下相机快门。

一张照片定格，那是他未来回家的方向。

覃思宜站在礼堂的台上，眺望着少年曾经看过的风景，听着风声拂过梧桐树梢，在心里默默祝愿。

陆白川，高考加油。

我在未来等你。

再荒芜的平野，风一过，也能簇拥花朵。

那年夏天，掌声和梧桐齐盛，夏天溽热的风没有挡住他们的距离，覃思宜在台上思念着漂泊在外的少年，而那个少年却藏在台下看着台上耀眼的少女。

照片翻过来，后面的话就好像是陆白川对覃思宜的回答。

——我会回来的。

覃思宜跌坐在地上，视线越来越模糊，心口疼得好像要被那些分离的岁月打穿，难受得她只能攀着书桌起身。

可书桌的抽屉没关紧，她摸着摸着又因抽屉不稳，重新跌坐在地上，抽屉也被她打翻，里面的信封撒了一地。

阳光透了进来落在地板上，把信封照得格外清楚，覃思宜精准地捕捉到了那些信封上落着的同样的字迹。

——遗书。

覃思宜没去数总共有多少封，她不敢数。

人生会经历多少要留下遗书的时刻呢？覃思宜想不出，可陆白川却零零散散地留下了这么多，那他又是经历了多少濒临死亡的时刻呢？

每封遗书的右下角都留有不同的日期，最早的就是和这张照片拍摄的同一天。

覃思宜呆坐在原地，看着手里的信封始终不敢去拆，大概是等眼泪都彻底不再流，她才把信拿起。

封口封得不严，轻轻一撕就能打开，可覃思宜却手抖得怎么撕都撕不开，最后还是缓了又缓才好不容易打开。

覃思宜，当你看到这封信的时候，我可能就对你食言了。

你应该会怪我吧？我这只不守信的小猫，没能成功回到有你的未来。

你藏在项链里的话我听到了，覃思宜，其实那天的电影我也记住了一句话，但是请原谅我，我不能在这里告诉你。因为如果这封信最后还是到了你的手里，那我说的所有的话就又成了空话，成了一个永远都不会实现的承诺，我不想让未来的你一个人守着这些话生活。

我现在好像能理解我父亲了，在爱和任务面前我们永远两难，但一想到还有人在等，我就会拼命地去做，拼命地抢夺可以成功回到你身边的那一丝机会。但如果最后我还是食言了，那我希望你可以把我忘掉。

漂亮的小狐狸啊，我真的很爱你，但你未来的人生不能被那些回忆圈住，你要知道，你永远属于你自己。

覃思宜，这一次，我来说再见吧。

很抱歉，不能陪你一起迎接夏天的到来了。但也请你记住，夏天一直都在你的身边，它从未离开过。

信纸轻薄，只要用力一点就会被撕破，现在又被水浸湿，经年不洇的字迹都被洇染开。

覃思宜已经没有力气再去看其他信了，她光是看着信上的字心就被刺得生疼，更何况里面那些内容。

从爆炸发生后到现在，所有的情绪都被她控制得很好，直到现在突如其来的过往把她的情绪击碎。

这每封信都是陆白川最后的独白。

而那些独白都在告诉覃思宜，忘记他，往前走。

07 / 与你偕老

西双版纳的风又逐渐偏离，江台的夏天提前赶来，熟悉的燥风在天地间盘旋回绕，穿过了一年又一年。

覃思宜收拾好屋子走上车，王恕刚发动车就被覃思宜的问题给打熄了火："陆白川以前受的伤也很严重吗？"

王恕愣了愣，先点了点头又摇了摇头，看到覃思宜皱眉，他才解释："其实胳膊的伤倒不是很严重，只要术后好好恢复就行。只是那次的伤带出了他以前的眼伤，所以才有些严重，但好在救治及时，眼伤才没有复发。"

覃思宜从王恕的话里捕捉着重要字词："眼伤？是什么？"

王恕默了默，良久才道出："失明。"

难怪啊，那些盲文书摊放着的每一页都是他曾经经历的证据。

覃思宜鼻子猝然一酸，连忙转过头，她抬手快速抹去流下来的泪，缓了好久才问出后半句话："那以前又是什么时候？"

王恕不知道该不该告诉她，他其实对陆白川曾经的经历不是很了解，他在警校才遇见陆白川，陆白川的到来和离开都是很突然的。

王恕在准备去接替上一个队友的卧底任务时，才从杨鸣那儿知道了陆白川的一些过往。

陆白川十七岁那年进的警校，他没有任何身份和资料，就连名字都还不是现在这个。那个时候他没有姓，准确来说所有人都以为他的姓是白，单名一个川。

他是突然空降到那所警校的，他的年龄可以说是里面最小的，所学的课也和其他人不同。王恕也是个例外，比他还要小一点，但王恕却是和其他人一起接受训练。

唯独陆白川不同，他学东西很急迫，好像从他进这里开始他的时间就在倒计时了。

那个时候王恕不懂，直到四年后他准备去执行卧底任务，杨鸣才告诉了他真相，他和陆白川是那片深渊里唯一互相知道彼此的存在，可王恕却还是震撼于那个十八岁少年的决心。

杨鸣告诉他，陆白川和他一样都是烈士之后，可他还有家人在世，而陆白川却一无所有了，只剩下他自己和唯一坚守的信仰。十八岁那年，陆白川去了云南边境开始了他的卧底生涯。

十七岁那年的夏天对于陆白川而言不仅仅是一场分别，更是他整个人生的转折点。

那年的六月七日，他们的飞机从江台抵达南临时，已经是深夜了。他们还没到达南临的住处就在半路遭遇车祸，方韵当场死亡，陆白川被她护在怀里，虽然没有死，但也受了重伤，经过几次抢救才救了回来。

货车司机酒驾的意外和当年陆白星的车祸一模一样，没有任何可以查实的证据，就算有，最后查出来也是一个又一个的替罪羊。

手术醒来的陆白川再睁眼，面对的除了黑暗还是黑暗，他的眼角膜被刺穿，人重伤不能动。那段时间他的性子都被磨得改了个天翻地覆。

陆白川没有再联系覃思宜他们，不敢也不想，因为他不知道那被称为意外的意外会不会再发生在和他有关的其他人身上。他已经一无所有了，再也不能让任何人因为他受到一点伤害了。

失明半年，他也慢慢接受了，每天就顶着杨鸣给他安排的假身份，躲着那些人生活，直到匹配到了新的眼角膜。

重见光明的那天已经是冬天了，他在不分昼夜的黑暗里度过了一天又一天，也慢慢从那个喜欢开玩笑的虎牙少年变成了寡言冷清的男孩。

他醒了，重新接触到光明，却仍旧一句话也没说，直到深夜杨鸣处理完事来看他时，他才开口说了话。

少年声音冷淡，望着窗外冷清的路灯，听不出任何感情："杨叔，我爸的任务还没完成吧。"

杨鸣因他的语气怔住，顿了顿才回他："是，我们准备再派个人去。"

"派我去吧。"

陆白川转过头看着杨鸣，病房里的灯光从没那么明亮过，坚毅的眼神闪在他的眸中，也照亮了陆白川手上那条项链。

"我想去接他的任务。来这个城市之前我查过了，缉毒警在接任务之前会进行秘密培训。现在那些人肯定以为我也死了，换了名字把我送去培训吧。他没完成的，我来。"

"小川，我知道你从小就是很有理想的人，你爸爸曾经说过，你喜欢物理，以后可能会从事航天事业，这很好的。人生还很长，就像你说的，换个名字，你还可以继续上学，继续学物理。为了这个任务，我们已经牺牲了很多同志了……"

"可我想亲手抓住那些人。杨叔，我不是一时冲动才决定的，我想去我爸的路上看看。和他一样做个警察，是我从小就认定的理想，只是在这条路上，我被太多东西给迷住了心，忘记了自己最初的梦想，不过还好现在我找回来了。"

陆白川说得很平静，但杨鸣能看出来他不是平静，只是学会了隐藏，学会了克制。这个面具和陆白川曾经戴的那个不同，这个面具戴上，他十七岁这年所有难忘的分离，都被剥离，被抽开，再次被覆盖。

杨鸣也沉默了好久，叹了口气，皱起眉头："小川，这条路真的……太难走了，我怕你去了，就再也回不来了……"

陆白川笑了笑，带着杨鸣走到了窗前。他打开窗户，冬天寒冷刺骨的冷风灌了进来，陆白川却越笑越开。他看着窗外的景色，缓缓道出："杨叔，人这一生走的路，又有哪条是不难的？最多只是程度不同而已。只要是自己选择的，无论最后结果怎样，我都不会为现在的选择而后悔。"

"再说，你看。"杨鸣顺着陆白川的手指望过去，忽然定住了神。

陆白川的病房在医院的顶层，这里的病房是保密性很强的，安全性也高，从这里看下去，万家灯火阑珊，高楼大厦通亮，在刺骨的黑夜里，一点点微弱的光芒连成了一片又一片小且耀眼的星空，降落在平凡却幸福的人世间。

"这万家灯火，点点星光，总要有人去守护吧，既然你行、我爸行，为什么我不行？"陆白川顺着刮进来的风抓住了盘旋的树叶，叶子残破不堪，却能飞旋于天，无论它借了谁的力，都要归功于这个和平幸福的时代。

这个时代也许依旧存在黑暗，残破之地里依旧乱草丛生，暴力动乱或许依旧蔓延滋生，各种各样不为人知的残酷事件不断上演。它们带着从地狱深处传来的怒吼，向这个世界不断输出贪婪、欲望、腐朽。

但也依旧存在着数不胜数的人与那些势力抗衡、斗争，他们是这个时代的英雄，也是不为人知的平凡人，更是这个时代万家灯火最好的守护者。

陆白川随风扬叶，任它去归处，万家灯光的朦胧光影映刻在他的眼里。

他说:"信我吧,就是拼了命,粉身碎骨我也一定会回来的。"

覃思宜泣不成声,那段空白的往事终于被填补,陆白川所经历的事永远都在她可想象的范围之外。

所以,十八岁那年陆白川不是来看她的。

他是来和覃思宜、和曾经的一切,甚至是和十八岁的陆白川做告别的。

如果不是覃思宜意外看到这些,她可能永远不会知道,在他们十八岁那年,所有人都在为高考奋斗时,陆白川就已经准备投身黑暗了。

陆白川到底还是那个陆白川,他有着宏大的理想,从来不只是嘴上说说而已。他的理想大于天,生在黑暗里,长在烈日下,亮在万家灯火中。

这样的人啊,不论覃思宜什么时候遇见都不可能不喜欢他的,而一旦喜欢上就真的一辈子都忘不掉了。

他的一切都坦坦荡荡地暴露在骄阳烈风里,让靠近的人无限安心。

他眼里融海川、装万家,心里有情义、重承诺,一切的情感都忠诚地献给了国家和覃思宜。

病房里的暖光正在蔓延上升,好像夏天在催赶熟睡的小猫醒来,小猫颤动眼睫,眼睛终于再次亮在了光里。

陆白川被光线刺了刺眼,下意识地转移视线就看到了床边握着他的手睡着的覃思宜。他笑了笑,用被覃思宜攥紧的手指动着覃思宜的脸,直到覃思宜转醒他才安静下来。

午后泛暖的柔光静静地落在床头,陆白川就那样靠在那里,整个人安静温柔,眉眼带笑地看着覃思宜,好像在说,终于醒了啊。

覃思宜看红了眼。怕弄伤陆白川,她又小心翼翼地攥紧陆白川的手,柔声说了一句:"陆白川,我好爱你啊。"

陆白川猝不及防被表白,却还是笑着回她:"我也是啊,很爱很爱你。"他抬手擦着覃思宜眼角泛起的泪,"别哭了,我会心疼的。"

覃思宜顺势撒娇:"那你心疼一辈子吧。"

陆白川起身把她揽进怀里,吻了吻她的头顶:"行,疼一辈子。"

简单温暖的身体相拥,缓解了所有的难过和痛苦,打散了所有不安的情绪。

拼尽全力,抵抗生死,在这个隆冬时节里,他们终于又迎来了彼此存在的夏天。

《囡囡》的杀青戏重新补拍完，覃思宜又在云南陪陆白川养了一个多星期的伤，才被蒋洁催着赶回北京进行电影《回望》的宣传。

　　宣传活动不多，除了首映的几个采访，就只剩下一个全体的发布会，发布会刚好就赶在了除夕前一天。

　　临近除夕，这热闹劲连带着的不仅仅是电影院，还有一个不为人知却热闹非凡的群聊，也就是因为过年，那个沉寂良久的"一中六人帮"才正式热闹起来。

　　高中毕业后他们五个人都各自往自己理想的路上走去，林越考上了T大的体院，大二就进了国家篮球队，一毕业就去了国外训练。方祺也进了自己钻研已久的项目的实验室，去年跟着教授去了美国继续深入研究。

　　秦宋比起他俩算是比较曲折的一个，他高三下学期就通过了伯克利音乐学院的面试，但他的父亲始终不同意，他也因此错过了开学，后来直接离开了江台，最开始都还有联系的，可最后还是渐渐失去了联系。

　　直到三年前一支叫Time的乐队因吉他手的一首《藏》火出圈，他们慢慢为人所知，也是那个时候覃思宜他们才知道了秦宋的事，慢慢又恢复了联系。

　　这几年秦宋的乐队陆陆续续地在各个地方演出，今年刚好就举行了跨年夜的演唱会；方祺的实验结束向实验室请了年假；林越的篮球训练也因为过年放了假。

　　在这个欢腾的节日，六个分离已久的人又聚到了一起。

　　发布会一结束，覃思宜就想跟孙天明打个招呼提前离开。她刚换完衣服离开后台就被追过来的魏恒给喊住了。

　　"思宜姐！思宜姐！"魏恒还没换衣服，应该是听见覃思宜要离开的消息才急匆匆地跑过来。

　　覃思宜停下了戴围巾的手，转过身看着他问："怎么了？"

　　魏恒跑得很急，刚停住脚，气都还没喘匀，话就跟着往外蹦："你要走了？不吃跨年饭了吗？"

　　覃思宜回他："我有事，就不吃了。"

　　魏恒也猜到了她的事，可不知道是不是因为刚刚看完《回望》最后一幕而产生了一种遗憾才忍不住问出了口："是……和男朋友吗？"

　　覃思宜明显愣了一下，因为陆白川的身份不适合公开，所以她才一直都没有在任何社交平台上提过，甚至除了她的经纪人和助理，她都没有告诉过其他人,就是不想其他人对陆白川过多关注或提及。

但魏恒这个问题是真的让她怔了怔,随后就缓过神来对着魏恒大大方方地笑着应下:"是。"

魏恒不意外地点了点头,想礼貌地笑着祝她好,又实在笑不出来,最终还是深深呼出一口气,慢慢抬眼和覃思宜对望,看着她的眼神就像小孩看一个自己最喜欢的人一样纯粹。

后台的走廊很亮,魏恒穿着一身精致的黑色西装站在一束白炽灯光下,明明像是电影里的男主角一样该拥有主角的光环,却还是在自己的感情里成了不如愿的一方。

魏恒缓了口气,呼吸认真,眼神和笑容都是那样真诚:"思宜姐,我觉得你应该也看得出来我喜欢你,但你可能并不知道这份喜欢是什么时候开始的。说实话,其实我看出了你和陆教练的关系之后就没有想过再告诉你的,但我不想让自己后悔。"

覃思宜捏围巾的手一僵,她也没想到魏恒会现在说出来。魏恒也明显看出来了她的错愕,但他还是真诚坦荡地直言:"覃思宜,我喜欢你,喜欢很久了。你放心,我明白你不公开的顾虑,我不会说出去的,告诉你我喜欢你,也不是为了想要你为难,我只是想给我的暗恋做一个真正的结尾。"

走廊没有暖气,冷风直接就从窗户钻进来,魏恒穿的是西装,可并不保暖,垂在身侧的手也不知不觉被冻得通红,但他还是那样郑重又坦然地笑着。

"思宜姐,那天爆炸的时候我就看出来了,你们之间的感情是谁都插不进去的,我也感觉得出来你们很爱彼此,所以,不论是作为一个什么样的身份,我都很想祝福你,祝福你们。

"思宜姐,我真诚地祝福你和陆教练能永远幸福。"

覃思宜半散的发丝被冷风吹乱,魏恒下意识地抬手,却看见了后面那身熟悉的黑色羽绒服,最终也只是拍了拍她的肩,笑着祝福她:"思宜姐,新年快乐。

"再见。"

说完魏恒又看了看她,眼眶不知是不是被冻的,慢慢泛上红丝,他转过身快走了几步,刚想跑,覃思宜的声音就在身后响起。

覃思宜理了理头发,看着那个男孩快步走远的背影,还是大方又温柔地回了一句:"魏恒,谢谢你的喜欢。还有,新年快乐。"

魏恒的奔跑声在这条走廊里回荡着，逐渐消失，覃思宜在原地站了好一会儿，又被吹来的冷风打乱头发。

她下意识地想抬手去理，却因身后那股熟悉的味道和温度转回了头。陆白川抬手给覃思宜理着头发，又从覃思宜手里拿过围巾给她围上，围好后覃思宜还保持着那副略带担心又满是惊喜的表情看着他。

陆白川轻捏了捏她的脸，垂眸看她："怎么了？这副表情？"

覃思宜的下巴被他围进围巾里，暖白色的围巾毛茸茸地立着，上方的白炽灯一打，覃思宜整个人越发温暖柔和。她回过神，直接揽住陆白川的腰，围巾抵在他的喉结上，那双狐狸眼亮堂堂地看着他，一连问了几个问题："你怎么来了？这么快就能出院了？刚刚你是不是都听见了？"

陆白川顺势低下头，用额头抵住覃思宜的额头，一一回她："想你就来了，我问了医生身体已经没事就出院了，刚刚算是都听见了。"

覃思宜听完下意识地退开，解释："魏恒他……"

"我明白，"陆白川打断她，拉过她的手递过去一个暖宝宝才带着她往停车场走，"他的心情我也算是亲身经历过，你也不用担心我会误会。覃思宜，对你，我比对我自己都相信。"

陆白川真的是精准踩中覃思宜的愉悦点，她连问句都带着喜悦："为什么？"

陆白川听出她语气里的得意，也十分自恋地回她："大概是因为十年过去，你还是只喜欢我吧。"

他说完还不行，又嘚瑟，抬手将覃思宜直接揽在怀里："没办法，我们狐狸公主就是只喜欢我这样的，想没信心都难啊！"

覃思宜无语又无奈地笑着，抬脚就踹他："陆白川，六七都没你这么不要脸。"

陆白川没躲，不以为耻，反而还问："你怎么知道的？要不然问问六七自己？"

覃思宜失笑："怎么问？六七又不……"

她话还没说完，陆白川就打开了车门，熟悉的叫声响起，副驾驶上那只懒洋洋地扯着嗓子叫唤的小橘猫正怵怵地抬起脑袋，完全一副刚睡醒的模样。

覃思宜从云南回来就直接跟着剧组跑宣传了，也没有回家，加上去拍戏的那些日子也有大半年没见过六七了。

覃思宜坐上车抱着六七来回看，最后还是六七抗议地叫了一声，她才把六七放在腿上顺着它肚子上的毛。
　　她看着六七这副懒气的样子，又想起了自己当初捡它的时候，覃思宜抬眼看着开车的陆白川，当真觉得时间的重叠很漫长却也很浪漫。
　　她在陆白川离开的那天捡到一只奶猫，现在陆白川回来了，奶猫也被养成了一只和陆白川一样的懒猫，覃思宜一想到这儿就不自觉地笑出声。
　　陆白川看了她一眼，见她盯着自己，也下意识地跟着笑："笑什么呢？"
　　覃思宜没回他，反问："那你笑什么呢？"
　　陆白川打着方向盘说："没什么，就是一看见你就开心。"
　　"所以……"覃思宜总结道，"是幸福得一见我就笑啊。"
　　陆白川的小虎牙闪在路灯照来的光影里，可爱地顺着她说："对，就是幸福得一见你就笑。"
　　覃思宜顺着六七的毛，它也不知怎么，好像是也想附和他们的话一样"喵喵"地叫着。
　　"陆白川，你知道我为什么要叫它六七吗？"覃思宜看着六七问。
　　"为什么？"
　　"因为六月七号是你离开的日子。"覃思宜看着前面的红灯缓缓地说。
　　车子停下，陆白川也没想到会是这个原因："为什么要把离开的日期记这么清楚？"
　　窗外的路灯很柔和，今年还没有下雪，一片黑夜和昏暗交织的世界里只剩下几缕红绿光在闪烁。
　　覃思宜轻声一笑："大概是因为只有把离开的日子记牢了，才能知道你离开了我多久。"
　　陆白川扭头看她："那我离开了多久？"
　　"从你离开到我在舞台上重新遇见你那天为止，整整三千八百三十六天。"覃思宜也回头看他。
　　陆白川沉默了两秒，心里涌着说不清的情绪，好似窗外泛黄的路灯亮在最炙热的晚风里，无一不是闷重，又无一不是幸福："你是一天天数着过的吗？记这么清楚。"
　　"也没有刻意去记，只是一想起来就会很深刻。"
　　"那以后咱俩一起过的每一天，我也要数着过。"他像个学人的小孩一样幼稚地耍着赖。
　　覃思宜被他这话逗笑："陆白川，你是什么学人精吗？"

"是啊,只学覃思宜的学人精。"他挂上前进挡,又是懒懒的样子。

覃思宜真的觉得陆白川总有一种一本正经的搞笑能力,和他在一起就算是再难过的日子她好像都能笑得像个傻子。

红灯闪烁着最后的秒数,灯光转换,车辆又在路灯洒下的光晕里驶过,狭小的车厢里暖气逐渐升温,弥漫到覆盖空气。

六七趴在覃思宜的腿上不安分地摇着尾巴,傻气的笑声和碎到无厘头的闲话嚷了一路。

临近过年的演唱会热闹是热闹,拥挤也是真的拥挤,好在覃思宜和陆白川走的是员工通道才避免了被人认出来的风险。

一进化妆间,里面那两人熟悉的闹腾劲儿又回来了,方祺真的如他想的一样对着陆白川就捶了上去,但手却没用力,打在人身上就跟挠痒一样,最后他和林越一起一左一右地抱着陆白川,郑重又傻气地喊着:"川哥!欢迎回来!"

秦宋没跟他俩一样,却也是拍着陆白川的肩祝福:"欢迎回来!恋爱快乐。"他又瞟了眼覃思宜,给陆白川打了个哑谜,"一会儿好好看,有给你的惊喜。"

开场在即,陆白川刚想开口问,经纪人已经敲门提醒他们开场。秦宋拿起吉他带着头,队形又自然而然地走成了整整齐齐的两排。

熟悉的并肩和步伐,同样的伙伴和朋友,却也是不同的他们和自己,带着各自的理想在分开的十年里跌跌撞撞,又兜兜转转回到一起。

舞台的灯光暗下去,全场也跟着安静下来,下一秒,几声激烈的电吉他带着热烈沸腾的电音掀翻黑暗,全场开始欢呼起来。

Your love untamed,it's blazing out. (你不能驯服的爱,燃烧着)

The streets will glow forever bright. (街道将永远明亮)

Your glory's breaking through the night... (你的荣耀冲破了黑夜)

秦宋站在舞台中央,耀眼的灯光自上而下落下来,音响带着他的声音传遍整个场地,音乐之下,他是舞台唯一的主导者。

You will never fade away, Your love is here to stay.

(你永远不会消失,你的爱就在这里)

By my side, in my life, shining through me everyday...

(在我身边,在我的生命中,每天照耀着我)

一首熟悉又动感的歌在电吉他的伴奏里点燃了沸反盈天的场馆,里面的人不再尖叫,他们的呐喊声嘶力竭却也真诚热烈。

陆白川被方祺和林越搭着肩,摇摇晃晃地跟着一起唱,竟感觉好像又回到那年隆冬,他们围在放映机前轻谈自己的理想,激昂又热烈地高声唱着。

现在他们依旧肩搭着肩,身后空白的十年里各自背负离别和思念坚定地追求的理想,然后在这一个平凡却热烈的夜晚交会,他们仍旧激昂热烈地放声高唱。

青春里那些残破的、美好的、遗憾的都有彼此存在的烙印,这就是属于他们的最好的青春,也是属于他们理想的最美好的归属。

舞台又暗下去,一束追光灯直直照亮一架黑色钢琴,场下的人都还在议论,声音一阵盖过一阵。

陆白川被左右两个人突然凑耳大喊:"川哥,你的专属表演来了!"

陆白川还没反应过来这话里的意思,就因舞台上另一束追光灯下走上台的人怔住,不仅仅是陆白川,场馆里的其他人也一样,对于覃思宜的出现都感到惊讶又不可思议。

秦宋的声音在后方响起:"下面的表演是我的一个朋友带来的,大家应该都认识,我就不过多介绍了。让我们一起聆听吧!"

话音刚落,覃思宜就抬手按上黑白琴键,尘封十年的钢琴曲打破回忆席卷而来,这是覃思宜十年前比赛时弹的那首曲子。

那首她以为他没有听到的曲子。

那首他答应要回来重新听她再弹一次的曲子。

那首他们都以为彼此不知道的曲子。

覃思宜还是穿着和曾经一样的裙子,嫩白色的一字肩把女人线条优美的肩颈露出,头发简单绾起,皮肤在透亮的追光灯的加持下显得格外清透,成熟的眉眼和五官看着好像没怎么变,却处处都是长大的痕迹。

陆白川愣在了原地,没敢错过台上覃思宜的一丝一毫,台下的他还是和当年一样渐渐听红了眼。

钢琴曲不长,三分钟结束,覃思宜从钢琴架上拿起话筒站了起来,面朝着观众,也朝着她正对面的陆白川。

今天没有追光灯给到陆白川,台下也很昏暗,但覃思宜就是朝着那一个点看过去。舞台上的灯光太亮,周围暗下去的地方好像自动化成了模糊不清的边界线,他也看不清覃思宜望向的人,但他还是感受到了她的视线,抬起眼和她在边界线的缠绕处交会。

覃思宜拿着话筒大方地笑着:"你们好,我是覃思宜。今天表演的这首钢琴曲叫《G大调小步舞曲》,是巴赫送给他妻子的,也是我想送给我未婚夫的……"

她话音一落,台下的声音直接盖过了她,震惊的、起哄的、兴奋的、失落的,一阵一阵不停地传来。

覃思宜又加大了点声音:"我知道大家现在肯定都在谈论我的恋情,但我希望如果可以请大家不要去过多地关注我的未婚夫,因为一些工作的原因他不适合暴露在大众视野下。但我很爱他,所以选择公开也是为了对他和对粉丝负责。希望大家能知道一点,我不是什么很厉害的人物,选择做演员也只是因为我喜欢演戏,它不仅仅是我的工作、我的职业,更是我的梦想。

"因为这份梦想我收获了很多喜欢我的粉丝,我很高兴也很庆幸,谢谢大家的喜欢!但同时也希望大家能明白,除去演员这个身份我也只是一个很普通的人。我会和你们一样普通地恋爱、普通地生活、普通地过平凡的每一天。所以,真心希望大家可以不要过多关注我的爱人,如果可以我希望我们能够在下一部作品里继续相见,谢谢各位!"

方祺是一贯的起哄领头人,他鼓着掌高喊着祝福,仅凭这一举动就煽动了全场一半的人。

陆白川站在台下的正中央,那里是和台上的覃思宜最靠近的地方,他们两个被一黑一白的光线包裹,却又被同一场热烈沸腾的祝福淹没。

他怎么都没想到覃思宜会在这个时候选择公开,也从来都没想过有一天,他会站在明亮的世界里拥有盛大的祝福。

覃思宜说完话又看了陆白川几眼才从台上下去,舞台恢复黑暗,场馆里响亮的祝福还是一点点地回响,陆白川再也站不住了,抬脚越过重重人海朝覃思宜奔去。

舞台上的歌曲又喧嚣返场,一哄一闹都燃烧了这个陌生又熟悉的隆冬,场馆里的温度好像是那年夏天的回潮。

覃思宜换完衣服出来,就看到了门口站着的陆白川。陆白川穿着简单的黑色羽绒服,整个人懒懒地靠在门框上,低垂着眼也不知道是在想什么。

覃思宜走上前,拿她冰凉的手贴上他的脸想刺激刺激他,结果刚伸到一半就被人抓个正着。陆白川反握着她的手放进口袋里暖着,又抬眼望她,眼眶明明就是感动得有些泛红,却好像还是在说:"你怎么能现在公开?"

覃思宜笑着扑进他怀里:"我知道你在想什么,其实公开这件事我早就想好了的,就算不是现在以后也是要说的,不然到时候拍到你了我没来得及拦住就麻烦……"

陆白川顺势抱住她,垂在她的肩窝上打断她:"覃思宜,我不怕麻烦,但我不想你的事业因为我受影响。"

覃思宜知道陆白川担心她,她惯会撒娇地拱着陆白川,柔软的围巾绒毛一点点地蹭着陆白川的侧颈,把他那唯一一点担心的劲儿都给蹭没了。她说:"别担心,我是演员,我的事业靠的是我的实力和演技,这些东西是影响不到我的。而且,我想说,想告诉大家,也想告诉你,我有一个我很爱的人,我想和这个人过最平常最普通的生活,也想和我的爱人白头到老。"

好了。

这只爱撒娇的小狐狸又在那只小猫的兴奋点上踩了又踩,一点点地把他的心都给灌得满满当当,别说生气了,他都快高兴得找不到北了。

陆白川在覃思宜肩头笑起来:"其实一直忘了告诉你,十年前的那天我其实去了,你的那场钢琴演奏我没错过。"

覃思宜没回他的话,埋在他怀里低声笑着,又听见陆白川问:"还想不想看演唱会?"

覃思宜又用问题回他:"不看的话我们去干吗?"

"你不是说了吗?普通的恋爱,我们就去感受感受。"

"好。"覃思宜点着头,满眼期待。

陆白川说的普通的恋爱就是晚上的时候走在渺无人烟的街道上,像两个相互取暖又傻气得不行的小孩一样手牵着手,遛着不那么情愿跟着他们的猫。

覃思宜呼出一口气,白雾在路灯下弥散,她低低道出一句:"陆白川,你不觉得我们很像两个傻子吗?大半夜的不回家,跑出来遛猫吹冷风?"

陆白川笑了笑,极其不要脸地回:"傻子不好吗?傻人有傻福,咱俩能享一辈子傻福。"

"是,你傻你说了算。"覃思宜笑着怼完他,又没忍住吐槽一句,"那你说的普通的恋爱在哪儿啊?"

陆白川把她的手揣进口袋里,又把羽绒服的帽子给她戴上,看着她整个人笑得把那双狐狸眼都挤成弯月,暖光溢进去可爱到不行,陆白川没忍住低头吻了吻她的唇:"这还不普通吗?"

"这普通什么？"狐狸没被他诱惑住，反驳着问。

"烟火人间，牵人遛猫。"小猫回嘴，晃了晃相牵的手。

覃思宜真的想再踹他一脚，但她的想法刚升起来就被前面路灯灯光下细细密密的白色晶体截住了。

覃思宜挣开陆白川的手，直接跑了过去，帽子也被她抖开，她高兴得声音怎么都掩不住。

"陆白川，下雪了！

"今年的第一场雪！"

凌晨的街道上没什么人，店铺也都打了烊，唯有经久不灭的路灯散发着朦胧又温柔的光辉，把黑夜里那些悬浮垂落的白色晶体滤得平凡又浪漫。

陆白川手插着兜，看着前面路灯下那两个高兴玩闹的"小孩"。

一个是她的猫。

一个是他的爱人。

两个都是要和他共度一生的。

明明一切都简单平凡到了极致，朴实无华却依旧幸福得不行。

陆白川掏出手机跑了过去，喊住覃思宜："覃思宜，抬头。"

覃思宜愣愣抬头，眼里的笑意还没散。

"咔嚓"一声。

冬天定格。

街道上，白色的雪朦胧细密地下着，一束暖黄灯光笼住的是两人一猫，背景上亮着无数的万家灯火，组成了最质朴的烟火，而其中就有属于他们的一盏。

我们的第一张合照。

合照里的所有景物都构成了属于幸福的一小粒分子。

烟火人间，牵人遛猫。

万家灯火，与你偕老。

这就是最普通的恋爱的开始。

—正文完—

Extra 01 / 理想和爱，永不停息

八月初，《囹圄》在暑期档正式上映，所有的主演和导演都按照电影宣传活动的行程走，也不知道是谁安排的，最后一场的首映礼，刚刚好就在江台举行。

覃思宜也跟陆白川借这个机会请了假回江台正式把约定好要见家长的事行动起来。可这要回去的消息一在那个闹哄了天的群散出，紧跟着就是一串要跟着回江台的电灯泡们。

陆白川刚洗完澡，套上条黑短裤就从浴室边擦着头发边走了出来，卧室灯光亮得刚好，水珠还未擦完，顺着精致有型的小麦色皮肤往下滑，滚过后背一连串泛着红晕的斑驳。

"怎么还不睡？"陆白川套上沙发上扔着的白色短 T 恤，窝上床把趴在床上看手机的覃思宜抱进怀里，吻了吻覃思宜红软的后颈。

覃思宜把手机递给他："他们说要一起回去。"

陆白川看了眼群里的几个人，偏头一笑，关了台灯："那就一起回去吧。现在该睡了，明早七点的飞机，你现在只有不到四个小时的睡眠时间了。"

覃思宜环抱着陆白川，侧脸埋在他的颈窝处蹭了蹭，抬手拍上陆白川的心口，柔声软语地吐槽："那能怪谁？"

陆白川抓着她的手亲了亲，低头反问："就是啊，怪谁？"

覃思宜捏着陆白川的脸，一副无可奈何的样子摇了摇头，声音也万般无奈："陆白川，你的脸真的是不能再要了。"

"行行行，我不要脸了，都给你。"

覃思宜就知道他要这么说，连忙松开手，带着嫌弃的意思滚到床的另一边："别别别，我可不要。"

"那可不行，"陆白川把覃思宜拉了过来又箍进怀里，拿下巴蹭覃思宜的后脖颈，又捏紧她右手的无名指，"覃思宜，你戴了我的戒指，就得对我负责。"

说着，他又抬手把人转过来："狐狸公主，听见了吗？"

狐狸公主揣着坏心思，借着朦胧的月色放大胆子："那我要是把戒指还给你，是不是就不用负责了？"

陆白川哪能不知道覃思宜的心思啊，他给覃思宜理了理耳边的碎发，附在她耳边，懒声慢语地说："是。但这一切的前提是你得舍得。

"可是，你舍得吗？"

覃思宜顿了两秒没说话，黑暗的环境把一切声响都放得很大，覃思宜终究是没忍住笑出了声："陆白川，你就不能配合我演演？"

"我不是演员，没有演戏的能力，而且对你，我不可能作假。"陆白川一本正经地回答完，还是固执地又问了一遍，"所以你舍得吗？"

"舍不得，舍不得，舍不得……"覃思宜张开手臂抱着这具滚烫让人安心的身躯，贴在他的心口上能清清楚楚地听见里面的共鸣，她小声嘀咕，"傻子才舍得，我不做傻子。"

陆白川摩挲着覃思宜的耳垂，懒散地笑着："嗯，覃思宜不是小傻子，是陆白川的老婆。"

"老什么婆，还没领证呢！"

"那赶明儿回江台就领。"

"这事儿你怎么提得这么自然啊？"覃思宜狐疑地看他。

"自然个鬼，十多年前就开始想了。"陆白川拍着她的背，"领不领？"

覃思宜贴在他心口，点着头："领啊。"

房间里没了灯光，黑暗的建筑物里只剩下了窗外柔白的月光流进卧室里，照着相拥而眠的两具滚烫身体。

次日一早，两人就踩着点登上了回江台的飞机，机身一点点升空，模糊了北京城的夏景。陆白川还是坐在靠窗的位子，和十年前离开江台时的位子一样，唯一不同的是这次他是带着爱人和理想归家。

飞机一抵达江台机场，覃思宜就和陆白川分了道去了电影宣传首映现场。

首映礼的时间不长，一个多小时就结束了，覃思宜一早就和蒋洁请了假，换完衣服之后直接上了停车场里那辆放着她的猫等她回家的车。

车门一开，覃思宜就跟一只归家乱窜的小动物一样，扑进陆白川怀里，她抬眼看他，眼睛里的光啊，真的是幸福得藏都藏不住："陆白川，我们现在要去领证吗？"

陆白川被她勾着脖子带得小幅度晃动，他笑着给覃思宜理了理鬓角浸湿的头发，也顺手勾上覃思宜的脖子，玩笑着看她："你这么想嫁给我啊？家长都不见了？"

覃思宜又怎么不懂陆白川心里的嘚瑟劲，抬手勾了勾陆白川的下巴，憋着坏："你别得意了，敢说你不想娶我吗？"

"不敢不敢，"陆白川抓住那只到处撩拨的手，认真道，"但先见家长，是对你负责，也是给那些关心你的亲人的承诺，哪怕他们现在不在了，这份承诺我都得做到。"

覃思宜笑了笑，凑过去嘬了陆白川一口："给你个奖励，走吧，带你去提亲。"

"行，公主领路吧。"

车身窜进江台的道路上，午间的太阳在柏油路上照得正烈。

江台的夏天才是真正的夏天，暑气闷在空气里，风里刮来的燥热，树尖不停歇的蝉鸣，还有独属于彼此的记忆，一切都滚烫得刚刚好。

墓地在郊区，覃思宜的父亲和阿婆都葬在那里，连着的两个墓碑都镶嵌着温柔满面的笑脸，阳光落在他们的脸上，整个墓地的悲凉气氛都在这一刻温暖滚烫起来。

覃思宜看着照片上面的两个人："爸，阿婆，我回来看你们了，这次还带了一个人来。"

陆白川放下两束花，站起身来，郑重地鞠了两躬，说："叔叔，阿婆，你们好，我叫陆白川。今天来见你们是想向你们讨一个人，"他牵过覃思宜的手，视线又转过去，"不知道你们对我的看法，就先说一说我自己吧。"

陆白川站定，脊背挺直，自然地敬了个礼："我曾经是一名缉毒警，八年的卧底任务已经结束，现在回归了警队，任职于北京市特警一队。

"从我开始选择为国家服务的那一刻起我就决定了，要拼尽全力去守护这个社会。我这个人不喜欢说虚话，承诺了就一定会去做。在进入警队培训的第一天我就学会了忠诚，在卧底时期我也没有一刻抛弃过我的信仰和忠诚。"

烈日落在少年肩头，他字字坦荡又句句滚烫："所以恳请你们放心地把覃思宜交给我，我会将我的忠诚都给予她，我会努力让她幸福，让她能像生活在你们身边那样，得到她本应有的爱。"

覃思宜站在陆白川的身旁，和他隔了不到一米的距离。

夏天的风又肆意吹来，卷起一片躁动和焦热，覃思宜望着陆白川的后背，眼眶慢慢地模糊。

男人字字肺腑之言，前有国家信仰，护着天下人间；后有情爱小事，敞着真心热烈。

陆白川终究还是那个陆白川，会赖皮地开玩笑，会揣着心思诱惑狐狸，会坦荡热烈地尊重所有人，他的变化只是对追求自己想要的所有东西更加坚定。

陆白川说完又对他们鞠了三个躬，每一次鞠躬都是对覃思宜和他们的保证。

真正的爱从不怕弯腰低头，身躯的低垂只是为了缩减爱的距离。

领完证的当晚，覃思宜发现陆白川比她还在意那两个红本子。

覃思宜踢掉拖鞋，坐上陆白川的腿，一把抽掉他手里的红本子："你这是能看出什么花来吗？看得这么入迷。"

陆白川任她拿，笑着把人直接环抱进怀里："想了这么多年的事，这么快就实现了，比起那种幸福感，也不知道为什么心里的不安反而更多，所以就想多看看，再多看几眼，真实感也许就会更强一点……"

覃思宜没了玩笑的声音，环住陆白川的脖子，轻声安抚着："陆白川，一切都是真实的，这里以后就是我们的家了。"

"嗯，我们的家。"陆白川笑着抱紧她，下巴蹭在她的头顶，"等以后我们都老了就待在这里，每天早上我都做好早饭等你起来吃，天气好的时候我们就坐在沙发上看你的电影，晒着太阳唠着嗑。"

覃思宜失笑问道："你的计划里都没有孩子吗？"

陆白川拍着她背的动作很轻，像是无意识的习惯："没有。我不想把孩子当成一个必需的存在，他的存在只能是你愿意了，或者你想要了，那我们就生一个陪着他长大。"

陆白川的声音很温柔，懒懒的调子搭着柔和的嗓音，覃思宜听着就觉得安心："你也要知道我们的婚姻只是一个水到渠成的结果，它算是一份法律关系的承认，不是把你归属进一段关系的囚笼。生孩子不是一段婚姻关系里的义务，也不是你一定要去做的事。"

覃思宜低笑着问他："那我要做什么？"

陆白川吻了吻她的额头："做你自己，然后，等着被我爱就行了。"

"行，那你也要准备好被我爱啊。"覃思宜弯起的眼透进月色，望进陆白川眼里。

陆白川把她抱着贴近心口:"知道了。"

这套空了两年多的房子,终于有了生活的气息,熟睡的呼吸缠绕进夏天的夜晚,流动的热气灌满了整个空间,空荡冰凉的建筑物也有了温度。

第二天下午还没到约定的时间,方祺那催人"夺命"的电话就连续地轰炸过来,搞得几个人想迟到都难。

一中的路没怎么变,那条熟悉烦人的坡依旧在必经之地上。

"怎么几年没走了,我发现这坡是越来越斜了啊?"方祺走到一半就开始抱怨。

林越这几年的锻炼量都不知道是走这条路的几倍,得了空就在方祺面前嘚瑟:"方祺,变的不是坡,是你的体力。"

"小瞧你祺哥?!"方祺还是一如既往地一挑就炸,"来比比!"

旁边的时欲摇了摇头,实在看不下去了:"大哥,人家国家运动员,你就算跑断腿也追不上他啊。"

方祺现在委屈得不止一点:"你也小瞧我!"

"你的关注点在哪儿啊?"时欲无奈地问着。

方祺没理会她的问题,回头看着剩下的三个人,想问问"你们觉得呢"。

陆白川装别的或许不行,装逗人那可会了,他拍着方祺的肩,叹息一句:"你加油。"

覃思宜看着陆白川这副捉弄人的样子,也学着他的样子拍上方祺的另一边肩膀:"加油。"

方祺真是懒得看他俩了。

当真就是不是一家人,不进一家门啊!

唯独还剩个秦宋,偏偏他也是个暗地里给林越助威的人,刚刚空出来的双肩,现在又被拍上,只不过秦宋的这句加油倒是真诚的祝福。

方祺突生一种被孤立的感觉,这五个人怎么像是约好了来坑他一样!怎么十多年不见,一聚齐就他没了默契是吧!

他傻愣愣地站在原地,再回过神时,前面的人早就到了大门口:"你们都不等等我啊?!等我啊!"

时欲回过头颇为无奈地看着远处挥手的傻子:"快点跑!"时欲喊完又摇了摇头,吐槽一句,"太傻了。"

旁边的四个人都没忍住笑,看着坡上奔跑的大傻子,等着他来会合。

覃思宜看着旁边超市里的冰柜,喊他们过去:"吃冰棍吗?我请客。"

时欲第一个走了过去:"吃吃吃,我要吃最贵的啊!"

刚赶来的方祺也听见了请客,吵吵闹闹地跑进去。

林越无奈地看着那对情侣:"这还真是一个被窝睡不出两种人啊,我都不想说我认识他俩了。"

秦宋笑着把人勾过来带进超市里去:"行了,不想认识也得认识,谁让我们是朋友啊。"

十年过去,一中整体没怎么变,就是一些教学楼有了很大的改动,一进门还是那条栽满梧桐的大道。

斑驳陆离的光影打在路上,绿色和金色交相辉映,笼罩整条大道,看上去倒像是一条穿回过去的时空隧道。

曾经的六个人和现在的六个人肩并肩走向理想和未来,又回归幼稚和傻气。

他们六个人本来就是不同班的人,要看的老师也不同,分道走开又会聚。现在是暑假,学校里本来就没什么人,也是覃思宜还和老师有联系才一早打了招呼进来。

那条熟悉的梧桐大道,十年之间梧桐又奋力疯长,大片大片的绿色,明晃晃地耀眼了青春年华和岁月流年,当初是他们这帮人,如今还是他们这帮人。

刚到教学楼,赵云早已经站在了下面,他知道他们今天要来,他还知道陆白川也回来了,当初这个孩子迫不得已离开,如今十年过去他也很想很想再看看那个优秀耀眼的少年长成了什么样子。

方祺看见赵云还是和以前一样,便插科打诨没个正形:"老赵,好久不见啊,有没有很想我啊?"

赵云扶了扶眼镜,打了他一下:"你小子都当研究员了还是这么不正经啊。"

方祺挨下这一掌,笑着说了句:"掌力不减当年啊,看来这些年还有很多学弟学妹被你打啊。"

陆白川从方祺后面走过来,把人拉走:"行了,你好好说话。"

说完,又看向赵云,放松眉眼:"赵老师,好久不见,我回来了。"

十年过去,赵云也老了,鬓角微微冒出几缕白发,眼角的皱纹叠加一副厚重的眼镜也遮不住他欣慰的笑眼。赵云抬手轻轻拍了拍陆白川的肩："回来就好，回来就好，去我办公室坐坐吧。"

大家都看得出来，赵云和陆白川有话要说，都自觉地朝旁边走去。赵云带着陆白川回了自己的办公室。

办公室的装修和当初也早已经大不相同了，窗外的夏风吹进来，梧桐叶的味道淡淡的，肆意耀眼的光条明媚得把光阴穿透，好像一切都没有变一样。

"坐吧。"赵云对着陆白川开口，刚坐下他就看见陆白川手上的戒指，"你结婚了？"

陆白川挨着赵云坐了下来，听见赵云的问题笑了笑，抬手看了眼戒指："刚领了证，但还没办婚礼，不过应该也快了。赵老师，婚礼您可要来啊。"

赵云笑了笑回道："只要你给我发请帖我就一定会去的，"他突然又一顿，问道，"不过，你的未婚妻我认识吗？人家见到我会不会介意啊？"

陆白川轻松一笑："介意什么啊？我的未婚妻可是您的学生。"

"我的学生……"赵云在脑子里把自己的学生且会和陆白川认识并在一起的人都过了一遍，结果也只能得出一个名字，"不会是……覃思宜吧？"

陆白川立马就给他鼓了鼓掌："赵老师，您还是一如既往地聪明啊，没错，我们在一起了。"

"好啊，真好！"赵云扶了扶眼镜，笑意加深，眼角的皱纹带着岁月的痕迹，望向陆白川的眼神像是回溯了时间。

"十年前，你刚离开的那段时间，他们那一个个的，整天都没什么劲，就连覃思宜那一年的期末考名次都往下掉了好多。我也没法去安慰他们，毕竟你们的感情我一个做长辈的也确实无法多说。但好在现在啊，你们六个都好好地长大了，每个人都还各有各的优秀，虽然时欲和秦宋不是我班里的，可再看到你们相聚，作为老师我真的很为你们感到高兴。"

陆白川也想起十年前走的时候赵云对他说的话，他笑了笑，起身对着赵云鞠了一躬："赵老师，谢谢您，不管是十年之前还是现在，您都给了我很多的帮助，真的谢谢。"

赵云连忙把人扶了起来："好了，别谢来谢去的了，记得结婚给我发请帖。"他听见外面的走廊传来熟悉的吵闹声就知道是他们，拍了拍陆白川的肩，朝陆白川轻声笑着，"快去找他们吧。"

"知道了。"陆白川又恢复了十年前那副懒散样。

他走到门口,突然停住,回了头,对赵云挥了挥手,笑容肆意得如同十六岁的模样:"老赵,回头见啊!"

赵云站在原地看着他的背影,长大了,都长大了。

当初那一群爱闹的小孩,早就在不知名的时间长河里各奔东西,长大成人,遗憾的是,他们没能在那些被岁月偷走的时光里陪伴彼此,可庆幸的是,他们在各奔东西的路上又走在了一起。

夏天依旧燥热,蝉鸣依旧聒噪,随着少年们飞奔飘起的衣角带着无数的相遇和重逢。

一中的路都没怎么变,出了教学楼再走几步就是篮球场,秦宋看着这个有些破旧的篮球场不禁笑道:"你们还记不记得当初我们就是因为那场篮球赛才正式认识的。"

林越的记性一向最好,勾着秦宋的肩回他:"怎么可能忘啊,那可是我们祺哥脚打石膏一个多月换来的友情啊。"

方祺打着人反驳:"好好的,咱能别提当年糗事吗?"

覃思宜看着那条红色跑道想的却是另一件事,十年前的运动会,那个肆意张扬的少年当着众人的面念着那篇说不清道不明关系的加油稿。

陆白川突然凑近覃思宜,低声说:"覃思宜,还记不记得我当年念的那份加油稿?"

覃思宜回头看他,眼里的心思藏不住:"怎么了?"

"其实我当年还有一句话没有说。"

"什么话?"

陆白川垂眸笑了笑,想起那年的热闹,跑道外呐喊喝彩声传到台上的念稿处,他目光灼灼地看着跑道上的覃思宜,把那张加油稿上画掉的话念了出来——

"就算你拿不了冠军,我还是会等你。覃思宜,我真的很喜欢你。"

十年前画去的字迹是陆白川藏了七年的暗恋。

覃思宜看着他弯唇:"好巧,我也喜欢你。"

十年后的告白是覃思宜从一而终地回应。

烈日顺着风的流动灼晒着红色跑道,梧桐树梢晃动,夏蝉清脆鸣响,带动两条项链在夏风里碰撞不停。

覃思宜握住那条项链,垂眸清清楚楚地看到了星环内侧刻着的英文。

她刚想开口就被人叫住:"思宜,川哥,快来啊!我们去小北门看日落!快到时间了!"

陆白川牵起覃思宜的手跑向他们,笑着回应:"来了!"

小北门的风景十年过去是真的一点都没有变,一到日落时分整条临江大道上都停满了各种"小电驴",闹哄哄的人群喧嚷出嘈杂的幸福。

染红天边的黄昏带着粉橙的柔光掉落在江面,晃动的涟漪荡漾出一长条光,闷热的晚风怎么都吹不散夏天的热烈。

林越看着这场景又想起十年前的时候,不禁提议道:"朋友们,比赛吗?"

秦宋第一个回他,似乎也想到曾经:"比骑车啊?"

"秦宋,你很懂我啊。"林越朝方祺和时欲转过去,"你们两个十年前没比成,现在来比比吧。"

方祺扬着声:"行啊,我代表我们科研人员拿一拿运动第一。林越,你得靠边站!"

林越:"口气真大啊,走吧。"

陆白川拉住覃思宜:"让他们比吧,咱俩就慢慢骑。"

"你不比比?"

"比什么?这么美的落日,我只想跟我老婆谈恋爱。"陆白川搂着覃思宜懒洋洋地念着。

覃思宜失笑:"那输了怎么办?"

"输了就输了,反正我满足了。"陆白川丝毫不在意。

前面四个人发疯一样幼稚地蹬着脚踏,方祺和林越还放开把手,旁边的时欲和秦宋无奈地看了他俩一眼,又默契地各自踹了一脚,吓得那两个人连忙握住把手,一副傻气的尿样这么多年都没变。

"时欲,厚道点,咱俩是一家的!"

"那你可错了,此时此刻我只代表记者这个身份。"时欲加大蹬的力度,直接超了过去。

秦宋瞅了眼林越,有些心虚又想笑得不行,自觉领会了他的眼神:"我不跟你抢第一。"

林越满足地笑着:"兄弟,够义气啊!时欲,给我等着,第一必须是我们国家队代表的!"

"林越,你还是不是兄弟了?怎么还跟我媳妇儿抢啊!"方祺骑车追堵他。

林越："此时此刻可以不是。"

两个一闹就傻的人又纠缠在一起，在那条树影斑驳的临江大道上，落下了一道道褪不掉的痕迹。

覃思宜也真的没和他们抢，就跟陆白川一起慢慢悠悠地骑着车吹风，看着前面那群幼稚的人，心里的幸福和满足大概怎么都表达不出来了。

陆白川扭头看她，一束残阳刚好落在她的眼眸和嘴角，融满了温柔，他也不知不觉满足地笑着："笑什么呢？这么开心。"

覃思宜依旧用问题回他："那你笑什么呢？"

"啧！"陆白川笑着抬手揉了一把她的头发，"覃思宜，你行行好，能不能先回答我一次？"

覃思宜摇了摇头撒娇："不要，快说快说。"

"行，你是公主你说了算。"陆白川收回手，重新握回把手上，"也没笑什么，就是感觉自己很幸福。"

"嗯，猜到了。"

"那你还问？"

"那你不也猜到了还要问我吗？礼尚往来嘛。"

自行车的铃铛声清脆悦耳，荡漾在夏天焦热不散的橙黄夕阳下，脖子上的项链也在风里慢慢晃动。

覃思宜想起刚刚在项链里看到的那串和曾经陆白川送给她的狐狸木雕上一样的英文。

当时他没有告诉她，后来等她发现了木雕的秘密之后也没机会再问他，现在倒是把一切都又重新填了回去。

"陆白川，这条项链星环内侧你也刻了当初给我做木雕时刻的那串英文。"覃思宜骑着车靠近他。

"发现了啊。"陆白川懒懒地应着声，还是以前那副样子。

"所以，现在你应该告诉我它的意思了吧。"

陆白川放慢速度停了下来，回头望着覃思宜，缓缓说出："其实布朗运动的意思就是悬浮在液体或气体中的微粒所做的永不停息的无规则运动。它有一个我很喜欢的特点，就是温度越高，液体分子的运动越剧烈，而布朗运动就越明显。"

残阳的余晖金灿灿地穿过梧桐，和十年前的记忆重叠，少年眼里装着温柔和明亮，虎牙闪亮在那束光下。
"我觉得我对你的爱大概是遵循布朗运动的运动规律的。
"爱意越深，越明显。且，永不停息。"
疾风猛袭，卷起夏天燥热的一切，前面响着吵个不停的拌嘴，风里带着吹不散的蝉鸣，光里溢着他们六个人怎么也分不开的距离。
十年过去，他们依旧还是他们，是最初的他们，也是最好的他们。

临江大道的落日竞赛没有终点，属于他们的青春也没有尽头。
这个盛夏，理想和爱，永不停息。

Extra 02 / 岁岁如金朝

人间四季循环，冬去春来，夏回归，燥热的微风、聒噪的蝉鸣、灼烈的阳光又一次来临。

距离《囹圄》电影上映已经过去快一年了，新一届的金光奖颁奖典礼即将到来，覃思宜也入围了今年的最佳女演员奖。去年夏天她和陆白川领完证后本来是准备要办婚礼的，但有个导演临时找到覃思宜去帮忙顶一个角色。那个导演对覃思宜有恩，算是帮过覃思宜的一个前辈，于是覃思宜和陆白川的婚礼就这么推迟了。

覃思宜在剧组客串期间，又接到一个吴秉星的新剧剧本，无奈之下这个忙一帮完就无缝衔接去了西北进了吴秉星《藏苍之舟》的剧组，这一去又是七八个月。陆白川也没闲着，请的假已经结束，就直接回了北京的部队，领了任务去了贵州帮忙。两人近一年中也没见过几次，婚礼也推迟得两个人都忘得差不多了。

《藏苍之舟》杀青后，覃思宜就回了北京，在大西北待了快大半年，一回来就是暑气满满的夏天，一时之间她还有点适应不过来了。

蒋洁看完关于金光奖的热搜，笑着放下平板，把覃思宜给拉了过来："看看看看，你入围了金光奖的最佳女演员啊！"

覃思宜和陆白川发着信息，心思自然也不在这儿："洁姐，不要激动。"

"你是不激动，你除了演戏和谈恋爱也没什么在意的事儿了。"蒋洁看着眼神一点都离不开手机屏幕的覃思宜，无奈地摇摇头。

覃思宜放下手机，弯起双眼有点讨好地笑着："洁姐，我后面可能又要休几个月的假了。"

蒋洁一看见她那个笑就知道没什么好事，果然啊。

"知道了，但是过几天的金光奖颁奖典礼你是一定要去的。"

覃思宜见好就收："好。"

"那现在送你去哪儿？回家？"蒋洁放下心来，问她。

覃思宜："嗯，好久没见六七了，不知道它还好不好。"

蒋洁见她不谈陆白川，一时之间还有点新奇："你怎么不说陆白川了？"

"陆白川现在还在贵州呢，我还是先去见见六七吧。"

"我真挺好奇的，你说你们俩也是聚少离多了，这真的就跟异地恋差不多了，你们这感情怎么还这么好啊？"蒋洁难得"八卦"。

听蒋洁这么一问，覃思宜自己都有点好奇了。

她以前是从来都没有想过这个问题的，该怎么说呢？

她和陆白川就像两个很相似的人，哪怕是十年的空白，他们好像也还是很了解彼此，很懂彼此，甚至有些时候覃思宜都只是脑袋里闪过一些小想法或者一个下意识的眼神，陆白川都能立马明白她想要做什么。

而且，他们也都知道对方的工作性质，聚少离多这个也无法避免，所以他们很珍惜任何能在一起的时间。对于他们两个而言，相处时间的长短并不是决定感情深浅的基础，他们已经对抗了时间，经历了生死，大概这个世界上连死亡都无法把他们真正分开了。

覃思宜转过头，视线放在窗外，北京熟悉的街道从眼前划过，成线的虚影如同一秒二十四帧的短镜头。

她忽然想起，上一次她和陆白川在江台还在一起的时候，她怕出去看电影会被拍，只能和陆白川两个人窝在家里找了部老电影看。

那个时候也是夏天，她靠在陆白川怀里，六七窝在他们的脚边，午后泛懒的阳光轻盈地洒落在木地板上，悬浮的金色朦朦胧胧降下，穿透落地窗的光条形成了完美的丁达尔效应。

他们看的那部电影叫《真心半解》，算是一部轻喜剧电影，但内容却很治愈。电影放到一个女孩讲述她对爱的理解时，覃思宜也朝陆白川问了句："你觉得爱是什么？"

陆白川笑了笑，把怀里的覃思宜抱了起来，面对面地看向她："干吗突然问这个？"

覃思宜抿抿嘴，靠在他的肩上，轻声问："因为我很想知道，你究竟是怎么把一份爱从九岁延续到现在的？"

陆白川倒是没想到她会问这个，还愣了半秒，反应过来后，垂下眼看着覃思宜思考了很久。

其实陆白川以前从来没有想过这个问题，只是九岁那年台上一眼，心里就留下一个影子，后来又在花园里和覃思宜定了再相见的约定，虽然人没来，可他是要守约的，只是谁也没想到这个约一守就是十几年的光阴岁月。

"我觉得，爱，大概就是一个人的生命吧。"陆白川想了好久，低垂眉眼看着满脸期待的覃思宜，笑了笑说。

"为什么？"

"覃思宜，"陆白川微微弯腰，捧着覃思宜的脸，紧盯着，缓缓开口，"我以前其实也是不懂爱的，后来去了部队，经历了各种各样的生离死别之后，我才明白，爱其实是很伟大的一个存在。

"我说的这份爱，也不仅仅是指爱情，而是很多种属于我们人类的感情。这所有的感情一点点地组合在我们的内心深处，慢慢构建成一个独属于个体的认知观，"陆白川顿了顿，沉默了几秒后继续说，"而这个认知观造就我对世界的看法，也造就了我的生命。

"同时，也造就了我的爱。"

陆白川凑近吻了吻覃思宜："覃思宜，我爱你，是遵从认知和意志的，没有什么延续的理由，而是从一开始就已经不受控地沉沦。"

那个时刻，窗外的云层飘摇，散过的光束投掷过来晕在陆白川身后，他穿着一身简单的灰白色居家服，深邃有力的眉眼紧紧看着覃思宜，仿佛要把人给吸引进去，那双剔透的眼睛一如当年，肆意坦荡。

十年过去，十年归来，陆白川还是少年模样，还是那样极富理想主义。

橙黄的光晕砸落在小橘猫身上，六七舒服地伸展肢体，摇摇尾巴，慢吞吞地支起脑袋向外探去。

窗外夏日炎炎，蝉鸣聒噪，微风肆意吹拂千里，高大的梧桐青葱盎然，摇曳的日光晃晃荡荡坠落在大地，屋里的影子投落在木地板上起起伏伏。

虚影成像连转，蓝色的夜晚扭转到明亮的夏日天。

覃思宜笑了笑收回思绪。

为什么他们还是这样？

因为他们懂得爱彼此，更懂得爱自己。

"洁姐，我走了。"车停在覃思宜家楼下，覃思宜朝蒋洁打了个招呼。

蒋洁点点头，应道："记得啊，过几天的颁奖典礼。"

"知道了。"覃思宜挥挥手，转身上楼。

刚到家门口，她就听到熟悉的声音。她急忙打开门，客厅里的人正是本应该在贵州的陆白川，此刻他正在客厅里逗着六七。

陆白川听见门响声，探头一看，望见门口的覃思宜，他抱着六七起身冲她笑了笑："回来了。"

覃思宜怔了半秒，反应过来后直接跑了过去，六七也非常懂事地从他身上跳了下去，陆白川张开双手稳稳地接住了覃思宜，人也弯腰凑在她耳边问："怎么了？突然这么激动？"

覃思宜从他怀里仰起头来，直接问："你不是应该在贵州吗？怎么回来了？"

"这不是想给你一个惊喜吗，贵州的任务上个星期就结束了。"陆白川笑笑，抬手把覃思宜在他怀里弄乱的碎发拨开，手放在她脸侧轻轻摩挲。

覃思宜抿着嘴，白皙的手指在陆白川的心口一个劲儿地戳着，出声指责："那你骗了我一个星期。"

陆白川直接抬手抓着她那只作乱的手指，揽过她的腰把人往怀里一带，低下头抵上她的额头："没办法，想给你惊喜太难了，只能用用骗术了。"

"哼！"覃思宜可不上套，挣扎着从他怀里出来去抱六七，"小六七，想我了没有啊？"

结果六七还没跑过来叫上一声，身后那个人就带着委屈开了口："想，很想很想。"

覃思宜故意装没听到，抱起六七走到落地窗前，侧着眼看了下陆白川，藏起笑意，声音加大问道："那是有多想啊，六七？"

陆白川哪能不懂她的意思，直接起身走了过去从背后把人抱住，下巴一低就靠在覃思宜的脖颈处，温声道："想到可以跨越十年光阴的那种。"

覃思宜实在没忍住笑，松手放开六七，转身看他："陆白川啊陆白川，这么多年了，你怎么还是这么会撒娇呢？"

陆白川听她这么说反而装得更会了，明明人都已经留成了寸头，眉眼也生长得深邃，经历了一切的生死和黑暗，可那双黑亮的眼睛里依旧清澈明亮，一弯眼就是一整个灿烂的夏天。

十年岁月流转，少年长大成人，一身傲骨如初，清朗坦荡，光风霁月。

这大概就是陆白川永远都不会改变的一点。

覃思宜注视了陆白川良久，才抬手攀上陆白川的脖子，轻声开口："陆白川，我们回江台办婚礼吧。"

陆白川愣了愣，看着覃思宜眼睛里的认真，反应过来后，笑着抵上她的额头："好，回江台，办婚礼。"

六七还窝在沙发边的地毯上,听见卧室门响,慵懒地伸伸腿,继续趴在柔光里晒着日光浴。

窗外夕晖昏黄,倾泻了一片橙晕,外面道路上车水马龙,路人行色匆匆,屋内暖意交融,如同一场夏日春醒。

这世界人来人往,有人悄无声息地离开,就有人掷地有声地降临,我们到底都在世间的洪流里跌跌撞撞地往前走。有的人幸运一点,平坦一生;有的人倒霉很多,一生坎坷。可无论遇到哪种人生,我们始终要明白,爱是任何人都值得拥有的存在。

人世间的爱有千种万种,但无论哪一种都不值得放弃自我。

真正的爱从来都不是为了对方放弃或改变自己,而是相互理解、包容,彼此独立。我们只有先好好爱自己,才能更好地爱对方。

一份好的爱,一定是你可以在对方身上汲取力量的爱,是正向的、健康的、完整的爱。

三天后,金光奖颁奖典礼如期举行,覃思宜参加完颁奖典礼就和他们一起回了江台。刚好赶在暑假,大家都有假期,知道了他俩要办婚礼的消息,直接请了一个长假。覃思宜和陆白川都没有家长可以帮忙策划,干脆就直接省了形式,租下十年前他们过新年时露营的南湖,请的人也很少,除了这几个朋友,就只剩下几位师长和多年的战友。

十年过去,南湖也早就大变样了,当初还只是个用来露营的小营地,现在都已经扩建成一个度假酒店。

婚礼定在两天后,这天他们六个又约着先回一中拍婚纱照,学校放了暑假,除了几个老师也没有别人。赵云得知了他们要来拍婚纱照的消息,今天来接他们的时候都还特意穿了几年都不舍得穿的皮鞋和衬衫,甚至连头发都在昨晚临时染黑了。

他一大早就精神焕发地站在校门口等着他们,方祺那个显眼包,一来就开始咋呼:"老赵,染头发了。"

赵云推了推老旧的眼镜,还有点臭美:"怎么样,是不是还和你们十年前看见的一样帅啊。"

林越第一个接话:"那当然了,赵老师是全一中最帅的!"

这话一出,后面几个人都跟着憋笑,赵云也有点不好意思,连忙招手赶着人:"行了,别贫了,你们快去拍照吧。"

陆白川点点头,牵过覃思宜,朝赵云歪头一笑:"赵老师,我们一会儿去办公室找您啊。"

说完,那六个人不知道又憋着什么坏,头都不带回地往那条梧桐大道上跑。

赵云还站在原地,看着他们六个肩并肩的背影,他们今天穿回了一中的夏季校服,奔跑在那条光影错落的梧桐大道上。

八月的夏风燥热,蝉鸣又偷偷藏匿在某个角落记录青春,梧桐树盘旋蜿蜒直攀蓝天,地上斑驳的影子起起伏伏,好像一切都回到了最初的那个夏天。

赵云掏出老旧的手机,找了一会儿点开相机的图标,对着前方,镜头没有聚焦,他按下快门,模糊的虚影就这样被留下。

画面里,没有一个清晰的主体,却依旧是完整的美好。

他们六个从梧桐大道一路往北走,走走停停,穿着夏季校服把整个校园都融进了相机里。

走到熟悉的操场,秦宋突然停住了脚步,林越愣着问了声:"怎么不走了?"

秦宋没有回话,反而笑着望向陆白川,挑了挑眉:"陆白川,你是不是还欠我一场篮球赛?"

陆白川一怔,没想到秦宋会忽然提起,他扭头看向那个已经掉了漆的篮筐,想起了十年前那场半途而废的篮球赛。

那年夏天,炎热一如现在,他们还是针锋相对的关系,而如今,竟成了分不开的朋友。

陆白川转头看他,小虎牙露出,笑得张扬:"来一场。"

方祺一听哪能不上,忙道:"一起一起。"说完,还拉着林越一起往场上跑。

时欲有点无奈,却也只是笑笑。

覃思宜挽着时欲,朝那群跑向操场的少年喊道:"你们先热热身,我们去器材室帮你们拿球。"

四个少年一起回了头,在阳光的照耀下挥挥手,嘴角微微上扬,勾起一整个灿烂的青春。

"知道了!"

场上的四人分了两队,个个运球避人,三分球一个接一个地往篮筐里投,熟练的模样一如往常。

覃思宜还是坐在那个看台上,她的身边还是时欲,微风也还是一如既往地潮热，一切的一切似乎都和那个夏天一样，没有任何变化。她恍惚之间生出一种错觉，他们好像从来没有分开过，只是奔向了不同的梦想道路，而这六条路的尽头却都是一样的，他们兜兜转转的结果，永远都是重逢。

而现在，他们在久别重逢的时刻回到了最初相遇的起点，如同那场落日竞赛，没有尽头，没有终点。

方祺运球跑，侧身躲过林越，朝斜后方的陆白川大喊一声："陆白川，接球！"

覃思宜的视线被声音吸引过去，顺着篮球的轨迹落在陆白川身上。

那一刻，阳光普照，明媚的光线正好降落在少年身上，他穿着白色校服，站在三分线外，接过篮球，原地起跳，修长有力的双臂向前一抛，篮球脱手而出，经一道穿透光阴的弧线落进筐里。

篮球入筐，砸在地上，一次又一次，震动着覃思宜的心脏。

球场内，看台上，都响起了震耳的欢呼声，而陆白川的视线依旧只是望向了她，在金辉下肆意一笑："我们赢了。"

时欲激动地拉着覃思宜站了起来，蹦蹦跳跳地在她面前欢呼，陆白川也被方祺围着雀跃，整个操场都响彻着挥散不开的热闹。

如同十年前的那场球赛一样。

晚上，他们拍完婚纱照就回了南湖露营地，这地儿他们包了两天，这会儿除了明天要参加婚礼的人，就只有他们六个了。

吃完夜宵，人基本上都回了房间，只剩下那六个还坐在沙滩上，每个人都呆呆的，也不知道是喝醉了，还是玩累了。

只有方祺抱着酒瓶子突然开始傻笑，林越嫌他吵，骂了句："方祺，笑屁啊笑？"

方祺还是傻乐着，抬头看他们："明天他俩就要结婚了，那有些事我也该说了。"

"什么事？"时欲问。

方祺放下酒瓶子，坐直了身子，看向覃思宜："宜姐，你还记不记得，当初你问我陆白川为什么明明已经考上了附中，还要来一中？"

覃思宜一怔，要不是方祺现在提，她还真是忘了："嗯，为什么？"

陆白川刚抬手想拦人，直接被覃思宜给按住了。方祺见他川哥被人制服，直接把话讲了出来："因为你，因为陆白川这家伙想来一中见你，想认识你，想和你在同一所学校。"

方祺一开口，干脆直接把当年的事都给抖搂出来了。

那是一个很平常的夜晚，他在陆白川房间里写竞赛卷子，窗户开得有点大，猛然间起了风，把陆白川放在床头的那本书给吹开了。

里面的东西掉了一地，其他东西方祺可能不知道，但那张属于覃思宜的照片他认识，照片上的校服他也认识，那是他们初中的校服。

陆白川洗完澡出来，看见地上的东西走过去捡了起来，仔细拍了拍，又小心翼翼地放进书里，整个过程都带着珍视。

方祺一时之间大脑都反应不过来，可他又藏不住事，还是开了口："川哥，你初中就认识覃思宜？"

陆白川还是低头看着那本书，轻轻淡淡地应了声："是。"

他又想起陆白川改校的时间，声音都急了："所以，你上一中根本就不是离家近，是为了离她近！"

陆白川依旧轻声一应："差不多。"

方祺整个人都傻了："不是，哥，这么多年你可真能藏啊！"

陆白川难得正经地看了他一眼，眼里明朗，笑容随意，没一丝一毫遮掩："我也没想藏，只是没人发现啊。"

他这话说得还有些无奈。

方祺忽然有种三观被颠覆了的感觉，就这么几分钟时间他懂了一切。

"可是，川哥，就算是初中，你也不可能是因为一面就喜欢上啊，这……"

"不合常理？"陆白川接下方祺后面的话。

他随意地伸开腿，双手撑在床上："那什么才是合常理的？像你和时欲青梅竹马地相处？还是因为一些原因有了喜欢的可能？可是本来喜欢就是一种情绪，有了就有了，干吗还要深究原因。"

陆白川移开目光，视线落在桌子上的那本书上："没听过一句话吗，任何瞬间的心动都不容易，不要怠慢了它。"

他声音清冽坦诚，让心意在黑夜里也清晰明确。

"而且，我喜欢她比你想的还要久。"

这事一讲完，不止覃思宜，剩下的人都炸了，尤其是林越，一脸的不可思议："真的假的？"

"真的真的，川哥可闷骚了。"方祺说着说着什么都藏不住了，"你们都不知道，当初他发的那两条朋友圈都是因为遇见了覃思宜，什么草莓果茶、卡点的11，还有那个看不清的影子，可都是川哥藏了好久的小心思。"

陆白川真的忍不住了，拿起一颗花生朝方祺砸了过去，方祺还特欠地接住了。

覃思宜虽然隐隐约约能猜到一些原因，毕竟那张照片她也看过，可她没想到原来照片的背后还有这么多她不知道的故事。

她曾经一直以为是他们足够幸运，才能在高中又遇见，可如今才发现，事实并非如此

这一切的重逢不过都是陆白川拼尽所有换来的一个机会。

陆白川见覃思宜有点要哭的趋势，直接把人抱进了怀里："你别听他胡说，我也没做多少。"

覃思宜一听反而不乐意了，从陆白川怀里起来，装作生气样，指责他："陆白川，敢做还不敢当了？"

陆白川一看覃思宜要生气的样子，连忙改了话："当，敢当，但我在做这些事的时候，真的没想那么多，只是因为心里想这样做，所以就做了。"

覃思宜又靠回了陆白川的怀里，听他讲着话，声音温柔，带着自己都察觉不到的爱意。

覃思宜开口："陆白川。"

"嗯？"

"你放心，娶了我不会亏的，以前你没有的，以后我都补给你。"覃思宜昂着头，眼睛映着暖橙星光。

"不用你补，我们一起白头就行。"

"好，那就白头到老。"

第二天一早，覃思宜就起来跟着化妆团队去了化妆室，婚纱是一年前他们计划办婚礼时就看好的。很不凑巧，陆白川没能亲眼看到覃思宜第一次穿这件婚纱的模样。

婚礼现场交由酒店工作人员布置，因为来的人也少，还都是熟人，也就直接安排在了室外。

青葱的草地上搭建了一个高台，背后的大屏幕循环播放着那个狐狸木雕里的照片，每一张都尽显青涩和稚嫩，直到最后一张照片结束，接上的是一段视频。

视频的主角是除覃思宜之外的五个人。

画面里，是一中教学楼的走廊，方祺和时欲站在其中，穿着白色校服，微微一笑："祝福的话也不多说，只一句，希望你和陆白川以

后永远幸福。"

话音一落,林越就从后面急匆匆地跑来抢过相机,对着镜头大喊着:"宜姐,川哥,新婚快乐啊!你们可一定要给我狠狠地幸福下去!"

他说完,直接把镜头一扭,移给了秦宋。秦宋有点难为情的样子,咳了两声,竟然也跟林越一样大喊了一声:"祝我的两位朋友幸福一生!"

覃思宜穿着婚纱站在花环门的尽头,看着前方大屏幕上播放的视频,本想忍住的情绪又有点失控了。直到画面最后,陆白川接过相机,他理了理衣领,拨了拨头发,才正身看向镜头。

陆白川坐在教室里,位子还是当初的那个,声音也和当初一样,清冽干净,微微扬唇,就是可爱的小虎牙。

"覃思宜,你好,我是陆白川。还记得这里吗?我们重逢的地方。说句心里话,你不要笑我,其实当初军训的时候我就想先去和你说说话,可想来想去都不知道该怎么开口,纠结来纠结去,一个星期就那么过去了。"

"那是我第一次觉得时间过得好快,我都还没注意,它就已经流逝,好在我还有机会和你搭话。"陆白川笑着笑着,神色就淡了,"可我没想到,意外来得那么突然,我们刚刚重逢就又要分开,更没想到这一分开就是十年。"

"十年,其实可以改变很多东西,可我没想到,你真的会等我十年。"陆白川缓缓抬眼,像是要透过屏幕看见覃思宜,"思宜,抱歉啊,让你一个人等了那么久。"

覃思宜侧脸无奈一笑,摇摇头,把眼里蓄着的泪水都带了出来,抬起脚一步步往陆白川站的地方走去。

陆白川早就上了高台,站在花环门另一端的尽头,他看着覃思宜抬脚的动作,想也没想也直接抬脚往她的方向走。

两个人路过了一个又一个的花环门,在中间相遇,陆白川望着覃思宜的眼睛,和大屏幕里的声音重叠:"覃思宜,你愿意和我共度余生吗?"

覃思宜穿着精致的白色婚纱,站在阳光下,金辉烂漫地洒落,她望向陆白川,轻轻一笑:"愿意啊。"

风带过他们的一应一答,方祺和林越两个最咋呼的人也最先起哄,直接跳了起来鼓掌,带动全场,这场祝福清脆鸣动,似乎能掩盖热烈的蝉鸣。

"方祺,你这抢得好啊,下一次就是你们了啊!"林越看着方祺手里抢到的捧花,不接一句心里就难受。

"好!"方祺还没开口,时欲就先他一步应了下来。

婚礼上的一群人看着一向机灵的方祺变得傻眼,都忍不住地笑话他。

婚礼上都是熟人,大家都不在乎虚礼,婚礼一结束,直接播起了音乐,有的上台放声高歌,有的在台下雀跃跳舞。

燥热的微风掩不住青年的肆意,属于夏天的热烈十年来经久不散,方祺吆喝着大家站一起:"来,拍照了!"

他依旧是那副不着调的样子,调好相机,赶忙跑过去横躺在地上,一群人拥在一起,婚纱和礼服缠绕:"三、二、一——

"新婚快乐!"

同时,不知道是谁点的歌在循环播放。

副歌歌词反复唱出,台上的声音清冽,贯穿整个场地。

每次回望的理由,是因为你们在身后,

蝉鸣聒噪刺耳,梧桐叶轻轻摇曳,

滚烫的暑气,化为我们热烈的青春,

躁动的风声,是永不停息的盛夏……

覃思宜穿着白色婚纱站在微风盛阳处,看着那群幼稚的人肩并着肩,群魔乱舞一样地胡乱扭动。

永不停息的盛夏。

是啊,只要他们都还在,只要他们身边永远都有彼此,只要夏天会回归,只要蝉鸣鸣响,微风躁动,属于他们的盛夏就会永远存在。

我始终都相信,一回头,你就在身后。

一转身,我们都在彼此身边。

婚礼持续到下午五点才正式结束,该走的人差不多都走了,剩下的没走的人组织着大家露营,向老板租了一套露营装备后,一群人就分工有序地在南湖边上开始了烧烤、搭帐篷。

覃思宜换完衣服刚出来,就被时欲拉走了,还没等她开口,就看到那片草地上站着的四个青年,他们个个穿着短袖,在燥热的微风里打闹,幼稚的样子和十年前一样。

时欲挽着覃思宜,看着那群人喊了声:"行了你们,还走不走啊!"

覃思宜不明所以,一脸蒙地看向时欲:"去哪儿啊?"

时欲弯弯眼:"还记不记得我们十年前来这里的时候写过一封信?"她看着覃思宜慢慢明白的表情,把答案说出来,"现在我们就去把信拿回来。"

南湖附近的那条古城街当真如那个老板说的一样,十年过去了,江台很多地方都变了样,唯独这里还保持着当初的样子。

那家书信店也依旧屹立在中间,上方的牌匾是老榆木制成的,紫褐色的木纹呈细云状铺开,中间只镶嵌着一个隶书体的"回"字,木牌上方还垂着细藤蔓,藤蔓上开满了花,包围着那块牌匾。

方祺看着这个店面,有点感慨:"十年了,这儿还真是一点都没有变啊。"

他们走进店里,店里的装修也和十年前一样,中式复古带着淡淡的木质香,纯正的粤语情歌回荡在店内,写信区坐了不少人,取信区也来了不少人。

钢笔画过信纸落下的沙沙声和拆信时的撕拉声混杂在一起,如同时光更迭,岁月重叠,在这间古老的书信店里停滞了一切。

取信区里的每一格都按照年份和日期保存得很好,老板找出他们六个的信递给他们。覃思宜拆开信,看着上面的字迹,有点恍惚。

陆白川坐在她的身侧,歪了歪头,问她:"信里写了什么?"

覃思宜收起神色,笑了笑,把信纸摊开在他面前。陆白川视线偏移望了过去,耳边响起覃思宜温软的声音:"祝覃思宜十年后梦想成真,祝我们这群人十年后依旧在彼此身边。"

陆白川闻言一笑,抬手揉揉覃思宜的脑袋:"恭喜你,愿望都实现了。"

"那你呢?写了什么?有没有实现?"

陆白川点点头,把人揽到怀里,轻声道:"当然了。"

此刻的夏风温和不燥,方祺和林越在一边抢着彼此的信纸打闹,时欲垂着眼看信,秦宋偏头看着那两人无奈地笑着,覃思宜和陆白川相拥望向窗外。信纸平摊在桌子上,风溢出一点声息,吹落了陆白川的那封信。

信纸泛黄,字迹有力,飘落在地,只留下利落的十六个字:

希望覃思宜所有的愿望都能如愿以偿。

晚上,他们在回来的路上又买了一堆吃的,一群人围坐在帐篷下,个个嚷着要展示自己的厨艺,做到最后吃都吃不完,只能边玩边聊,又吃了一回夜宵。

酒过三巡，大多数人都困了，帐篷虽然搭得多，但还是住不下这一大群人，没有帐篷住的就回了原来的房间，唯独他们六个还是不舍得离开，又坐在原地待了好一会儿。

覃思宜想起今天买东西时顺手买回来的仙女棒，突发奇想："要不要放烟火？"

时欲一愣："你买了？"

覃思宜点点头。

方祺和林越更是兴奋："买了多少？"

陆白川了然于心，懂了他们的眼神，笑了笑说："她买了一堆，够你们玩的。"

夜色沉沉，南湖酒店的人差不多也都睡了，他们怕打扰别人，跑去另一边没帐篷的地方。湖水荡漾，月光洒落在湖面，粼粼的星光混着火星一起垂落在湖底深处，热闹的氛围不输青春。

方祺双手挥着仙女棒，围在他们身边乱跑，直到烟火燃尽才面向他们，没了平日的傻气，多了几分庆幸的感觉："我们这约好再来一次的约定可算是实现了啊。"

听他一提，几人才想起，十年前的那个新年。

当年他们都才十七岁，挥动着飞舞的火光，在烟火绽放之时约定着下一年，可谁都没有想到，履行这个约定竟需要十年之久。

"方祺！"林越不知道什么时候跑到了湖边，捧起一捧水直接就朝方祺泼了过来。

方祺还沉浸在感慨的状态里，愣愣地转过身："干吗……"

结果就是，话还没问完，迎面而来就是一捧冰凉的湖水，水直接打在脸上，接着缓缓滴落，衣服也湿透了。

"噗。"剩下的五个人没一个人来安慰他，反而都躲得远远的，看着方祺被泼了一身水还都极其不厚道地大声笑了出来。每一声笑声传进方祺耳朵里都显得极其刺耳，最致命的是，时欲还又补了一句："哈哈，方祺你这样好傻啊！"

方祺终于彻底被点燃，整个人都快气炸了，他不敢朝时欲下手，只能把所有怨气撒在林越身上："林越！你给我等着！"

"秦宋快来帮忙啊！"林越撒腿就跑，还不忘给自己找帮手。

覃思宜和陆白川站在岸边看着他们四个疯闹，还没笑出声，就被林越不小心泼来的水误伤，她整个人都傻了，转身望向陆白川，直愣愣地眨了眨眼，像是在说我被泼了。

她的眼神清澈，蒙蒙地带着一丝委屈，就像十年前的那场初雪一样。

陆白川无奈，先替她擦了擦水，就赶忙跑去帮人报仇。

覃思宜还站在原地，听见远处的陆白川喊了一句："等着，同桌帮你报仇。"

男人音色干净，奔跑的背影穿透了光阴，与十年前的那场初雪交叠。

欢闹声四处飘荡，湖水拍打着岸边，当泛金的辉光开始洒向边际时，也预示着黑暗即将退去，他们待在湖边，睡眼惺忪地等着明天和日出的到来。

"朋友们，太阳出来了！"林越是第一个发现远处升起金晖的人，"快！许愿！"

方祺昏昏沉沉地揉揉眼，看着远处的金橙色曙光，大声一喊："愿我们的友谊地久天长！"

林越紧跟着第二个喊："愿大家平安健康！"

剩下的四个人懒得矫情，也没应声。陆白川的视线里，一个白色身影腾起。

覃思宜直接站了起来，双手放在嘴边，朝金色的日出大声喊着："愿我们年年如今日，岁岁如今朝！"

飞鸟盘旋经过，清晨的微风透过金色日光带着愿望重叠岁月，交会了十年的时空，十年前他们在这里度过了十七岁的新年，十年后他们在这里度过二十七岁的新婚。

这个世界熙来攘往，人们步履匆匆，紧赶着一个接一个的明天，走散的走散，重逢的重逢，唯独他们永远在彼此身边。

日月逾迈，寸阴尺璧，属于他们的青春永不停息。

Afterword

《永不停息的盛夏》这本书是我的第一本长篇，它的雏形是五千多字的小短篇，讲的只是陆白川和覃思宜两个人之间的故事，很多细节和过程都没有。当时也没多少人知道他们的故事，后来喜欢这篇故事的人越来越多了，也有开始为他俩感到难过的，我看到微博和评论区有很多朋友都在说遗憾。

没错，我也觉得很遗憾。
可我遗憾的不是结局，而是那句错过的、未被发现的、尘封已久的、属于陆白川的——最后的独白。
于是生出了想要弥补的念头，紧跟着又想写一个一群人的青春故事，再接着《永不停息的盛夏》就有了完整的大纲，一个个人物也开始慢慢地在我的脑海里逐渐形成。他们鲜活、勇敢，但同时也胆小、怯懦；他们有不同的人生，却都执着地追逐理想。他们会相遇，也会错过；他们会分离，更会重逢。

以前我经常看到一句话——离别是为了更好地重逢。
说实话，我其实不是特别相信这句话，我一直都觉得真正要离别的人，就算重逢了，也不会有这么多快乐的，可能更多的还是分别多年后剩下的难言和尴尬。最多只是两个人一起回望一下那些回不去的、幼稚的、肆意的青春而已，然而回忆替换不了现实，重逢也抵不过空白。

但对于故事里的他们，我却不敢这样去想。因为知道他们对彼此的重要，明白对方是经历了多少才一步步遇见又重逢，所以他们的离别的的确确是造就了更好的自己。

可故事终究还是故事，虽然现实里不是所有的分离都会有久别重逢的一天，但我还是希望，大家都能得偿所愿。对任何事都是。

如果实在不能，就请大家竭尽全力生活，将鸡零狗碎的日子过得熠熠生辉，在平淡如常的时间里活得幸福快乐，然后平安、健康。

毕竟，人生不如意事十之八九，爱自己才是唯一最最重要的。

写下这篇后记的时间刚好是2023年圣诞节，就祝大家圣诞节快乐！节节快乐！日日也快乐！

感谢喜欢。
感谢遇见。
感谢看到这里的每一位朋友。

十二里闲